SV

Anna Katharina Hahn

Aus und davon

Roman

Suhrkamp

3. Auflage 2020

Erste Auflage 2020
© Suhrkamp Verlag Berlin 2020
Satz: Satz-Offizin Hümmer GmbH, Waldbüttelbrunn
Druck: CPI – Ebner & Spiegel, Ulm
Printed in Germany
ISBN 978-3-518-42919-8

Aus und davon

1 Ostendstraße

Der Pfannkuchen klebt an der Decke, gleich neben der Hängelampe, die einen gelben Lichtkreis auf den Küchentisch wirft. Elisabeth ist viel zu verblüfft, um sich aufzuregen. Immerhin schafft sie es, die Pfanne auf den Herd zu stellen. Dann lässt sie sich auf einen der zerkratzten Holzstühle fallen und starrt vor sich hin.

Cornelias Kaffeebecher steht noch auf dem Wochenblatt, das beim Kreuzworträtsel aufgeschlagen ist. Das Gitter ist leer, bis auf ein paar braune Spritzer und ein einziges Wort. Zerstörung durch Feuer: BRAND. Elisabeth rümpft die Nase, schiebt die Tasse darüber. Am Rand der griechischen Flagge klebt Lippenstift. Cornelia möchte sich nicht von dem hässlichen Pott trennen, auch nicht von der kleinen Mokkakanne aus Messing. Dimitrios und Cornelia sind schon eine Weile geschieden. »Wir kommen besser klar als vorher«, behauptet ihre Tochter. Kunststück, wenn man sich nur einmal die Woche per Skype unterhalten muss. Elisabeth steht auf und räumt den Becher in die Spüle. Aus der Obstschale steigt ein Schwarm Fruchtfliegen auf, als Elisabeth sie anhebt, um die Zettel darunter hervorzuziehen. Cornelias unruhige Schrift eilt schräg über das Papier. Sie hat die Blätter gefaltet und so in zwei Spalten aufgeteilt. ›Bruno‹ steht über der einen, ›Stella‹ über der anderen. Elisabeth entziffert Namen und Telefonnummer der Kinderärztin. In Brunos Rubrik springen ein paar Zeilen in Blockbuchstaben hervor: ›keine Dosen, keine Fertiggerichte, keine Fertigsaucen‹. Cornelia hat ihre Mahnungen doppelt unterstrichen. ›Rezepte im roten Ordner. Süßigkeiten, Eis und Limo absolut tabu.‹

Die Sauerei an der Decke ist Brunos Werk. Er hat sie angebrüllt: »Ich will deinen Scheißpfannkuchen nicht! Ich hasse Pfannkuchen! Und dich auch!« Bevor Elisabeth verstand, was vor sich ging, griff die kleine Hand ihres Enkels an ihr vorbei. Das Fett knisterte vor Hitze, er muss sich verbrannt haben. Plötzlich glaubt sie, den Geruch von versengtem Fleisch zu riechen. Sie wird jetzt sofort in sein Zimmer gehen. Unglaublich, dass er in seinem Alter abschließen darf. Wo Cornelia wohl die Ersatzschlüssel versteckt? Das hat sie nicht aufgeschrieben. Alles ist durch und durch chaotisch, schlecht organisiert. Normalerweise hätte Elisabeth diese Aufgabe ganz anders angepackt. Aber im Augenblick ist sie völlig konfus, auch wenn ihre Tochter nichts davon merkt. Cornelia ist ja viel zu beschäftigt mit ihren eigenen Problemen.

Jetzt springt Elisabeth auf, rennt durch den Flur, stolpert über etwas Hartes, ein Paar Turnschuhe, schreit leise auf und bekommt die offene Tür des Kleiderschranks zu fassen. Stöhnend hält sie sich daran fest. Aus dem Schrank quillt ein Wäscheberg. Für wenige Augenblicke atmet Elisabeth den vertrauten Duft ihrer Tochter: eine Mischung aus Männerdeo, das sie seit ihrer Teenagerzeit benutzt, dem Muff schlecht getrockneter Kleidung und dem typischen Cornelia-Geruch – wie frisch gemähtes Gras, ein wenig verschwitzt, weil sie eigentlich immer entweder vom Sport kommt oder von ihrer Arbeit als Physiotherapeutin, die im Grunde auch eine Art Sport ist.

Elisabeth bleibt nur kurz in dieser Cornelia-Wolke, aber das genügt, um ein Bild heraufzubeschwören, dem sie sich nicht entziehen kann, obwohl sie sich dagegen wehrt. Auch gegen die Tränen, die sie so heftig wegwischt, als wollte sie die Augen, aus denen sie hervorrinnen, dafür bestrafen. Als Fünfjährige hatte Cornelia heimlich den Garten im Alosenweg verlassen, wo sie und ihre ältere Schwester Sabina unter der Aufsicht der Nachbarin spielten, war in Söckchen, Sandalen und Sommerkleid immer geradeaus die Straße entlanggelaufen, die aus dem Weingärtner- und Pendlerdorf am Neckar bis zur Endhaltestelle der Straßenbahn führte, hatte sich in die Linie 9 gesetzt, mit der sie unbehelligt bis zum Hauptbahnhof gondelte. In der Klettpassage, die mit ihren zahllosen Ausgängen wie ein orangefarben gekacheltes Labyrinth wirkte, musste sie ein bisschen weinen.

Elisabeth bezahlte die Nachbarin dafür, dass sie an zwei Nachmittagen in der Woche auf die Kinder aufpasste. Der Anblick der Polizeiuniform durch die Schaufensterscheibe des ›Reisestudios‹ hatte sie deshalb nicht weiter bekümmert. Schließlich buchten hier dienstschiebende Beamte manchmal ihren Pauschalurlaub. Die Traube spanischer Kupferglöckchen über der Tür hörte gar nicht mehr auf zu bimmeln, so heftig hatte der Polizist sich Zutritt verschafft. Sein Blick auf Elisabeth, die, Hörer zwischen Ohr und hochgezogener Schulter, mit einer Fluggesellschaft verhandelte und dabei auf ihrem Drehstuhl kleine Halbkreise beschrieb, war alles andere als freundlich. Er kam nicht dazu, den Mund aufzumachen, denn Cornelia hatte sich bereits von seiner Hand losgerissen, schlüpfte unter dem Schreibtisch hindurch und schmiegte sich an ihre Mutter. Elisabeth spürte die Wärme des schmalen Körpers, roch den Duft des Kinderhaars. Nur sie hörte, was die Kleine flüsterte: »Mama, ich musste weglaufen, weil ich solche Sehnsucht nach dir hatte.« Selbst jetzt, Jahrzehnte später, in Cornelias Flur, spürt Elisabeth die heftige Umarmung und ihre eigene, überwältigende Liebe zu diesem Geschöpf, das in ihren Augen einfach nichts falsch machen konnte.

Dass ihr Schiff in gefährliches Fahrwasser geraten würde, ahnte sie bereits, bevor sie Cornelia im Arm hielt. Eigentlich hätte ihre Schwangerschaft sie auf ein überwältigendes Ereignis vorbereiten müssen, aber Elisabeth ignorierte sämtliche Vorzeichen: ihre völlige Furchtlosigkeit, obwohl die erste Geburt entsetzlich gewesen war. Dazu ihre plötzliche Schönheit, die sie aus der hintersten Spiegelecke zur Kenntnis nahm. Anschauen und genießen konnte sie diesen Zustand nicht, das hatte sie nie gelernt, aber sie bemerkte die Veränderungen an sich selbst und bewunderte sie, als gehörten sie zu einer Fremden. Vom ersten Augenblick an, als das Kreißsaallicht auf diesen kräftigen, mit einem erstaunlichen Haarschopf ausgestatteten Säugling gefallen war, dessen Haut einen goldenen Braunton trug, passend zu seinen grüngrauen Augen, war sie verliebt. Verliebter, als sie es je in ihr anderes Baby gewesen war. Sabina war natürlich ein nettes Ding, hatte aber das dünne Geiger-Haar und die Ebinger-Nase abgekriegt. Cornelia hingegen sah aus wie das Christuskind, das scheu und lieblich an der Schulter der Raffael'schen Madonna lehnt. Ihre ältere Tochter hatte Elisabeth niemals zu solchen Vergleichen hingerissen. Gemeinsam mit ihrem Mann führte sie ein Reisebüro in der Stuttgarter Innenstadt, und sie arbeitete gerne im eigenen Geschäft. Mit dem Baby langweilte sie sich oft, und sie begeisterte sich mehr für die neue blaue Leuchtreklame des ›Reisestudio Geiger‹ als für Sabinas erste Laute oder Schritte. Die Freude an ihrem Beruf hatte Elisabeth auch nach Cornelias Geburt nicht verloren, aber das zweite Kind liebte sie auf ganz andere Weise.

Die Fellbacherinnen waren über Elisabeth hergefallen, kaum dass sie begann, diesen Gefühlsunterschied wahrzunehmen. Auch wenn sie den Ort ihrer Kindheit, das fromme Dorf in der Nähe von Stuttgart, schon lange hinter sich gelassen hat, wird Elisabeth ihre Heimat und vieles, was sie dort gelernt hat, nicht los. Ihre unermüdlichen inneren Mahnerinnen sind zwei gelbgesichtige Diakonissen, deren Frisuren so fadenscheinig sind, dass man die Kopfhaut sehen könnte, verbärgen nicht die Häubchen weiß und steif einen Großteil des spärlichen Haares. Ihre wasserhellen Augen blicken ihr bis ins Herz, aus den hohen Stimmen spricht der unverkennbare Zungenschlag der Gegend. Schwester Marie und Schwester Sophie kamen früher gerne bei Elisabeths tiefgläubigen Eltern auf eine Tasse Kaffee vorbei. Sie waren weitläufig mit dem Vater verwandt und fuhren einen alten Renault, dessen Kofferraum einen Sticker mit der Aufschrift ›Gottes Bodenpersonal‹ trug. In Elisabeths Poesiealbum hatten sie sich gemeinsam eingetragen und selbstverständlich kein Glanzbildchen eingeklebt – der Spruch, das Wort allein, musste genügen: »Mensch, bedenk die Ewigkeit und spotte nicht der Gnadenzeit, denn das Gericht ist nicht mehr weit.«

Wie viele Pietisten erwarteten auch Marie und Sophie das Ende aller Tage in naher Zukunft. Beim Jüngsten Gericht konnte nur bestehen, wer irdischen Ablenkungen so wenig Platz wie möglich einräumte, selbst wenn es sich um Harmlosigkeiten wie bunte Kleidung oder einen Kinobesuch handelte. Das alles führte nur vom schmalen, mühsamen Weg ab, auf dem die Frommen wanderten, während die anderen auf einer breiten Straße zwar komfortabel, aber geradewegs in die Verdammnis marschierten.

Elisabeth kann die Stimmen der beiden Fellbacherinnen in ihrem Inneren nicht abstellen. Sie kommen ihr dazwischen, wenn sie gar nicht mit ihnen rechnet. Dagegen hilft auch nicht, dass sie inzwischen eine ältere Dame geworden ist. Die beiden Diakonissen sind unerbittlich. Es scheint ihnen Freude zu machen, Elisabeth in die Mangel zu nehmen, und ihre Vernarrtheit in Cornelia war den strengen Schwestern von Anfang an ein Dorn im Auge. Während sich Elisabeth verzückt über den Puppenkörper ihrer Jüngsten beugte, warfen sie ihr nur ein paar Namen hin, da wusste sie, was es geschlagen hatte: Kain und Abel, Isaak und Papakind Esau, Rebekka und Mamasöhnchen Jakob. Und natürlich der König aller Lieblingskinder: Josef im bunten Rock.

Elisabeths Entscheidung fiel noch im Krankenhausbett, und sie flüsterte sie der schlafenden Cornelia ins Ohr: »Sabina wird nichts davon merken. Ich werde strenger zu dir sein als zu ihr. Ich werde dich nicht verhätscheln. Du hast mich ganz. Das wird sich niemals ändern, aber ich werde es dich nicht spüren lassen. Nicht zu sehr.«

Mit diesem Vorsatz verließ Elisabeth das Krankenhaus. Sie befahl ihrem Mann, die Tasche mit Cornelia zu tragen, und beschäftigte sich ausschließlich mit Sabina, die blass und etwas verstört aussah. Für das jüngere Kind flossen ihre Brüste von Milch über. Bei Sabina hatte sie es nicht geschafft, auch nur einen Tropfen herauszubringen. Brav nahm die Große das Fläschchen. Was blieb ihr auch anderes übrig? Heute ist das Verhältnis zu ihrer Älteren freundlich, aber distanziert. Sabina verschanzt sich regelrecht hinter ihrer eigenen großen Familie, sie ist mit einem Arzt verheiratet und Mutter von vier Söhnen. Viel zu oft hat Elisabeth ihr heimliches Versprechen inzwischen gebrochen, und Sabinas Wunsch nach Abstand muss sie ertragen.

Mühsam geht sie zur Tür am Ende des Flurs, in deren Mitte der Name ihres Enkels in bunten Holzbuchstaben steht. Ein Bär sitzt neben dem B, unter dem R kringelt sich eine Raupe, das U wird von einem Uhu bewacht. Hastig presst sie ihr Ohr gegen die Tür. Der vergilbte Lack fühlt sich klebrig an. Drinnen ist es still.

»Bruno, Bruno, bitte, lass mich rein, ich möchte nur sehen, was mit deiner Hand los ist. Du hast dich doch verbrannt, an der Pfanne, das habe ich gesehen. Bitte, mach auf.«

»Nein, es ist nichts, geh weg.«

»Bruno, bitte. Ich habe deiner Mama versprochen, mich um dich zu kümmern. Wenn sie wüsste, dass du dir wehgetan hast!«

»Es ist okay. Geh einfach weg.«

Elisabeth fällt nichts mehr ein. Den Entschluss des Jungen, sich vorerst nicht zu rühren, spürt sie durch die geschlossene Tür. Sie versucht, gelassen zu wirken: »Ich räum jetzt die Küche auf. Komm bitte bald raus, die Pfannkuchen warten auf dich.«

Brunos Kreischen lässt sie zurückfahren: »Ich ess keine Scheißpfannkuchen, nie mehr!«

In ihrem linken Knie meldet sich die Arthrose, eine fleißige kleine Arbeiterin des Schmerzes. Aus dem O glotzt sie schadenfroh ein Oktopus an. Elisabeth schaut sich nach einer Sitzgelegenheit um, aus der sie wieder hochkommt, ohne dass sie der Ischias erwischt. Das hätte ihr gerade noch gefehlt, dass es ihr reinfährt. Aber man kann nie sicher sein mit dem alten Gestell. Seit langem redet sie nur noch so von ihrem Körper, wenn sie ihm überhaupt Beachtung schenkt. Vielleicht rächt er sich dafür, dass sie ihn nicht zu schätzen wusste, als er zuverlässig funktioniert hat.

Sie schaut den dunklen Flur entlang. Die Küchentür am anderen Ende steht noch offen. Durch sie erhält der fensterlose Schlauch sein einziges Licht. Elisabeth hinkt darauf zu und tritt in das breite goldene Rechteck, das die Sonne auf den Fußboden wirft. Überall liegen Sachen verstreut: einzelne Sneaker in verschiedenen Größen, eingetrocknete Kastanien, zerknitterte Arbeitsblätter, eine Vesperdose, durch deren milchiges Seitenfenster Apfelstücke schauen, und eine leere Packung Helgoländer Waffeln. Sonnenstäubchen schweben darüber. Dicht an dicht steigen sie in der warmen Luft auf und nieder und erinnern Elisabeth an ein Märchen. Brot aus Sonnenstäubchen für eine böse Fee. Sie überlegt, Bruno später davon zu erzählen, und geht zurück in die Küche.

Inzwischen hat sich der Pfannkuchen halb von der Decke gelöst. Elisabeth sieht seinen Abdruck wie einen schmierigen Schatten. Auch das noch! Erst jetzt bemerkt sie das Zittern. Ihre Finger beben, die Knie schlagen aneinander. Ihr kommen wieder die Tränen.

Hinz müsste sich nicht einmal auf die Zehenspitzen stellen, um das Ding herunterzupflücken. Seine langen Arme. Kein Ort der Welt, an dem sie sich geborgener gefühlt hat als in dieser Umarmung. Elisabeth krampft die Hände zusammen, spürt den Druck des Ehrings, dessen Gold den Finger hart einschnürt. Sie hört ihr eigenes Ächzen, als sie den Kopf in den Nacken legt, die Lippen aufeinandergepresst. Nur nicht an Hinz denken! Nur nicht heulen! Die zimtfarbene Kante des Pfannkuchens rollt sich lautlos weiter auf. Bald wird er runterfallen.

Schnell, konzentrier dich auf etwas anderes, du musst ruhig bleiben, schließlich brauchst du deine Kräfte. Du bist jetzt in der Verantwortung. Aber du bist ganz allein.

An Hinz zu denken ist wie ein Griff in die Bratpfanne. Der Schmerz schießt von den versengten Fingerspitzen durch den Arm, nimmt den Körper gefangen und lässt Elisabeth schwanken. Noch Tage später pocht die verletzte Stelle. Das Fleisch wirft Blasen, nässt und eitert. Der Schmerz stinkt leise vor sich hin, begleitet sie weiter, auch wenn das schwarz gewordene Glied längst abgefallen ist.

Zum Glück fing Cornelia heute Morgen auf dem Weg zum Flughafen nicht sofort wieder von ihrem Vater an. Elisabeth fällt es in Gegenwart der Töchter leichter, von ›ihrem Vater‹ zu sprechen als von ›Heinrich‹ oder gar von ›Hinz‹. Sie bringt den vertrauten Namen einfach nicht heraus. Das Einzige, was funktioniert, sind unpersönliche Bezeichnungen wie ›mein Mann‹ oder eben ›dein Vater‹. Sie hätte nicht gedacht, dass so etwas wie diese spezielle Sprachlosigkeit möglich ist. Psychische Befindlichkeiten aller Art sind Kokolores. Wie die zwei Fellbacherinnen empfindet sie leise Verachtung für alle Unbeherrschten, die sich in etwas hineinsteigern, statt hinzunehmen und stumm zu ertragen.

Aber sogar ihre Kindheitsfreundin Erdmute, die nur Erdnuss genannt wird, läuft seit einiger Zeit zu einer Therapeutin und spricht von dieser Frau Thaler wie vom Messias.

Erdnuss hat zusammen mit Elisabeth ein Stuttgarter Mädchengymnasium besucht. Sie stammt aus einem noch frömmeren Elternhaus, ihr Schulweg war weiter, und als Einzige in der Klasse trug sie das Haar zu einem schlichten Dutt gebunden, der sogenannten Hallelujazwiebel. Scherze über Namen und Frisur nahm sie mit gutmütiger Heiterkeit hin, nichts konnte sie aus der Ruhe bringen. Im Gegensatz zu Elisabeth schien sie sich wohl in ihrer Haut zu fühlen. Kurz nach dem Abitur heiratete sie ihren ehemaligen Nachhilfelehrer für Griechisch und Latein und zog mit ihm nach Gottsfelde bei Münchingen, nordwestlich von Stuttgart. Der württembergische König persönlich hatte die Gründung Gottsfeldes unterstützt, um eine große Anzahl besonders frommer Untertanen davon abzuhalten, in die USA auszuwandern, weil sie ihren Glauben dort freier ausleben konnten. Erdnuss ist der mutigste Mensch, den Elisabeth kennt. Nach dem Tod ihres Mannes ist sie vor ein paar Jahren nach Stuttgart gezogen. Am Marienplatz bewohnt sie ein Zimmer mit Bettcouch. Sie besitzt nicht einmal eine Küche, sondern wärmt sich Tiefkühlkost in der Mikrowelle auf. Ihr Haus in Gottsfelde teilen sich zwei ihrer vier Kinder und zahlreiche Enkel. »Ich will einfach meine Ruhe. Wenn meine Leute was von mir wollen, können sie mich gern einladen, ich hab mein ganzes Leben lang für die Familie geschafft.« Gerne reist sie mit dem Flixbus umher und besucht Europas Hauptstädte. Elisabeth hängt sehr an der Freundin. Von ihr hat sie zum ersten Mal das Wort ›Achtsamkeit‹ gehört. »Frau Thaler sagt, ich müsse mich selbst liebend annehmen. Sie meint, zur Achtsamkeit gehöre, alles so zu betrachten, als sähe man es zum ersten Mal.«

Elisabeth will keine Frau Thaler. Sie kann sich sehr gut selbst helfen. Einfach nicht an Hinz denken. Dann lieber das gelbe Lichtrund auf dem Küchentisch anstarren. Als sähe sie es zum ersten Mal. Dazu stellt sie sich Cornelia vor, wie sie in Schlabberhosen und weißen Korklatschen am Küchentisch sitzt. Sie hat die schönen dunklen Brauen über einer Mädchenversion von Hinz' Kartoffelnase zusammengezogen und trägt noch schnell ein Wort in das Kreuzworträtsel ein, während um sie herum die Fruchtfliegen tanzen.

Aber Cornelia-Gedanken helfen auch nicht. Sie setzen ein Sorgenkarussell in Gang. Elisabeth kennt sich aus im Gewirr der dünnen roten Linien, mit dem die wichtigen Luftfahrtgesellschaften die Weltkarte einspinnen, über die weiß gefärbten Kontinente und hellblauen Meere hinweg. Cornelia fliegt mit Delta. Im Laufe ihres Berufslebens hat Elisabeth Millionen von Kilometern für ihre Kundschaft gebucht. Alle wichtigen Flughäfen der Welt sind ihr vertraut, ihre Grundrisse, die Tücken bei Einreisebestimmungen und Gepäckabfertigung, seit Mitte der Neunziger sogar Fotostrecken von Gebäuden und Innenräumen. Cornelia müsste sich mittlerweile über dem Atlantik befinden. Und sie, auf die ihre Tochter sich blind verlassen soll, hockt hier herum und schafft nichts. Dabei war sie wild entschlossen gewesen, Cornelia nicht nur unter die Arme zu greifen, sondern alles zu verbessern, Grund in diese Räuberhöhle zu bringen. Aber als sie ihren Plan gefasst hatte, waren sie noch zu zweit.

Eines Tages im letzten Herbst tauchte Cornelia im Alosenweg auf, setzte sich auf die Couch wie eine Meise aufs Fensterbrett und sagte ohne jede Einleitung: »Ich muss mal raus, sonst schnapp ich noch über. Könnt ihr mir helfen?« Von Hinz kam ein »Aber sicher doch«, kaum war der Tochterschnabel wieder geschlossen. Er stimmte ohne Wenn und Aber zu, und für Elisabeth, die eine Sekunde zu lange zögerte, gab es einen vorwurfsvollen Blick von Cornelia. Zusammen mit Hinz hätte sie jetzt kein Problem. Sie waren immer ein gutes Team, ein richtiges Gespann, wie zwei Ochsen vor einem schwergängigen Karren, die unermüdlich ziehen, bei Wind, Wetter und

Stockschlägen. Mit dem ›Reisestudio Geiger‹ hatten sich Elisabeth und Hinz ihren Traum vom eigenen Geschäft erfüllt, mit dem Haus im Alosenweg und den beiden Töchtern ihre Vorstellung von Heim und Herd.

Bei Cornelia gab es keinen zweiten Ochsen mehr, weil dieser Ochse ausgebrochen war, zurück nach Griechenland, wo er noch nicht einmal geboren wurde, dieser kuhäugige Trottel! Natürlich wollten sie ihr helfen, sie hatte zwei Kinder, dazu eine volle Stelle. Wie hätte Elisabeth ahnen können, dass Cornelia, ihre Feine, ihre Schöne, je am Ostendplatz landen würde, geschieden und alleinerziehend? Die Fellbacher Schwestern wussten natürlich sofort Bescheid: »Die Blinde soll die Lahme stützen, wenn das mal gut geht!« – »Hasch sie halt zu lasch erzogen, immer alles durchgehen lassen, gell?« – »Wer seinen Sohn liebt, der züchtigt ihn, so steht es geschrieben.«

Lass sie einfach schwätzen. Kehr zurück zum Lichtkreis! Nutze deine fünf Sinne! Hier stinkt es, nach Mülleimer. Aus dem Korb neben der Spüle gucken die Zwiebelsprossen, vorwitzig und fingerlang, daneben weiße Kartoffelkeime. Das wird sie nachher alles aussortieren.

Der Lichtkreis hat die gleiche Form wie der Pfannkuchen. Wenn der jetzt da reinfiele, sähe es sogar gut aus. Wie ein Mond, ein Vollmond. Der Mond ist aufgegangen, die goldnen Sternlein prangen am Himmel hell und klar. Aber statt des Waldes steht da Cornelias Kuttereimer schwarz und schweigend, beleidigt, weil ihn so lange keiner mehr geleert hat, der Kühlschrank mit den Stundenplänen der Kinder. Sie liest Brunos Blatt durch: Ende der Kernzeit: 13:30 Uhr. Und jetzt ist es fast vier! Wieso ist der Bub erst so spät gekommen?

Cornelia war heute Morgen um fünf ohne Gepäck ins Auto ihrer Mutter gestiegen. Der Flug nach New York ging früh, aber Elisabeth war dankbar für diese Uhrzeit, hatte das vorgeschlagene Taxi energisch abgelehnt und darauf bestanden, die Tochter zu fahren. Das taumelige Losreißen aus einem Schlaf, der sich, wenn überhaupt, erst weit nach Mitternacht einstellen wollte, verkürzte Elisabeths übliche Morgenqualen in ihrem einsamen Schlafzimmer im Alosenweg. Dieses Gefühl, in einen Abgrund zu stürzen. Sie hatte die Augen geöffnet und auf das unbenutzte Kopfkissen neben ihrem eigenen geblickt. Eine winzige Tablette unter der Zunge hatte ihr ein paar Stunden Abwesenheit beschert, aber keine wirkliche Erholung. Sich allein in ihrem Doppelbett wiederzufinden ließ sie heulen wie ein Schlosshund.

Cornelia merkte zum Glück nichts. Sie war mit ihrer Reise beschäftigt. Nicht ein einziges Gepäckstück wollte sie mitnehmen. Nur die unvermeidliche Umhängetasche aus recycelten Lastwagenplanen hing über ihrer Schulter. Sie wollte alles unterwegs kaufen, weil Klamotten in den Staaten so billig seien. Von Stella gab es sogar eine Liste, aber ob sie die wirklich abarbeiten würde, wisse sie noch nicht. Bruno habe keine Wünsche. Klamottenkauf sei immer ein Reizthema. Trotzdem werde sie ihm eine Jeans mitbringen.

Egal, worum es ging, früher oder später kam Cornelia auf Bruno zu sprechen. Dabei staunte Elisabeth immer wieder, wie viel sie über Gewicht, Körperfettanteil, sogar die Toilettengewohnheiten ihres jüngsten Enkels wusste und wie wenig über den echten Bruno. Er war ein unkompliziertes Baby gewesen, das, im Gegensatz zu seiner Schwester Stella, nicht dauernd Bauchkrämpfe bekam, nächtelang getragen, ja sogar mit dem Auto herumchauffiert werden musste, damit es einschlief. Bruno wohnte nahezu in Cornelia, auch nach seiner

Geburt, so oft trug sie ihn in diesem Tragetuch vor der Brust oder auf dem Rücken.

Aber trotz der ständigen Schlepperei hatte ihre Tochter damals nicht solche dunklen Säckchen unter den Augen gehabt. Neuerdings mischt sich in den natürlichen Braunton ihrer Haut ein ungesundes Weiß.

Vor dem Abflug wirkte Cornelia schläfrig, aber guter Dinge. Mit einem flappenden Geräusch schlug sie den Taschendeckel zurück. Elisabeth spähte unwillkürlich hinein: Ladekabel, Wollsocken, ein Apfel. Ihre Tochter griff nach ein paar verknitterten Ausdrucken, zusammengehalten von einer Wäscheklammer, und blätterte sie in provozierender Langsamkeit durch, obwohl ihr nur noch eine halbe Stunde bis zum Boarding blieb. »Hast du Kopien von deinem Pass und deinen Reisedokumenten gemacht?« Cornelia gab keine Antwort. Ihre klaren grauen Augen konnten wach und strahlend blicken, dann leuchteten sie fast hellgrün, doch gerade sah sie einfach nur weggetreten aus. Allerdings lag unter Cornelias Tranigkeit eine Unbeschwertheit, als sei sie froh darüber, allein aufzubrechen. Von Anfang an hatte die Art, wie Cornelia diesen USA-Trip angegangen war, Elisabeth regelrecht fuchtig gemacht. Ein Hinflug, ein Rückflug. »Ich habe keine Lust, mich auf irgendwas festzulegen. Termine hab ich sonst den ganzen Tag lang.«

Elisabeth ärgerte sich darüber, wie wenig ihre Tochter von der geplanten Reise erzählte. Immerhin sprangen Hinz und sie ein, um Stella und Bruno zu hüten. Da wäre es einfach höflich gewesen, ein paar Einzelheiten zu verraten.

Hinz hatte mit den Schultern gezuckt. Er meinte, das Mädchen wolle halt seine Ruhe haben. Natürlich sah auch Elisabeth ein, wie anstrengend Cornelias Leben seit dem Auseinanderbrechen ihrer Ehe mit Dimi geworden war. Dimitrios Chatzis, dessen große Liebe sie gewesen war, seit die beiden sich in der hintersten Hofecke der Grundschule Rohracker gegenseitig die Haare geschnitten hatten. An Cornelias Einschulungsmorgen saß Elisabeth im Reisebüro und kannte nur Hinz' Erzählung, wie er auf der Suche nach seiner jüngeren Tochter mit festgefrorenem Lächeln an Gruppen unbesorgt schwatzender Eltern vorbeihastete. Das Licht der Septembersonne fiel auf goldene, stahlblaue und knallrote Schultüten. Überall waren Kinder damit beschäftigt, diese riesigen Zaubererhüte auszuschütten, um an die Süßigkeiten in der Spitze zu kommen. Conny, wie sie damals noch genannt wurde, hatte sich nicht damit aufgehalten, vielleicht, weil die Kundenschale auf dem Tresen im ›Reisestudio‹ immer reichlich mit Bonbons gefüllt war. In ihrer Hand blinkte eine kleine Schere. Hinz war das Kirschrot des Griffs aufgefallen, weil es so heftig vom schwarzen Haar des Jungen abstach, der auf seinem Scout-Ranzen saß und rief: »Wenn du mir das Ohr abschneidest, werd ich dich sooo verdreschen …« Conny hatte keine Antwort gegeben, sondern in den glänzenden Schopf gegriffen, eine Faust voll Haar gepackt und die Schere zusammengedrückt, ehe Hinz nur ein Wort sagen konnte. Haarsträhnen lagen im Halbkreis um die beiden verstreut. Auf die goldbraunen Büschel, in denen noch die Haargummis mit Plastikperlen für die Rattenschwänze seiner Tochter leuchteten, rieselten schwarze Strähnen herunter. Mit ihren zipfelig im Nacken gekringelten Pagenfrisuren machten sie sich später Hand in Hand auf den Heimweg. Hinz und Dimitrios' Mutter liefen kopfschüttelnd hinter ihnen her, beladen mit den uninteressant gewordenen Schultüten und Ranzen wie die Leibgarde eines rebellischen Thronfolgerpärchens.

Ein Buch rutschte aus der Lastwagentasche und landete mit einem Knall auf dem Boden. Das schläfrige Paar neben ihnen schrak hoch, auch andere Leute ringsum zuckten zusammen, drehten die Köpfe. »Schuldigung«, sagte Cornelia mit ihrer durchdringenden Praxisstimme. Elisabeth bemerkte, dass sie einen Kaugummi im Mund hatte. Ihre Kiefer malmten unverdrossen. Kauend blätterte sie in dem Band herum, betrachtete die Fotos. National Audubon Society. Field Guide to Birds. Eastern Region. »Schau mal, Mami.« Der Zeigefinger mit dem kurzen Nagel wies auf eine Abbildung. »Die Inkataube. Lustig, oder? Es soll auch Wandertauben gegeben haben, Schwärme mit Millionen von Vögeln. Leider ausgerottet.« Elisabeth schüttelte unwillig den Kopf. Cornelia klappte ihr Buch zu, produzierte eine riesige Blase aus durchscheinendem Pink. Auch wenn es angebracht war, auf Langstreckenflügen bequeme Sachen zu tragen, fand Elisabeth die Kleidung ihrer Tochter heute wieder besonders verboten.

»Willst du nicht langsam mal los? Es ist spät.«

»Ruhig Blut, ich komme schon rechtzeitig. Wie hießen diese Leute, bei denen Oma Gertrud damals gelebt hat? Die mit dem Hotel? Kepler, oder? Und der Ort, das war Meadville in Pennsylvania, nicht wahr?«

Elisabeth nickte. Ihre Mutter Gertrud war als junges Mädchen tatsächlich eine Zeitlang in den USA gewesen. Als zu Hause das Geld knapp wurde, in den zwanziger Jahren. Sie hatte als Zimmermädchen in einem Hotel bei Verwandten gearbeitet. Meadville, Kepler, Pennsylvania – die Worte hörten sich vertraut an und gleichzeitig so weit entfernt, als erkundigte Cornelia sich nach Namen aus der Völkerwanderungszeit.

Auf dem Weg zur Sicherheitskontrolle erwähnte Cornelia ihre Kinder nicht. Elisabeth war darüber froh, denn das hieß ja, dass sie ihr vertraute. Cornelia machte sonst ein unglaubliches Getue um Stella und Bruno, besonders um ihn, ihren Kleinen. Ihren fetten Kleinen.

Mit Grausen denkt Elisabeth an die Rezepte im roten Ordner. Natürlich hat sie ein paar davon studiert. Wildreis. Gedämpfter Pangasius. Aber danach kauft er sich was Süßes. Sie hatte ihren Enkel, ihren fetten Enkel, schon vor dem Kiosk entdeckt, wenn sie nachmittags in den Kreisverkehr am Ostendplatz eingebogen war. Sein Pech, dass er einfach nicht zu übersehen ist. Vielleicht will er das auch gar nicht. Man erkennt ihn schon von weitem, wie einen großen leuchtenden Klecks in der Landschaft. Ein dicker Brocken. Manchmal hat Elisabeth den Eindruck, ihrem Enkel ist es völlig egal, wenn man ihn ertappt, mit einem Leberkäswecken in der Faust oder den Backen voller Schokoriegel. Es scheint ihm gleichgültig, wie er aussieht, egal, was die Leute über ihn flüstern. Seit er nicht mehr babyhaft genudelt, sondern nur noch übergewichtig ist, fallen die Kommentare oft in brutaler Lautstärke. Fett heißt das Wort, fett wie ein Mastschwein.

Cornelia deutete auf die Menschenschlange vor der Kontrolle und redete wieder über das Vogelbuch, doch Elisabeth konnte ihr plötzlich nicht mehr zuhören. Sie sah die Gesten kaum noch, mit denen die Hand ihrer Tochter die Worte begleitete, schmal und bräunlich, selbst ein Vogel, der immer wieder vor ihrem Gesicht aufflatterte.

Als ein junger Mann einen leeren Rollstuhl an Elisabeth und Cornelia vorbeischob, kam plötzlich alles wieder. Vielleicht durch das Geräusch der Gummireifen, vielleicht, weil es zu dieser frühen Stunde in der Flughafenhalle so stark nach Desinfektionsmittel roch.

Elisabeth hatte Hinz gefunden. Besser gesagt, sie war über

seine Schuhe gestolpert, seine riesigen Latschen, mitten im Flur. »Ganz großes Glück hat Ihr Mann gehabt, dass Sie früher nach Hause gekommen sind! In den ersten vier Stunden kann man noch einiges retten. Später wird es schwierig.« Was die Ärztin der Stroke Unit unter schwierig verstand, mochte Elisabeth sich nicht vorstellen. Bereits wenige Tage, nachdem Hinz wieder aus dem Krankenhaus zurück war, hatte sie genug. Diese Nuschelstimme, das Sabbern aus dem rechten Mundwinkel und sein Suchen nach den richtigen Wörtern brachten sie um den Verstand. Elisabeth kannte sich nicht wieder. Ich will ihn nicht so sehen. Ich will kein Bettflaschenknecht sein. Hinz' erste Zeit nach dem Schlaganfall war für sie beide die Hölle gewesen, obwohl er einen Teil davon in einer Rehaklinik am Bodensee verbracht hatte. Als er schließlich verkündete, er habe sich zu einem erneuten Aufenthalt dort entschlossen, fühlte Elisabeth sich erleichtert. Während sie seinen Koffer packte, merkte sie, dass sie vor sich hin summte. ›Lobet und preiset ihr Völker den Herrn, freuet euch seiner und dienet ihm gern, alle Völker, lobet den Herrn‹, ein jubelnder Ohrwurm, der sich nicht vertreiben ließ. Selbstverständlich schämte sie sich und legte seine Unterhemden, seine karierten Shorts sorgfältig zusammen, als könnte sie durch das Streicheln seiner Wäsche ihre unbändige Freude sühnen und dazu alles, was sie in den vergangenen Wochen verbockt hatte. Sie war keine gute Pflegerin gewesen.

Elisabeth weiß noch genau, dass sie sich bemüht hatte, beim Packen nicht in den Schlafzimmerspiegel zu gucken. Sie konnte sich selbst nicht in die Augen sehen. Vor ein paar Jahren hatte die Meldung über einen Rentner die Gemüter des Landes erschüttert, der seine im Wohnzimmer zusammengebrochene Frau dort einfach liegen ließ und ihr über Tage hinweg beim Sterben zusah, dabei weiterhin seinen Verrichtungen nachging, sogar im selben Raum fernsah und belegte Brote aß, alles mit der Sterbenden auf dem Teppich. Elisabeth fand, dass ihr eigenes Verhalten Ähnlichkeit damit hatte. Zwar musste Hinz niemals warten. Aber die schrecklichen Gedanken! Mit ihm schimpfen konnte sie nicht. In Gegenwart von Kranken benutzte sie sogar in höchster Erregung immer die Wandschirmstimme. Die Wandschirmstimme war sanft und glatt wie mit Zucker verrührter Quark.

Aus ihrem Elternhaus wusste Elisabeth alles über Kranke. Dort gab es ein Zimmer, in dem ein chinesischer Paravent stand, bemalt mit teetrinkenden Damen, Pagoden und Lotusblumen. Hinter diesem schönen Objekt reihten sich die unappetitlichen Utensilien der häuslichen Pflege auf, der sich ihre Mutter mit Leib und Seele verschrieben hatte: Nachtstuhl, Bettpfanne, Waschlappen, die Lysolflasche. Mit all diesen Sachen ging sie so selbstverständlich um wie die Nachbarsfrauen mit ihren Küchengeräten. Trotzdem fehlte bei Elisabeth jede Spur von süßem Quark, sie hatte nur den Wunsch wegzulaufen.

Und Hinz hatte sich schlimm aufgeführt. Ein ungeduldiger Patient, ruppig und verzweifelt über seine Handicaps.

Das Märchen von der Geduld im Leiden hat Elisabeth so lange geglaubt, bis sie mit Hinz alleine war. Auch das lag an ihrer Mutter, unter deren Händen selbst die zickigste Alte lammfromm geworden war. Kein Wunder, wenn einem jeder Wunsch von den Augen abgelesen wurde! In Fellbach war niemals eine Haarbürste durch das Zimmer mit dem Wandschirm geflogen. Keiner hatte gebrüllt wie ein Stier, sich die Kanüle aus dem Handrücken gefetzt, dass überall Blut rumspritzte, und bei sämtlichen Übungen gebockt. Wie hatte die

Mutter das bloß gemacht? Ihr Jesus, der ihr auf der Lebensbahn voranging, war wohl ein Motor, der in ihr brummte und
sie zu Höchstleistungen antrieb. Natürlich will sie es nicht,
aber Elisabeth kann nicht damit aufhören, der Mutter zu grollen. Sie war eingehüllt gewesen in ihren Glauben wie in eine
Regenjacke, an der abtropfte, was das Leben sauer machte. Elisabeth mochte nicht weiterdenken, der Rollstuhl war schon
längst im Gate verschwunden, aber ihre Erinnerungen liefen
weiter, ein paar Tage zurück. Sie zog die Schultern hoch, als
fröstle sie, während sie daran dachte, wie unbedarft sie nach
dem Kofferpacken ins Wohnzimmer geschlendert war, nichts
davon ahnend, dass gerade ihr ganzes bisheriges Leben über
den Haufen geworfen wurde.

»Hör zu, Lisi. Ich muss dir etwas sehr Wichtiges sagen.«
Hinz sah vom Sofa zu ihr auf. Sie war zufrieden mit ihrem
Mann. Inzwischen kam er fast ohne ihre Hilfe aus. Er war ge-
duscht und rasiert, das schaffte er ohne seine rechte Hand.
Auf seinen Brillengläsern saß kein einziger Tapser. Sauber ge-
schnittene und heruntergefeilte Nägel, aber das war ihr Werk.
Für ihren Geschmack etwas zu viel Rasierwasser. Er trug ein
modisches Hemd, blau mit schmalen violetten Streifen, das
sie ihm bei Breuninger besorgt hatte, nachdem er das Modell
seiner Wahl wie ein Kind aus dem Kundenmagazin herausge-
rissen hatte. Es war ihm anzumerken, wie er darunter litt, diesen Einkauf nicht selbst erledigen zu können. Elisabeths Ärger
darüber, dass er ihrem Geschmack nicht vertraute, verwässer-
te ihr Mitleid. Hinz war abgeschnitten von seinen Touren, bei
denen sie ihn nur zu Beginn ihrer Ehe begleitet hatte, weil es
jedes Mal Krach gab, wenn er kaufte, was ihm ins Auge stach,
anstatt in günstigeren Geschäften zu suchen.

»Lisi, hör mal.« Hinz' Gesicht war gerötet, und die Augen

schwammen leicht, das kam in letzter Zeit häufiger vor. Die gesunde Hand umklammerte die rechte, das hatte er sich neuerdings angewöhnt. Sie hörte sein heftiges Schnaufen, sah, wie er seine noch immer leicht gelähmte Hand knetete. Automatisch fasste sie ihn an, um dem Gefummel Einhalt zu gebieten, und war überrascht von der Heftigkeit, mit der er sich entzog. Der schwere Leib zuckte zurück, die Finger wurden weggerissen. »Lass mich!« – »Du behandelst mich wie einen … äh, ähh, einen … ähäh, einen, der nicht mehr ganz richtig im Kopf ist.« Wieder diese erbärmliche Sucherei nach dem richtigen Wort, dazu dieses schreckliche »Äh«, wie ein Schaf mit Alzheimer. Amnestische Aphasie, ganz typisch, hatte Cornelia gesagt. Hatten die Ärzte gesagt. Bestimmte Wörter waren futsch, perdu, er wusste sie einfach nicht mehr und bemühte sich mit Umschreibungen wie »diesem Dings« oder schob ihr den Schwarzen Peter zu: »Na, du weißt schon, was ich meine.«

»Lisi, wir brauchen eine Pause.« Der nächste Satz kam so glatt und vollständig heraus, dass sie erschrak. »Ich werde für eine Weile wegfahren, aber nicht in die Reha. Mein Taxi, es kommt gleich.«

Am schmerzlichsten hatte Elisabeth getroffen, wie Hinz' Augen, sein ganzes Gesicht geradezu aufleuchteten, als er – mühevoll und unter umständlichem Gesuche – auf sein Handy sah, eine Nachricht las, es wieder zuklappte und in die Hosentasche steckte. Mit einem Wimpernschlag wurde der ganze Mann ein anderer. Zu einem Wimpernschlag schienen in diesem Moment auch die Jahre und Jahrzehnte zusammenzuschrumpfen, das halbe Jahrhundert, das Elisabeth und Hinz zusammen verbracht hatten. Er strahlte über sein ganzes von Medikamenten und Bewegungsmangel schwammig gewordenes Gesicht. Darin war der junge Hinz, so deutlich wie schon lange nicht mehr, zu erkennen, auch in den zwar durch die Lähmung immer noch eingeschränkten, aber dennoch geschmeidigeren Bewegungen, mit denen er aufstand und sich zur Tür schob. »Es tut mir leid, Lisi, wirklich. Bitte ruf mich erst mal nicht an. Ich muss nachdenken.« Aber während er noch mit ihr sprach, war sie bereits aus seinem Blickfeld verschwunden. Aus den Augen, aus dem Sinn. Etwas anderes, das Elisabeth sich nicht vorstellen wollte, erwachte jetzt zum Leben, flatterte heran und nahm ihn mit sich. Er wurde nicht von ihrer Seite gerissen. Er ging freiwillig.

Sie kam nicht mit zur Tür, sondern blieb am Wohnzimmerfenster stehen. Die Tritte, mit denen Hinz seinen Koffer über den Gartenweg trieb, sahen lächerlich aus. Tragen konnte er ihn ja nicht, wegen der Krücke. Elisabeth fragte sich, ob er darüber nachdachte, dass er mit den neuen Turnschuhen gegen sein Gepäck kickte, die sie ihm besorgt hatte und in denen er auf dem Rasen hinter dem Haus das Gehen geübt hat, weil ihn ja niemand dabei sehen durfte. »So peinlich, das bin doch nicht ich!« Wie der Koffer über die alten Steinplatten holperte! Sie sah noch den Taxifahrer, der die Stufen hochspurtete und sich nach Hinz' Gepäck bückte, dazu ihren Mann von hinten, der langsam einstieg, während der Fahrer ihm beim Anschnallen half und seine Krücke auf den Rücksitz legte. Seine Krücke, die sie in Degerloch im Sanitätshaus gekauft hat. Elisabeth ahnte die Frau im Fond des Taxis mehr, als dass sie sie tatsächlich wahrnahm, ein verschwommenes Profil, etwa in ihrem Alter, ein Arm, der sich nach Hinz ausstreckte, die Krücke in Empfang nahm. Nichts Greifbares. Vielleicht bildete sie sich das alles auch nur ein?

»Mami! Träumst du?« Cornelia hat einen kräftigen Griff, sie drehte Elisabeth einfach zu sich um, als wäre sie eine ihrer schwerfälligen Patientinnen. »Mami, was ist denn? Eben hast du mich noch schalou gemacht, und jetzt bleibst du einfach stehen. Alles klar bei dir?« Schon kramte sie in ihrer Tasche und holte eine halbleere Wasserflasche heraus. »Da, nimm die mal, ich gehe jetzt durch. Die zweite Reha ist doch eine gute Idee von Papa. Und er hat schon solche Fortschritte gemacht.« Elisabeth hätte sich gerne gegen Cornelia gelehnt wie gegen eine warme Mauer. Sie fühlte sich schwach, als könnte sie keinen Schritt weiter. Trotzdem warf sie die Plastikflasche in den dafür vorgesehenen Behälter, trat auf ihre Tochter zu, umfasste deren Stirn mit beiden Händen und sprach leise die Worte, mit denen ihre Mutter gegen allen Widerstand jeden Abschied verbrämt hatte. Sie drängten sich heraus, ohne dass sie einen Augenblick lang nachdenken musste: »Der Herr segne und behüte dich, der Herr lasse sein Angesicht leuchten über dir und gebe dir Frieden.« Das erstaunte Lächeln Cornelias traf sie, dann der Kuss, eine rasche Umarmung. Sie drehte sich noch einmal um, nachdem sie ihre Sachen für die Kontrolle in eine graue Plastikwanne gelegt hatte. Elisabeth winkte zaghaft, während Cornelia breitbeinig und mit über dem Kopf erhobenen Armen im Gehäuse des Metalldetektors stand. Dann ging sie weiter zum Ende des Rollbands, hängte sich ihre Tasche über die Schulter und verschwand zwischen den anderen Reisenden.

2   Avenue of the Americas

Meine Zehen in den Sandalen sehen aus wie violette Zwetschgen. Sie wackeln immerhin noch. Hallo, ihr Zwetschgen,
schrecklich seht ihr aus, eure Farbe beißt sich mit dem hellblauen Nagellack. Kein Wunder, hier wird jeder Raum ge-
kühlt wie ein Eisschrank. Aber sobald man vor die Tür geht,
strömt der Schweiß aus sämtlichen Poren. Die Lobby ist ein-
gerichtet wie eine Mischung aus Krankenhaus und Sechziger-
Jahre-Wohnzimmer. Das Hotel liegt an der Avenue of the
Americas, Midtown. Die Fenster gehen bis zum Boden und
zeigen auf die 29th Street hinaus. Dort drängen sich Scharen
gelber Taxis zwischen roten Doppeldeckerbussen und Lieferwagen. Fußgänger strömen durch die Schluchten zwischen
den Hochhäusern. Wo deren Riesenschatten hinfallen, sind
deutlich mehr Menschen unterwegs. Manche tragen bunte
Schirme zum Schutz gegen die Sonne. Da draußen liegt Manhattan.

   Ich bin zum ersten Mal hier. Es ist etwas Besonderes.
Aber nicht wegen New York, sondern weil ich allein bin. Das
klingt wie ausgedacht, aber es stimmt. Ich bin 45 Jahre alt
und habe noch nie allein gewohnt, bin niemals ohne andere

verreist. Nachdem mir das klargeworden ist, habe ich beschlossen, diesen neuen Zustand festzuhalten. Was mir durch den Kopf geht, schreibe ich in einen karierten Collegeblock. ›Stella Chatzis, 9a, Chemie‹ steht auf dem Deckblatt, und über meinen ersten Sätzen hat meine Tochter mit grünem Filzer aufgezeichnet, wie eine Redoxreaktion funktioniert. Ihren Namen durchzustreichen, bringe ich nicht fertig. Stattdessen schreibe ich meinen darüber, the long version, die ich nur in offiziellen Fällen benutze. Aber ich habe das Gefühl, alles müsse seine Ordnung haben: ›Cornelia Geiger-Chatzis, New York, Juni 2017‹.

Der Alltag mit den Kindern fehlt mir bisher kein bisschen. Es fehlt mir nicht, von Stella angepflaumt, von Bruno vollgejammert zu werden, während ich lauter schreie als beide zusammen, damit sie nicht zu spät zum Unterricht kommen oder ich meinen ersten Patienten warten lassen muss. Auf die endlose Karawane von Hausarbeiten, gehetzten Einkäufen, Schul- und Arztterminen kann ich gut verzichten. Auch Staubmäuse, Schmutzränder im Waschbecken, das verräterische Müffeln aus dem Kühlschrank, mein ganzes Ungenügen in dieser Hinsicht brauche ich nicht. Aber als ich mein vom Schlafen im Flugzeug zerwühltes Haar bürste, muss ich an Stella denken, die sich manchmal von mir helfen lässt, weil sie eine Flechtfrisur nicht alleine hinkriegt. Ich meine, ihre weichen Strähnen an meinen Händen zu spüren, und sehne mich plötzlich nach ihr. Brunos Abschiedsumarmung, in der die ganze Verletzlichkeit seiner speckumhüllten Existenz liegt, fehlt mir auch. Ich möchte ihn beschützen, weil er das selbst nicht kann. Ich hoffe, sie sind okay. Ob Mami das alles schafft? Am Flughafen kam sie mir traurig vor. So ganz verstehe ich das nicht. Papa ist doch gut aufgehoben. Wahrscheinlich fällt sie in das schwarze Loch, nachdem sie ihm vorher am liebsten den Hals umgedreht hätte. Typisch für pflegende Ehepartner. Hätte ich doch zu Hause bleiben sollen? Aber ich bin hier. Ich darf das. Ich habe es mir verdient. Und nachher skypen wir.

Mami schwört, sie habe alles im Griff. Ihre Nachrichten bestehen fast nur aus hochgereckten Daumen und Smileys. Das macht mich misstrauisch. Aber Stella hat nachmittags, während ich noch in der Luft war, das Bild einer Grille in einem aus Gras geflochtenen Häuschen auf Instagram eingestellt und über mögliche Fortsetzungen der vierten Staffel von ›Chinese Beams‹ gemutmaßt. Sie ist fest davon überzeugt, dass Yi Min und Emma sich kriegen, die Hausgrillenfarm ein Erfolg wird und der alte Jadebauch zu einer Triade gehört. Wenn der Haussegen schief hängt, schreibt sie über andere Sachen.

Im Flieger gab es die neue Staffel auf Englisch, ich hab sie mir vollständig reingezogen, anstatt meine Reiseführer durchzuarbeiten. Hat sich wirklich gelohnt. ›Chinese Beams‹ ist genauso spannend wie seinerzeit ›Breaking Bad‹. Dazu kommt der ständige Kick, wenn die eigene Heimat in einer internationalen Serie als Hauptschauplatz auftaucht: Stuttgart, Peking, Washington D. C. Das Beste: Ich kann vor meiner Tochter mit Insiderwissen angeben. Drohen, sie zu spoilern, falls sie nicht spurt. Stella und ich haben gerade nur zwei Dinge gemeinsam – ›Chinese Beams‹ und Nagellacke tauschen. Wenn sie wüsste, dass ich mit beidem – der Serie und den Farborgien auf meinen viel zu kurzen Fingernägeln – nur angefangen habe, um ihr näher zu sein, würde sie mich noch mehr verachten, als sie es ohnehin schon tut. Ich hätte ihren Vater ziehen lassen, ach was, ihn vertrieben. »Warum sind wir nicht alle zusammen nach Griechenland gegangen?« Außerdem sei es meine Schuld, dass wir »leben wie die Hartzer, in einem

Keller, mit Ratten im Garten«. Wenn Stella wüsste, was für ein Palazzo unsere Ostendwohnung ist – im Vergleich zu den Löchern, die Dimi und ich uns sonst noch angesehen haben! So zweifelt sie an mir, weil ich trotz eines vernünftigen Gehalts nicht dazu in der Lage bin, für eine ordentliche Behausung zu sorgen. Manchmal stehe ich kurz davor, ihr zu sagen, wer hier als Erster aus unserer Familie rauswollte, aber ich bring es einfach nicht fertig, Stellas Bild von Dimi zu zerstören. »Mein Papa, der liebste Mensch der Welt.« Das war schon immer so. Gegenseitige Anbetung, rund um die Uhr.

Meine Mutter giftet herum, sobald sein Name fällt. Dimi gibt sich Mühe, regelmäßig für die Kinder zu zahlen, kleckerlesweise. Natürlich läuft seine Praxis nicht so bombastisch, wie er sich das vorgestellt hat. In Griechenland hat das ›Ende der europäischen Wirtschaftskrise‹ ein anderes Gesicht als in unseren Breiten. Dort hat keiner auf Dimitrios Chatzis, Physiotherapeut mit Shiatsu-Ausbildung on top, gewartet. In den Augen seiner Landsleute spricht er noch nicht einmal lupenreines Griechisch. Aber Dimi hat seinen alten Charme, seine Zuversicht wiedergefunden, das wird ihn retten. Seit er in Parga lebt, fühlt sich die Leere leichter an. Ich vermisse ihn nicht mehr so wie am Anfang, aber gerne wäre ich ihn ganz und gar los. Manchmal stelle ich mir vor, dass er jemand Neues hat. Eine Griechin, das ist klar. Dann wäre sein Heimatpuzzle vollendet, in dem ich das unpassende Teil war. Das tut einfach weh.

Der junge Kellner kommt mit einer Thermoskanne und fragt, ob ich einen Refill möchte. Als ich verneine, nimmt er die leere Tasse mit. Seine Akne blüht heftig zwischen blonden Bartstoppeln und dem flaumigen Haaransatz. Auf der Brusttasche des Polohemds ist sein Name eingestickt: ›Holden‹. Ich lächle Holden zu, vermutlich zu heftig, in meiner Begeisterung darüber, dass er so heißt wie der Held meines Lieblingsbuchs. Er errötet und entfernt sich schnell.

Alles stehen lassen und dann weggehen wie die Sau vom Trog, das fühlt sich großartig an. Vor Papas Apoplex haben die Kinder jeden Freitag im Alosenweg übernachtet. Dann konnte ich ein bisschen im Garten rumhängen, warten, bis meine Hände aufhörten zu zittern, die Beine abschwollen und der Schwätzer in meinem Kopf keine Patiententermine und Abrechnungsziffern mehr ausspuckte, sondern sich ebenfalls beruhigte. »Sie ist doch ein faules Stück, dass sie ihren Kruschtladen nicht aufräumt, wenn die Kinder bei uns sind, sondern bloß im Hof rumsitzt.« Das sollte ich natürlich nicht hören. Trotzdem bin ich unter anderem wegen dieses Satzes nicht ohne Schadenfreude, wenn sie sich – seit der Papa-Krankheit immer öfter – bei mir meldet. Auf der Suche nach Trost, unter der Tarnkappe von Großmütterchen Nützlich & Patent. Ich komme mir vor wie ein Arschloch, aber ihre Schwäche zu sehen fühlt sich jedes Mal an wie Nutella auf warmem Toast. Das faule Stück war es nämlich, das ihren Hinz in die Stroke Unit geschafft hat. Das Weib ohne Ehrgeiz und Mann hat keine zwölf Stunden nach dem Schlag angefangen, mit ihm zu üben, hat mit den Ärzten gesprochen und ihn mobilisiert, während der ersten Nacht bei ihm gesessen, jeden Tag seine rechte Seite angetippt und so dafür gesorgt, dass er jetzt nicht im Rollstuhl sitzt, sondern munter am Stock hüpft. Schließlich ist es auch die viel zu nachgiebige Mutter mit den verzogenen Blagen gewesen, durch deren Kontakte man den Platz in einer ausgezeichneten Rehaklinik ergattern konnte. Bis vor die Zimmertür am Bodensee hab ich dieses Jubelpaar gekarrt, das sich plötzlich wie Hund und Katze aufführt.

Ich bin weg. Und tue damit etwas Gutes. Jawohl, weil ich Mami mit einer Aufgabe versorge, die sie davon abhält, ihren Mann zu tyrannisieren, der nicht mehr so funktioniert, wie sie es seit Ewigkeiten gewohnt ist. Alles, bloß kein schlechtes Gewissen mehr haben. Ich bin einfach abgehauen. Hab sie im Stich gelassen. Auch den Hilflosesten unter ihnen. Ob Bruno es packt? Nachher skypen wir.

Draußen zwischen den Passanten tippeln ein paar Tauben, arme Kerle ohne Heimat, wie mein Vater sagen würde. Sie sehen grau, struppig und verloren aus – wie überall auf der Welt. Niemand bemerkt ihre blaugrün schimmernden Halsfedern. Seit 1912 läuft die Suche nach der amerikanischen Wandertaube. 5000 Dollar Preisgeld bekommt, wer ein einziges Paar des ausgestorbenen Vogels oder wenigstens ihren Nistplatz ausfindig machen kann. Bis heute hat keiner die Kohle eingestrichen. Audubon, der Godfather of American Vogelkunde, beschreibt die Ausrottung der Passenger Pigeon in all ihren grässlichen Einzelheiten so anschaulich, dass mir jedes Mal die Tränen in die Augen treten, wenn ich diesen Abschnitt lese. Was für eine Ironie, ich komme nach New York und finde das letzte Wandertaubenpaar. Zwischen den Straßenvögeln hier vor dem Hotel. Im Central Park. Oder sonstwo. Und von dem Geld mache ich Diät-Urlaub mit Bruno.

Im Alosenweg gibt es noch ein Dutzend Tauben im Schlag auf dem Dachboden. Seit Papa da nicht mehr hochkommt, hat Mami schon einige Male vergessen, sie zu füttern. Vielleicht will sie, dass die Vögel sich davonmachen. Ob sie den Nachbarn tatsächlich Bescheid gesagt hat? Vielleicht rufe ich später mal bei ihnen an, damit Papa nach seiner Rückkehr keine böse Überraschung erlebt. Schon wieder rollt die Lawine. Mit mir mittendrin. Selbst auf einem anderen Kontinent stecke ich in dieser rasenden Kugel fest, in klebriger Innigkeit zusammengebacken mit allen, die ich liebe oder lieben muss. Ihre Verletzungen schmerzen ebenso schlimm wie meine eigenen. Ich sollte weg sein, weit weg, und bin immer noch mit jeder Faser auf der anderen Seite. Ob das so bleibt? »Es liegt an Ihnen, ob Sie wieder laufen können. Ich bin nur das Werkzeug, Sie sind der Motor.« Das sage ich zu meinen Patienten, wenn sie jammern. Es liegt an mir, ob ich die Zeit hier als Urlaub betrachten kann oder im Saft des Familiengulaschs weiterschmore.

An der Wand gegenüber hängt ein riesiger Flatscreen, auf dem ununterbrochen und tonlos CNN läuft, eine Talkshow, die ich verfolgen könnte, weil sie mit Untertiteln versehen ist. Darunter rast das rote Band der Top News. Den Tod unseres Altbundeskanzlers habe ich schon am Flughafen verdaut. Birne. Hier nennen sie ihn »a giant of epochal times that remade Europe's political architecture«. Das macht mich, die nie schwarz gewählt hat, erstaunlich stolz und sogar etwas wehmütig. Ich habe Hunger und bestelle mir ein homemade crispy granola, ein danish, dazu einen iced tea mit Pfirsichgeschmack. Keinen Salat, kein Obst. Grenzenloses Fressen, denn Bruno ist nicht da, ich muss mich nicht ihm zuliebe zusammenreißen. Ich nehme nicht zu. Zu viel Stress, zu viel Sport, die richtigen Gene. In Bruno steckt auch Dimis DNA, und die Chatzis-Sippe hat viele Pummelchen hervorgebracht. Holden serviert in Höchstgeschwindigkeit. Ich greife nach dem riesigen Glas, in dem Eiswürfel klirren, und versuche, das Auge meines Smartphones so auszurichten, dass mein Gesicht in diesem Arrangement möglichst vorteilhaft erscheint.

Auf Selfies sehe ich immer beknackt aus. Stella hat mir neulich ansprechende Selbstporträts eines Affen aus dem indonesischen Urwald gezeigt, die dieser mit der Ausrüstung eines Tierfotografen gemacht hatte: »Schau mal, wenn selbst der das hinkriegt ...« Trotzdem fotografiere ich mich breit grinsend, und als ich daran denke, dass Papa dieses Bild sehen, mir sogar antworten kann, dass er tatsächlich noch lebt, fällt mir das Grinsen leichter. Wenn das erledigt ist, habe ich fast alle meine Pflichten erfüllt. Dann darf ich los.

Ich schreibe noch ein paar Sätze unter das Foto: »Conny allein in New York. Fühlt sich komisch an. Wie geht es dir? Gut eingelebt? Bitte vergiss nicht, mit Prof. Werner über die Medikation zu sprechen.«

Das Granola ist nicht übel. Trotzdem bin ich plötzlich pappsatt. Statt zu essen, knipse ich die vollen Teller und stelle das Bild in die Familiengruppe, in der meine Schwester und ich mit ein paar Cousinen und Sabinas Schwägerinnen zusammengespannt sind: ›Geiger-Schwestern & Co.‹. Unterschrift: »Manhattan Breakfast«. Keiner antwortet. Danach zwinge ich mir alles rein, weil die Vorstellung von weggeschmissenem Essen mich wahnsinnig macht. Sabina hat mir neulich erzählt, Johannes, ihr Jüngster, habe sie ›Müllfresser‹ genannt, weil sie am Familientisch immer sämtliche Reste in sich reinschaufelt. Mamis strenge Schule. Nichts darf umkommen. Immerhin kämpfen wir so gegen die Lebensmittelverschwendung.

Meine Schwester hat in ihrem ersten Jahr als Kinderkrankenschwester am ›Olgäle‹ in Stuttgart einen Arzt geheiratet und mit ihm für reichlich Nachwuchs gesorgt. Lauter Jungs: Markus, Mattis, Lukas und Johannes, die Papa nur die Evangelisten nennt. Sie haben ein Haus mit Garten, natürlich nicht in der Stadt, sondern draußen im Strohgäu, zwei Hunde, zwei Autos und sie verschicken zu Weihnachten einen Rundbrief mit Familienfotos und Gottes Segen. Seit es WhatsApp gibt, haben Sabina und ich wieder mehr Kontakt. Vorher war es mies. An mir lag es nicht, ich brauche jemanden, bei dem ich mich anlehnen kann, ohne immer alles erklären zu müssen. Aber sie leidet nicht nur unter chronischem Zeitmangel – Kinder, Ehrenämter, Kirchenvorstand –, sondern will auch möglichst wenig mit einer konfessionslosen Geschiedenen zu tun haben. Außerdem ist sie davon überzeugt, Mami und Papa würden mich vorziehen, schon immer. Vielleicht wird man so, wenn man in Gottsfelde wohnt. Mein Schwager Michael stammt von einem Gründungsmitglied dieses Ortes ab; sein Urgroßvater war dort Lehrer. Sabina kam während der Ausbildung zu jenen frommen Pietisten, die man im Ländle auch den Pietkong nennt. Mami hält diese Heirat für einen merkwürdigen Zufall, weil ihr Vater ebenfalls in Gottsfelde geboren wurde. Sie hat immer wenig von ihrer Kindheit erzählt, aber es wundert mich im Nachhinein schon, dass wir katholisch getauft wurden. Papa kommt aus Mainz. Sabina hat sich auf ihre protestantischen Wurzeln besonnen. Im Gegensatz zu mir scheint sie eine Standleitung in Richtung Himmel zu brauchen. Manchmal beneide ich sie.

Ich trinke die kalte, süße Tee-Brühe und will gerade mein Telefon auf lautlos stellen, als es in meiner Hand vibriert. »Geht prima hier. Prof. W. ganz zufrieden.« Dahinter zwei grinsende Smileys und eine ganze Zeile roter Herzen. Die Nachricht kommt von Papa! Ich bin noch am Tippen, da ploppt ein Bild herein: mein Vater, breit lächelnd. Sein Gesicht ist leicht gebräunt, unter den höchstens zwei Millimeter kurzen Haarstoppeln sitzen massenweise Sommersprossen. Er muss sich genau an die verordneten Spazier-Humpeleien gehalten haben. Seine rechte Seite sieht viel besser aus als noch vor einer

Woche. Ich zoome ihn heran, um das Lid, den Mundwinkel und die Backenpartie genauer unter die Lupe zu nehmen. Da hat sich wirklich was getan! Doch in meine Erleichterung mischt sich ein merkwürdiges Gefühl. Wieder checke ich lehrbuchmäßig seine Erscheinung. Er grinst mich aus der schimmernden Tiefe des Displays an wie ein Honigkuchenpferd. Honey cake horse. Seinen schlaffen rechten Arm hält er noch immer mit der Linken umklammert. Wer hat das fotografiert? Auf einmal wirkt alles auf diesem Schnappschuss seltsam. Die Kaffeeflecken auf Papas weißem T-Shirt, das Strahlen der hellblauen Augen. Hinter ihm zieht sich eine Girlande von Pril-Blumen über die Wandkacheln. ›Willst du viel, spül mit Pril.‹ Früher sammelten Sabina und ich Blendi-Aufkleber, die durften nur auf den Spiegel oben im Kinderbad. Mami hätte derartigen Tinnef sonst nirgends geduldet. Im Alosenweg gab es eine weiße Küche mit grünem Linoleum, schlicht, nicht unfreundlich, aber ohne jeden Schnickschnack. Wir saßen morgens mit unserem Kaba an einem winzigen Ausziehtisch neben dem Radio. SDR3-Nachrichten, beide Eltern standen in Kostüm und Anzug gegen die Schränke gelehnt. Nescafé wurde mit heißem Wasser aus dem Hahn aufgegossen, dazu einen Schuss Bärenmarke und eine Kippe. Haferflocken für uns. Das Geschirr blieb stehen, weil alles losrannte, zur Schule, ins Reisebüro. »Ade, meine Süßen.«

Kein Platz für Pril-Blumen. »Papa. Was läuft hier?« Er muss sich bestimmt stark konzentrieren, um mit dem linken Finger zu tippen, obwohl sein neues Handy ein Riesending ist. Mit der Antwort kann es dauern. Ich bin trotzdem ungeduldig. »Papa???« Der nächste Plopp bringt ein einziges Smiley. Ich schieße eine Reihe Fragezeichen zurück. Auf sie folgt erst einmal gar nichts. Nach dem Schlägle (in Wahrheit ein ausgewachsener Mediainfarkt) musste er vieles neu lernen. Ich weiß, wenn ich ihn jetzt mit einem Nachrichtengewitter bombardiere, wie ich es mit Stella praktiziere, wenn sie nicht antwortet, macht ihn das nervös. Aber ich halte das Warten nicht aus. »Papa, wo bist du?« Ich fühle, wie mein Magen, meine Gedärme sich zusammenziehen. Es schmerzt und gluckert. Langsam trinke ich den Tee, schließe kurz die Augen. Warum könnt ihr mich nicht alle in Frieden lassen? Jetzt kommt eine Voicemail.

»Cornelia. Mein Meedsche.« Papa schnauft tief durch, er spricht immer noch etwas verwaschen. Bei allem, was er tut, scheint er mit unsichtbaren Hindernissen zu kämpfen. Seine frühere Zappeligkeit, dieses fast Tänzerische in Ausdruck und Bewegung, ist verschwunden, und ich bin mir sicher, dass es nicht zurückkommen wird. »Ich bin ein alter Depp.« Wieder zieht er schnorchelnd Luft ein, dann lacht er plötzlich, abgehackt, gepresst. »Aber ich bin so glücklich.« Neues Schnaufen. »Ich bin bei Annemarie.« Er räuspert sich, obwohl seine Stimme nicht im Entferntesten belegt klingt. »Wir kennen uns aus dem …« Er atmet schneller, ich ahne, was jetzt kommt, ein Wort, das er nicht findet, obwohl er genau weiß, was er sagen möchte. »Na, du weißt schon, dieses Dings, in dem ich war.« Er wird etwas lauter, es macht ihn wahnsinnig. »Dieses Dings, wo … wo Kranke hinkommen.« Ein heftiger Seufzer, er kämpft sich zurück in den Sprachfluss. »Sie hatte sich verirrt, bei einem Besuch.« Wieder dieses Lachen. »Nein, ganz ehrlich, sie hat mich durch die Glastür gesehen und gedacht: Den großen Kerl mit der Krücke, den will ich kennenlernen.« Neues Lachen. Kein Vaterlachen, klingt eher nach Bruno, wenn er etwas peinlich findet. Nein, nicht Bruno. Stella. Mein Vater klingt wie seine Enkelin, die über Hamid spricht und rosa Flecken am Hals bekommt. »Bitte, Cornelia, du musst mich nicht verstehen«, er hustet gekünstelt. »Aber sie hat mich wirklich gesehen, alles an mir, als sei ich ein ganz anderer, ein neuer …« Er ächzt, als hätte er Schmerzen, aber es ist wieder nur ein Wort, das niemals wieder über seine Lippen finden wird, weil die Hirnzellen, in denen er es abgespeichert hatte, gestorben und für immer verloren sind. »Ein… anderer… Dings, ein Kerl eben.« Wie er das Verb betont, GESEHEN. Als sei es möglich, seine Größe irgendwie zu übersehen. Ich nehme mein Handy vom Ohr. Der blaue Punkt hat das Ende der dünnen grauen Linie noch lange nicht erreicht. Verdammt, wie ausführlich kann eine solche Sprachnachricht denn eigentlich sein? »Cornelia, ich bitte dich. Nichts davon zu deiner Mutter. Ich möchte das selber. Bald. Bitte, vergiss es einfach, es ist ja unsere Angelegenheit. Verzeih mir bitte. Und mach dir keine Sorgen.« Das war's. Mehr kommt nicht. Zur Sicherheit, dass ich nicht träume, höre ich mir das Geseier noch einmal an. Außerdem zwicke ich mich in den Arm, so wie Sabina und ich das früher immer gegenseitig getan haben. Sabina konnte kneifen wie eine Hexe, bei all ihrer Sanftheit. Blaue Spuren, als hätte ein Pferd zugebissen. Trotzdem bleibt Papas Nachricht unverändert. Annemarie. Klingt nach Apfelkuchen und Kaffeefahrt.

Was bildet der sich eigentlich ein? Manchmal hab ich den Eindruck, sie wollen mich fertigmachen, alle miteinander. Wäre ich in der Praxis, könnte ich mit meinen Kolleginnen ein paar fiese Witze reißen. Über meinen Vater und diese Annemarie. Physiotherapeutinnen sind schlimmer als Chirurgen, und die haben ja den Ruf, die härtesten Sprüche zu klopfen. Unsere Patienten furzen und machen unter sich, während wir an ihnen herummanipulieren. Sie sind quicklebendig und brüllen vor Schmerz unter unseren heilenden Händen, narkoselos und stets bereit zum Widerspruch, zum Angriff oder dazu, unsere Oberarme, Brüste, Schenkel zu betatschen. Bin ich jetzt dran, um meine Mutter zu warnen? Bin ich nicht immer dran? Mit Anrufen, Staubsaugen, Geburtstagsblumen vorbeibringen, mit Rechnungen schreiben, ein Lehrergespräch führen? Sabina und ihr Familientross haben Papa nur einmal besucht, als er im Katharinenhospital lag. Sie selbst ließ sich danach kurz im Alosenweg blicken, weil sie sowieso einen Termin in der Stadt hatte. Ihre Ehrenämter ersetzen glatt einen Fulltime-Job. Alles, was mit den Eltern zu tun hat, hängt an mir. »Dir helfen sie ja auch ständig«, ist ihre Standardformel, wenn ich darüber meckere. Verfluchte Not, mir reicht es jetzt. »Soll sie doch der Kuckuck holen, alle miteinander!« Das sage ich laut und schlage mir sofort die flache Hand auf den Mund. Auf einmal fühle ich mich wahnsinnig müde. Auch wenn ich weiß, dass Schlafen mitten am Tag den Jetlag nur schlimmer macht, möchte ich mich kurz im Zimmer hinlegen, bevor ich in die Stadt gehe. Ich schalte das Handy stumm und stecke es beim Aufstehen erst in seine Hülle und dann tief in die Umhängetasche. Ich bin jetzt mal unerreichbar. Es fühlt sich verboten an, aber nicht schlecht.

Elisabeth steht auf dem Trottoir vor Cornelias Wohnhaus, wo sie ihren alten Daimler geparkt hat, und sucht nach dem Schlüsselbund. Hektisch wühlt sie in den Tiefen ihrer Handtasche. Panik steigt in ihr auf, doch dann fühlt sie eine Rundung an den Fingerspitzen, umklammert den Anhänger, eine hölzerne Eule, die Schlüssel klirren leise, sie atmet auf.

Das Gewimmel um sie herum geht ihr auf die Nerven; die Frauen, die so ernst unter ihren akkurat gebundenen Kopftüchern dreinschauen, trotz der Sommerhitze in langen Mänteln, langen Hosen. Viele sind bepackt mit Einkäufen. Der Verkehrslärm regt Elisabeth auf, der scharfe Bratendunst aus den Gaststätten, die Halbwüchsigen in ihren Trainingsanzügen, die Schilder überall: ›Ostend-Apotheke‹, ›Ostend Kebap‹, ›Ki-Ost‹ statt Kiosk, als sei das hier ein besonderer Ort, auf den man stolz sein kann!

Natürlich stand sie schon oft an der Ostendstraße, um ihre Enkel abzuholen oder zu Cornelia zurückzubringen. Trotzdem kann sie sich nicht an die Gegend gewöhnen. Die Häuser hier haben höchstens drei Stockwerke, sie kommen ihr geduckt vor, armselig und proletarisch, obwohl sie zugeben muss, dass sie nicht verlottert wirken. Sie empfindet hier nie das Gefühl von Sicherheit wie im Alosenweg mit seinen Weinbergen und Gärten. Die frühere Wohnung von Cornelia und Dimi im Stuttgarter Süden hat sie geliebt, obwohl es auch dort städtisch zuging. Besonders wenn Gruppen dunkelhaariger junger Männer auftauchen, von deren Unterhaltung sie kein Wort versteht, wird Elisabeth mulmig zumute. Gleichzeitig schämt sie sich dafür und weiß, dass ihre beiden Töchter diese Gefühle entschieden verurteilen würden.

Sie lässt den Kofferraum aufschnappen. Er ist randvoll mit Lebensmitteln. Ein richtiger Hamsterkauf. Zum letzten Mal hat sie solche Mengen transportiert, als sie noch zu viert waren. Auf jeden Fall zu viel, um alles allein hineinzuschleppen. Ob Bruno ihr hilft?

Bevor sie weggefahren ist, hat sie an seine Tür geklopft, ihn gefragt, ob er mit zum Supermarkt wolle. Seine Stimme antwortete zögernd, ein wenig rau: »Nein, danke, ich bleib lieber hier.« Vielleicht hätte sie sich durchsetzen sollen. Ihr tut der Rücken weh, die Füße sind geschwollen, sie sehnt sich nach einer Tasse Kaffee. Am Eingang des Discounters gibt es zwar einen Getränkeautomaten, aber sich etwas so Dekadentes wie einen Coffee to go zu gönnen, ist für Elisabeth unmöglich. Das versagen ihr die Fellbacherinnen. Coffee to go steht auf der schwarzen Liste der beiden, genau wie lange heiße Duschen, Vollbäder, Weichspüler, sich selbst verwöhnen mit Parfüm, Schminke, Mode, sich selbst betrachten, gar berühren! Auch wenn Elisabeth innerlich rebelliert, bringt sie es einfach nicht fertig auszuschlafen, einfach nur herumzusitzen und Löcher in die Luft zu starren, sich zu entspannen. Hinz hat ihr gegen die beiden alten Weiber geholfen. Sie dachte an die Petits Fours, die Schäumchen aus der Konditorei Nast. Sein zuversichtliches Grinsen über der duftenden Papiertüte, wohl wissend, dass Elisabeth so etwas Luxuriöses und Überflüssiges nie im Leben für ihre gemeinsame Kaffeepause besorgt hätte. Er ist der Zucker und ich bin der Essig. Sein saures Essigweib. Solche Gedanken waren wie eine Rutschbahn, auf der sie unaufhaltsam in die Dunkelheit raste. Ins finstere Tal. Elisabeth musste alle Kraft aufbringen, die Finger um den Griff des Einkaufswagens krampfen, um sich wieder in die Gegenwart zu zwingen. Wie närrisch hatte sie ihren Zettel angestarrt, auf dem die eigene Schrift sich zu unleserlichen Krakeln auflöste.

Mit einem Knall schließt sie den Kofferraum und schaut hinüber zu der Uhr, die vor dem Kebap-Lokal am Kreisverkehr steht. Schon fast acht! Unter dem großen Zifferblatt dreht sich ein Reklamewürfel, in dessen Mitte ein rotes Männlein einen Pümpel schwingt. ›Rohrteufel‹, ›Tag und Nacht‹. Ohne diesen Hinweis wäre Elisabeth nie darauf gekommen, dass es sich bei dem harmlosen Gesellen mit den verkümmerten Hörnchen um Satan handeln soll. Sie schnaubt und klaubt vorsichtig ein grünes Paar Ahornnasen von der Heckscheibe. Sie sehen aus wie kleine Flügel. Einstecken, für Bruno. Ihr fehlt eine Pause. Egal wo, nur sitzen und diese bleiernen Füße abstellen.

Ob Stella zu Hause ist? Mittlerweile hat sie der Enkelin drei Textnachrichten geschrieben. Gefragt, wie es in der Schule war, sie gebeten, gleich nach dem Unterricht heimzukommen. Aber die Häkchen daneben sind immer noch grau, wahrscheinlich hat das Mädchen sie noch gar nicht gelesen.

Elisabeth ist froh, dass Cornelia nichts von ihrem Einkauf zu Gesicht bekommen wird. Nach der Pfannkuchenkatastrophe ist sie schnell zum Discounter gefahren. Zum Lidl in Hedelfingen, weil sie sich dort auskennt, genau weiß, wo alles steht. Nicht aus Trotz, sondern weil sie sich eingestehen muss, dass sie es nicht schaffen wird, überhaupt etwas auf den Tisch zu bringen, wenn sie die Anweisungen ihrer Tochter befolgt. Dabei war sie zunächst gehorsam vor der Lieferkiste in die Knie gegangen, die im wöchentlichen Abonnement von irgendeinem Remstalbauern kommt. Mit hochgezogenen Augenbrauen hatte sie den feuchten Stofflappen angehoben, starrte auf ein Bund Radieschen, einen welken Berg Ackersalat, lehmverkrustete gelbe Rüben und eine Schale mit zimtbraunen Knöllchen, die wie übergroße Insektenkokons aussahen. Was sollte sie damit anfangen?

Sie drückt auf die automatische Verriegelung, wendet sich ab, inzwischen leicht gekrümmt, denn es hilft alles nichts, der Ischias ist wieder da. Nach ein paar Schritten hält sie inne, rüttelt am hinteren Türgriff. Besser so, in dieser Gegend. Der dunkelblaue Lack sieht staubig aus. Sie hat immer ein knallrotes Auto gewollt. Hinz fand das neureich und peinlich. »So ein Zuhälterschlitten?«

Kurz vor der Haustür ändert sie die Richtung, umrundet das Gebäude, wird dabei deutlich langsamer, je heftiger sich ihre Knie melden.

Auf dem Fallrohr an der Ecke kleben ein Kaugummiklumpen und mehrere Sticker: eine Reisschale mit schräg hineingesteckten Stäbchen, eine Heuschrecke. Darunter steht in Buchstaben, die wie getuscht aussehen: ›Chinese Beams‹. Wasser tost neben ihr durch das Rohr. Elisabeth tritt erschrocken zur Seite, Kies knirscht unter ihren Schnürern. Durch die dünnen Sohlen spürt sie jeden Stein. Sie nimmt sich vor, nachher ihre Turnschuhe auszupacken und diese während des gesamten Ostendplatz-Exils nicht mehr auszuziehen.

Cornelias Fenster sind grau gepudert. Davor steht ein

Sammelsurium von Töpfen und Kästen, überall wuchert Gestrüpp. Elisabeth rupft im Vorübergehen ab, was sie erwischen kann. Morgen ist auch noch ein Tag. Durch das Küchenfenster sieht sie, dass sich der Pfannkuchenstapel auf dem Teller in der Tischmitte deutlich verkleinert hat. Ein Marmeladenglas, in dem ein Messer steckt, steht daneben, Küchenpapier liegt herum. Den Pfannkuchen von der Decke hat sie gegessen, als er schließlich von selbst heruntergefallen ist, mit reichlich Staub an der Unterseite. Zimtzucker drüber und gut. Es geschah ihr ganz recht. Staub fressen und auf dem Bauch kriechen, das war der Schlange zugedacht, nicht der Eva. Schlange oder Frau, am besten, man zertrat dem Ding den Kopf. Die Bibel liegt auf Elisabeths Zunge, sie kommt ihr zu den Ohren raus und hockt ihr schwer auf der Brust. Nicht immer findet sie diese Gefangenschaft in der Schrift schlecht. Sie kann auch trösten. Wer kennt Worte wie diese? Ich bin das Licht der Welt. Ich bin bei euch alle Tage bis an der Welt Ende. Meine Zuversicht und meine Burg, mein Gott, auf den ich baue. Ob Elisabeth das wirklich tut, weiß sie nicht. Die Fellbacherinnen lassen solche Fragen ebenso wenig zu wie den Coffee to go.

Auf Stellas Fensterbrett steht ein Plastikbehälter für asiatische Nudelsuppe. Ein Bambusrollo verwehrt Elisabeth die Sicht ins Zimmer. Kopfschüttelnd greift sie nach dem Gefäß. Zigarettenkippen türmen sich bis knapp unter den Rand. Sie schluckt. Sternenmädchen, mein Sternenmädchen, das machst du doch nicht wirklich. Sei nicht so albern, natürlich raucht sie, Elisabeth hat zu Hause selbst heimlich gequalmt, als Lehrling. Aber Stella ist zu jung, sie ist fünfzehn.

Ich werde heute Abend ein Wörtchen mit ihr reden. Ob Cornelia überhaupt davon weiß?

Vor ihr liegt der Hinterhof, den Cornelia und ihre Kinder

beharrlich Garten nennen, obwohl er nur ein feuchtes, mit vermoosten Steinen gepflastertes Viereck ist, aus dessen Mitte sich ein Mickerling von Kastanienbaum in die Höhe reckt. Trotzdem ist er groß genug, um das untere Stockwerk durch sein Blattwerk schattig zu halten. Elisabeth blinzelt in den frühsommerlichen Himmel, dessen fades Blau langsam in Grau übergeht. Bald wird es dunkel sein. Schwarz und mächtig erhebt sich eine einzelne Krähe aus der Baumkrone, schreit auf Elisabeth herunter, bevor sie sich mit wenigen, trägen Flügelschlägen davonmacht. Von ihrem Posten zwischen den Parterrefenstern sieht sie zur Rückwand des Nachbarhauses hinüber. Dort brennt noch kein Licht, obwohl Cornelias verholzte Rosenbüsche schon im dunklen Blau verschwimmen. Elisabeth bemerkt, dass der Komposter eine unförmige Wassertonne zur Gesellschaft bekommen hat. In Cornelias sogenanntem Garten finden sich außer dem üblichen Tisch und vier Stühlen auch Klappliegen, ein kleines Gewächshaus und eine Schaukel, die an neongelben Plastikschnüren von der Kastanie baumelt. An der Hauswand lehnen ein Sonnenschirm unter verkrumpelter Plastikhülle, schief ineinander gestapelte Eimer und ein Kugelgrill.

Elisabeth fragt sich wieder einmal, weshalb ihre Tochter glaubt, all dies auf kleinster Fläche anhäufen zu müssen. »Wir brauchen viele Sachen, denn wenn es warm ist, leben wir nur hier draußen. Wie früher die reichen Chinesen, die hatten auch so Innenhöfe. Da hielten sie Grillen als Haustiere«, hat Stella bei einem Besuch im letzten Sommer altklug festgestellt. Danach deutete sie auf die Hängematte, die zwischen Sonnenschirm und Kastanie gespannt war. »Wenn Bruno da reinwill, muss ich mich auf den Schirmfuß setzen«, flüsterte sie mit Verschwörermiene.

Für einen Augenblick überlegt Elisabeth, der Erdnuss ein Foto dieses Hofs zu schicken, als Beginn einer ›Vorher-Nach-her-Serie‹, aber sie will Cornelia nicht bloßstellen. Hinter dem Stamm der Kastanie lehnt eine riesige Scheibe, der Baum teilt sie in zwei Hälften. Im Zwielicht bemerkt Elisabeth das Ding erst, als sie einer braunen Amsel zuguckt, die davor herum-scharrt. Beim letzten Kaffeetrinken, zu dem sie mit einem ge-sunden, über jeden Gebrechlichkeitsverdacht erhabenen Hinz gekommen war, hatte das Trampolin mitten auf dem Hof ge-standen. Elisabeth und Hinz waren an der Hausecke stehen geblieben und starrten auf Cornelias muskulösen Rücken, der in der Sonne leuchtete. Die Träger eines dunkelgrünen Tops kreuzten sich über der braunen Haut. Sie stand breitbei-nig da, die geballten Fäuste in den Taschen ihrer Sweatpants, und ihr Haar umflammte den Hinterkopf wie eine Gloriole. Fordernd knallte ihre Praxisstimme durch die Mittagsluft: »Auf, streng dich an, drei schaffst du noch! Bruno, du machst mir jetzt nicht schlapp!«

Die Gummibespannung des Trampolins glühte in tiefem Purpur, seine Aluminiumfüße bohrten sich bei jedem Stoß von oben in die Lücken des Pflasters. Bruno trug Ringelsocken und die gleiche Hose wie seine Mutter. Der Oberkörper war nackt. Seine breit auseinanderlaufenden Brüste hüpften heftig über dem ebenfalls wackelnden Bauch. Elisabeth musste die Augen schließen, öffnete sie gleich wieder, um alles genau zu sehen: die breitgezogenen, hellbraunen Brustwarzen, die in verstö-render Blindheit in die Luft glotzten, den weichen Wulst über dem stramm sitzenden Hosenbund, feucht von Schweiß, die Flecken auf dem Hals wie verschütteter Himbeerjoghurt. Das Gesicht war heftig durchblutet von der Anstrengung, die Au-gen weit aufgerissen, der Mund zum Japsen geöffnet.

Hinz schob Cornelia so heftig beiseite, dass sie stolperte. »Hallihallo zusammen! Conny, der Bub ist ja klitschnass! Bruno, runter von dem Ding!« Mit seinen langen Beinen war er in wenigen Schritten an Cornelia vorbei und bei seinem Enkel. Er fasste den Jungen um die Taille und hob ihn mit einem Arm aus dem roten Kreis. »Was ist denn das für ein Bär, der so federleicht ist? Wieso ist dieser Bär leicht wie Luft?« Hinz schwenkte Bruno herum. Elisabeth sah an seinen zusammengezogenen Brauen, wie ihn das anstrengte und wie wütend er auf seine Tochter war. Bruno verschränkte die Hände im Nacken seines Großvaters, drückte den verschwitzten Kopf an seinen Hals. Die molligen Füße umklammerten Hinz' schmale Hüften. »Mensch, Papa, du kannst uns doch nicht einfach unterbrechen! Er muss sich bewegen!« Wütend stürmte Cornelia an ihnen vorbei. Elisabeth hörte, wie sie an der Vorderfront des Hauses die Tür zuknallte, wenig später öffnete sich das Küchenfenster: »Ihr meint immer, ihr wüsstet alles besser. Bruno muss sein Trainingsprogramm durchziehen, sonst verliert er kein Gewicht.«

Sie kam erst wieder zum Vorschein, als Elisabeth den mitgebrachten zuckerfreien Kuchen auf dem Holztisch aufgebaut hatte. Stella folgte ihr mit undurchdringlicher Miene, eine Platte mit Obstspießen in der Hand. In ihren Mundwinkeln klebten Spuren von Schokolade. Cornelia schenkte Früchtetee aus. Hinz hatte mit Bruno Verstecken gespielt, der Junge trug inzwischen ein T-Shirt und schwarze Crocs, in denen seine Füße plump und echsenhaft aussahen. Der Rest des Nachmittags verlief friedlich, nur Cornelia und Stella stritten sich später wegen der Schule, aber da hatten Hinz und sie sich mit einem Blick verständigt und waren gegangen.

Aus dem letzten Parterrefenster in der Reihe fällt schwaches blaues Licht. Elisabeth sieht den Globus. Die Erdkugel wird von innen beleuchtet. Ihr sanfter Aquamarinschein erhellt nur die Zimmerecke, in der sich Brunos Schlafhöhle befindet, eine Matratze voller Kissen und Plumeaus. Das Kinderbett ist vor einiger Zeit zu Bruch gegangen. Cornelia wollte kein neues kaufen: »Wenn er wieder Lust zum Herumtoben hat, ist das sicherer.« Elisabeth war klar, dass sie vor der Ausgabe zurückschreckte und Dimi gegenüber keine Forderungen stellte.

Kopfschüttelnd streckt Elisabeth die Hand aus und fährt durch den Schmutz auf Brunos Scheibe. Während ihr Zeigefinger sich schwarz färbt, tritt der Junge heran. Am Fenster mischen sich die Reste des Tageslichts mit der Unterwasserbläue aus dem Globus und geben Brunos ganzer Erscheinung etwas Unwirkliches. Seine Augen sind verquollen, an der Nasenspitze klebt ein Fetzen Küchenkrepp als winziger weißer Flügel. Das dunkle Haar ist verstrubbelt und feucht. Auf einer Backe entdeckt Elisabeth den Abdruck einer Kissenfalte wie eine lange Narbe. Still beobachtet er seine Großmutter.

Elisabeth zieht einen Kreis und malt ein lachendes Punkt-Punkt-Komma-Strich-Gesicht. Sie wartet nicht ab, wie Bruno darauf reagiert, sondern müht sich gleich weiter mit spiegelverkehrten Buchstaben. Lesen kann er wirklich gut. Sie hat gesehen, dass er Michael Endes ›Wunschpunsch‹ bereits halb durch hat. Sabinas Kinder lesen nur ›Gregs Tagebuch‹ oder spielen PS 4. HILFST DU MIR? SACHEN REINTRAGEN? Brunos Ausdruck ist jetzt wacher und konzentrierter. Aufmerksam folgt er den großen Lettern, bewegt dabei die Lippen. Dann nickt er entschlossen, sein Doppelkinn gerät dabei in Bewegung. An der Tür schlüpft er in die Crocs.

Sie begegnen sich vor der Haustür. Elisabeth schafft es,

den Nachmittag mit keinem Wort zu erwähnen. Sie zeigt nur auf ihr Auto, das eng am Bordstein steht: »Gut, dass du da bist. Ich habe viel zu viel gekauft, das kann ich nie im Leben allein reinschleppen.« Sie zieht den Schlüssel aus der Tasche. »Du weißt doch, wie das geht, oder?« Die Schlösser schnappen auf. Sie öffnet den Kofferraum. »Hinz-Opi ist nicht da, aber du bist ja auch stark.« Bruno nickt und greift nach einem Beutel. Sie müssen mehrfach laufen.

»Wir zwei kochen jetzt zusammen.« Er sieht sie erschrocken an. »Ach nö, da muss ich wieder alles aufschreiben.« Elisabeth fällt das Schulheft mit dem grinsenden Panda ein. Es steckt in der Innentasche des roten Ordners. ›Ernährungstagebuch von Bruno Chatzis.‹ Sie schaut ihren Enkel an. »Möchtest du heute mal nichts aufschreiben?« Mit gesenktem Kopf tritt Bruno von einem Fuß auf den anderen. »Ich möchte nie mehr was aufschreiben. Und ich will nichts schnippeln.« Langsam streckt sie ihre Hand nach dem Jungen aus, legt die Fingerspitzen auf seinen Unterarm. »Schau mal, ich bin ja nur deine Omi. Manchmal vergesse ich Dinge, weil ich schon alt bin. Heute war ein anstrengender Tag. Deshalb vergesse ich, dass du heute etwas in dein Heft schreiben müsstest. Aber ein bisschen Hilfe in der Küche brauche ich.« Bruno zeigt ein Lächeln, es sitzt nur in den Mundwinkeln. »Es geht ganz schnell. Nicht länger als zehn Minuten.« – »So schnell kann keiner kochen. Mama braucht immer ewig.« Noch immer mustert er sie skeptisch. »Ich dachte, ich probier mal ein paar Sachen von früher mit euch aus, die ich für Tante Bina und eure Mama gekocht habe, als sie noch klein waren und wir das Reisebüro hatten. Und wenig Zeit. Wenn ich bei euch bin, möchte ich lieber nicht so lange in der Küche stehen. Hier, in dieser Schachtel ist alles drin für ein leckeres Essen.« Aus einer Tasche zieht Elisabeth eine Packung, rasselt mit den trockenen Nudeln. Im selben Augenblick klingelt ihr Handy. Suchend sieht sie sich um, findet es in ihrer Handtasche, wischt ungeduldig auf dem Display herum und schreit dabei hinein: »Erdnuss? Erdnuss, bist du das? Ich hab ganz schlechten Empfang! Ja, bei Cornelia. Ich ruf dich später zurück!« Bruno hat inzwischen alle Lebensmittel ausgepackt und auf Küchentisch und Stühlen verteilt. Er schaut zu Elisabeth hoch. »Wer war das denn?« Erschöpft steckt sie das Telefon weg. »Meine Freundin. Ich hab aber jetzt keine Zeit für sie. Wir haben doch hier zu tun.« Er legt den runden Kopf schief. »Weshalb nennst du sie Erdnuss? Frisst sie dauernd Erdnussflips?« – »Sei nicht unverschämt. Menschen essen, Tiere fressen.« Bruno hat braune Augen wie Dimitrios, aber in der Iris des rechten kann Elisabeth zwei blaue Flecken erkennen, wie Glasstückchen auf dem Grund eines Kaleidoskops. Sie wundert sich darüber, dass ihr das vorher nie aufgefallen ist. Er schüttelt heftig den Kopf. »Menschen fressen wohl. Fette fressen. Wie die Schweine.« Sie weiß nicht, was sie dazu sagen soll, sucht stattdessen in den Schränken herum, zieht Schubladen auf und redet dabei laut vor sich hin – eine Eigenart, die sie bei Leuten ihres Alters verabscheut: »Wo ist der Nudeltopf? Ah, da haben wir dich ja.«

Mit Interesse betrachtet Bruno den vorgeschnittenen Salat, die Becher mit fertigem Pudding und Obstquark. Teilweise sind es noch die Marken aus der Kindheit seiner Mutter. Er befühlt die Nudelpackungen, stapelt Dosen zu einem Turm. »Gemischte Pilze«, liest er laut vor. »Junge Erbsen. Sehr fein. Geschälte Tomaten. Brechbohnen. Ravioli.« Elisabeth setzt Wasser auf und drückt das Tomatenmark aus der beschichteten Tüte in einen Stieltopf. »Bruno, sei so lieb und füll da Wasser rein.« Sie reicht ihm die leere Verpackung. »Da rein?« Er reißt die Augen auf. »Ja, bis zu diesem Strichle. Tu es in den Topf, zu dem Tomatenzeug. Dann schnell umrühren. Wo ist euer Büchsenöffner?« Sie hält ihm die Pilze unter die Nase. »Ich weiß nicht.« – »Miracoli-Nudeln haben Tante Bina und eure Mama als Kinder immer gern gegessen. Wir verfeinern sie mit einem Stich Butter und den Pilzen hier.« – »Eli-Omi, was ist Fruchtcocktail?« Er schüttelt eine riesige Dose. »Das ist unser Nachtisch. Dazu gibt es Eis. Zum Kuckuck, das Eis! Das können wir jetzt den Hasen geben!« Bruno nimmt die beiden Becher aus dem Karton, auf dessen Boden sich ein dunkler Fleck gebildet hat. Mit fachmännischem Gesichtsausdruck pikst er den Zeigefinger in die Pappe, die leicht nachgibt. »Das geht noch. Du musst es bloß in die Tiefkühltruhe tun.« Elisabeth springt von der blubbernden Tomatensoße zurück. »Verflixt, die Kräuter!« – »Ich hol dir welche aus dem Garten!« Bruno rennt nach draußen, bevor Elisabeth ihm zeigen kann, was man in ihrer Zeit als Familienköchin unter Kräutern verstand. Sie öffnet das Tütchen, in dem die Gewürzmischung knistert. Bruno kommt zurück, beide Fäuste voller grüner Stängel. »Wo hast du das hergezaubert?« Sie schaut ihm zu, wie er die Blättchen in den Tomatenvulkan zupft und umrührt. »Wir haben alles Mögliche, Salbei von Papa aus Parga, Rosmarin, Oregano. Mama vergisst nur oft, sie zu gießen.« Der typische Miracoli-Dunst breitet sich in der Küche aus. Elisabeth fällt ein, wie sehr sie sich in ihrer ›Reisestudio‹-Zeit, als ihr knapp zwei Stunden Mittagspause zur Zubereitung des Essens und zur Rückfahrt ins Büro blieben, vor Küchengeruch fürchtete. Dreiwettertaft ins Haar und L'air du temps hinter die Ohrläppchen. Freude über jede Möglichkeit, diese lästige Arbeit zu verkürzen. »Miracoli-Tag, puh, bei uns ist jeden Tag Miracoli-Tag«, hatte Cornelia gemeckert, besonders, wenn sie von Schulfreundinnen kam, wo noch alles selbst zubereitet wurde – die Spätzle von Hand geschabt, die Knochenbrühe für den Kartoffelsalat kalt aufgesetzt. So etwas wie der unfassbar praktische Pfanni-Kartoffelbrei wäre ihrer eigenen Mutter nie auf den Tisch gekommen. Einmal hatte Elisabeth in der Frühbucherhektik des Januar zu einem Rotkohlrest Spiegeleier in die Pfanne gehauen und Nudeln gekocht. Das Eiweiß und die Pasta waren im Krautsaft lila angelaufen, dazu die leuchtend gelben Dotter, es sah wie ein psychedelisches Gemälde aus. Teenie Cornelia bekam einen Wutanfall und weigerte sich zu essen. Sabina hatte sich nie so aufgeführt. Ganz die vorbildliche große Schwester, vertilgte sie die seltsame Mahlzeit, ohne mit der Wimper zu zucken. Damals tat sie noch alles, um Elisabeth zu gefallen, brachte nur Einsen heim und half sogar freiwillig im Reisebüro. Sie konnte gut mit den Kunden und war ein Ass am PC. Trotzdem war es Elisabeth in dieser Zeit viel mehr darum gegangen, die widerspenstige Cornelia vom Sportplatz zu locken. Sabinas Bravheit, ihren Eifer nahm sie selbstverständlich, und Hinz schien das ähnlich zu sehen. Die Große war schließlich eigene Wege gegangen, und jetzt saß sie in Gottsfelde. Ausgerechnet an diesen Verein hat sie ihr Kind verloren. »Selber schuld«, brummen die Fellbacherinnen, und Elisabeth muss ihnen zustimmen.

Schweigend schneidet Elisabeth eine Packung vorgewaschenen Salat auf, schüttet die Mischung in eine Holzschüssel und drückt Bruno eine Tüte Croûtons in die Hand. »Die werden einfach drübergestreut, damit dieses Hasenfutter auch nach was schmeckt.«

Stella ist immer noch nicht zu Hause. Elisabeth will Bruno nicht ausfragen. Sie freut sich darüber, wie eifrig er die Spaghetti umrührt und Salz in das blubbernde Wasser gibt. Bei seinem entzückten Ausruf »Gelbe Nudeln!« errötet sie vor Scham und schlechtem Gewissen. Im Kühlschrank findet sie weder Sahne noch Butter. Vorsichtig wickelt sie das vorhin gekaufte Stück aus dem Silberpapier und legt es auf einen Teller. Mit klopfendem Herzen schaut sie auf ihr Smartphone. Stella hat sich nicht gerührt. Elisabeth will nicht gleich am ersten Abend hinter ihr hertelefonieren. Bruno holt das Nudelsieb, gemeinsam gießen sie die Spaghetti ab, der Dampf rötet ihre Gesichter, sie lächeln sich an. Ein bisschen Butter kommt in die Schüssel. »Ich habe noch einen Parmesan gekauft. Der von Miracoli schmeckt wie eingeschlafene Füße. Das fand deine Mama auch immer.« Sie bittet Bruno, den Käse zu reiben und den Tisch zu decken. »Mach es so, wie ihr es sonst auch immer macht.« Schnell nimmt sie ihre Strickjacke und verlässt unter dem Vorwand, ihre Ersatzbrille im Auto vergessen zu haben, die Wohnung.

4 Ostendstraße

Ein leichter Wind bläst eine leere Bäckertüte die Ostendstraße hinunter bis vor Elisabeths Füße. Dann greift ihr der kühle Zug unter Bluse und Brüste, lässt sie schaudernd die Schultern hochziehen. Sie fummelt an den Knöpfen ihrer Strickjacke, einer reißt ab, verärgert steckt sie ihn in die Hosentasche. In der Abendfrische bekommt sie Gänsehaut. Wieder kneift sie die Augen zusammen, um besser in Richtung U-Bahn sehen zu können. Diese verflixte Krott! Frech leuchten die blauen Haken an ihren WhatsApp-Botschaften. Sie hat alles gelesen, aber nicht geantwortet. Wenn man ihre Nummer anruft, springt sofort die Mailbox an.

Mittlerweile schiebt sich Angst vor den Ärger. Schon seit einer Weile hat sie im Hintergrund gelauert und Elisabeth mit Schreckensszenarien versorgt. Überfahren. Vergewaltigt. Erstochen. Elisabeths Puls beschleunigt sich, wenn sie auf die blinkenden Lichter der Fahrzeuge schaut, das Röhren der Motoren, das Quietschen der Stadtbahn hört, deren Türen sich immer wieder mit einem Puff öffnen. Ist sie tatsächlich schon so alt, dass ein Kreisverkehr und zwei Busse derart an ihren Nerven zerren? Überall sind Leute unterwegs, die allesamt keine Gnade vor Elisabeths Augen finden, denn sie sind nicht Stella. Vor einem Ecklokal stehen Tische und Bänke auf dem Trottoir, fast alle Plätze sind mit schwatzenden Gästen besetzt. Über ihren Köpfen baumeln strohfarbene Laternen, es wirkt irgendwie asiatisch. Ängstlich starrt sie den Gehweg entlang. Sie hat sich vor dem Haus aufgestellt, die Straßenbeleuchtung brennt, aber Elisabeth fühlt sich trotzdem unsicher. In Hedelfingen erkennt sie jeden Nachbarn am Geräusch seines Autos. Nach Feierabend trifft man dort kein unbekanntes Gesicht mehr.

Da hinten kommt schon wieder eine Horde. Angestrengt beobachtet Elisabeth, wie ein paar Gestalten vor dem hellen Apothekenfenster stehen bleiben. Sie hält Ausschau nach Stellas leuchtendem Schopf. Wenn die Sonne weg ist, sieht sie miserabel. Seit einiger Zeit fährt sie nachts ungern Auto. Dafür funktionieren ihre Ohren noch prima, besser als die von Hinz. Elisabeth hört das harte Dröhnen eines Beats, einige aus der Gruppe bewegen sich rhythmisch vor und zurück.

Jemand hustet ganz in ihrer Nähe, sie zuckt zusammen. Ein alter Mann hinkt auf sie zu. Sein unrasiertes Gesicht hat einen grimmigen Ausdruck. Er trägt Jogginghosen mit roten Streifen an der Seite, schmutzige Turnschuhe und ein ausgeleiertes T-Shirt. Kurz vor Elisabeth bleibt er stehen und nimmt einen Schluck aus seiner Bierdose. Sie verzieht das Gesicht. Alkohol verträgt sie nicht mehr und hat wenig Verständnis für Leute, die ihm verfallen sind. Da stimmt sie ausnahmsweise mit den Fellbacherinnen überein. Allerdings wecken die papierartige Haut des Mannes, seine verschorfte Nase und das Hinkebein ihr Mitleid. Reden will sie trotzdem nicht mit ihm, wendet sich wieder ab und sieht stur weiter in die Richtung, aus der ihre Enkelin kommen müsste. Der Alte nähert sich. Mit ihm treibt eine Wolke aus Fusel- und Schweißgeruch auf Elisabeth zu. Sie schreckt zurück, als er den Mund öffnet. Einige metallen überkronte Zähne blitzen aus der dunklen Höhle. »Bisch allein geblieben? Deiner hockt wohl noch in der Beiz? Zu so einem Drachen tät ich au net heim mögen.« Sein Lachen geht in Keuchen, dann in Husten über, ein Batzen Schleim klatscht nicht weit von ihren Füßen auf den Gehweg.

Elisabeth fällt es schwer, ihm nicht tüchtig rauszugeben, aber sie ist alt genug, um zu wissen, dass sich manche Dinge einfach nicht lohnen. Schon torkelt er weiter, die dürren Beine bewegen sich marionettenartig. Dabei kichert er und schaut sich noch mehrfach nach ihr um. Wie konnte Cornelia mit den Kindern nur in dieses Viertel ziehen?

Plötzlich musste alles hopplahopp gehen mit dem Verkauf der nicht einmal zur Hälfte abbezahlten Wohnung in der Altenbergstraße, weil Dimi in Parga ein Büro angeboten wurde, auf das angeblich noch andere ein Auge geworfen hatten, ein Filetstück, nur eine Straße hinter der Uferpromenade. Cornelia blieb jedem Rat unzugänglich. »Wir sind einander nicht böse. Meine Güte, wir kennen uns, seit wir sechs Jahre alt sind! Es konnte so nicht mehr weitergehen. Er ist unglücklich hier, und mich macht es wahnsinnig, mit ihm zusammen zu sein. Jedes Mal nach dem Urlaub wieder die Heulerei: Ich kann hier nicht leben, das ist nicht mein Land. Da bin ich lieber allein, wirklich.« Ob sie das heute auch noch sagen würde? Elisabeth rümpft die Nase. Auch dieses Ostend-Loch geht letztlich auf Dimi zurück; eine seiner Tanten kannte die Cousine von irgendjemandem, diese Familie ist ja über ganz Stuttgart hinweg vernetzt. Cornelia, dieses Dummerle, war dankbar dafür. Allerdings gab es kaum etwas Aussichtsloseres, als in dieser Stadt eine bezahlbare Wohnung zu finden.

Elisabeth erinnert sich, wie sie selbst einen ganzen Sommertag lang durch die ferienstillen Straßen gelaufen ist, fest entschlossen, für Cornelia, Stella und Bruno eine bessere Bleibe zu finden. Sie spähte auf der Suche nach Leerstand in Fenster, fragte in Geschäften, studierte die Aushänge im Supermarkt, allesamt von Wohnungssuchenden. Hinz ging kopfschüttelnd mit. Er glaubte nicht an diese Unternehmung. »Du kannst dich nicht immer einmischen, Lisi. Außerdem sind sie doch ordentlich untergebracht.« Die Ostendstraße als neue Adresse ihrer Tochter bedeutete für Elisabeth eine Ohrfeige, genau wie die Scheidung. Was wusste Hinz schon, dieser Mainzer? Sie kannte Stuttgart-Ost lediglich vom Wegschauen, als bemitleidenswerte Arbeitergegend, durch die nun mal ihre Straßenbahn fuhr. Jahrelang hatte sie die Linie 9 von Hedelfingen in die Innenstadt genommen, um zum ›Reisestudio‹ zu kommen. Hinz, der das Geschäft früh öffnete, fuhr mit dem Auto. Ost war für Elisabeth der Gestank, den die ›Württembergische Fettschmelze und Häuteverwertung‹ absonderte, das riesige Areal des Schlachthofs, wo sie aus dem Bahnfenster sehen konnte, wie Männer in weißen Overalls blutige Schweine- und Rinderhälften an Haken herumschoben: eine grässliche Tarzanbahn. Über dem ganzen Stadtteil thronte der Gaskessel mit seinem schwarzen Bauch aus zahllosen Fettringen wie ein Götzenbild, dem in der Dämmerung eine Krone roter Signallichter aufgesetzt wurde. Mittlerweile versteckt der Schlachthof seine Tätigkeiten in hellen neuen Hallen, doch das ignoriert Elisabeth ebenso wie das beliebte ›Schweinemuseum‹.

Bei ihrer fruchtlosen Wohnungssuche staunte sie darüber, wie ruhig, geradezu gediegen, es in vielen Straßen von Stuttgart-Ost aussah. Die alten Arbeiterhäuschen prunkten mit lehmgelber und ziegelroter Patina. Es gab Vorgärten und begrünte

Hinterhöfe, sogar Balkone mit Holzwerk und zinnenartigen Erkern. Vor hundert Jahren hatten hier arme Leute gewohnt, Schufter aus den Textilfabriken, die frische Luft und ein bisschen Platz bekommen sollten. Aber inzwischen sah es in den Straßen, die in einem dörflichen Stern von der Lukaskirche wegstreben, fast so bürgerlich aus wie im Stuttgarter Süden: weiße Orchideen und hohe Bücherwände hinter blanken Scheiben, dazu der Eduard-Pfeiffer-Platz mit einem Jugendstil-Brunnen, von dem ein steinerner Jüngling nachdenklich in seine Wasserschale schaut.

Cornelia lehnte jede Alternative ab. Sie wollte nicht zurück in den Alosenweg kommen und wurde schließlich fast ausfallend. »Ich bin in fünf Minuten beim Job. Bruno kann zur Schule laufen. Es ist günstig. Es ist okay für uns.«

Beim Umzug selbst waren Elisabeth und Hinz nicht zugelassen. Dafür durften sie die Kinder beaufsichtigen. Kaum zu fassen, dass Stella noch mit nach Tripsdrill, in diesen altmodischen Vergnügungspark gekommen ist und neben ihrem Bruder jauchzend im Kaffeetassen-Karussell saß. Bruno war damals schon zu dick, ein Kindergartenkind, das nur noch die Sommerferien von der ersten Klasse trennten. Der Schmerz der beiden über den Zerfall ihrer Welt war noch nicht richtig zu spüren. Sie flogen mit der griechischen Oma und Dimi am letzten Schultag nach Parga. So lief alles ab wie in jeden Sommerferien. Cornelia kam oft erst später nach, sie durfte in der Praxis nicht so lange Urlaub nehmen. Es war nicht zu leugnen, das Kuhauge Dimi hatte sich krummgelegt. Cornelia musste keine Möbel schleppen, er hatte tapezieren und streichen lassen. Das finstere Höfle hinter der Küche wurde hergerichtet, sogar ein Olivenbäumchen kümmerte im Schatten vor sich hin. Das hatte Dimis Mutter Polixeni gepflanzt. Ihre Hände waren die einer Bäuerin, obwohl sie seit mehr als dreißig Jahren ihr eigenes Geschäft führte, einen Feinkost Import-Export mit zahlreichen Angestellten. Hinter ihrem Haus in Kirchheim wuchsen Tomaten, Zwiebeln und Oregano, mit denen sie die ganze Familie versorgte. Elisabeth hat sie und ihren Mann Paris immer gemocht. Und Dimi auch.

Die Stadtbahn fährt ein, ein neueres Modell mit kalter, weißer Beleuchtung. Sofort nimmt Elisabeth die Leute auf dem Bahnsteig ins Visier. Alle Jugendlichen sehen gleich aus in ihren engen Hosen und klobigen Turnschuhen.

Da vorne ist Stella, schnell in Deckung! Ihr Haar weht wie eine glänzende Fahne, als sie den Bahnsteig entlangrennt, verfolgt von einer ganzen Bubenbande. Hinter ihr wetzt noch ein Mädchen. Weshalb kreischen sie denn so? Ein Bursche packt Stella von hinten um die Taille, schwenkt sie herum, bevor sie, ununterbrochen weiterkreischend, hinter einen anderen flüchtet, der ihren Angreifer ritterlich abwehrt. Elisabeth dreht sich um und geht zurück zum Haus.

Das Smartphone brummt zweimal und zuckt in Elisabeths Hand. »Bin gleich da«, schreibt Stella. Elisabeth hat Lust, etwas Ärgerliches zu antworten, verkneift es sich aber. Sie ist so erleichtert. »Omi?« Bruno steht am Tor, das den Garten zum Hofdurchgang hin abschließt. »Ist meine Mama jetzt angekommen?« Er ist kaum zu sehen, nichts als sein Umriss. Piepsig dringt seine Stimme aus dem Schattenkoloss zu ihr. »Ich will sie jetzt anrufen.« Elisabeth macht einige Schritte in seine Richtung. »Wir müssen erst mal schauen, wie spät es bei der Mama ist. Es gibt ja die Zeitverschiebung, weißt du.« Stella kommt auf das Tor zugelaufen, eingerahmt von zwei Jungen.

Im letzten Moment weicht Elisabeth ins Dunkel zurück,

drückt sich gegen die Wand. »Ich komme, Bruno. Deine Schwester ist auch gleich da.«

Mit Stella und ihren Begleitern strömt ein Schwall Abendluft herein, gemischt mit fettigem Imbissgeruch und dem Kirscharoma von Shisha-Tabak. »Hi, Eli-Omi!«, ruft ihre Enkelin, geht durch den Flur, lässt den Rucksack von der Schulter gleiten und kickt mit ruppiger Grazie die Sneaker von den Füßen. Dabei schreit sie: »Bruno, Bruni!«

Bruno hat den Tisch gedeckt. Tiefe Teller, Gabeln und Löffel, dazu Blätter von der Küchenrolle, weil es bei Cornelia keine Papierservietten gibt. Aus einer Müslischale ragt ein Parmesanberg. Der Junge sitzt schon, aber seine Mundwinkel zeigen nach unten. »Wir versuchen es gleich nach dem Essen bei der Mama, Bruno.« Wahrscheinlich kann er sie gar nicht hören, weil seine Schwester um ihn herumtanzt, aus voller Brust »Bruno, der braune Bär, kommt jetzt erst mal zu mir her« singt, sich neben ihn kniet, ihre Arme um ihn schlingt und das silberne Engelshaupt an seine Brust drückt. »Bruno, Bruni, ich hab dich so lieb!« Sie wühlt das Gesicht in sein T-Shirt, gibt prustende Laute von sich. Bruno hängt in ihrer Umarmung, ohne sich zu rühren. Er schlägt die Augen nieder, zieht eine Grimasse, die Elisabeth nicht deuten kann.

Hinter Stella treten die zwei Jungs ein, beide einen halben Kopf größer als Elisabeth. Einer ist blond, der andere schwarzhaarig. Der Blonde stellt sich direkt vor Elisabeth auf. Sie riecht sein Rasierwasser und wundert sich. Etwas Teures und viel zu Altmodisches für ein solches Bürschchen. Plötzlich schnellt seine Rechte vor. »Guten Abend, ich bin Anton. Anton Stotz. Wir haben uns schon kennengelernt. Ich war mit Stella im Kindi. Und in der Römerschule. Wir gehen zusammen aufs Hermann-Lenz-Gymnasium.« Da ist diese rötliche, zu weiche

Bubenhand, die kalten Finger und hellblauen Augen mit blonden Wimpern, aber ein scharfer, neugieriger Blick. Ein ovales, milchweißes Gesicht, rosige Wangen, dazu ein Kinn voll kupferner Stoppeln, ein breiter feuchter Mund. Anton spricht deutlich, mit überraschend heller Stimme: »Stella hat schon berichtet, dass Sie jetzt eine Weile hier wohnen. Nach Sonnenuntergang erschien es mir sicherer, sie nach Hause zu bringen.« Fruchtgummischwaden begleiten seine Rede.

Elisabeth drückt die Hand, so fest sie kann. »Sehr vernünftige Idee. Stella, lass deinen Bruder in Frieden, er ist doch kein Spielzeug. Warum kommst du so spät? Wir haben längst das Abendessen fertig. Geh und wasch dir die Hände. Und räum deine Schuhe auf. Das gibt es bei mir nicht.« Ohne sich weiter um die murrende Enkelin zu kümmern, dreht sie sich zur Tür, wo der Schwarzhaarige noch immer steht. Auf seiner Oberlippe sprießt dunkler Flaum. Die Augen sind groß und hellbraun, die Wimpern beneidenswert lang.

»Und wer sind Sie, bitte?« Die Frage gerät ihr schroffer als beabsichtigt. Aber es kann nicht schaden, wenn die Kerle von Anfang an wissen, wie es bei ihr läuft. Genau wie die elende Lumpenkrott. Anton zieht eine Augenbraue nach oben. Das gibt seinem Gesicht einen hochmütigen Ausdruck, der Elisabeth ärgert. Ums Verrecken will ihr nicht einfallen, wann sie diesen Burschen kennengelernt haben soll. Sie konzentriert sich ganz auf den anderen, der erschrocken die Augen niederschlägt. Ein schickes Näschen hat er, wie ein junger Raubvogel.

»Omi, chill dich bloß mal, das ist Hamid, Antons Bruder.« Stella öffnet den Küchenschrank. Unter Klappern stellt sie zwei weitere Teller auf den Tisch. Zu Elisabeths Überraschung geht Anton an den Kühlschrank, nimmt eine ganze Batterie an Soßen, eine Tube Wasabi sowie eine Tupperdose heraus und baut alles zwischen den Gedecken auf. »Stella, wo ist die Sojasoße? Hamid, hier, Schafskäse, willst du den auf deine Spaghetti?« Der Angesprochene hat bis jetzt kein Wort gesagt. Er schaut auf den Boden. »Alter, komm rein, steh nicht so blöd rum. Das ist meine Eli-Omi, die beißt nicht.« Stella versucht, den Jungen am Ärmel in die Küche zu zerren. Er schüttelt ihre Hand ab. »Deine Großmutter?« Endlich sieht er Elisabeth an. »Sie erlaubt?« Seine Stimme klingt viel tiefer als Antons. Stella lacht: »Klar! Sie erlaubt! Du bist lustig, das ist doch mein Zuhause!« Elisabeth schüttelt den Kopf. »Du kannst nicht einfach hier reinschneien und Besuch mitbringen, ohne vorher zu fragen! Wo gibt's denn so was?« Das Mädchen reckt das Kinn hoch, knallt zwei Gläser auf den Tisch. »Omi, sei doch nett! Die beiden sind ständig hier. Mama sagt, sie gehören schon zur Wohnungseinrichtung.« Sie reißt den Deckel vom größeren Topf und wirft ihn in die Spüle, fasst mitten in die Nudeln, schreit auf – »Alter, die sind ja scheiße-heiß!« –, schleudert ein dampfendes Spaghettinest auf den erstbesten Teller, greift wieder zu und angelt das nächste heraus. Elisabeth springt zum Herd. »Zum Kuckuck, Stella, wir sind hier doch nicht bei den Hottentotten!« – »Genau!«, ruft Anton und schiebt sie an den Tisch, wo sie den Nudelhaufen auf Brunos Teller fallen lässt. »Hottentotten ist rassistisch, Omi, das darf man nicht sagen!«

Immerhin hat Bruno plötzlich eine Andeutung von Lachen im Gesicht, das stimmt Elisabeth sofort versöhnlicher. Anton drückt Stellas Schultern mit beiden Händen nach unten, so dass sie sich hinsetzen muss. »Benimm dich mal nicht so peinlich, wer hat dich denn erzogen? Ich muss mich für Stella entschuldigen«, wendet er sich an Elisabeth. »Darf ich Ihnen etwas auftun?« Schon nimmt er ihren Teller. Hamid hat sich während des ganzen Theaters nicht gerührt und steht immer noch am Türrahmen. Bruno winkt ihn mit gekrümmtem Zeigefinger herein wie eine kleine dicke Hexe, aber der Ältere schüttelt den Kopf. »Anton, Sie setzen sich jetzt bitte.« Elisabeth sieht Stella und Anton strafend an. Dann wendet sie sich Hamid zu. »Das gilt auch für Sie.« Der Junge kommt sofort zum Tisch. Wenn dieser milchgesichtige Knabe Hamids Bruder ist, dann frisst sie einen Besen.

Zögernd nimmt Hamid neben ihr Platz. »Danke.« Er schaut Elisabeth beim Sprechen nicht an, sein Akzent ist unüberhörbar. Sie füllt ihm auf. Seine kräftige Faust stupst zart gegen Brunos kleine, die ihm über die dampfenden Nudeln entgegengestreckt wird. »Hi Bro, was geht?« Die beiden lächeln sich an. Für eine Weile herrscht Schweigen. Die drei Älteren essen hastig, vermischen die Miracoli-Soße mit Ketchup, Wasabi und Käse, drehen die Spaghetti zu riesigen Knäueln und stopfen sich die in die Münder. »Hamid, gehen Sie auch aufs Hermann-Lenz-Gymnasium?« Elisabeth hat sich für eine unverfängliche Frage entschieden. »Ich gehe auf die Realschule.« Er widmet sich wieder seinem Essen. Anton lehnt sich zurück und beginnt zu schwadronieren: »Hamid ist mein Bruder im Geiste. Wir haben am gleichen Tag Geburtstag. Das ist ein lustiger Zufall. Obwohl es gar nicht so selten vorkommt. Genauer gesagt besteht eine Wahrscheinlichkeit von …« Stella stupft ihn mit der Gabel. »Hör doch mal auf! Du nervst.« Sie wendet sich an Elisabeth: »Hamid ist vor zwei Jahren aus Syrien gekommen. Allein. Er wohnt jetzt bei Anton und seiner Familie. Davor war er in so einer Unterkunft, mit anderen Jungs.« Das Erste, was Elisabeth zu Hamids Heimat einfällt, ist nicht der Krieg dort, sondern das ›Syrische Waisenhaus‹ in Jerusalem, von dem die Fellbacherinnen oft schwärmten. Sein rauschebärtiger Gründer Johann Ludwig Schneller galt daheim fast ebenso viel wie die frommen Schwabenväter Oetinger, Hiller oder Hofacker.

Elisabeth weiß nicht, was sie sagen soll. Alles, was sie herausbringt, ist: »Möchten Sie noch mehr Soße?« Einerseits will sie den Jungen gleich ausfragen: Warst du auf einem Boot, sind viele ertrunken, bist du allein gekommen, was ist mit deiner Familie, bist du ein Islamist, was willst du von Stella? Andererseits scheut sie davor zurück, überhaupt Neugier zu zeigen. Die Erdnuss hat eine Patenschaft für eine Familie aus Homs übernommen. Sie erzählt gerne von den Kindern, denen sie vorliest und bei den Hausaufgaben hilft. Über die Eltern hat sie sich neulich geärgert. Sie haben ihre Einladung zum Abendbrot abgelehnt, weil sie das deutsche Essen nicht mögen. Elisabeth hat nichts dazu gesagt. Sie will ihre Ruhe. Seit Jahrzehnten spenden Hinz und sie für ein SOS-Kinderdorf und ›Ärzte ohne Grenzen‹. Aber jetzt fühlt sie sich, als säße eine Tagesschaumeldung an ihrem Tisch. Verstohlen schaut sie hinüber zu Bruno, der mit Hamid Mätzchen macht. Sie schneiden Fratzen. Beide kichern. Traumatisiert ist er wohl nicht, er macht einen ganz normalen Eindruck. Zu dritt wäre es einfacher. Elisabeth kommt sich vor wie Daniel in der Löwengrube. Nur sind ihre Raubtiere nicht so zutraulich wie die des Propheten. Ihr Enkel macht sie mindestens so nervös wie der junge Syrer, aber der benimmt sich wenigstens zurückhaltend, nicht so laut wie Anton und Stella.

Sie sprechen über Leute, die Elisabeth nicht kennt, werfen einander seltsame Schimpfworte an den Kopf und quietschen vor Lachen. Immer wieder schreien sie sich gegenseitig an: »Spoiler mich nicht, spoiler mich bloß nicht, Alter!« Als sie einmal nachhaken will, macht Stella eine wegwerfende Handbewegung: »Was interessiert dich das, ist doch egal!«

Am liebsten würde sie auf den Tisch schlagen, dass die Teller hüpfen, um das Gejohle abzustellen, aber sie weiß, dass sie sich damit nur lächerlich macht. Selbst der scharfe Ton von vorhin verfängt nicht mehr. Erst mal will sie auf die Toilette, gibt vorher den Befehl zum Aufräumen. Endlich alleine in diesem Kabuff, das vom Bad durch eine Gipswand abgetrennt ist, die ein Cousin von Dimi schnell eingezogen hat, lässt sie sich auf den Sitz fallen. Wie konnte sie sich nur darauf einlassen! Ohne Hinz ist das alles nicht zu schaffen. Der Schmerz wuchert in Elisabeth, seit ihr Mann fort ist. Er brauchte keine Keimzeit, sondern stand gleich in voller Blüte. Seither belagert er ihr gesamtes System. Trotzdem muss sie weitermachen. Einknicken kommt nicht in Frage.

In ihrem Kopf rattert es ununterbrochen: mit Bruno zusammen Cornelia anrufen. Dieses Skype-Ding hat sie noch nie allein ausprobiert. Soll sie die Jungen fragen, ob sie ihr helfen? Oder sie besser rauswerfen, damit Stella noch Hausaufgaben macht? Bruno hat nur einen Teller Nudeln gegessen. Kein Wunder, wenn er am Nachmittag an den Pfannkuchen war. Hat bestimmt sechs Stück verdrückt. Aus den übrigen wird sie morgen eine Flädlesuppe kochen. Cornelia meinte, sie müsse für Bruno jede Mahlzeit abwiegen. Mit der Digitalwaage, die fände er cool. Ab morgen wird alles anders. Schnell macht Elisabeth ihre Pfütze, tupft sich hastig ab, spült und greift mit spitzen Fingern nach dem schwarzgerillten Seifenstück auf dem Waschbeckenrand. Mein Haushalt war viel ordentlicher. Aber Cornelia kommt immer so spät aus der Praxis. Wie schafft sie das bloß? Sie schafft es ja nicht. Elisabeth blinzelt in den fleckigen Spiegel. Wie ein alter Cockerspaniel. Hängeaugen, Hängefransen. Und den Hängebusen nicht vergessen. In der Küche lachen sie immer noch.

Anton drückt einen hellgrünen Wurm aus der Wasabitube auf einen Esslöffel und hält ihn dem zurückweichenden Bruno hin: »Wenn du das schaffst, spendier ich dir eine Packung ›Ben & Jerry's‹.« Brunos Augen werden größer. Sie sind viel dunkler als Hamids. Der grinst jetzt breit, genau wie Stella, das kleine Luder. Bruno greift nach dem Löffel, und seine Schwester lehnt sich zurück, die Arme über der Brust verschränkt. Anton und Hamid halten den Atem an. »Ihr seid wohl nicht ganz knuschper!«, faucht Elisabeth, während sie ihrem Enkel den Löffel wegreißt. Am liebsten würde sie diesem Anton die Meerrettichpaste in seine Fischaugen reiben und plötzlich fällt ihr ein, woher sie ihn kennt: Pi Stotz – »Pi wie die endlose Zahl« –, die natürlich eine Petra ist, wohnte neben Cornelia und Dimi, damals, in der Altenbergstraße. Klein, blond, »sehr stylisch«, wie Cornelia neidlos zugab, und ebenso redselig wie ihr Sohn. Elisabeth wird noch wütender, wenn sie sich vorstellt, dass der Bursche nachher in die alte Heimat ihrer Enkelkinder zurückkehren wird. »Mir reicht es jetzt mit euch allen! Bruno, komm, wir versuchen mal, eure Mutter zu erreichen. Und ihr räumt die Küche auf!« Elisabeth wirkt so grimmig, dass sich alle murrend, aber offensichtlich beeindruckt erheben und das Geschirr zusammenstellen.

Bruno zwängt sich an seiner Schwester und dem feixenden Anton vorbei. Er ist ganz rot im Gesicht. »Wir machen Skype mit Mama, Eli-Omi, oder?« Elisabeth nickt entschlossener, als ihr zumute ist. Mit feuchten Händen öffnet sie die Tür zu Cornelias Schlafbüro, das nur eine Kammer zwischen den beiden Kinderzimmern ist. Hier stehen eine Bettcouch und ein Schreibtisch, unter dem ein grüner Sitzball liegt wie ein vergessenes Riesenosterei. Bruno schwingt sich auf das Ding und beginnt, aufgeregt zu hoppeln: »Skype! Skype! Skype!« – »Was soll das denn? Erst einmal holst du einen Stuhl für deine Großmutter!« Sofort rennt er hinaus, sein Po wabbelt unter dem weichen Stoff der Jogginghose. Elisabeth schaltet Cornelias Notebook an und fährt zurück.

Hinz lächelt ihr mit breitem Mund entgegen, sein bestes Sonntagsgrinsen reicht von einem Ohr zum anderen. Beide Arme, lang, stark, sonnengebräunt, sind um Bruno geschlungen, der in seiner ganzen Rundheit vor ihm steht, den Kopf gegen den Bauch seines Großvaters gedrückt. An jeder Hinz-Schulter lehnt ein Frauenkopf, weißblonde Locken rieseln über seine Hemdbrust, dunkelblonde hängen in seinem Kragen. Stella und Cornelia. Elisabeth selbst, grau und kein bisschen lockig, steht mit sauertöpfischem Gesichtsausdruck hinter diesem Familiendenkmal. Ihr Drachenblick gilt dem Fotografen, Dimi, dem unermüdlichen Einzugshelfer, der über Cornelias Zufriedenheit mit ihrer neuen Bleibe nahezu unanständig erleichtert war. An Hinz' Hüften schauen ihre eigenen Fingerspitzen hervor. Ihr fällt ein, wie heftig sie sich den Daumen geklemmt hatte, als ihr doch noch erlaubt wurde, Cornelias Küchenschubladen einzuräumen. Plötzlich vermisst sie Hinz so sehr, dass es wehtut. Elisabeth räuspert sich und tippt das Passwort ein. Zum Glück verschwindet das Bild wieder und macht der blauen Oberfläche voller Icons Platz. Während sie das Skype-Logo sucht, kommt Bruno mit einem Küchenstuhl angekeucht, schiebt ihn neben den Sitzball und lässt sich fallen. »Ist Mama noch nicht da?«, fragt er atemlos.

Nachdem der glockenartige Klingelton verstummt ist, erscheint Cornelias Gesicht, gewinnt langsam an Schärfe. Sie sitzt zwischen weißen Hotelkissen und trägt nur einen Sport-BH. Ihr Gesicht ist verquollen, das Haar hat sie zu einem kleinen Pinsel nach hinten gebunden, so dass Elisabeth ihre trüben Augen und die tiefen bräunlichen Ringe darunter genau erkennen kann. »Was ist los? Stimmt was nicht mit den Kindern?« Elisabeth hört sofort, dass sie nicht nur müde, sondern auch erkältet ist. »Nein, wir wollten dich nur kurz sehen. Wie war der Flug? Ist das Hotel in Ordnung?« Cornelia hustet, versucht ein Lächeln. »Bruno, mein Großer! Wie geht es dir? Bin kurz eingeschlafen. Hier ist es erst Nachmittag, und ich wollte mir gleich New York ansehen. Stell dir vor, Bruno, in den Straßen um mein Hotel gibt es fast nur Blumenläden, mit riesigen Pflanzen. Ich bin wie durch einen Urwald gelaufen. Bambus, Olivenbäume, Palmen, alles steht auf dem Gehweg rum. Und die Taxis sind wirklich gelb, und so viele, das kannst du dir nicht vorstellen!« Von Bruno kommt ein langgezogener Laut, wie ein tiefer Seufzer. »Mama!« Seine Hand patscht auf die flimmernde Fläche, er wimmert: »Mama!« Elisabeth kann nicht verstehen, was Cornelia sagt. Ihre Stimme wird ausradiert vom Geschrei des Jungen, der jetzt aufgesprungen ist, den Ball von sich wegtritt und heulend vor dem Schreibtisch steht. »Bruno, hör sofort mit dem Geflenne auf!« Elisabeth umfasst seine Schultern, aber er reißt sich los, stößt sie zur Seite und wirft sich auf die Couch, wo er sein Gesicht in eine Strickjacke drückt. Sein ganzer Körper zittert. Elisabeth fühlt Hitze in sich aufsteigen wie zu besten Menopausenzeiten. Cornelias Gesicht ist fassungslos, ihr Mund steht offen. »Ich komme morgen zurück.« Sie nickt mehrmals heftig. »Ich schau gleich mal nach, wann ein Flug geht.« Mit einer Hand zupft sie an ihrem Haarpinsel. Elisabeth setzt sich wieder hin, ihre Stimme fährt barsch heraus. »Auf gar keinen Fall. Wir kommen prima zurecht. Es war nur keine gute Idee, am Abend anzurufen. Vorhin war alles noch in bester Ordnung. Wir haben zusammen gekocht, Stellas Schulkameraden sind da, ich war beim Einkaufen …« In diesem Augenblick geht die Tür auf. Hamid kommt herein und beachtet weder Elisabeth noch die Bildschirm-Cornelia. Er hebt Bruno einfach hoch und trägt ihn weg. Elisabeth versteht nicht, was er sagt, es scheint Arabisch zu sein, dann hört sie: »Nicht heulen, kein Baby sein. Komm, Bro, wir machen Popcorn.« Als Elisabeth die Verbindung beendet hat, ist es zehn. Immerhin konnte sie Cornelia überreden, nichts zu überstürzen. Sie wollen nicht mehr skypen, sondern nur noch auf WhatsApp schreiben, um Bruno nicht aufzuregen. Sie merkt erst jetzt, wie sie zittert.

Statt einer aufgeräumten Küche sieht Elisabeth eine große Pfanne samt Glasdeckel neben dem ausgekratzten Soßentopf stehen. Ihr schwarzer Boden ist von gelben Körnern bedeckt, darunter leuchtet die Heizspirale. Es riecht nach heißem Öl. Sie hört es knistern, weiße Klumpen ploppen gegen das Glas. Der gedämpfte Hagelschlag des Popcorns bringt Stella zum Juchzen. Auch Bruno und die beiden älteren Jungs schauen gebannt zu. Elisabeth bringt es nicht fertig, schon wieder dazwischenzugehen. Bloß kein Drama mehr heute. Bis sich das letzte Korn in ein Puffmaiswölkchen verwandelt hat, sind die Spülmaschine eingeräumt und der Tisch abgewischt. Hamid beugt sich zu Bruno, schiebt ihn vom Herd zurück, bevor er vorsichtig den Pfannendeckel abnimmt. Er wickelt ein Geschirrtuch um den Griff und schüttet das weiße Gestöber in eine Schüssel. Anton schnitzt große Klumpen von der Butter und wirft sie dazu. Sofort zerlaufen sie zu fettigen Bächen. Stella schüttet Zucker hinterher. »Wir gucken jetzt ›Chinese Beams‹. Wir sind schon eine Folge im Rückstand. Bruno, das ist nix für dich. Du bleibst bei Omi.« Anton greift Bruno in den Nacken wie ein Bauer seinem schlachtreifen Karnickel. »Ja, schön spielen gehen. Und nicht vergessen, nachher auf die Waage zu steigen!« Der Bub windet sich, schaut hilfesuchend zu seiner Schwester, die den Blick zwar auffängt, sich aber abwendet. Bevor Elisabeth den Mund aufmachen kann, hat Anton den Jungen bereits wieder losgelassen und hält Stella, die das Popcorn trägt, mit einer kleinen Verbeugung die Tür auf. Hamid reicht Bruno ein Schälchen. »Jetzt geh schlafen, ist schon spät.« Dann folgt er den anderen. Eine Tür knallt zu, der Schlüssel wird zweimal herumgedreht.

Elisabeth nimmt Bruno in die Arme, aber der entzieht sich ihr energisch. »Ich geh in mein Zimmer.« Elisabeth läuft ihm hinterher. »Ich werde mir diesen Anton jetzt mal vorknöpfen. So was erlaubt sich niemand mit meinem Enkel!« Bruno hat sich bereits auf seiner Matratze niedergelassen. Er fährt auf. »Das machst du nicht! Du sagst nichts zu ihm!« Seine Augen, die noch rot und verweint sind, werden schon wieder feucht, und Elisabeth ist so entsetzt über diesen neuen Ausbruch, dass sie sich trotz ihrer Rückenschmerzen hinunterbeugt und Brunos Hände packt. »Nein, nicht weinen, Bruno, bitte nicht, ich sag ja nix, ich versprech es dir!« – »Ganz bestimmt?« Er hält ihre Finger fest. »Natürlich, du kannst dich

voll auf mich verlassen. Immer.« Er schaut sie an. »Ich hab so
Sehnsucht nach Mama.« Schon hat er seine Rechte weggezo-
gen, er greift in die Schüssel, stopft sich den ganzen Mund voll
Popcorn, kaut, zieht geräuschvoll hoch, schluckt, kaut weiter,
während die Tränen laufen. Zuckerkristalle hängen in seinen
Mundwinkeln. Elisabeth streichelt ihm vorsichtig durchs Haar.
»Hast du Hausaufgaben?«, fragt sie. Er schüttelt den Kopf, setzt
die Schale an die Lippen, schlürft das restliche Popcorn ein.
Unter dem Kissen schauen die Beine des Schlafanzugs hervor.
Elisabeth zieht daran. »Komm, mein Schatzele, es ist Zeit für
dich.« Bruno stellt die leere Schüssel auf den Boden und wirft
sich auf sein Lager. Elisabeth schüttelt den Kopf. »Komm, geh
Zähne putzen.«

Bruno macht keine Anstalten, sich zu erheben. Er verkriecht sich unter der Decke, rollt sich zu einem kleinen Berg
zusammen. »Mir ist echt kalt. Ich glaube, ich kann morgen
nicht in die Schule. Eli-Omi, bitte, machst du mir ein Kerni?«
Elisabeth stöhnt auf. »Was soll das denn sein, Bruno?« – »Ein
Kirschkernkissen. Mama gibt mir das immer, wenn ich friere.
Danach werd ich meistens krank.«

Wie ein Säckchen voller Knochen rasselt Elisabeth das
Kirschkernkissen entgegen, als sie den Badezimmerschrank
öffnet. In der Küche trifft sie auf Anton und Hamid, die Leitungswasser in ihre Gläser füllen. Sie knurrt nur und stellt die
Mikrowelle an. Stella kommt hereingehüpft, in einem Träger-
top zu korallenroten Shorts, die bloßen Füße stecken in Gummilatschen. Ihre Zehennägel leuchten grün und rosa, das Oberteil zeigt einen Schriftzug, der über ihre kleinen Brüste läuft.
›Die old, get caked longer‹. Ein BH-Träger hat sich verschoben, vergissmeinnichtblau. »Wo bleibt ihr denn?« Anton pfeift
kurz durch die Zähne. Hamid zieht die Brauen zusammen.

Stella legt den Kopf schief, macht ein paar Schritte rückwärts, den Blick immer auf Hamid gerichtet, der einfach nur dasteht und sie ansieht. Auf dem Fußboden liegt ein Sweatshirt, nach dem sie sich bückt. Soweit Elisabeth erkennen kann, muss es Bruno gehören, ein unförmiges, gestreiftes Teil. Sie zieht es über, schüttelt das Haar und tritt auf Hamid zu. Jetzt strahlen sie sich an wie zwei Christbäume. Elisabeth möchte etwas sagen, aber Bruno ruft schon wieder. Die drei Jugendlichen verlassen die Küche, während die Mikrowelle durchdringend piept.

Das Kirschkernkissen verbrennt ihr fast die Finger, es sondert einen Geruch nach heißem Brot ab. Trotzdem bleibt sie vor Stellas Tür stehen. Eigentlich will sie nicht lauschen. Aber das Mädchen ist da drinnen, allein mit zwei Jungs. Durch die Tür dringt scharfes Zirpen, wie von einer riesigen Grille. Eine Männerstimme stellt pathetisch fest: »Zwei Tiger können nicht auf einem Berg leben.« Es folgt dramatische Musik, dann werden Schüsse abgefeuert, der überraschte Aufschrei kommt aus mehreren Kehlen. Elisabeth muss lange klopfen, bis ihre Enkelin vor ihr steht. »Was willst du denn? Wir sind mitten in der neuen Staffel.«

Elisabeth zuckt die Achseln, sie lugt über die Schulter des Mädchens in den Raum. Anton sitzt auf Stellas Bett, Hamid auf dem Fußboden, ein rosa Plüschkissen auf den Knien. Beide schauen gebannt auf den Bildschirm. Es riecht nach Popcorn, Schweiß und Tabak. In der eingefrorenen Szene prügelt sich Clint Eastwood mit einem ebenso runzeligen Asiaten. »Wieso schaut ihr euch diese alten Männer an?« Stella schüttelt den Kopf. »Oh, Eli-Omi, du hast doch keine Ahnung! Wir schauen Netflix, da läuft eine total coole Serie, ›Chinese Beams‹. Sie spielt in Beijing«, sie spricht es tatsächlich so aus, »in den

USA und in Deutschland. Matthias Schweighöfer ist auch dabei. Es ist so eine Art Science-Fiction. Die Chinesen haben das Beamen erfunden, niemand braucht mehr Autos, in Deutschland sind alle arbeitslos und ganz viele reiche Chinesen ziehen her, zur Erholung, wegen der guten Luft. Aber wir wollen weitergucken, was ist denn?« Elisabeth muss sich erst von Eastwoods Anblick erholen. Er trägt ein zerrissenes Feinrippunterhemd, auf seiner Schulter prangt ein schwarzes Tattoo, eine große Heuschrecke. »Wann hast du morgen Schule?«, fragt Elisabeth. »Ach, erst um 9:50 Uhr. Bitte, Omi, lass uns jetzt!« Elisabeth schüttelt den Kopf. »Die Tür bleibt offen, solange die Jungs hier sind. Und die müssen jetzt gehen. Ich will das nicht. Basta.« Anton verdreht die Augen, Hamid hingegen steht sofort auf. »Omi, du bist so was von asozial!« Stellas Augen weiten sich, sie leuchten grünblau. »Wir müssen sowieso los, ist spät. Auf, Toni!« – »He, halt's Maul, Alter!«, sagt Anton, doch Hamid ist schon an der Wohnungstür. Stella hängt sich an ihn. Er schiebt sie sanft zur Seite, tritt auf Elisabeth zu und reicht ihr die Hand. Anton wirkt wie ein beleidigtes Kleinkind, wortlos geht er an ihnen vorbei. Die Tür wird leise von außen geschlossen. Stella wirft Elisabeth einen vernichtenden Blick zu, durchquert mit laut klatschenden Schlappen den Flur und verschwindet in ihrem Zimmer.

Bruno hat inzwischen den Pyjama angezogen, seine Kleider liegen ordentlich am Fußende, von ihm selbst schauen nur der schwarze Haarschopf und die Augen aus dem Deckengebirge. »Omi, was ist mit meiner Gutenachtgeschichte?« Das lauwarme Kirschkernkissen stopft er achtlos neben sich.

»Das auch noch!« Elisabeth kann den Ausruf nicht unterdrücken. Sie mag nicht mehr. Am liebsten würde sie sich auf dem blauen Flauschteppich vor dem Lager ihres Enkels zusammenrollen. Aber den scheint ihr Gemecker nicht zu beeindrucken. Er ist vollständig zum Vorschein gekommen, sitzt aufrecht da, beide Arme auf der Decke und schaut erwartungsvoll. Mit letzter Kraft tritt sie ans Bücherregal. »Na gut, aber nur eine ganz kurze. Was haben wir denn da: ›Pumuckl‹, ›Der Tätowierte Hund‹, ›Der Bärbeiß‹, das klingt doch alles gut.« »Nein, doch nicht so was! Doch nicht aus einem Buch! Mama erzählt mir jeden Abend eine richtige Geschichte. Eine, die wirklich passiert ist. Von den Leuten aus der Praxis, dem Krebsmann, der Hinkedame, dem Jungen mit den Schienen …« Elisabeth lässt sich vorsichtig auf der Matratze nieder. »Mein lieber Bruno, ich bin alt, ich bin müde, mir tut der Rücken weh und vor allem – ich kann keine Geschichten erfinden. Ende der Durchsage.« Sie hat laut gesprochen, das spürt sie selbst, denn der Junge drückt sich tiefer in die Kissen und runzelt ein wenig die Stirn, doch er scheint keineswegs aufgeben zu wollen. »Das glaub ich nicht, Eli-Omi. Du bist nur zu faul zum Erzählen. Mama sagt auch immer, ihr fällt nichts ein, weil sie nichts erlebt hat. Aber das ist nur eine Ausrede. Man kann aus allem eine Geschichte machen.« Elisabeth fühlt sich hilflos. Sie sehnt sich nach einem Bett. Sogar Cornelias steinharte Schlafcouch erscheint ihr plötzlich als paradiesische Zuflucht.

Das sogenannte Kreative liegt ihr nicht. Beim Kochen oder Basteln hält sie sich am liebsten genau an die Vorgaben. In der Familie war Hinz der Fabulierer, der Schnurren aus dem Mainz seiner Kindheit zum Besten gab, von Kirschendiebstählen, Fastnachtsumzügen und Piratenspielen am Rheinufer. Es war immer Hinz, der beim Abendbrot die Kunden nachmachte oder wilde Geschichten erzählte, die Reisende in fernen Ländern erlebt hatten. Die beiden kleinen Mädchen hingen an seinen Lippen. Als sie ihn einmal auf seine Flunkereien ansprach, lachte er bloß: »Wenn die Wirklichkeit nichts hergibt, muss man sie eben zurechterzählen.« Bruno zupft Elisabeth am Ärmel. »Was ist jetzt mit meiner Geschichte?« Elisabeth gibt auf. Sie tut das, indem sie die Augen kurz schließt und innerlich bis zehn zählt. Schlimmstenfalls schläft er vor Langeweile ein. Sie nimmt eine Wolldecke und schüttelt sie aus. Etwas fällt zu Boden. Elisabeth streckt die Hand nach dem dunklen Bündel aus und ruft: »Herrschaft Sechser! Das ist ja der Linsenmaier!« Der Junge schüttelt den Kopf. »Das ist doch mein Trösterle. Den hab ich in Mamas Schrank gefunden.«

Elisabeth befühlt die Puppe, wiegt sie in den Händen. »Bruno, stell dir vor, das ist der Linsenmaier! Mit dem hab ich als Kind gespielt. Weißt du, dass der schon in Amerika war? Der ist fast hundert Jahre alt! Hat deine Mama dir das nie erzählt?« Bruno gähnt. »Nee, die Mama meint, dass er alt sei, aber du hast ihr nie gesagt, woher der kommt. Obwohl sie es immer wissen wollte. Warum nennst du ihn so? Linsenmaier ist ein doofer Name.« Er reibt sich die Augen. Elisabeth betastet vorsichtig die schlaksigen Glieder der Puppe. Sie hat lange Arme und Beine, Brust und Bauch sind plump, der Kopf wie ein Ei, alles aus grobem Leinen genäht, bräunlich vor Alter. »Aber Bruno, fühl doch mal! Weil er mit Linsen gefüllt ist.« Bruno tastet über den Leib. »Solche zum Essen? Linsen mag ich nicht so gern. Ich hab immer gedacht, da sind Steine drin, ganz kleine Steine.« Er streichelt den struppigen roten Schopf. »Den hat jemand selber genäht. Ich glaube, aus einem Bettlaken. Er hat meiner Mutter gehört, deiner Urgroßmutter, als sie ein junges Mädchen war, etwas älter als Stella. Da musste sie mit dem Schiff rüber nach Amerika fahren, um als

Dienstmädchen zu arbeiten. Weil ihre Familie in der Inflation arm geworden war. Sie fürchtete sich sehr, denn sie war erst siebzehn Jahre alt und reiste ganz allein. Auf dem Schiff lernte sie ein anderes Mädchen kennen. Zum Abschied tauschten sie ihre Puppen. Gertrud hieß meine Mutter, aber alle nannten sie Trudele.« Bruno kichert. »Da gibt's nix zu lachen, so hießen die Leute eben früher. Also, Trudele schenkte dem anderen Mädchen ihre Puppe, eine feine, teure mit Porzellankopf und spitzenbesetzten Unterhosen. Eigentlich hatten ihre Eltern viel Geld, ihr Vater war ein bekannter Architekt, verlor aber plötzlich sein Vermögen ...« Bruno unterbricht: »Die hätte ich auch weggetauscht, ist ja voll peinlich, Unterhosen!« Elisabeth erhebt die Stimme: »Stattdessen bekam sie den Linsenmaier. Der Linsenmaier und Trudele fuhren zusammen nach Amerika. Ohne den Linsenmaier wäre sie ganz verzweifelt, das hat sie oft gesagt. Als ich klein war, saß er auf meinem Kopfkissen und ich hab ihm anvertraut, was ich sonst keinem sagen konnte. Wenn du magst, erzähl ich dir morgen mehr, was meinst du?« Bruno antwortet nicht, sein Atem geht leise und regelmäßig. Die langen Wimpern werfen Schatten auf die Pausbacken, der Mund ist fest geschlossen. Elisabeth findet ihren Enkel immer noch zu dick, aber es stört sie nicht mehr. Kopfschüttelnd betrachtet sie die alte Puppe. Aus dem groben Leinengesicht schauen sie die Augen an, fast lebendig. Der in rotem Garn gestickte Mund ist verblasst und scheint zu schmunzeln.

Später liegt der Linsenmaier auf dem Küchentisch im gelben Lichtkreis, streckt seine Glieder aus und betrachtet aufmerksam die Decke. Draußen rumpelt ein Bus vorbei. Elisabeth kann nicht schlafen. Cornelias Bettcouch ist nicht das Problem. Auch die Kinder nicht. Seltsam, dem alten Kerl hier zu begegnen. »Trösterle« nennt ihn Bruno. Sie kann sich einfach nicht daran erinnern, wie er ins Kinderzimmer ihrer Töchter gekommen ist. Hat sie ihn damals Sabina geschenkt oder Cornelia? Aber seine Geschichten kennt sie alle noch. Sie braucht nur nach der plumpen Puppenhand zu greifen, die Linsen unter dem rauen Stoff zu fühlen, und schon spürt sie die Sätze wachsen wie einen Teig, wenn man warme Milch in die Mehlkuhle gießt, wo Hefe und Zucker warten und dann plötzlich Bläschen hochsteigen. Man muss kräftig hineingreifen, alles verkneten, damit sich verbindet, was vorher nur Staub und Krümel waren. Ein mächtiger Klumpen entsteht, ihm kann man dabei zuschauen, wie er immer größer wird und aus der Schüssel quillt. Elisabeth weiß nicht mehr, was sie ihren Töchtern von früher erzählt hat. Viel kann es nicht gewesen sein.

Vorhin, am Rand von Brunos Matratzenlager, waren die Worte nur so aus ihr herausgesprudelt. Ihm schien wirklich zu gefallen, was er da hörte. Vom ersten Satz an lauschte er gespannt, bis ihm schließlich die Augen zufielen. Cornelias Merkzettel liegen noch immer auf dem Tisch. Sie dreht sie um. Leere weiße Rückseiten. Ein Bleistiftstummel findet sich neben dem Kreuzworträtsel. Elisabeth nimmt ihn und beginnt zu schreiben, erst unsicher, dann immer schneller.

6 Wie der Linsenmaier über
den großen Teich fuhr

Als die Wellen das Schiff über den großen Teich warfen, immer in Richtung auf das unbekannte Land zu, war der Linsenmaier der Einzige, der nichts von sich gab. Kein Stöhnen, kein Beten zum lieben Herrgott und kein einziges Bröckele. Er behielt eisern alles bei sich, was in ihm war, und starrte bewegungslos geradeaus: gegen die Decke der Kajüte, ins Dunkel des fest geschlossenen Handarbeitsbeutels, durch die Fenster des Rauchsalons auf das klitschnasse Deck der dritten Klasse. Er fühlte sich von aller Welt verlassen.

Die Liebste war seefest, genau wie er. Auch wenn es heftig zuging, standen sie an der Spitze des Vorderdecks, mitten unter den armen Teufeln, die um die Wette spien, atmeten Salzluft ein und horchten auf das Brausen des Ozeans. Dann sang die Liebste, ganz leise, nur für ihn, damit sie sich von denen, die ringsum litten, keine Backpfeife einfing. Mit ihrer süßen Stimme sang sie ihm alle Lieder vor, die sie kannte. ›Wem Gott die rechte Gunst erweisen will‹. ›Lobet den Herren, den mächtigen König der Ehren‹. Oder das neueste, das sie in der Kombüse aufgeschnappt hatte: ›What shall we do with the drunken sailor‹. Wenn der Linsenmaier es vor Sehnsucht nach der

Liebsten nicht mehr aushielt, stellte er sich sein eigenes Ende vor. Er hatte dazu viele Ideen. Vom Deck der ersten Klasse auf das unterste stürzen. Aufplatzen wie eine überreife Zwetschge. Vom Nadelspiel des feinen Fräuleins durchbohrt dahinsinken, während seine Füllung aus einem Dutzend kleiner Löcher strömte. Am wirkungsvollsten erschien ihm ein glatter Schnitt über den Leib, ausgeführt mit dem Obstmesser, das den Stoff durchtrennte, aus dem er gefertigt war, und seine Eingeweide freilegte, das halbe Pfund graugrüner Alblinsen, mit denen ihn die Mutter seiner Liebsten gestopft und so ins Leben gebracht hatte.

Aber seine Visionen endeten immer damit, dass die Liebste weinend auflas, was von ihm, dem armen Linsenmaier, übriggeblieben war. Sie trug seine Reste in ihrer Schürze davon, und jede einzelne Linse wusste: Von nun an würden sie sich nie wieder trennen.

Auch mit dem Gesang war es vorbei. Die Neue würde niemals einen Ton von sich geben. Dazu war sie einfach zu vornehm. Alles an ihr war dem Linsenmaier wie Spitzgras. Wie sie roch, wie sie sprach und wie es sich anfühlte, wenn sie ihn im Arm hielt. Sie roch nicht, sie duftete nach einer teuren Seife, sie sprach allerfeinstes Honoratiorenschwäbisch, in das nur hie und da ein Dialektwort purzelte wie eine dreckige Kartoffel zwischen weiße Spargelstangen, und ihre Finger hatten keine Kraft. Der Linsenmaier mochte schöne Damen, schließlich war er ein Kerl, aber er bewunderte sie lieber aus der Ferne. Seine Liebste war für ihn von dem Tag an, als er zum ersten Mal in ihre leuchtenden braunen Augen geblickt hatte, das Reizendste auf der Welt. Warum sie ihn verraten und verlassen hatte, konnte er immer noch nicht begreifen. Das musste doch ein Scherz gewesen sein, einer der vielen, die sie machte. So wie Salz in den Morgenkaffee der großen Schwestern zu streuen oder ihre Schiefertafeln mit Kernseife einzuschmieren. Der Liebsten fiel immer etwas Lustiges ein. Die Neue war fad wie Wassersuppe. Der Linsenmaier ertappte sich häufig dabei, dass er die Augen schloss und schlief, weil sie nichts anderes tat, als zu lesen, Wörter in ein kleines Heft zu schreiben und sie anschließend vor sich hin zu murmeln, als kriegte sie's bezahlt. Pünktlich stand sie auf, pünktlich ging sie zu den Mahlzeiten in den Speisesaal, pünktlich kroch sie in ihre Koje. In der Zeit dazwischen murmelte und schrieb sie. Wie oft vergaß sie, den Linsenmaier mitzunehmen, so dass er den ganzen Tag in der Kajüte herumliegen musste, ohne eine Menschenseele zu Gesicht zu bekommen. Aber vielleicht war es besser so. Besser für ihn. Denn im Lesezimmer, im Speisesaal oder an Deck hätte er ja die Liebste sehen müssen und mit ihr den verdammten Franzosen. Oh, wie der Linsenmaier dieses Stück Malheur hasste! Der Franzose war an allem schuld, denn hätte die Liebste den niemals getroffen, wären sie beide heute noch ein Paar.

Wie ein kleiner König aus seiner Kalesche hatte der Franzose aus einem Handarbeitsbeutel geblickt, der in einer Sofaecke des Salons herumlag. »Oje, da hat das Fräulein aus der Kabine gegenüber sein Zeug stehenlassen! Das bring ich ihr wieder, vielleicht gibt's eine Belohnung«, flüsterte die Liebste, denn sie war nicht nur süß, sondern auch geschäftstüchtig. Aber der Linsenmaier ahnte schon damals die Gefahr, als er ihren wie angezündeten Blick auf den Franzosen bemerkte. Sie sprach nie darüber. Trotzdem hatte er bemerkt, wie die Augen der Liebsten den anderen im Gewusel der Passagiere verfolgten. Ihr Blick wollte um jeden Preis besitzen. Ein Eroberblick. Ja, im Nachhinein kam ihm selbst die Freundschaft, die seine Liebste mit der Besitzerin des Franzosen geschlossen hatte, vor wie eine Brücke, nur gebaut, um dem anderen nahe zu sein.

Die blasse Langweilerin sah überraschend hübsch aus in ihrer errötenden Erleichterung, als sie den Beutel zurückbekam. Die Liebste wurde nicht nur mit Zuckerwürfeln belohnt, sondern auch mit der Erlaubnis, jederzeit mit dem Franzosen zu spielen. »Dass du mir Monsieur Michel zurückbringst! Du bist eine ganz arg Liebe! Um das Nähzeug wär's schade gewesen, aber meinen Monsieur Michel könnte mir keiner wiedergeben!« Bei dem Getue wurde dem Linsenmaier blümerant. Er sah genau, was die andere für eine war. Bestimmt einige Jahre älter als die Liebste, und keine von ihnen. Das sah er an den nicht mehr ganz modischen, aber teuren Kleidern, den Saffianschuhen mit den abgeschabten Kappen, den weißen Händen, die nie eine Rübe geschabt, in der Waschbrühe gerührt oder eine Holzstiege geschrubbt hatten. Die Liebste mochte das ebenfalls gespürt haben, denn sie knickste, sprach die andere mit »Fräulein« und »Sie« an und schlug die Augen nieder. Der Linsenmaier empfand nur Verachtung für das Bürgervolk. Kalten Blicks streifte er das Mädchen. Der Franzose bekam von allem nichts mit. Er war gewohnt, im Mittelpunkt zu stehen und Leute wie die Liebste oder den Linsenmaier höchstens als Bühnenbretter für seine Auftritte zu benutzen. Ungerührt duldete er, wie das Fräulein ihn der Liebsten übergab. »Pass aber auf, er ist aus Bisquitporzellan. Mein Papa hat ihn mir aus Paris mitgebracht.« Die Liebste trug den Kerl, dessen Beine in blauseidenen Pumphosen steckten, so behutsam, als wäre er ein Schock rohe Eier. Die Ältere drängte der Liebsten das ›Du‹ auf und sagte, sie könne sie Trudele nennen, weil ›Fräulein Gertrud‹ viel zu umständlich sei. Die Liebste antwortete brav auf die Fragen ihrer neuen Freundin, aber ihre ganze Seele hing an dem Franzosen. Vorsichtig berührte sie sein bleiches Gesicht mit dem Zeigefinger, nahm seine zerbrechlichen Hände ehrfürchtig in die ihren und befühlte die geckenhaften Wildlederstiefel, die samtene Affenjacke und das lackschwarze Haar. Die Augen des Kerls sprühten Funken, und der Linsenmaier sah wohl, dass auch er Gefühle hatte. Die Liebste brannte lichterloh. Das Fräulein hingegen schaute immer wieder mitten im Gespräch mit ihren graugrünen Augen durch den Saal. Sie blieb stets an ein paar Landsleuten hängen, deren Schwäbisch dem Linsenmaier sofort vertraut in den Ohren klang. Es hörte sich nicht frech und städtisch an wie die Sprache seiner Liebsten, die mit ihren Leuten aus der Karlsvorstadt kam, wo Stuttgarts Arbeiter wohnten. Eher tönte es bäuerlich und breit. »Kennst du schon viele hier auf unserem Deck?«, forschte das Fräulein. Meine Liebste drückte den französischen Gecken an sich und breitete stolz ihr Wissen aus. Sie zählte auf, mit wem sie Bekanntschaft geschlossen hatte, lauter braven Glückssuchern, die ihrem kargen Vaterland zu entkommen suchten, das sie nicht füttern konnte. Doch Trudele war gar nicht interessiert. Zwar hörte sie geduldig zu, lenkte das Gespräch aber schnell wieder zu der Gruppe abseitsstehender, dunkel und schlicht gekleideter Männer. Die Liebste zog spöttisch die Brauen hoch. »Ach, die, an denen wirst du net viel Freud' haben! Ganz Fromme sind das, von Gottsfelde. Die reden net mit uns, weil wir Freidenker sind. Wir glauben das Kanzelgeschwätz net. Deshalb tun die, als hätten wir die Krätze.« Das Fräulein machte ein erschrockenes Gesicht, so dass die Liebste ganz vergaß, mit dem Franzosen schönzutun, und die Hand der Älteren nahm. »Musst net gleich das Muffensausen kriegen, Trudele. Weißt du, heimlich sprech ich jeden Abend mein Gebet, weil ich mir denk, wenn es doch net stimmt, dann hab ich wenigstens vorgesorgt.«

Meine Mutter hat ein Bild geschickt. Bruno schlummert, auf der Seite liegend, das tränenverschmierte Gesicht ins Kissen geschmiegt. Unter der Steppdecke schaut der struppige Schopf der alten Puppe hervor. Ich kann mich einfach nicht erinnern, woher sie kommt. Hoffentlich holt er sich keine Flöhe an dem Ding. Der Schnappschuss soll mich beruhigen, ebenso wie die Worte darunter: »Er ist ganz lieb eingeschlafen! Stella auch. Wir kommen wunderbar zurecht.« Ich seufze, mache das iPad aus. Meine Skype-Sitzung mit der Heimat hätte nicht schlechter laufen können. Mami mit Tomatensoßenspritzern auf der Bluse und feuchten Stirnfransen, dazu Brunos jämmerliches Geheul. Es war ein Fehler hierherzukommen. Wo Papa wohl steckt? Am Bodensee sicher nicht. »Sag deiner Mutter nichts davon.« Als ob sie nichts gemerkt hätte!

Möglicherweise hat das alles gar keine reale Basis. Vielleicht hat er seine Medikamente durcheinandergebracht. Was als Erklärung immer in Frage kommt, sind die Fehlzündungen unter seiner Schädeldecke. Da hat es schließlich ordentlich gefunkt. Aber die Pril-Blumen habe ich blühen sehen, sie sind nicht seinem Geschwätz entsprossen.

Mamis Anruf hat mich geweckt, ich muss nach der Dusche kurz weggesackt sein. Natürlich fliege ich zurück, wenn Bruno weiterhin unglücklich ist. Aber er weint so oft. Ich schreibe täglich sein Gewicht auf, aber nicht seine Tränen. Zu häufig. Zu feige. Zu viel von allem. ›Glücklich ist, wer vergisst, was nicht mehr zu ändern ist.‹ Meine Fitness-App schickt mir jeden Tag einen neuen Motivationsspruch. Wenn er gut ist, drucke ich ihn aus und hänge ihn ins Behandlungszimmer, für meine Patienten. Oft verhaken sich einzelne Sätze in meinen Gedanken, platzen hervor, auch wenn sie nicht abgefragt werden. Nicht mehr zu ändern? Ist das wirklich wahr? Ich höre mein Kind nach mir jammern und fühle nichts. Es versinkt alles in meiner Erschöpfung, wird von ihr aufgesogen, einer dunklen Masse, die ich mir schwer und warm vorstelle wie frisch angerührten Kleister. Sie füllt meine Glieder, verklebt meine Lider, stopft mich voll mit Gleichgültigkeit. Brunos Unglück quält mich, aber ich will ihm auch entkommen. Bruno ist mein Schandmal. Eine Physiotherapeutin mit adipösem Sohn. Eine Mutter mit fettem Kind ist ohnehin das Letzte. Dazu noch eine von einem Griechen geschiedene alleinerziehende Mutter.

Aus dem Fenster meines Zimmers im 17. Stock sehe ich in einen grellen Hitzehimmel, über den staubgraue Schlieren ziehen. Gleich neben dem Hotel wird gebaut, ein einzelner Kran steht zwischen den Häusern wie ein magerer gelber Vogel. In der Ferne ragen zwei Glastürme auf, die das glühende Weiß spiegeln. Ich möchte einmal durch die Stadt laufen, an meinem ersten Tag. Die Klimaanlage summt, aber das Windgeheul von draußen ist lauter. Jetzt driftet eine Krähe an der Scheibe vorbei. Auf den flachen Dächern sitzen die Wasserspeicher, unförmige Tonnen, balancierend auf einem Metallgestell, gekrönt von rotbraunen oder grauen Chinesenhüten. Wenn ich jetzt gleich meine Einkäufe erledige, wenn ich Stellas Liste abarbeite, die sie mir geschickt hat, als ich noch im Flieger saß, dann darf ich abschalten. Darf über den weniger anstrengenden Teil der Familie nachdenken, über meine Großmutter Gertrud, die vor fast 100 Jahren allein in New York ankam. Ihr Schicksal interessiert mich wirklich. Mami war immer geizig mit Geschichten von früher, aber von Gertruds Amerika-Fahrt hat sie uns manchmal erzählt.

Das Palmendickicht ragt mitten auf dem Bürgersteig empor, ich kann nicht mehr ausweichen. Spitze Blattenden bohren sich durch den dünnen Stoff in meine Oberarme, rötlichgrün gestreifte Lanzenbündel versperren mir den Blick auf die Straße. Daneben Bambushaine mit knallgelben Stämmen, Glied auf Glied gepfropft, getrennt durch Ringe wie Insektenbeine, und darüber rascheln die trockenen Blätter. Sie wachsen in Plastiktöpfen, eine Metallkette läuft von Stamm zu Stamm. Aus dem Inneren der Geschäfte, den geöffneten Lieferwagen, die davor parken, riecht es nach feuchter Erde und Zimtrinde. Die Straßen um das Hotel sind voller Blumenhändler. Zwischen den Häusern hockt die Hitze, pocht auf dem Asphalt unter meinen Sneakers, der Himmel flimmert wie Folie. Mein Kopf schmerzt, und ich fühle mich benommen, bewege mich langsamer als gewohnt. Mein zaghafter Gang passt zu diesem Unwirklichkeitsgefühl, das mich beherrscht, seit ich angekommen bin. Es riecht nach altem Schmieröl, aufgeweichtem Teer, gerösteten Erdnüssen und Wassermelone, nach Müll, der in der Sonne gammelt. Ab und zu wehen Marihuanaschwaden in das geschäftige Gewühl hinein, ohne dass feststellbar wäre, woher sie kommen. Obwohl ich plötzlich mit geschlossenen Augen stehen bleibe, rempelt mich niemand an. Die Menge spart mich aus und fließt weiter, geübt im Umgang mit Seltsamkeiten. Ich stehe auf der West 34th Street. Da vorne leuchtet Macy's mit seinem roten Stern, der aus dem Seemannstattoo seines Gründers stammt. Der iced tea meldet sich mit einem leisen Rülpser wie ein Startschuss, und ich laufe los, reihe mich ein, eilig wie die anderen. Nach dem Einkauf bin ich frei. Soll ich mich zu Hause fühlen, nur weil ich Englisch sprechen kann, ohne viel nachzudenken, weil ich Bücher gelesen habe, Filmbilder kenne? Mich fremd fühlen, weil das Leitungswasser nach Chlor schmeckt, Brot auf der Zunge zu süßlichem Brei zerfließt, ohne dass die Zähne arbeiten müssen, und eben doch alles anders ist? Am schwersten fällt es mir, nicht ständig das Handy zu checken, das stumm auf dem Grund meiner Tasche ruht.

Eine altmodische Rolltreppe aus Holz bringt mich ins oberste Stockwerk zur Kinder- und Teenie-Bekleidung. Vor einer in Rosatönen gestrichenen Theke hält sie an: ›Auntie Anne's‹. Handtellergroße, nuss- und schokoladengesprenkelte Cookies, Berge von Pretzels. Ich wende mich ab, eile in den Verkaufsraum und bemerke erst zwischen Jeansstapeln und Karussells voller Karohemden, dass Bruno gar nicht bei mir ist. Obwohl ich erst seit wenigen Stunden im Land bin, habe ich in meiner Fotogalerie bereits eine Sammlung übergewichtiger Amerikaner, angefangen mit dem Mann, der auf dem Hinflug in der Reihe vor mir saß und zwei Plätze einnahm. Es sind schwarze und weiße Gesichter, traurige und fröhliche, alte und junge, allesamt adipöser als mein Sohn. Vorhin habe ich sie einmal durchgeklickt. Sie trösten mich auf merkwürdige Weise. Er ist ja gar nicht so dick. Es geht noch viel schlimmer.

Ich arbeite mich durch Stellas Liste, kaufe Skinny Jeans von Levi's, eine destroyed und eine weiß. Ich kaufe einen dunkelgrünen Hoodie mit dem hellgelben Schriftzug ›Chinese Beams – When worlds collide‹, ein weißes Longsleeve, auf dem in Schwarz die Reisschale mit den hineingesteckten Stäbchen gedruckt ist, ein hellrotes Top mit einem goldenen chinesischen Drachen, der sich um den Daimlerstern windet. Alles in Größe 34, XS. Ich kaufe Socken und karierte Boxershorts von Hanes für Bruno, jeweils im Fünferpack. Ich kaufe ein Snoopy-Shirt, Größe L Kids, für Bruno, obwohl er XL Kids haben müsste.

Die Sachen sind deutlich billiger als zu Hause. Ich blättere durch die Damen-Shirts. ›Donut worry!‹ Ein rosa T-Shirt, bedruckt mit einem Dutzend dieser Gebäckstücke, ein Fetzen für die gute Sommerlaune. Simone, meine beste Freundin, liebt Donuts. Ich streiche schon mit dem Zeigefinger über die erhabenen Oberflächen der Glasuren, hellblau, pink, bunt bestreuselt, als mir einfällt, dass Simone und ich nicht mehr miteinander sprechen. Ich lasse das Teil liegen und ergreife die Flucht, geradewegs zur nächsten Rolltreppe.

»Nimm es mir nicht übel, meine Liebe, aber dein Sohn sieht jeden Tag mehr aus wie ein Mastschweinchen. Bist du sicher, dass du mit ihm auf dem richtigen Dampfer bist?« Simones Stimme klang sicher und erfüllt von einer untergründigen Wut. Wir saßen in meiner Küche, sie rührte in ihrem Kaffee. Es war Januar, ich hatte ihr eben Bilder der Kinder gezeigt. Ich weiß nicht mehr, was ich Simone geantwortet habe. Ihre Stimme sitzt tief in meinem Gehörgang. Ich schüttle heftig den Kopf, als könnte ich sie damit herausschleudern. Die Tütengriffe schneiden mir in die Handflächen, ein schöner Schmerz, er lenkt mich ab.

In einer anderen Abteilung bepacke ich mich mit Marshmallow Spread, schneeweiß und cremerosa wie Zahnpasta, dazu Reese's Erdnussbuttertörtchen in ihren gelb-orangeroten Verpackungen. Dimi und die griechische Ex-Verwandtschaft haben einen Sinn dafür. Sweet tooth. Mit ihm zu reden fehlt mir. Dabei haben wir in den letzten Jahren nur geschwiegen. Vielleicht, weil wir einander alles Wichtige bereits mitgeteilt hatten. Niemand verstand die beängstigende Enge unserer Verbindung. Gedankenleserei. Wortlose Dialoge. Automatische Ergebenheit. Ich habe schon eine Weile nicht mehr mit ihm gesprochen. Von Simones letztem Satz habe ich Dimi nichts gesagt. Es ist ja auch schon ein halbes Jahr her.

Für Bruno finde ich einen Waschbären mit schwarz-weiß geringeltem Schwanz, so flauschig, dass ich mein Gesicht hineindrücke. Als ich ein Bildwörterbuch der englischen Sprache betrachte, fällt mir ein, wie lange wir schon nicht mehr über ›Lolli, Ente, Furz‹ gelacht haben, unsere selbst erfundene Variante des Kofferpack-Gedächtnis-Spiels. Bruno liebt es, denn die Regel gibt vor, dass jedes zweite Wort etwas mit ›Toilette‹ zu tun haben muss. Am Ende quillt unser imaginäres Gepäck über von Klobürsten, Toilettentieftauchern und Stinkewindeln. Bruno lacht immer wie verrückt. Das steckt mich an, obwohl ich mir Mühe gebe, abgeklärt zu wirken. Wenn dann noch Stella reinkommt und uns mit mitleidigem Kopfschütteln mustert, ist alles zu spät. Wir wiehern, halten uns aneinander fest, die Tränen laufen uns über die Backen. Bruno lächelt seit einiger Zeit nur noch, indem er den Mund verzieht. Ich packe das Bildwörterbuch in den Einkaufskorb, dazu noch eine Packung Luxus-Buntstifte und ein Heft, das zeigt, wie man die Figuren von ›SpongeBobSquarePants‹ nachzeichnet. Bruno zeichnet ziemlich gut. Er kann vieles gut, aber er ist fett. Wie ein Mastschweinchen.

Ich bin es gewohnt, dass Fremde uns Dinge hinterherzischen. Immer öfter rufen sie ihre Beleidigungen laut und ungeniert. Blicke treffen uns, in denen der Hass funkelt. Er speist sich lediglich aus dem Anblick eines kleinen dicken Jungen. Normalerweise bin ich zu ausgelaugt und erschöpft, um die Bosheiten zu beachten. Bruno und ich sehen uns bei solchen Gelegenheiten nicht an. Jeder weiß genau, dass der andere es gehört hat. Schweigend schleichen wir uns davon, wie geprügelte Köter.

Nur einmal habe ich mich zur Wehr gesetzt, kurz vor Ende der letzten Sommerferien, als ich mit Bruno zusammen im Milaneo war, dem großen Einkaufszentrum neben der Stadtbibliothek. Bruno wollte gerne in diesen Laden mit Fan-Artikeln: Es gibt dort Hobbit-Hausschuhe, Harry-Potter-Schals und Star-Wars-Keksdosen. Seine Wangen glühten aufgeregt unter der Griechenland-Bräune, er plapperte unentwegt, hielt genau auf das üppig dekorierte Schaufenster zu. »Boah, schau dir den an!« Ich nahm den Ausruf nur mit halbem Ohr wahr, hoffte einfach, dass nicht mein Sohn gemeint war, sondern irgendwas anderes. »Das ist ja voll die fette Made!« – »Guck mal, ist da jetzt mehr Bauch oder mehr Arsch dran?« Die Mädchen standen im Halbkreis vor dem Geschäft, umgeben von braunen Primark-Tüten. Langhaarige 15-Jährige in engen Jeans, mit silbernen Riesencreolen und diesen übertrieben stark ausgemalten Augenbrauen, genau wie Stella. Parfumduft umgab sie, aus einem Smartphone drang ein Song, den ich kannte: »Schnapp macht das Krokodil, schnapp!« – »He, Fetti, soll ich dir meinen BH leihen, für deine Titten?« Brunos Rücken krümmte sich, er zog die Schultern ein, als wollte er sich wie ein Igel zusammenrollen. Seine Finger krampften sich um meine Hand. Ich riss mich los. Die Titten-Tussi gehörte zu den Beschenkten, Normalgewichtsfigur, ein symmetrisches Gesicht. Die blauen

Augen funkelten, gefüllt mit Dummheit und Übermut wie mit einem billigen Likör. »Was hast du gesagt?« Für einen Moment Verwirrung, dann Hohn. »Was willst du denn, Muddi? Hab ich mit dir geredet? He, Fettsack, wann hast du deinen Minipimmel zum letzten Mal gesehen?« Meine Finger sind in ihrem Haar, bevor ich merke, was geschieht. Warme Kopfhaut, pappiger Festiger. Ich greife so tüchtig zu wie bei der Arbeit, wickle mir die Strähnen um die Handgelenke, rupfe, reiße, zerre, sehe ihren Mund, der sich erst zu einem ungläubigen O formt, dann in einem dunklen Schlund auseinanderfährt. Sie heult auf, entwindet sich. Ich habe die Hände voller Haare, sie lässt sich von ihren Freundinnen wegschleppen. Ich brülle hinter ihnen her, aber sie verschwinden im Gewühl des Milaneo, und mein Sohn steht fassungslos neben mir. Niemand kümmert sich um uns. Die Leute sehen weg. Zwei Security-Typen am Ende des Gangs sind in ein Gespräch vertieft. Ich befreie meine Finger, rolle die breiten, glänzenden Strähnen zu einem Päckchen zusammen, so wie meine Mutter es an Festtagen mit Geschenkbändern macht, die sie noch einmal verwenden möchte.

Bruno trat neben mich. »Kann ich die Haare haben, Mama?« Ich schüttelte den Kopf. Er knuffte mich in die Seite. Ich ließ ihn stehen. Im Laden bekam er eine Gandalf-Figur. In der Tiefgarage packte Bruno mich am Arm. »Bitte, Mama, ich will die Haare haben.« Behutsam verstaute er das Knäuel in der Hosentasche. Wir haben nie wieder über diese Sache gesprochen. Ein paar Tage lang fürchtete ich mich davor, die Polizei könnte vorbeikommen, schließlich ist das ganze Einkaufszentrum voller Überwachungskameras. Aber nichts geschah. Manchmal frage ich mich, ob das Ganze überhaupt stattgefunden hat. Danach habe ich angefangen, über eine Auszeit nachzudenken.

Inzwischen bin ich in der Herrenabteilung gelandet. Allmählich geht die Schlepperei auf die Arme. Draußen ist es dunkel geworden, ich sehe die zahllosen Lichter der Stadt, genau wie in den New-York-Filmen, nur noch besser.

Weil ich eine gute Tochter sein will, bewege ich mich mitsamt meinen Tüten ins Home Department und kaufe dort für meine Mutter eine hellrote Vase von Philippe Starck, die sie sich selbst niemals gönnen würde.

Dann kehre ich zurück in die Damenabteilung und kaufe das ›Donut worry!‹-Shirt. Simone und ich haben die gleiche Größe, kleine Brüste, zu breit trainierte Schultern und Michelle-Obama-Oberarme. Bei mir kommt es vom Job, bei ihr vom Fitnessstudio.

Für meinen Vater kaufe ich nichts, weil ich nicht an ihn denken möchte. Doch sofort packt mich mitten im Macy's panische Angst, dass er sterben muss, wenn ich ihn nicht mit einem Mitbringsel aus New York versehe. Unter diesem Zwang lasse ich mir zwei sauteure Waterford-Weingläser einpacken, höre mich laut sagen: »Daraus kann er ja mit Annemarie trinken«, verlasse endlich das Kaufhaus, rote Sterne vor den Augen. Weil ich mir immer schon einmal ein Yellow Cab ranwinken wollte, tue ich das jetzt. Mein Budget ist gnadenlos ausgereizt, ich werde in den nächsten Tagen am Essen sparen müssen. Der Fahrer ist weder Corky aus ›Night on Earth‹ noch Travis, der ›Taxi Driver‹, sondern ein Sikh mit Turban, der mich schweigend durch die Dunkelheit zurück zum Hotel bringt. Auf dem Zimmer trinke ich viel kaltes chloriges Wasser und schalte den Fernseher ein. Ich dusche erneut, esse einen Apfel aus der Schüssel in der Lobby, der nach nichts schmeckt. Dann lege ich mich ins Bett und schließe die Augen. Mein Telefon rühre ich nicht an.

Elisabeth rennt die Ostendstraße entlang und rempelt eine junge Frau an, ohne ihr Schimpfen zu beachten. Während sie vorwärtshastet, mustert sie scharf jeden Passanten. Jedes Kind, auf der Suche nach einem blauen T-Shirt und einer orangefarbenen Schirmmütze. Manchmal hüpft ihr Herz. Erleichterung will sich in ihrem Brustkorb ausbreiten, aber die Enttäuschung kommt binnen Sekunden, wenn sie erkennen muss, dass sie sich geirrt hat. Dann weint sie. Die Schluchzer unterbrechen ihren Lauf nicht, sie eilt weiter, es geht bergauf, sie keucht. Inzwischen sind nur noch Kindergartenkinder unterwegs, die an den Händen ihrer Mütter tippeln.

Die Socken kleben feucht an Elisabeths Füßen, sie hat heftiges Seitenstechen, und jeder neue Atemzug brennt in der Kehle. Schweiß rinnt ihr die Schläfen herunter. Vor der Lukaskirche gibt sie auf. Immer noch schwer atmend, lehnt sie sich an einen Pfeiler. Auf dem Schild neben der verschlossenen Pforte steht ›Bibelgarten‹. »Erwähle mich zum Paradeis und lass mich bis zur letzten Reis an Leib und Seele grünen«, murmeln die Fellbacherinnen. Blumen leuchten hinter dem Zaun, zwischen ihnen stecken Schilder in der Erde, deren

Aufschrift sie nicht lesen kann. Elisabeth holt ein verklumptes Papiertuch aus der Hosentasche und tupft sich das Gesicht ab. Ihre nassen Füße stecken in Stellas pinkfarbenen Gummilatschen. Ein Glück, den Wohnungsschlüssel hat sie dabei, er drückt sich zuverlässig in ihre Pobacke. Sie trägt Großputzklamotten: eine alte Jeans, darüber eine verwaschene Sommerbluse und eine Küchenschürze mit Latz. Das Haar hat sie mit einem karierten Geschirrtuch aus dem Gesicht gebunden, denn sie schwitzt, sobald sie sich körperlich anstrengt. Als das Telefon klingelte, versenkte sie eben den Wischmopp im Eimer. Der Tag hatte gut angefangen, kein Vergleich zu gestern. Das Frühstück folgte einem eingespielten Muster, bei dem sie nur den Zurufen einer überraschend organisierten Stella gehorchte: »Eli-Omi, hast du Toast, Tee, unsere Trinkflaschen?« Elisabeth hatte alles. Es blieb sogar noch genug Zeit, mit Bruno auszusuchen, womit er seine Vesperdose füllen wollte – Reiswaffeln, Apfelschnitze, Studentenfutter –, und diese Sachen in sein Ernährungstagebuch einzutragen. Duftend und geschminkt verließ Stella als Erste die Wohnung, Bruno folgte eine Viertelstunde später, schwunglos und mit gesenktem Kopf. Zu Beginn der Acht-Uhr-Nachrichten lief die erste Waschmaschine mit kräftigem Sunilschaum. Cornelias Pappschachteln voller Seifenflocken in unterschiedlichen Grauabtönungen traute Elisabeth nur zu, dass sie diese Färbung an die Wäsche weitergaben. Sie wollte am Vormittag putzen und zu Mittag mit gedünstetem Kabeljau und Gemüsereis ihren gestrigen Miracoli-Fehler wiedergutmachen. Auch wenn sie fand, dass sie elend langsam durch den Flur saugte, auch wenn der Putzeimer schwer war, fühlte sie sich zufrieden. Ihr Vater hat so oft erzählt, wie Philip Matthäus Hahn oder andere evangelische Vorbilder bereits um drei Uhr früh mit der

Schafferei begannen, dass sie niemals eine Langschläferin werden wird.

Mitten in diese Gedanken hinein klingelte das Telefon. Elisabeth ließ den Mopp fallen. Einen Anruf nimmt man sofort entgegen, dieser Reflex aus dem Geschäft sitzt. Hastig riss sie den Hörer von der Station. Am anderen Ende fragte jemand: »Frau Chatzis, sind Sie das?« Elisabeth räusperte sich: »Elisabeth Geiger. Ich bin Cornelia Chatzis Mutter. Sie ist gerade im Ausland.« Kurzes Durchatmen. »Hier Wispel, von der Eduard-Pfeiffer-Grundschule. Frau Geiger, Sie haben das vielleicht nicht gewusst, aber wenn ein Kind krank zu Hause bleibt, muss die Schule verständigt werden.« – »Wer ist krank? Ist Bruno etwas passiert?« Die andere zögerte. »Bruno ist nicht zum Unterricht gekommen. Deshalb rufe ich an.« Elisabeth hatte den Eindruck, ihr Herz weigere sich weiterzuschlagen. »Bruno ist was?« Sie konnte nur krächzen. »Er ist nicht in seiner Klasse. Wir rufen immer an, wenn ein Kind bis halb neun nicht erschienen ist.« Nach einer kurzen Pause nahm Elisabeth wahr, wie die Dame versuchte, sie zu beruhigen, davon sprach, dass die Kleinen sich manchmal verlaufen oder auf dem Schulweg abgelenkt würden. In der Regel tauchten sie dann in der Pause auf. Und sie solle jetzt einfach in Ruhe losgehen und den üblichen Weg ablaufen. Falls Bruno noch käme, würde sie sich sofort melden. Elisabeth kam erst wieder zu Bewusstsein, als sie im Flur auf der Suche nach Schlüssel und Schuhen den Putzeimer umstieß. Sie kümmerte sich nicht um die riesige Lache, die sich über den Dielen ausbreitete, sondern steckte die nassen Füße in die nächstbesten Schuhe, knallte die Tür hinter sich zu und rannte.

Meine Güte, Bruno. Wenn ihm etwas zugestoßen war! Vielleicht lag er schon im Olgäle, überfahren, von einem Auto oder von der U-Bahn! Da war in letzter Zeit einiges passiert, weil alle ihre Stöpsel mit Musik in den Ohren trugen und nichts hörten, wenn sie über die Gleise gingen. Aber Bruno besaß weder Stöpsel noch Handy. Oh, mein Gott. Du großer Gott, das Kind ist in Gefahr, sei ihm nicht fern, denn die Not ist nah und niemand ist da, der hilft. Rette ihn vor dem Rachen des Löwen, vor den Hörnern der Büffel rette ihn! Sie konnte sich nicht wehren, die Worte schwappten in ihr hoch, füllten ihre Ohren und auch wenn sie nicht halfen, lenkten sie wenigstens ab.

Aus einem Hauseingang kommen zwei junge Männer, Handwerker in Arbeitshosen voller Farbkleckse. Einer hält zwei dampfende Pappbecher, der andere eine fettige Papiertüte. »Kann man Ihnen helfen?« Der Tütenmann hat die Frage an Elisabeth gerichtet. Er kramt einen Sesamkringel heraus und reicht ihn seinem Kollegen. Elisabeth fühlt sich ertappt, sie ahnt, wie sie in ihrem Aufzug auf andere wirken muss. Eine hilflose Person. Sie möchte ihr Versagen verstecken. Zögernd fragt sie: »Haben Sie einen kleinen Jungen gesehen, blaues T-Shirt, Schulranzen, ziemlich …«, sie holt tief Luft, »ziemlich dick?« Sie hat ihren Enkelsohn verloren. Hier steht sie und muss Wildfremde fragen, die nur die Köpfe schütteln. »Vielleicht hat er heute keine Lust auf Schule?« Der Handwerker bläst in sein Getränk. Der Duft von schwarzem Tee weht Elisabeth ins Gesicht. »Manchmal gehen die zu Norma, dahinten. Oder zum Bäcker, kaufen Süßigkeiten.« Er lächelt: »Ich hab drei jüngere Brüder, sind alle wieder heimgekommen.« Die Männer nicken Elisabeth zu. Sie geht langsam weiter. Ich muss die Krankenhäuser anrufen, die Polizei. Sicher taucht er gleich auf. Wenn ich um die Ecke biege, werde ich ihn sehen. Er könnte mir entgegenkommen mit schuldbewusster Miene.

Brunos leeren Schulhof zu betreten, wagt sie nicht, mustert nur vom Tor aus die Hängebrücken, das Kletternetz, die Bänke, hält Ausschau nach seinem schwarzen Haarschopf. Sie schaut sogar in die Baumkronen, auch wenn sie genau weiß, dass Bruno es nie fertigbrächte, einen der schmächtigen Ahornbäume auf dem Gelände zu erklimmen. An den Fenstern kleben Sonnen und Bälle aus Buntpapier. Warmer Wind streicht über die asphaltierte Fläche, über die rund um die Spielgeräte aufgehäuften Holzschnitzel. Der dunkle Belag hat sich trotz der frühen Stunde aufgeheizt, ein buntes Schild verkündet ›Kaugummi verboten‹. Im Hof zittert die Luft, und Elisabeth drückt für einen Moment die Finger auf ihre geschlossenen Lider, fühlt die Augäpfel darunter, wirft noch einen letzten Blick auf den Hof, dann eilt sie davon. Angst sitzt in ihrem Hals und klopft unermüdlich, ihr ganzer Körper muss diesem hastigen Takt folgen. Sie kann nicht mehr, hustet trocken, blickt hinter sich: T-Shirt, Mütze, Ranzen. Dicker, fetter, geliebter kleiner Bruno.

Der Rückweg kommt ihr länger und zäher vor als die hoffnungsgetriebene erste Suche. Bald muss sie handeln. Die Digitalanzeige am Apothekeneingang verkündet unbarmherzig, wie spät und wie heiß es inzwischen geworden ist. Noch schläft Cornelia, noch kann alles gut werden, noch hat sie eine Chance, auf dem letzten Wegstück. Vor dem Kiosk an der U-Bahn-Haltestelle sind Ständer mit Magazinen und Comics aufgebaut. Donald Duck und Käpt'n Sharky liest er gern. Aber Bruno ist nirgends zu sehen.

Als letzter Joker bleibt das Zuhause. Er hat sich dort versteckt, im Garten, im Keller, vielleicht sogar in der Wohnung! Möglicherweise ist er gar nicht fortgegangen, hat sich wieder reingeschlichen, während sie am Putzen war. Mit dieser neuen

Idee überfällt Elisabeth eine plötzliche Erschöpfung. Ihr wird so schwindelig, dass sie kurz anhalten muss. Vor der Ostend-Apotheke setzt sie sich auf die Bank neben den kleinen altmodischen Brunnen, postiert sich seitlich, damit sie Haltestelle und Kreisverkehr überblicken kann. Das Menschengewimmel rund um den Platz nimmt nicht ab. Sie äugt nach allen Seiten, rutscht auf der Bank herum, um nichts zu übersehen. Schnaufend ringt sie die Hände. Die Luft stinkt nach Benzin. Ihre Socken sind längst getrocknet. Sie riecht ihren eigenen Schweiß.

»Ha, dich kenn ich doch!« Neben ihr lässt sich ein Mann in Sporthosen nieder, das Gesicht zu einem Grinsen verzogen. Er bläst Elisabeth zur Begrüßung Schnapsatem ins Gesicht, lüftet die Kappe und behält sie in der Hand. Sie rückt von ihm ab, erkennt ihn aber wieder. Der unverschämte Kerl von gestern Abend. »Schon wieder alloi?« Er mustert sie neugierig, seine blauen Augen glänzen unter struppigen Brauen. Graue Haarpinsel wachsen aus seinen Ohren, auf dem Kopf hat er kaum noch welche. Die wenigen Strähnen sind sorgfältig zurückgekämmt. Elisabeth sieht die Kammfurchen und fragt sich, wo er seine Morgentoilette verrichtet hat: auf einer Bank im Schlossgarten, über dem Luftschacht der U-Bahn, in einem Wohnheim? Oder hat er doch ein Zuhause? In seiner Kleidung hängt ein muffiger Geruch, aber er stinkt nicht wie manche Obdachlosen. Elisabeth wirft reichlich Münzen in Hüte, wenn sie angebettelt wird, aber sie hat sich noch nie mit einem von ihnen unterhalten.

Sie atmet immer noch schwer, als der Mann ihr eine von diesen kleinen Glasflaschen entgegenstreckt. »Magst ein Schlückle?« Hinter dem Schriftzug ›Chantré‹ zittert goldbraune Flüssigkeit. Bei Hinz und ihr gehörten Cognac und Feierabend zusammen. Zwei Fingerbreit im Schwenker. Der erste Schluck brannte im Magen, dazu eine Zigarette, das war in den ersten ›Reisestudio‹-Jahren ein Ritual gewesen, bis sie so gesundheitsbewusst wurden wie der Rest ihrer Bekannten.

Elisabeth schüttelt den Kopf. »Danke, aber dafür ist es mir zu früh.« Der Mann scheint nicht traurig über ihre Ablehnung. »Schon recht«, sagt er und nimmt einen Schluck. Elisabeth erhebt sich: »Haben Sie vielleicht einen kleinen Buben gesehen, im blauen Shirt, mit Schulranzen?« Der Mann leckt den gläsernen Rand ab, schraubt die Flasche wieder zu, bevor er sie in der Jackentasche verstaut. »So ein Dicker?« Elisabeth packt ihn bei der Schulter. »Ja! Wo ist er?« Er grinst, tätschelt ihren Handrücken, zwinkert dabei, und Elisabeth ist sich nicht mehr sicher, ob er sie bloß zum Narren hält. »Jetzt schwätzen Sie doch endlich was!« Er hebt zeigend den Arm, Elisabeth sieht nur den taubenblauen Umriss des Gaskessels hinter den Häusern aufragen. »Da vorn ist er ums Eck.« Sie starrt am fleckigen Jackenärmel entlang über die struppige Blumenrabatte in der Mitte des Kreisverkehrs, vorbei an den blitzenden Bahngleisen, dem Ki-Ost bis zur Bäckerei. »Danke«, flüstert sie, während sie sich erhebt und die Zähne zusammenbeißt, weil ihr Rücken wieder wehtut. Der Mann ruft ihr hinterher, fragt, wo sie heute Abend zu finden sei. Sie dreht sich um, hebt aus alter Gewohnheit die Rechte, um ihren breiten, goldenen Ehering zu zeigen, auf dessen Innenseite ›Heinrich‹ eingraviert ist. Sie hat ihn nicht runtergebracht, weder mit Seife noch mit Speiseöl oder Eiswürfeln. Er sitzt wie angewachsen. Der Mann winkt ihr zu, an seiner Hand glänzt ebenfalls ein Ring.

Elisabeth fühlt sich plötzlich wieder kräftiger. Wenn dieser Schluckspecht ihren Bruno gesehen hat, kann auch sie ihn finden. Bald wird sie ihn aus seinem Versteck zerren und heimschleppen wie der gute Hirte das verlorene Schaf. Sie ist auf einmal so zuversichtlich, dass sie lächelt bei dem Gedanken, wie der gute Hirte unter dem Bruno-Schaf zusammenbrechen würde.

Wenn sie sich nur beeilt, kommt alles wieder in Ordnung. Wir sollen Gott über alle Dinge fürchten, lieben und vertrauen. Erst jetzt merkt sie, dass sie immer noch das Küchentuch um den Kopf trägt. Sie reißt es ab und behält es in der Hand. Vor dem Schaufenster des ›Zigarrenhauses‹ bleibt sie stehen, versucht, sich in der Scheibe zu spiegeln und mit den Fingern ihr Haar zu kämmen. Dann eilt sie weiter.

Wenn sie ein kleiner dicker Junge wäre, der heute nicht in die Schule will, wohin würde sie gehen? Die rot gestreifte Markise der Bäckerei ist bereits herausgekurbelt. Grußlos stolpert sie in den Laden, schaut sich um, ein paar ältere Leute trinken Kaffee, die Verkäuferin vertreibt eine Wespe von den Kuchenstücken. Elisabeth merkt, wie durstig sie ist, ihre Lippen fühlen sich rissig an. Wenn ich mir jetzt etwas zum Trinken kaufe, dann finde ich ihn nie. Ich muss nur genug leiden, dann werde ich ihn finden. Ich schenke dir meinen Durst, meine Übelkeit, meine Angst, du schenkst mir Bruno. Ist das ein gutes Geschäft? Ohne ein Wort verlässt Elisabeth den Laden.

Kurz verweilt sie im feuchten, moosig duftenden Schatten vor dem Blumengeschäft, sie muss ihre Kräfte einteilen. Ihr Blick schweift über die Fassade auf der anderen Straßenseite. In den Morgenstunden steht fast jedes Fenster offen, die Vorsichtigen haben ihre Rollläden bereits wieder heruntergelassen. Bettzeug hängt zum Lüften heraus, vor einem Fenster steht eine Bierdose. Eine Weißhaarige legt ihr Kopfkissen aufs Fensterbrett, stützt das Kinn in die Hand und betrachtet in aller Ruhe, was unten vor sich geht.

Als Elisabeth in die Achalmstraße einbiegt, kann sie im letzten Augenblick dem Hindernis ausweichen. Der tote Vogel liegt an der Hauswand, ein Flügel mit langen dunkelgrauen Schwungfedern ragt empor wie ein Segel. Seine flaumige Brust ist verwundet, ein paar Darmschlingen quellen heraus wie winzige, noch nicht zu Würsten abgebundene Saitlinge. Pfingstrosenrotes, geronnenes Blut, Daunen fliegen überall. Noch mehr Gekröse verschmiert den Asphalt. Aber der geschwungene Schnabel mit dem schneeweißen Sattel darauf, das runde Auge, braunrot in einem feuerfarbenen Ring, sind unversehrt. Das Taubenauge blickt Elisabeth entgegen. Sie hält inne.

Angesichts der balzenden Tauben im Rosensteinpark hatte Hinz ihr eine Art Aufklärungsunterricht gegeben. Wie naiv war sie damals! »Schau mal, sie lassen sich ganz viel Zeit. Er steigt nie auf sie rauf, ohne sie vorher stundenlang zu küssen.« Wirklich, die Vögel schnäbelten lange, berührten einander sanft, das Gurren schläferte Elisabeth ein, sie hing im Arm des Mannes und betrachtete den Täuber, der sich aufplusterte, laut gurrend sein Weibchen umkreiste. Der tote Vogel wirft Elisabeth zurück in ihr letztes Gespräch mit Hinz, kurz bevor er zu seinem Taxi humpelte.

»Gehst du mit ihr ins Bett?«, hatte sie geflüstert und gehofft, dass er ihre Frage verstand, denn noch einmal konnte sie sie nicht stellen. Ein Blick in sein Gesicht zeigte ihr, dass er zweifellos verstand. Hinz' großer Kopf senkte sich leicht, er schaute zu Boden, aber ein Lächeln, das er entweder nicht verbergen konnte oder wollte, ließ seine hellblauen Augen leuchten, bevor er die Lider niederschlug. »Ach, Lisi«, murmelte er, »was soll denn das?« Stunden hat sie schon damit verbracht, über diese Frau auf dem Rücksitz des Taxis nachzudenken. Sicher eine Dünne, für Fette hat er nichts übrig, bei all seiner Liebe und Toleranz gegenüber Bruno. Eine Dünne, kleiner als Elisabeth. Eine, die sich an seine Schulter schmiegt und voller Bewunderung zu ihm aufschaut. Eine, die nicht ständig krittelt und deutelt. Elisabeth wünscht sich, dass das Weib ungebildet und ordinär ist. Natürlich wird sie das nicht sein. Sie wird gut riechen, wahrscheinlich gefärbtes Haar haben, länger als ihres. Sie wird sich trauen, sich auszuziehen und gewisse Dinge beim Namen zu nennen. Währenddessen laut sein. Sie spürt, wie ihre Wangen warm werden. Tatsächlich, eine Frau, die zwei Kinder und sechs Enkel hat, wird rot, wenn sie an die angeblich natürlichste Sache der Welt denkt. Gut, dieser Zug ist abgefahren. Auch für Hinz, der so viel Wert darauf gelegt hat, wird es nicht einfacher geworden sein. Selbst mit dem Taxiweib nicht. Aber das weiß sie nicht, denn schon lange vor seinem Schlaganfall haben sie nichts mehr ›miteinander zu tun‹ gehabt, wie die Erdnuss sagen würde.

Die Freundin war die Einzige, die verstand, wie es war, keine Bezeichnungen für das zu haben, was allen anderen so leicht über die Lippen geht. Die Erdnuss wusste Bescheid, weil sie so früh geheiratet hat. Kurz nach dem mündlichen Abi war aus ihr wieder Erdmute geworden. Erdmute Rieger hieß sie nun, und ihren Bräutigam fand Elisabeth damals geradezu zum Fürchten mit seinen dreißig Jahren und einer Stelle am Gottsfelder Gymnasium. Außer Elisabeth gab es keine in der Klasse, die nicht fragte, weshalb Erdnuss nicht in Weiß mit Schmuck, Schminke und hochtoupierter Frisur heiratete, sondern in einem schwarzen Wollkleid, den Dutt am Hinterkopf, während eines gewöhnlichen Sonntagsgottesdienstes. Und Erdnuss sah ein, weshalb Elisabeth beim Reden über Schlafzimmerangelegenheiten Rücken an Rücken mit ihr sitzen wollte und nur flüstern konnte. Für Hinz, der stets nackt im Rhein gebadet und hingebungsvoll die Mainzer Fastnacht gefeiert hatte, war die Eroberung der spröden Elisabeth eine echte Herausforderung gewesen. Unter all den lachenden, lebenslustigen Mädchen, die in der Hasenbergstraße als Reiseverkehrskauffrauen die Schulbank drückten, stach sie nicht nur wegen ihrer 1,75 Meter hervor. Klassenbeste, scheinbar mühelos. Ein herber, oft ins Bittere gehender Humor. Zu den Traumzielen der anderen, Italien, Griechenland, der Provence, war sie noch nicht gelangt, dafür kannte sie Israel von Touren, die sie zum Teil selbst organisiert hatte. Dass es sich dabei um Gemeindereisen handelte, verschwieg sie gerne, obwohl jeder respektiert hätte, wie sie mit einer Handvoll Fellbacher samt Pastorenpaar im Heiligen Land herumgefahren war.

Am Anfang hatte ›es‹ ihr mit Hinz gefallen, weil es neu war, verboten und natürlich auch aufregend. Aber wenn sie Zeitschriften zur Hand nahm oder fernsah, kam es ihr vor, als sei ihr das alles wohl nicht so wichtig wie dem Rest der Menschheit. Sie schlief gerne in seinem Arm ein, sie mochte es, Hand in Hand mit ihm spazieren zu gehen. So konnte jeder sehen, dass sie zusammengehörten. Aber der Akt an sich erschien ihr lächerlich. Wozu das Getue, das von jedermann darum gemacht wurde? Während ihrer ganzen Kindheit hatte Elisabeth keinen nackten Menschen gesehen. Auch an ihrer Schule war Liebe nie ein Thema gewesen. Und als später die sogenannte »Sexuelle Revolution« sie mit einer Reihe von Begriffen und Geschichten versorgte, empfand Elisabeth die Welt entblößter erwachsener Menschen wie ein fremdes Land, das sie nur ungern bereiste, weil es ihr dort einfach nicht gefiel. Es war schweißtreibend, peinlich, anstrengend, gefährlich und lohnte den ganzen Aufwand nicht. Ihren beiden Galanen vor Hinz, Klaus und Otto, hatte sie einfach eine geschmiert, als sie nicht damit aufhörten, ihr unter den Rock oder in die Bluse zu greifen. Beide hatten sich schmollend zurückgezogen. Dies schien Beweis genug, dass keiner von ihnen der Richtige war. Hinz erlaubte sie schon am zweiten Abend, seine Finger praktisch überall hinzustecken. Aber das war eben Hinz, den wollte sie haben.

»Deine größte Freude ist das nicht, mein Schatz, oder?« Er küsste sie hinterher oft vorsichtig in den Nacken, umfasste von hinten ihre Brüste. Sie wollte sich bloß waschen und anziehen, allein das Herumliegen im Bett machte sie verrückt. Außerdem schämte sie sich, wenn er ihren Körper studierte, gar bestimmten Teilen Namen gab. Sie bemühte sich, ihm zu gefallen, aber es gab ein paar Dinge, die sie nicht über sich brachte.

Sie war gern Frau Geiger vom ›Reisestudio‹. Die Chefin. Die Frau des witzigen, charmanten Herrn Geiger, die die lauschigsten Plätzchen, die exklusivsten, die günstigsten aus eigener Erfahrung kannte, die sich traute, mit dem Auto von Stuttgart bis Neapel durchzufahren. Sie war gern Sabinas und Cornelias Mutter, exquisite römische Vornamen, die nichts mit den Gottsfelder Traditionen zu tun hatten. Ihre Kinder waren in einem freien Elternhaus aufgewachsen, mit diesem fröhlichen Vater.

Ohne nachzudenken, wirft sie das Geschirrtuch über den Taubenkadaver. Sofort erscheint ein winziger roter Fleck in einem der weißen Karos. Wenn sie später mit Bruno nach Hause zurückkehrt, werden sie diesen armen Vogel im Garten begraben. Es ist doch ein Jammer. Bruno kann ein Loch buddeln. Er ist in der Nähe, sie wird ihn gleich sehen, daran glaubt sie.

Plötzlich friert sie, trotz der Hitze. Der Geruch von gebratenem Fleisch kommt so unvermittelt und durchdringend, dass ihr die Galle in die Kehle steigt. Ihr Magen krampft sich zusammen, zwingt sie, sich weit vorzubeugen. Als sie sich wieder aufrichtet, muss sie sich die Augen wischen, bevor sie das leuchtende Schild an der Fassade lesen kann: ›Balkangrill‹. Sie erinnert sich, dass Cornelia öfter davon gesprochen hat, dort ›etwas zu holen‹, noch so ein blödes Wort, holen, klingt, als wäre das Zeug umsonst, man holt es einfach, anstatt es zu kaufen. Das Lokal hat noch geschlossen. Hinter der großen Scheibe sind zwei junge Männer damit beschäftigt, Gemüse zu schneiden, Brotteig zu kneten, vertieft in ihre Arbeit, keiner blickt auf. Fleischspieße, Steaks und Cevapčići liegen auf einem Grill vorne an der Theke, und Elisabeth wendet sich rasch ab. Wie jedes Stuttgarter Haus klebt auch dieses nicht an seinem Nachbarn, sondern lässt einen breiten Weg frei, der auf einen Hinterhof und dann an der anderen Hausseite entlang zurück auf die Straße führt. Elisabeth setzt sich in Bewegung. Der Hinterhof ist voller Krempel, ein Baum, eine Mauer, aufgereihte Mülltonnen. Als sie nähertritt, verkrallt sie die Finger in den Schürzentaschen. Sonnenschein knallt auf die Tonnendeckel, dort sitzen ein paar grüngoldene Fliegen. Sie fahren sich mit den Vorderbeinen über die Köpfe wie Katzen, die sich putzen.

Gleich knallt er hin. Es sticht in die Seiten wie Nadeln. Keine
Luft mehr. Puddingbeine. Trotzdem weiter. Das fette Klat-
schen der eigenen Sohlen auf dem Gehweg. Die Stimmen hinter ihm werden leiser, aber er hört seinen Namen noch immer:
»Bruno, Bruno!« Er will sie abhängen, sich verstecken. Leute
versperren auf einmal den Weg. Sie kommen mit ihren Einkaufswagen und Tüten aus dem REWE, keiner geht zur Seite.
Er schlägt einen Haken, muss auf die Fahrbahn springen, sieht
dabei über die Schulter. Jonas' grünes Shirt blitzt auf, Finns
rote Haare, aber zwischen sie und ihn schiebt sich die Menge.
Irres Hupen, schneidendes Quietschen, Gebrüll: »Du kleiner
Depp, fast hätt ich dich erwischt!« Jetzt hat er einen Vorsprung. Bloß weiter!

»Bruno, Bruno, dicker fetter Pfannkuchen, bleib stehen,
ich will dir eine reinhauen!« Er rennt, was geht. Der Ranzen
schlägt ihm bei jedem Schritt gegen den Rücken. Wenn er
doch schon zu Hause wäre! Auf einmal der Geruch von heißem Fett, er kennt das Leuchtschild. Zum Hof hin steht das
Tor halb offen, nichts wie rein. Hastige Schritte über Kopf-
steinpflaster, an einem Lieferwagen vorbeigezwängt, dann plötz-

lich allein: Mülltonnenmäuler, aus denen Abfälle quellen, schief wächst ein Baum über die Mauer, ringsum türmen sich Holzpaletten. Er kriecht hinter die Tonnen, die Knie bis ans Kinn hochgezogen. Sie müssen vorne auf dem Gehweg stehen, er hört sie johlen: »Der ist weg.« – »Wo kann der sein?« – »Wahrscheinlich hat ihn einer gefressen, den fetten Pfannkuchen!« Schließlich nur noch das dumpfe Klopfen in seinen eigenen Ohren. Aus einem weit geöffneten Küchenfenster dringen Geschirrklappern und ein trauriges Lied in einer Sprache, die er nicht versteht.

Der kühle Erdboden lässt ihn frösteln. Erst jetzt bemerkt Bruno den Müllgestank, der sich unter den Pommesduft mischt. Vorsichtig schiebt er sich aus seinem Versteck, er atmet tief durch, bleibt aber auf den Knien. Er weiß nicht, wie spät es ist. Ein Handy darf er nicht haben. Mama findet das übertrieben. Seine Armbanduhr liegt zu Hause, weil sie drückt. Mama – wenn Bruno an sie denkt, wächst im Hals der Knödel, bis er kaum noch atmen kann. Er beißt sich auf die Zunge. Bestimmt ist es klüger, noch ein bisschen hier zu warten. Mühsam steht er auf, wischt sich die erdigen Finger an der Hose ab. Seine Beine tun weh, das T-Shirt klebt unter seinen Achseln. Er sieht sich um. Ein Stapel leerer Plastikeimer, bunt wie Sandförmchen, gelb, weiß, rot. Senf, Majo, Ketchup. Mann, da muss ordentlich was reingehen. Sein Magen knurrt. Eine große Pommes, bestreut mit grobem Salz. Wie die weißen Körner auf den Kartoffelstäbchen schmelzen. Dazu zwei Stränge Majo. Daneben schlängelt sich dunkelrot das Ketchup. Er würde eine Pommes nehmen und behutsam ins Weiße, danach ins Rote stippen. Auf der Zunge gäbe es eine Explosion. Der erste Bissen ist der beste. Cremige Majo, süße Tomaten, darunter die Kruste der Pommes und das weiche Innere. Bruno schüttelt sich. Er könnte sofort eine Portion essen. Auch zwei, wenn er ehrlich ist. Oder drei. Er kann so lange nachstopfen, bis er nichts mehr merkt. Bis er nur noch ein Klumpen ist, den nichts mehr kümmert. Bewegungslos und gefüllt mit Kartoffelbrei, der langsam durch ihn hindurchwandert, ihn träge und gleichgültig macht.

Das ist das Beste am Fressen. Er weiß, dass er frisst. Aber wenn er genug hat, fühlt er sich stark. Dabei rutscht alles in den Magen, auch sein Herz. Es panzert ihn von innen. Wut, Schmerzen, Tränen rutschen an dieser Rüstung aus Fett und Zucker ab und versinken in einem endlosen Morast.

Aber er kann unmöglich nach vorne gehen, um sich etwas zu holen. Sie werden fragen, weshalb er nicht in der Schule ist. Und nach Hause kann er auch nicht, wegen Eli-Omi. Sie ist jetzt bei ihnen in der Wohnung, nicht Mama. Bruno beißt sich auf die Unterlippe, so fest er sich traut. Das tut dermaßen weh, dass Mama und Omi sofort verschwinden. Nur das Magenknurren bleibt. Das Loch im Bauch. Er bückt sich nach seinem Ranzen. Falls er mal in eine Zwickmühle gerät, wie Papa sagt, hat er vorgesorgt. Finn und Jonas haben ihm schon öfter Sand in die Vesperdose geschüttet, einmal sogar in seine Trinkflasche gepinkelt. »Apfelsaft gibt Fetti Kraft, los, probier schon!«

In die verstärkte Rückseite des Ranzens hat Bruno von innen eine Öffnung geschnitten, groß genug für seine Hand. Schokoriegel, ein Päckchen Erdnüsse bringt er da schon unter. Was er eben einsammeln kann, wenn Stella und Mama nicht hingucken. Besonders Stella, denn Mama ist wie ein Wachhund. Sie zählt alles nach, was sie eingekauft hat, forscht in seinem Abfallkorb oder unter dem Bett nach Bonbonpapier. Stella interessiert das alles nicht, sie vergisst oft das Vesper auf dem Küchentisch. Nachmittags bringen ihre Freunde

Sachen vom Kiosk mit, Chipstüten, Gummischlangen. Das liegt dann alles in ihrem Zimmer herum.

Er findet die BiFis sofort, fühlt die Kanten der Verpackung und kann nichts dagegen tun, dass ihm das Wasser in den Mund schießt. Die Vesperdose hat er heute früh mit Eli-Omi gepackt. Obst, Reiswaffeln. Für den hohlen Zahn. Das sagt Mama oft, wenn sie in der Praxis nicht genug verdient hat. Reiswaffeln sind auch für den hohlen Zahn.

Als er die glänzende Folie aufreißt, sieht er die Katze. Sie sitzt genau über ihm auf der Mülltonne und schnuppert. Bruno bemerkt den starken Duft nach Geräuchertem auch, der jetzt aus der Hülle strömt, fettig und gut. Er hält es nicht mehr aus und schiebt die Wurst mit einem kräftigen Daumendruck nach oben. Sie sieht braun und runzlig aus, nicht so lecker wie außen auf der Packung, aber er schlägt sofort die Zähne hinein, ein viel zu großer Bissen. Vorsichtig verteilt er die Stücke mit der Zunge, kaut, schluckt. Beim zweiten Happen isst er gemächlicher. Als er mit der ersten Wurst fertig ist, schaut er wieder nach oben, zur Katze. Inzwischen streckt sie den Kopf vor und miaut. Vorhin, als er auf den Hof gerannt kam, hat er sie nicht bemerkt. Sie sieht aus wie in einem Zeichentrickfilm, mit ihrem dicken Kugelbauch, der schwer zwischen den dürren Beinen hängt. Ihr Pelz ist verfilzt, voller Kletten. In den Winkeln der grünen Augen, die Bruno unverwandt mustern, klebt dunkle Flüssigkeit. Der zerrupfte Schwanz bewegt sich hin und her. Das Tier schnüffelt in seine Richtung, verharrt aber geduckt auf dem Tonnendeckel. Bruno schiebt die nächste BiFi vorsichtig heraus. Langsam hebt er den Arm. Die Katze weicht zurück. Er flüstert: »Du bist echt dick. Ein richtiger Fettsack. Bestimmt hast du Hunger. Magst du fressen? Komm, Fetti, komm.« Die Katze miaut, aber sie traut sich nicht vorwärts, stellt sich leise klagend hin, ihr Schwanz peitscht. Bruno knistert mit der Salamihülle, das Jammern wird stärker, aber sie drückt sich an die Mauer hinter der Tonnenreihe. »Fetti, du bist richtig doof. Komm, ich tu dir bestimmt nichts.« Bruno macht einen Schritt vorwärts, die Wurst in der ausgestreckten Hand wie einen Degen. Mit einem einzigen Satz schießt die Katze auf die Mauer, hechtet von dort in den Baum. Der wackelt wie verrückt. Bruno muss grinsen. Zu komisch, wie diese fette Katze da in den Zweigen schaukelt und sich mit allen vier Pfoten festklammert. Kaum zu glauben, dass sie mit ihrer Wampe solche Sprünge hinkriegt. Bruno lacht. Neulich in Sport, beim Klettern am Seil, hat er bestimmt genauso ausgesehen. Alles wieherte los, sogar die junge Referendarin, auch wenn sie fakemäßig gehustet hat. Die Katze findet einen stärkeren Ast, von dem sie zu ihm herunteräugt. »Das war gemein von mir. Ich wusste ja nicht, dass du so scheu bist. Weißt du was, ich leg dir die Wurst da vorne hin. Ist echt lecker. Ich geh auch weg.« Er setzt sich in gebührendem Abstand auf den Boden. Dabei versucht er, sich möglichst wenig zu bewegen. Das Tier macht einen langen Hals, bleibt aber in sicherer Entfernung. Inzwischen ist es bestimmt richtig spät. Er sollte in die Schule gehen. Aber er will nicht. Auch nicht nach Hause. Es ist gar kein richtiges Zuhause mehr. Jetzt erst recht nicht. Eigentlich findet Bruno die neue Wohnung ganz in Ordnung. Er mag sein Zimmer und den kleinen Garten mit der Hängematte, wo er sein eigenes Beet hat. An die Altenbergstraße, von der Stella öfter redet, kann er sich kaum erinnern. Aber an Papa. Bruno vermisst ihn so, dass es ihn manchmal erwischt wie ein Boxhieb in den Magen, wenn er Papa etwas erzählen will und ihm dann einfällt, dass der ja in Parga ist. Erst in den Sommerferien werden sie sich wiedersehen. Im Regal hinter seinen alten Bilderbüchern hat Bruno ein paar Sachen versteckt. Einen Plastikrasierer. Ein T-Shirt, das noch nach ihm riecht. Einen Kuli von der Tankstelle, wo sie jeden Samstag zusammen das Auto gewaschen haben. Mama ist es egal, ob die Windschutzscheibe voller Vogelkacke ist. Im Fußraum liegen zerknüllte Papiertüten und leere Dosen, manchmal klebt sie sogar ihre Kaugummis an die Innenseite der Tür. Mit Papa hat Bruno das Auto ausgesaugt. Sie kontrollierten zusammen Öl und Reifendruck, und am Schluss durfte er drinnen sitzen bleiben, wenn es in die Waschanlage kam. Das war gruselig schön, wie es schäumte und die riesigen Bürsten sich gegen die Scheiben drückten, als wollten sie gleich hereinplatzen.

Aber jetzt waren weder Papa noch Mama zu Hause. »Eli-Omi wohnt bei uns«, sagt Bruno leise zu der Katze, die wieder auf der Mauer steht. Er hat nicht bemerkt, wie sie gesprungen ist. Sie reckt sich, drückt den Rücken durch, streckt die Vorderbeine aus. Er kann die Krallen sehen, lang, grau und spitz. »In der Schule haben sie bestimmt schon gemerkt, dass ich fehle. Und Eli-Omi ist sauer.« Die Katze legt den Kopf schief.

Mama war in den Osterferien mit der Sache herausgerückt. Am Ostermontag. Bruno weiß das genau, weil es endlich mal wieder Kuchen gegeben hat, richtigen Königskuchen mit kandierten Kirschen, Zitronat und Rosinen. Obwohl er schon beim dritten Stück war, sagte Mama keinen Ton. Stella krümelte nur herum, pickte die Zitronatstückchen raus und reihte sie am Tellerrand auf, wo sie lagen wie die grünen Glasstücke, die es in Griechenland am Strand gibt. Danach schob sie ihren Stuhl zurück, um rauszugehen, aber Mama meinte, sie solle sich wieder hinsetzen. »Kinder, ich werde im Juni für eine Weile wegfahren. Allein. Ich brauche eine Pause von der Arbeit, sonst werde ich krank.«

Bruno erinnert sich, wie ihm von jetzt auf gleich schlecht wurde. Die Kuchenstücke lagen ihm wie große Steine im Magen, und er merkte, dass seine Hände zitterten. Er fühlte sich wie an dem Tag, als Papa mit ihm und Stella erst in die Eisdiele gegangen war und danach mit seinem Koffer nach Griechenland. Für immer. Auf und davon. Stella ging es genauso, das sah Bruno an dem Blick, den sie ihm zuwarf, und an ihrem Gesicht, an den roten Flecken auf ihren Backen. Der Knödel stieg in seine Kehle, kein Wort konnte mehr daran vorbei. Er war seiner Schwester dankbar dafür, dass sie immer alles rauskreischte, was ihr nicht passte: »Was soll das heißen – allein? Du willst ohne uns wegfahren? Willst du auch abhauen, wie Papa? Willst du uns ins Heim geben oder was?« Mamas Nasenlöcher blähten sich. Normalerweise hätte sie Stella was gehustet. Aber sie sagte nichts, wischte stattdessen mit der flachen Hand über die Tischplatte, obwohl da keine Krümel lagen. Dabei schüttelte sie die ganze Zeit den Kopf. »Aber nein, ich haue doch nicht ab. Ich muss nur eine Pause machen. Seit ...« – sie rieb sich über die Arme, als wäre ihr kalt –, »seit Papa in Griechenland ist, konnte ich nicht mehr verschnaufen. Wenn ich nicht mal zur Ruhe komme, schaffe ich irgendwann die Arbeit nicht mehr. Versteht das bitte. Ins Heim, so ein Käse! Eli-Omi wird bei euch wohnen, solange ich weg bin. Für euch bleibt alles wie immer. Omi kocht, hilft bei den Hausaufgaben, kümmert sich, genau wie ich.« Stella ließ nicht locker: »Können wir nicht bei Papa in Griechenland bleiben?« – »Wie soll das gehen? Ich kann nur eure Flüge für die Sommerferien bezahlen. Außerdem dürft ihr nicht einen Monat lang von der Schule wegbleiben. Papa hat seine Arbeit. Er kann sich nicht um euch kümmern.« Sie nahm Brunos Hand und drückte sie fest. »Ihr werdet euch gut vertragen. Omi möchte mir gerne helfen. Und Hinz wird in die Klinik am Bodensee gehen, weil er immer noch nicht so gut laufen und sprechen kann, das wisst ihr doch.« Stella meckerte weiter herum, aber die roten Flecken verschwanden schon wieder. Sie fand das alles nicht so schlimm. Sie fand nie etwas richtig schlimm. Nur Bruno brauchte ewig, bis er wieder reden konnte.

»Meine Mutter geht nur unter, wenn Papa in der Nähe ist.« Das meinte Mama einmal, als sie mit ihrer Freundin Simone telefonierte, und Bruno fand es unlogisch, denn Omi war kein Schiff. Wie sollte sie untergehen? Trotzdem stimmte es, denn wenn Hinz-Opi mitkam, fühlte es sich so an, als sei Omi tatsächlich verschwunden, so wie ein Schiff von den Wellen verschluckt wird. War Hinz-Opi dabei, konnte Omi nichts mehr sagen, weil er die ganze Zeit schwätzte, Unsinn machte oder Bruno an den Fußknöcheln packte und kopfüber herumbaumeln ließ. »Ding-dong, ding-dong, wie die Glocken im Dom zu Meenz. Das hier ist nur eine kleine Glocke! Hört ihr die Glocken, die Glocken im Dom zu Meenz, wie sie bimmeln? Diese kleine Glocke hat ein feines Stimmchen, sie ist ganz leicht und sie schwingt hin und her!« Hinz-Opi schwang Bruno, bis er wirklich das Gefühl hatte, federleicht zu sein.

Die Katze gähnt, ihre rosa Zunge krümmt sich dabei zu einem Halbkreis, sie hat kleine Vampirzähne. Von der Mauer aus schnuppert sie zu dem BiFi-Stück herüber. »Komm doch einfach«, flüstert Bruno.

Eli-Omi wird ihn sofort ausfragen. »Warum bist du nicht in der Schule?« Er wird nichts herausbringen, mit seiner Zunge, die im Mund liegt wie gekochtes Fleisch. Was passiert ist, will er ihr auf gar keinen Fall sagen.

Eli-Omi ist speziell. Sie fällt auf, wenn man mit ihr unterwegs ist, denn sie ist groß und dünn, redet laut, trägt fast immer lange Hosen und Anzugjacken und hat graue Haare, die wie ein Helm frisiert sind. Dazu hängt sie sich bunte Ketten um, die so schwer sind, dass Bruno sich fragt, ob es nicht wehtut, diese Dinger den ganzen Tag mit sich herumzuschleppen. Ihre Augen sind groß und braun wie bei einem Hund, dessen Blick dauernd bettelt. Wenn Eli-Omi ein Hund wäre, würde sie Bruno wahrscheinlich die ganze Zeit verfolgen und am Hosenbein ziehen.

Mama fragt ihn oft, ob er was gegen Eli-Omi habe. Bruno kann diese Frage nie beantworten. Eli-Omi war schon immer da, sie wirft beim ›Mensch ärgere Dich nicht‹ alle Figuren durcheinander, wenn sie verliert, und trägt zum Autofahren Lederhandschuhe mit Löchern.

Ein dumpfes Geräusch lässt Bruno aufschauen. Die Katze hat es geschafft, sicher auf der Tonne zu landen. Misstrauisch beschnüffelt sie die Wurst, dann kann sie es nicht mehr aushalten und schnappt zu, beißt ein paar Mal auf dem Stückchen herum und verschlingt es. »Siehst du, es ist gut.« Beim Rascheln der BiFi-Packung stellt die Katze beide Ohren auf. Er bricht ein neues, kleineres Stück ab und legt es vor den Ranzen auf die Erde. Sie folgt seinen Bewegungen mit ihren hellen Augen, bleibt aber sitzen. »Guck, da ist was Gutes. Komm, hol es dir.« Der Katzenkopf dreht sich, sie legt ihn schräg, dazu macht sie große Augen und maunzt. Bruno nickt, vorsichtig, damit sie nicht wieder einen Schreck bekommt. »Komm doch. Ich tu dir nix!«

Es ist nicht so, dass er Eli-Omi hasst, so wie er Jonas, Finn und Ayşe hasst. Bei denen stellt er sich manchmal vor, er sei ein Riese und zerquetsche sie mit seinen schweren Stiefeln oder stopfe sie ins Müllauto, wo sie zerschreddert und zusammengepresst würden. Nein, mit Eli-Omi ist es anders. Es ist völlig in Ordnung, sie für einen Nachmittag im Alosenweg zu besuchen. Aber er mag nicht übernachten und auch nicht länger in den Ferien dort bleiben, wenn Hinz-Opi nicht dabei ist. »Ich kann allein zu Hause bleiben, wirklich, ich schaff das ganz sicher.« Mama sieht immer aus, als ob sie sich freut, wenn er das sagt. Eli-Omi ist anstrengend. Obwohl, gestern war sie eigentlich ganz okay.

Die Katze sitzt vor der Tonne und schaut auf das Wurststück. Sie gibt einen langgezogenen Ton von sich, als fragte sie ihn etwas. »Mann, du bist vielleicht schmutzig. Ich könnte dich morgen ein bisschen bürsten. Mit Stellas neuem Tangle Teezer, der ziept nicht, sagt sie. Ich nehm ihn ihr einfach weg, genau wie die BiFis, sie hat es verdient. Damit hol ich all den Dreck aus deinem Pelz.« Das linke Ohr ist eingerissen. Bestimmt von einem Kampf. Der muss schon länger her sein, denn Blut ist nirgends zu sehen. »Weißt du, Jonas und Finn haben mir neulich einen Ball ins Gesicht gekickt. Davon hab ich so Nasenbluten gekriegt, dass mein Hemd vorne ganz voll war. Mama hat bei denen zu Hause angerufen. Das war doch nicht mit Absicht. Ihr dicker Bub hat einfach saublöd im Weg gestanden. Das hat Jonas' Papa gesagt.«

Die Katze macht zwei vorsichtige Schritte, dabei ist ihr Schwanz steil aufgerichtet, nur die Spitze zuckt die ganze Zeit. Bruno kann ihren knochigen Rücken sehen. Das grauschwarze Zickzackmuster hört am Schwanz auf, der ist kohlrabenschwarz.

Gestern haben sie in der Schule das Märchen vom dicken fetten Pfannkuchen gelesen. Die ganze Klasse kicherte, Hanna, Ayşe und Paula drehten sich ständig zu ihm um und bliesen die Wangen auf, aber Frau Baitinger schien das nicht zu bemerken. Sie sagte kein Wort, als Jonas einen Zettel schrieb, faltete und rumgehen ließ. Darauf war mit Bleistift ein Kreis auf zwei Beinen gemalt, der große ängstliche Augen und einen zum Heulen verzogenen Mund hatte, Kleine Punkte flogen um ihn herum, auf sie zeigte ein Pfeil mit der Aufschrift »Schweiß«, über einem hinter den Kreis geschmierten Klumpen stand »Scheiße«, und darüber hat Jonas mit Füller geschrieben: »Bruno is vol ecklig und keiner wihl ihn essn.«

Schließlich kam das Blatt bei Bruno an. Finn schob es ihm in sein Mäppchen. Bruno gab es sofort zurück, aber Finn legte es aufgefaltet vor ihn hin, damit er es nicht übersehen konnte: Es kam ihm so vor, als hätte jeder in der Klasse etwas hinzugefügt, den Kreis gelb ausgemalt, die Kackwurst braun schraffiert, »Fetti« dazugeschrieben. Frau Baitinger rief ihn auf und wurde ärgerlich, weil er ihre Frage nicht beantworten konnte. Er hat überhaupt nicht bemerkt, dass sie ihn angesprochen hat. Wegen des Knödels konnte er nichts sagen. So schwieg er beharrlich und wurde nach draußen geschickt. Als sie ihn nach zehn Minuten wieder hereinrief, waren alle am Malen. Frau Baitinger teilte ihn in eine Gruppe mit Paula und Ayşe ein, die ihm die Hausis erklären sollten. Weil Frau Baitinger in der Nähe stand, taten sie total nett. Als sie aus dem Klassenzimmer war, machte Ayşe einen Schritt von Bruno weg und verzog das Gesicht: »Ich muss meinen Stift wegschmeißen, Fetti hat ihn berührt.« Dann klingelte es, und er ging zurück an seinen Platz.

Endlich, die Katze traut sich, holt das Stück und schmatzt. Sie schreckt auf, als Bruno den letzten Rest aus der Packung holt. Es gibt nur noch einen Zipfel und den legt er sich auf die ausgestreckte Handfläche. Es ist ziemlich anstrengend, in der

Hocke zu bleiben, aber wenn er sich rührt, wird sie abhauen. »Sie haben draußen auf mich gewartet.« Die Schwanzspitze krümmt sich wie ein Zeigefinger. »Ich geh immer als Letzter, damit ich nicht mit ihnen zusammen laufen muss.« Die Katzennase fühlt sich kühl an, eine Zunge, kratzig wie Schmirgelpapier, fährt über seine Handfläche, nimmt den Wurstbissen auf. Nun frisst sie, direkt neben seinen Füßen. »Aber heute sind sie direkt vor der Schule gestanden. Ich hasse sie echt, weißt du. Zum Glück bin ich abgehauen.« Er hört auf zu erzählen, weil sie ihm auf den Schoß klettert. Aus der struppigen Katzenkehle kommt ein tiefes Schnurren, als Bruno sie vorsichtig zwischen den Ohren krault. Durch jeden seiner streichelnden Finger läuft zitternd das leise Brummen des Katzenmotors. Er schließt die Augen und spürt die Wärme des Tieres auf seinen Oberschenkeln.

Den Franzosen und sein hochmütiges Gesicht bekam der Linsenmaier zu seinem Leidwesen nun täglich zu sehen, denn nach diesem ersten Zusammentreffen wich die Liebste »ihrem Trudele« nicht mehr von der Seite. Für den Linsenmaier brachen üble Zeiten an. Nicht einmal der ödeste Vormittag in der Karlsvorstadt, wenn die Liebste und ihre Geschwister in der Schule hockten, war vergleichbar mit den Qualen, die er jetzt litt. Nach wie vor schleppte die Liebste ihn auf dem Schiff mit, aber eher aus Gewohnheit. Ihr Herz trieb sie unaufhaltsam zum Franzosen. Den hielt sie auf dem Schoß, mit dem sprach sie, dem ordnete sie die Kleider. Fräulein Trudele schien die ständige Begleitung nichts auszumachen. Es sorgte nur dafür, dass ihre neue Freundin und sie sich stets in der Nähe jener »Frommen« aufhielten, die ihr am Tag ihrer ersten Begegnung im Salon aufgefallen waren.

Unter diesen gab es einen, der dem Linsenmaier ins Auge stach, weil das Fräulein ihn ständig verstohlen musterte. Für den Linsenmaier sah ein junger Kerl aus wie der andere, er fand nichts Besonderes an ihm. Trotzdem starrte das Fräulein diesen Jüngling heimlich an, wann immer sich eine Gelegenheit dazu ergab: bei den Mahlzeiten, während der Promenade auf dem Deck der dritten Klasse. Als das Wetter sich besserte und Sonnenschein alle hinauslockte, saß die Liebste mit dem Fräulein an der frischen Luft und ließ sich englische Wörter abhören. Das war die Bedingung des Bürgermädchens dafür, dass die Liebste mit dem Franzosen schäkern durfte. »Du musst doch Englisch können, sonst stehst du in Michigan dumm da«, mahnte sie. Die Liebste pfiff auf Schulkram, soweit der Linsenmaier sie kannte. Doch anscheinend kannte er sie nicht richtig. Mit Feuereifer folgte sie dem Befehl. Schließlich winkte ein süßer Preis. Wenn die Liebste genügend Wörter in ihrem Köpfchen behielt, durfte sie mit dem Franzosen einen Spaziergang unternehmen. Dem Linsenmaier war zum Heulen. Das Fräulein lernte allein weiter. Kaum war die Liebste mit dem Widerling entschwunden, hob sie ihr Heft vor das Gesicht und murmelte, doch ihre Augen wanderten zwischen den Passagieren umher, blitzten auf, sobald sie den Gesuchten erspähten und verrieten selbst dem vergrämten Linsenmaier, dass ihr Schwarm in der Nähe war. An diesem Vormittag schritt der junge Mann in ihrer Nähe über die Planken. Plötzlich sah das Fräulein aus wie die Liebste, während sie einen wilden Plan ausheckte: mit dem Radelrutsch die steile Weinsteige runterfahren oder der Nachbarin ein paar Rossäpfel hinterherwerfen. Sie packte den Linsenmaier, der nicht wusste, wie ihm geschah, und schleuderte ihn genau vor die Füße des Vorbeieilenden. All seine Nähte krachten! Als der Linsenmaier vor ihm aufschlug wie eine Sprenggranate, machte der Bursche ein dummes Gesicht. Doch dann hob er ihn auf und verbeugte sich vor dem Fräulein: »Was ist denn das für ein lieber Kerl? Nehmen Sie ihn schnell zurück, bevor er über Bord geht.«

Der Linsenmaier lag wie ein Sack auf dem Schoß des Fräu-

leins, erschöpft vom Sturz. Neben ihr hatte sich sein Retter niedergelassen. Alfred Ebinger aus Gottsfelde bei Münchingen, so
stellte er sich vor, seines Zeichens Werkzeugmacher, auf dem
Weg nach Pennsylvania, zu einem Erfahrungsjahr in Philadelphia, der Stadt der brüderlichen Liebe. Er wolle dort lernen, wel-
ches Wissen man in der Neuen Welt von seinem Gewerbe habe.
Dieser Alfred war nicht klein, aber schmal wie ein Rettich, mit
dunklen Haaren und Augen. Was er sagte, war klug, sogar lustig.
Ernst wurde er nur, wenn er von unserem Herrn Jesus Christus sprach, der ihn bei allen Wegen und Werken begleite, oder
von seiner Heimat, dem schwäbischen Paradies, der Gründung
Gottsfelde. Dann bekam seine Stimme einen feierlichen Klang.
Wie seine Liebste verstand auch der Linsenmaier nicht viel von
Vater, Sohn und Heiligem Geist. Das Gerede ermüdete ihn. Bald
war er eingenickt und erwachte erst, als seine Liebste zurück-
kehrte. Die machte große Augen über den Neuankömmling,
der ihren Platz neben dem Trudele eingenommen hatte. Es
wurde rasch klar, dass das Fräulein sich nicht mehr unterhalten oder englische Wörter lernen wollte. »Geh ruhig noch ein
paar Runden mit Monsieur Michel. Auf den Linsenmaier geb
ich acht.« Das ließ sich die Liebste nicht zweimal sagen. So
schnell war sie mit dem ekelhaften Franzosen verschwunden,
dass man kaum einen Zipfel ihres Kleides sah. Der Linsenmaier versank in Trauer, denn sie hatte ihn nicht eines Blickes
gewürdigt. Als sei das noch nicht genug, versenkte dieses Fräulein ihn in ihrem Arbeitsbeutel, wo er zwischen einem kratzi-
gen Wollknäuel und Stricknadeln höchst unbequem lag.

Von den neun Tagen der Überfahrt musste der Linsenmaier die letzten drei in diesem düsteren Gefängnis verbringen, denn seine Liebste kam nicht, um ihn abzuholen, und
Fräulein Trudele griff kein einziges Mal zum Strickzeug

Manchmal fragte er sich, ob es Gnade oder Strafe war, dort drinnen begraben zu sein wie ein Wurm im Erdenschoß. Er sah weder Lady Liberty mit hochgereckter Fackel, als der Dampfer langsam auf den New Yorker Hafen zusteuerte, noch die einschüchternde Silhouette jener Stadt am Hudson River, von der aus sich die Ankömmlinge über das Riesenland zerstreuen sollten. Der Linsenmaier bemerkte nur das Gerumpel auf dem Zwischendeck, die Rufe der Crew und das Zittern des mächtigen Schiffsrumpfs beim Anlegen. Er hatte den festen Vorsatz, sich das Nadelspiel ins Herz zu rammen, sollte er seine Liebste nicht mehr wiedersehen. In diesen drei höllischen Tagen aus Dunkel und Verlassenheit war ihm sein Leben wertlos geworden. Doch unversehens geriet sein Kerker in schaukelnde Bewegung, durch das Gewebe drang kühler Wind, die Schiffsglocke tönte, Stimmengewirr, Befehle, Lautsprecher und dann die bedrückte Stimme der Liebsten: »Ach Trudele, nun müssen wir Ade sagen.« Das Fräulein stimmte zu. »Ja, unsere Zeit ging viel zu schnell vorbei. Farewell, my darling.«

Ein schwerer Seufzer kam von der Liebsten. »Hier kriegst du den Monsieur Michel zurück. Ich hab ihm ein Paar neue Hosen und eine Kappe genäht, aus einem Spitzentaschentuch, das hat eine Urschel aus der ersten Klasse fallen lassen.« Ach, der kecke Schmelz ihrer Stimme! Hosen und eine Kappe! Der Linsenmaier fühlte, wie sein Innerstes vor Schmerz und Eifersucht kochte. Zwei Atemzüge Stille, Kleiderrascheln, die Mädchen umarmten sich. »Weißt du was, my darling? Nimm Monsieur Michel mit, er wird dir Glück bringen. Du hast ihn so lieb ...« – »Ach Trudele! Tausend Dank! Aber dann schenk ich dir meinen alten Linsenmaier, der ist auch ein Glücksbringer.« Das war das Letzte, was der Linsenmaier von seiner Liebsten hörte. Er fiel in eine barmherzige Ohnmacht.

Ich habe mir eine große Flasche Wasser gekauft und bin einfach losgelaufen, ohne Frühstück. Meine Beine finden das gut,
sie nehmen mir nur das Stehen in der Praxis übel. Die Stadt
verschwindet, wenn ich renne, sie wird zum verschwommenen Hintergrund eines schmalen Pfades, den ich entlangtrabe,
immer tief in den Solarplexus hineinatmend, bis alles zu einem einzigen Beat zusammenschmilzt, mein Keuchen, der Auf-
schlag meiner Sohlen auf dem Asphalt, mein Herzschlag, das
Grollen und Hupen des Verkehrs, das Rumpeln der U-Bahn,
das Knattern der Helis, in denen Touristen und Manager über
der City kreisen, das Rufen, Lachen, Weinen und Flüstern der
Menschen, die ich gar nicht sehe, weil der Schweiß in den Augen brennt und ich trotzdem weiterlaufe. Nur selten bleibe ich
stehen, den Kopf im Nacken, folge den Linien eines Gebäudes
bis in den Himmel hinauf. Ich sehe die Feuertreppen im schwarzen Zickzack an den Fassaden entlangkriechen. Ein hellblauer
Zeppelin paddelt schwerfällig durch die heiße Luft. Auf seinem gemalten Gesicht liegt ein gutmütiges Grinsen.

Das Fahrrad für zehn Dollar die Stunde, das mir ein zap-
peliger junger Schwarzer am Osteingang des Central Park auf-

zuschwatzen versucht, lehne ich ab und verfalle in ein gemä-
ßigtes Tempo, sobald ich den bräunlichen Kies unter den Füßen spüre. Der Zoo ist zu hören, Vogelrufe, hohe Tierstimmen,
aber nichts regt sich in den wenigen Käfigen hinter dem Ge-
büsch. Ich rieche diese Mischung aus Heu und Urin, passiere
einen Eiswagen. Das erste Squirrel kreuzt meinen Weg, dann
das nächste und ich merke, dass meine Beine immer schwerer
werden. Bei der nächsten Bank mache ich Pause. Die großen
grauen Eichhörnchen kommen, kaum dass ich meine Flasche
abgesetzt habe. Ihre bauschigen Schwänze schwanken im hohen Gras wie exotische Rispen. Sie mustern mich aus dunklen Kugelaugen. In meiner Bauchtasche finde ich einen halben Müsliriegel. Mit ihren winzigen Trollhänden fangen sie
die Brocken auf und rücken immer näher. Bruno fände sie
großartig. Für ihn mache ich diese Riegel selbst. Einmal in
der Woche, meistens nachts, mansche ich Haferflocken, Rosinen, Honig, ganz wenig Pflanzenöl und Nüsse zusammen,
streiche den Brei auf ein Blech und schiebe es in den Ofen.
Manchmal verbrennen sie, weil ich am Küchentisch einschla-
fe. Geweckt werde ich dann vom Schrillen des Rauchmelders
und Stellas Gezeter. Bruno knabbert meine Produkte nur an
und lässt sie in der Vesperdose liegen.

Ich überlege, ins Museum of Natural History zu gehen,
nach der barbusigen Squaw, dem in die Wand eingeritzten
›Fuck‹ zu suchen, nach dem altmodischen Karussell, auf dem
Holden Caulfields Schwester Phoebe gefahren ist. Aber dazu
müsste ich das Handy checken, Google Maps aktivieren und
dabei neue Nachrichten sehen. Vielleicht kann ich Holden,
den Frühstückskellner, morgen fragen, ob seine Eltern Salin-
ger-Fans sind. Ein Typ im Anzug kommt an meiner Bank vorbei, ungefähr so alt wie ich, etwas Grau im Schwarz seiner

Schläfen. Auf den Ohren sitzen gelbe Kopfhörer wie halbierte Pampelmusen. Obwohl seine Augen von einer Sonnenbrille verdeckt sind, sehe ich an der Art, wie er den Mund verzerrt, dass er Schmerzen hat. Er zieht das linke Bein nach und geht schief, ein schwerer Fall von Coxarthrose.

Eigentlich bin ich zu müde für das Museum. Zu müde für alles. Das Dakota Building wollte ich mir unbedingt anschauen. In die Lobby schleichen, in den Fahrstuhl und hoch zu Rosemary und Guy Woodhouse, einen Blick auf das Baby mit den gelben Augen werfen, das in einem schwarzen Kinderwagen liegt. Und bei Tiffany auf der Fifth Avenue wenigstens kurz vor dem Schaufenster stehen. Stattdessen sitze ich hier, starre auf dicke Eichhörnchen, die unter der Bank rascheln, und kann mich kaum noch rühren. »Bauen Sie die Bewegung in Ihren Alltag ein, wie jede andere Gewohnheit. So wie Sie morgens auf die Toilette müssen, soll es Sie zur Bewegung treiben, am besten an der frischen Luft.« Ich kann kaum glauben, dass ich solche Sätze ständig zu meinen Patienten sage. Oder zu Bruno. Wenn ich in der Lage wäre, den Kopf zu heben, aufzustehen und weiter zu schlendern, könnte ich bald über diese welligen Wiesen schauen, auf denen sich die schneeweiß gekleidete Glenn Close mit ihrem One-Night-Stand Michael Douglas herumkugelte, seinen Hund streichelte und ihm von Minute zu Minute schräger vorkam, lange bevor sie das Karnickel seiner Tochter kochte. Nur leider bringe ich es nicht fertig. Keinen Schritt mehr. Mein Kopf hängt mir schwer zwischen den Knien. Ich schließe die Augen. Wieder ist die Stadt verschwunden. Was mache ich hier? Mal eben nach New York fliegen, eine Runde shoppen und dann wieder heim in die Mühle. Wahrscheinlich wäre es das Vernünftigste. Vom Finanziellen her ist es ohnehin Wahnsinn, so lange auszufallen. Meine Patienten glauben, ich könnte ohne sie nicht leben, weil ich seit Jahren kaum Urlaub mache. Bruno, Stella und Mami, dieses Trio funktioniert sowieso nicht. Am Ende braucht sie auch eine Reha. Erst recht, wenn sie erfährt, was mein Vater, … dieser alte … Ich scheue davor zurück, das Wort auch nur zu denken. Er ist mein Papa.

Gestern habe ich noch gedacht, ich sei frei. In Wahrheit habe ich einen verschwommenen Plan. Das Wichtigste ist bereits geschehen. Ich bin angekommen in dem Land, das auf seltsame Weise schon immer zu mir und meiner Familie gehört hat. Gespürt habe ich dabei vor allem das Gefühl ungeheurer Fremdheit, die mir auch jetzt noch im Hals steckt wie ein verquerer Brocken, der herausmuss, damit ich wieder durchatmen kann. Mein New York, aus Film- und Buchschnipseln zusammengebaut wie eine Legostadt, spielt dabei keine Rolle. Dafür gibt es andere, unscheinbarere Verbindungslinien. Meine Mutter schimpft einen wilden Jungen einen Fetz, ein faules Mädchen eine liderliche Krott, aber wenn sie sich richtig ärgert, flucht sie ›rats‹, ›dammit‹, ›dang‹. Wenn sie uns früher anpfiff, hieß es immer ›shut up‹, und eine nervige Kundin war eine ›silly goose‹ mit ›many words but no brains‹. Dazu gab es ein paar Gerichte, die in den Achtzigern bei keiner anderen Familie auf den Tisch kamen: Corned Beef, Caesar Salad, untertassengroße, mit mächtigen Schokobrocken gesprenkelte Kekse und einen Apfelkuchen, der mit seinem verzierten Teigdeckel eher wie die Pastete Souzeraine aus dem Märchenbuch aussah. Er wurde warm mit Vanilleeis gegessen, und Sabina und ich kreischten vor Begeisterung, als wir ihn in der Fernsehserie ›Alf‹ wiederentdeckten.

Ich kann nicht nach New York hineinspazieren und damit verschmelzen, als sei hier mein Zuhause. Trotzdem weiß ich, dass meine Großmutter, die mich nie im Arm gehalten hat, mit einem Überseedampfer hier angekommen ist. Das geschah, lange bevor es zu einer westlichen Mittelstandsbiografie gehörte, sich ins Flugzeug zu setzen und zu den Postkartenorten der Welt aufzubrechen. Meine Großmutter war damals ein junges Ding und sie kam »als ein Dienstmädchen«, wie Mami sagte. Heute behauptet sie gerne, sie habe uns nie etwas erzählt, aber das stimmt nicht. Sabina fragte jedes Mal: »Was ist ein Dienstmädchen?« Die geduldig gegebene Erklärung führte wie eine düstere Brücke hinein in die seltsamen Geschichten. »Als eure Großmutti jung war, hatte fast jede Familie ein Dienstmädchen. Nur die Armen nicht. Ein Dienstmädchen half der Hausfrau beim Kochen, Putzen, Einkaufen, bei der Wäsche, die damals mehrere Tage dauerte, weil es keine Waschmaschine gab. Es trug ein schwarzes Kleid, darüber eine weiße Schürze und ein Häubchen, machte den Gästen die Tür auf und sagte: Einen Augenblick, bitte, die gnädige Frau ist gerade beschäftigt.« Mami saß auf meiner Bettkante und trug noch ihr karamellfarbenes Bürokostüm, das angenehm kratzte. Ich ließ ihre Hand mit den kurzen unlackierten Nägeln beim Erzählen nie los, drehte nur an den Ringen, immer dieselben, Ehering, Perlenring, Brilli, die letzten beiden so klein, dass sich auch zweimaliges Hingucken nicht lohnte, und kehrte dann zu den grünen Adern an der Handwurzel zurück, in denen das Mutterherz schnell klopfte. Ihre Pumps hatte sie schon an der Haustür ausgezogen, saß in Nylonstrümpfen da und dünstete diesen vertrauten Feierabendgeruch nach Käsefüßen und kaltem Zigarettenrauch aus. Sabina lag wie ein Hund eingerollt am Fußende. Als Ältere musste sie nachher in ihr eigenes Bett zurück, während ich gemütlich liegen blieb und ihre Restwärme genoss. Die Amerikageschichten waren fast zu unheimlich für den Abend. Hinterher konnten Sabina und ich uns nicht über den Flur hinweg unterhalten, weil das Elternschlafzimmer zwischen unseren Zimmern lag. Mami war immer müde, »fix und foxi«, und schimpfte, im Gegensatz zu unserem Vater, beim ersten Pieps los. Man konnte nie sagen, ob sie Lust zum Erzählen hatte. Ihre Eltern haben wir nie kennengelernt. Sie sind kurz hintereinander gestorben, als Sabina ein Jahr alt war. Der Spur meiner unbekannten Großmutter möchte ich folgen, jener Frauengestalt aus den abendlichen Grusel-Stories, die mich von New York wegtreiben. Morgen werde ich weiterfahren, in dieses Meadville, wo sie gearbeitet hat. Vielleicht gibt es das Hotel Kepler noch.

Beim Aufstehen zieht es mir die Beine weg, ich plumpse auf die Bank zurück wie meine schwächsten Patienten, die Achillessehnen beidseitig wie verwelkte Krautstängel, kein Tonus mehr. Mir schmerzt der Hintern vom Aufprall. Am liebsten möchte ich losheulen. Stattdessen zische ich leise »Scheiße«, benutze beide Arme, um diesen sonst so verlässlichen Körper hochzustemmen. Tatsächlich, das Fahrgestell setzt sich in Bewegung, und ich laufe los, als wäre nichts gewesen. Ein Schluck Wasser, ein Blick nach vorne, ich habe den Plan einigermaßen im Kopf und verlasse den Park in Richtung Fifth Avenue. An einem Laternenmast klebt ein bunter Sticker. »Grab 'em by the pussy«, darunter ein zwergenhafter Trump mit Riesenkopf.

An diesem Ausgang stehen ein paar Bücherkarren. Eine große Leserin bin ich nicht, schon lange nicht mehr. Wenn ich mal freihabe, schlafe ich meistens. Aber Bruno lese ich noch vor. Hier gibt es viele alte Penguin Classics. New-York-Kitsch. Bilderbücher. Ich greife nach einer abgestoßenen Ausgabe des ›Wizard of Oz‹. Stella kennt bestimmt nicht mal den

Film. Ich schlage das Buch auf. Dorothy und ihre Begleiter stehen am Rande der Schlafmohn-Wiese. Der ängstliche Löwe reißt das Maul zu einem Gähnen auf. Was für eine Kifferfantasie! Meine Tochter spricht nicht besonders gut Englisch, aber die bunten Vintage-Illustrationen wird sie mögen. Der bärtige Händler mustert mich streng, wahrscheinlich rieche ich nach Sportlerschweiß, aber nachdem ich eine Zwanzigdollarnote aus meiner Shorts gefummelt habe, lässt er mich weiterkramen. Ich erkundige mich nach dem Preis. »Twenty-five. It's a rare edition.« – »Fifteen«, kontere ich und weise auf den eingerissenen Umschlag. »You have an accent«, stellt er ungerührt fest. »Where are you from?« Unwillkürlich stehe ich stramm. »Germany, Stuttgart, where the Mercedes cars are made«, antworte ich. Er grinst. »Ah, nice place, but too many Chinese people there.« – »My daughter and her friends are fans of ›Chinese Beams‹, too. Fifteen, OK?« Der junge Mann greift in den Stapel, hält mir ein Paperback unter die Nase. »Twenty. And you get this on top. It's about Little Germany, which was once a part of New York, like Chinatown and Little Italy. Very interesting story, sad though.«

Auf dem Buchumschlag ist ein mehrstöckiger Raddampfer in Schräglage zu sehen, das Oberdeck steht in Flammen. Schwarzer Rauch kräuselt sich, Wasser wogt um den weißen Bug des Unglücksschiffs. Frauen in knöchellangen Röcken stürzen in die Tiefe, umbauscht von ihrer Kleidung wie Hexen ohne Besen. Kleinkinder hängen an den Händen Erwachsener hilflos über der Reling. ›Ship Ablaze. The Tragedy of the Steamboat General Slocum‹. Es überläuft mich kalt, ich schneide unwillkürlich eine Grimasse. Vor Feuer fürchte ich mich, sogar wenn es nur gemalt ist. Der Mann nimmt mir den Schein aus der Hand und packt die Bücher in eine braune Papiertüte. »Are you OK?« Ich nicke, verabschiede mich auf Deutsch und renne dann weg wie der Blitz. Die Beine machen alles mit. An der Ecke Lexington Avenue 59th Street steige ich in die Subway.

In einem Café gegenüber dem Flat Iron Building bestelle ich einen Bananenshake. Unter dem Glasdeckel der Kuchentheke liegen auch Donuts. Ich zögere kurz, dann entscheide ich mich für ein schlumpfblaues Exemplar und spüle den noch warmen Kuchen mit dem irrsinnig kalten Shake hinunter. Simone hätte hier Entscheidungsschwierigkeiten gehabt. Wie ein Mastschweinchen. Ein Satz reicht oft, damit alles zusammenstürzt. Brunos Pausbacken und Schmerbauch haben dazu geführt, dass zwischen mir und dem Rest der Welt ein Grenzwall von Unversöhnlichkeit aufragt. Ich bin nicht gewillt, ihn einzureißen. In dem ganzen Fett steckt doch mein wunderbarer, witziger, kluger, freundlicher, lustiger, hilfsbereiter Bruno, den sie alle nicht sehen wollen! Dafür hasse ich sie noch mehr als für die unfassbare Arroganz ihrer Ratschläge, mit denen sie mich immer wieder bombardieren.

Mit der hübschen Stella gehörte ich zu den Star-Muttis in Kinderladen und Grundschule. Ein beliebtes Kind. Also habe ich als Mutter, sportlich, praktisch, unaufgeregt, alles richtig gemacht. Bewunderungswellen schwappten an meine Küste, sogar Neid. Man fragte mich um Rat, den ich nicht geben konnte, denn ich machte nichts anders als der Rest. Weniger Individualität ist kaum möglich. Geschnibbelte Gurken in Bambusboxen. Kinderyoga. Weder Pink noch Hellblau, bloß keine Festlegung. Kommt man aber mit einem fetten Söhnchen daher, ändert sich der Ton: »Bei uns gibt es eben täglich Obst und Gemüse.« – »Mamataxi lehnen wir ab, ich gehe mit den Kurzen alles zu Fuß.« Vor Brunos breitem Hintern strahlt die fitte Magerkeit der eigenen Kinder noch heller, ein erweiterter Heiligenschein, ganz und gar hausgemacht. Inzwischen unterhalte ich mich kaum noch mit anderen Eltern, wenn es nicht unbedingt nötig ist.

Doch solange ich Simone an meiner Seite wusste, besaß ich eine geheime Geborgenheit, die mich gegen diese täglichen Kämpfe schützte. Sie hörte mir zu und verteidigte mich im Nachhinein ritterlich gegen meine anstrengenden Patienten, meine fordernden Kinder, Eltern, Ärzte und meinen eigenen, immer nur mein Versagen feststellenden inneren Gefängniswärter. Bruno ist fett geworden, als Dimi fortgegangen ist. Das weiß ich genau. Meine Schuld. Dimis Schuld. Was sollen wir machen?

Ich versuche, mich mit fremden Augen zu sehen, wie ich in der Nische dieses chromblitzenden kleinen Ladens sitze: eine mittelalte Frau mit mittellangem, mittelblondem Haar, gut trainiert, ungeschminkt, Augenringe. Der Schweiß auf dem grünen Tanktop ist getrocknet, die Bauchtasche hängt locker über den Shorts. Ich könnte alles zwischen Mitte dreißig und Ende vierzig sein. Kein Ring, keine Uhr, nur ein knallgelber Fitnesstracker am rechten Handgelenk und blaue Glasur an den Fingerspitzen. Ein großer schwarzer Typ kommt rein, die Laptoptasche unter dem Arm, Anzug, gute Schuhe, sein Blick streift mich kurz, bleibt aber nicht hängen. Ich versuche es nur für die Statistik, aber er schaut in seine Unterlagen, bestellt iced Latte. Ich fixiere ihn, er guckt hoch, beide senken wir gleichzeitig die Lider. Ich schaue, er fängt an zu tippen. Schon nach diesen anderthalb Tagen kann ich sagen, dass die Männer hier scheu sind, keineswegs so flirten wie die zu Hause. Oder bin ich es, die aus der Übung ist? Mag ja sein, dass jedes dritte Paar sich trennt, dass diese Gegenwart zu den aufgeklärtesten Zeiten ever gehört. Seit ich nur mit den Kindern lebe, haftet mir ein Gestank an, vor dem Leute flüchten. Der Gestank von Einsamkeit. Der Gestank von Hilflosigkeit bei Arztterminen oder Elternabenden. Ich dünste ihn aus, wenn ich einen schweren Einkauf allein aus dem Kofferraum wuchte oder am Sonntagmorgen um den Bärensee renne, vorbei an nebeneinanderher trabenden Pärchen. Vielleicht rieche ich auch nach Verfügbarkeit, nach meinen Fingern, die ich mir nachts, wenn ich aufwache, in meine Möse stecke, damit ich wieder einschlafen kann. Zur Spaltung in feindliche Parteien hatte unser Bekanntenkreis keine Gelegenheit, weil Dimi und ich einfach und glatt auseinanderfielen. Er zog nach Parga, zu weit weg, um mich gesellschaftlich zu ruinieren. Freunde verlor ich dennoch, leise, kaum merklich, wie eine Pflanze, die erst im Topf vor sich hin kränkelt, bald mehr und mehr Blätter fallen lässt und eines Tages als anklagendes Gerippe in der Sonne steht. Dimi fehlt mir oft. Trotzdem ist es vorbei.

Die Eiswürfel sind geschmolzen und mein Shake hat eine graugelbe Färbung angenommen. Ich trinke die Bananenmilch aus, bezahle und trete auf den Gehweg in die Glut hinaus. Der Himmel über mir hat eine ähnliche Farbe wie das Getränk. Er hängt dunstig und schwül über der Stadt. In meiner Hand beginnt die Büchertüte langsam aufzuweichen.

Meine Füße fühlen sich an wie heiße Kissen. Langsam trotte ich die Straße entlang, schaue runter auf meine Schuhe, weil ich wirklich Angst bekomme, die Sneaker könnten platzen und meine Füße sich in Fetzen über das Trottoir verteilen. Plötzlich pralle ich mit jemandem zusammen. »Beg your pardon«, murmle ich. Da schlingen sich weiche Arme um mich, ich spüre die weiche Oberfläche des Stoffs, der hellblau vor

meinen Augen leuchtet, rieche den stechenden Duft fabrik-
neuer Kleidung, werde festgehalten in einer starken Umarmung. Beruhigendes Brummen an meinem Ohr. »Hmhmhm,
there there. Relax, take it easy. Just be quiet, dear. Everything's
OK.« Ich kann mich nicht losreißen, der Griff ist nicht nur
stark und bestimmend, sondern auch von einer beruhigenden
Zärtlichkeit, so sanft, dass ich plötzlich nicht mehr fortwill,
mich enger an die fremde Person kuschele, meine Arme um
einen Nacken lege, der sich ebenso glatt, warm und kräftig anfühlt wie die Gliedmaßen, die mich halten. Halten und sanft
mein Haar streicheln, in gleichmäßiger Bewegung über meine
Schulterblätter fahren. Dabei murmelt es ständig: »There there, it's OK. Take it easy. There there.« Es geschieht mir wie
Durchfall oder eine Migräneattacke. Es überfällt mich, ohne
dass ich mich wehren kann. Die Tüte rutscht mir aus der Hand,
Tränen laufen, aus meinem Mund fließt Speichel, zusammen
mit leisen, verstörten Lauten, unterbrochen von entschuldi-
gendem Gestammel. Je heftiger mein Körper bebt, desto inni-
ger wird die Umarmung. Zwei breite Schaufeln pflügen auf
ganzer Fläche über meinen Rücken. Ein kräftiger Herzschlag
dringt aus der Tiefe des Brustkastens, an den ich gedrückt
werde, und arbeitet gegen meinen eigenen an, bis ich meinen
Puls im gleichen Takt schlagen fühle, ruhig, regelmäßig, fast
so laut wie die Stimme, die immer noch in mein Ohr flüstert.
Nach einigen Minuten lockert sich der Griff. Ich habe den
Eindruck aufzuwachen, trete ein paar Schritte zurück und
entdecke feuchte Flecken auf dem Shirt meines Gegenübers,
wie dunkle Inseln in einem hellblauen Ozean. »Oh, mein Gott!«
Schon kommen zwei junge Frauen in hellblauen Sweatpants
und T-Shirts. Die eine nimmt mich am Arm und führt mich
weg. Die andere wechselt mit geübten Bewegungen das ver-

heulte Shirt aus. Ich habe eine riesige hellblaue Puppe umarmt, einen etwa zwei Meter hohen, breitschultrigen, verson-
nen grinsenden, kahlköpfigen Koloss, vor dem sich eine Menschenschlange gebildet hat, deren Ende ich nicht erkennen
kann. Die hellblaue Frau reicht mir meine Büchertüte. Ich
stottere etwas, aber sie fällt mir lächelnd ins Wort: »Don't
worry! We have to change Huggy's shirt at least ten times a
day! He's overwhelming! I've seen Wall Street guys and mod-
els crying in Huggy's arms like little babies.« Sie drückt mir
eine Packung Kleenex und einen Prospekt in die Hand. »There
you go. Don't worry, dear. We're only human after all!« Als ich
mich geschnäuzt und einigermaßen gefasst habe, drehe ich
mich um. Ich stehe vor einem Apple Store. Überall wehen hellblaue Fahnen mit der Aufschrift ›Huggy‹. Erschöpft lehne ich
mich an eine Hauswand und blättere in dem Heft. Von irgend-
woher kommt eine begeisterte Lautsprecherstimme: »Have
you already had the daily hug we all need to get through life's
struggles? Apple is giving you an extra one! Huggy, our new
generation of humanoid robots will take care of you. Fall in-
to his arms! Get hugged like a champion at the Apple Store
today!«

Die Broschüre ist voller Bilder von dem Ding, das mich
eben an sich gedrückt hat. »A triumph of artificial intelligen-
ce, developed and built here in the USA. Huggy is sexless and
gives you nothing but tender loving care.« Ich blättere weiter,
ohne genauer hinzusehen. Plötzlich ist die Angestellte wieder
neben mir, drückt mir ein Blatt in die Hand, auf dem ein paar
Zahlenkolonnen ausgedruckt sind. ›Lullamae‹ steht auf ihrem
Namensschild. Von ihrem dunklen Gesicht heben sich die silbernen Lider und cremeweißen Lippen fast schmerzhaft leuchtend ab. »Dear, are you OK? This is Huggy's analysis of your

life functions. It's free today. Take care, dear, bye!« Ich kneife die Augen zusammen, um besser lesen zu können. »Blood pressure. Temperature. Pulse. Waist, bust, height. Weight. Age. Sex. Estrogen Level. Stress level.«

Ich merke, dass ich meinen Umarmer schon kenne. Seine Gestalt war nach den üblichen Landmarks das Erste, was mir auf der Herfahrt vom Flughafen auffiel. »Huggy – your personal lifechanger.«

Ganz New York ist voll mit Huggys, er schwebt als Zeppelin am Himmel, weht als Riesenballon an den Seiten des Empire State Buildings, funkelt am Times Square, auf den Werbeschildern in der Subway, es gibt ihn sogar als Schlüsselanhänger.

Im Hotel lege ich mich hin und schlafe, vielleicht eine Stunde lang. Dann buche ich mir online einen Mietwagen, packe meine Sachen und checke aus.

12   Wie der Linsenmaier nach
Meadville reiste

Den Linsenmaier weckte das regelmäßige Racktackgeräusch eines fahrenden Zuges. Für einen Augenblick glaubte er, wieder in der Reichsbahn von Stuttgart nach Bremerhaven zu sitzen, auf dem Schoße der Liebsten, in einem Dritte-Klasse-Abteil, wo es nach hartem Ei, Zervelatwurst und der Druckerschwärze des ›Vorwärts‹ roch. Doch als sich seine Augen an das Schummerlicht gewöhnt hatten, sah er den Mantel des Fräuleins vom Gepäcknetz hängen, darüber ihre Hutschachtel und einen Lederkoffer. Trudele selbst war auf ihrem Platz eingeschlafen, das Heft mit den englischen Wörtern auf dem Schoß. Ihr braunes Haar war ordentlich mit einem breiten Samtband aus dem Gesicht genommen, nur an Stirn und Schläfen lugten ein paar vorwitzige Kringel hervor. Der Linsenmaier musste widerwillig zugeben, dass sie reizend aussah. Er selbst fand sich außerhalb seines Kerkers, des sakrischen Handarbeitsbeutels, wieder. Stattdessen thronte er auf dem Ding und konnte aus dem Zugfenster schauen. Hinter den Hügelketten dämmerte es rosa, orange und violett, aber im Widerschein der untergehenden Sonne, die wie ein roter Ball hinter die schwarzen Wälder rollte, merkte er, wie fremd die

Landschaft da draußen wirkte, wie ungeheuerlich und menschenleer. Bald lag hinter der Scheibe nur noch dichte Finsternis, in der sich das gelbe Lämpchen der Abteilbeleuchtung verdoppelte. An seinem eigenen Spiegelbild stellte der Linsenmaier sofort etwas Seltsames fest. Er sah plötzlich aus wie einer, der sich noch nie die Hände schmutzig gemacht hat. Diese Entdeckung verwirrte ihn und er konnte nicht aufhören zu starren. Sein Basthaar lag im akkuraten Seitenscheitel, die Jacke war ausgebürstet und zugeknöpft, der lose Binder ordentlich geknotet. Auch seine Wachstuchstiefel hatten lange nicht mehr so sauber ausgesehen. Dazu stieg ihm ein Duft in die Nase! Wahrhaftig, er roch nach Lavendelwasser wie ein feiner Pinkel! Seine Liebste hatte ihn mit ihren Küssen frisiert und mit ihren Umarmungen seine Sachen gebügelt. Eng an sie gedrückt war er eingeschlummert. Wie oft hatte ihr schlafendes Gesicht auf ihm gelegen. Er ahnte schon, wem er seine Verwandlung verdankte. Dieses Trudele würde niemals seine Liebste werden! Oh, wie schnöde hatte man ihn verlassen! Eingetauscht gegen einen Kerl mit glattem Watschengesicht, der jederzeit zu Bruch gehen konnte wie eine Teetasse! Er hasste seine Liebste und wollte sie nie wiedersehen! Aber als er durch das Zugfenster in die undurchdringliche Schwärze starrte und sich die fremde Weite dahinter vorstellte, wurde ihm auf einmal klar, dass er sie wirklich niemals wiedersehen würde. Als diese Endgültigkeit Einzug in sein Herz hielt, senkte der Linsenmaier den Kopf und weinte stille Tränen. Er hätte noch lange so dagesessen, wenn nicht eine Hand ihn sanft gestreichelt hätte. »Na, du armer Kerl? Du schaust grade so verloren aus wie ich. Ist dir auch bange?« Dabei setzte ihn Fräulein Trudele auf ihr Knie. »Mein Monsieur Michel war ganz anders als du. Aber dein Mädchen war ja vollkommen verliebt in ihn.«

Sie seufzte tief und ihre grauen Augen erhellten sich durch ein plötzliches Lächeln. »Ich bin auch verliebt. Aber nicht so glücklich wie deine Kleine. Die bleibt ja mit ihrem Liebsten zusammen. Mein Alfred fährt nach Philadelphia. Und ich muss nach Meadville. Zur Tante Gracy, die ich noch nie gesehen habe.« Gedankenverloren nahm sie die groben Fäuste des Linsenmaier in ihre schmalen Mädchenhände. »Jetzt hab ich nur noch dich. Wir sind schon zwei arme Teufel.« Als Trudele den Linsenmaier an sich drückte, fühlte er sich mit einem Mal getröstet.

In diesem Augenblick steckte der Schaffner den Kopf zur Tür herein und sagte: »Madam, the next stop will be Meadville. We're almost there, only about five minutes to go. I'd be happy to assist you with your luggage.« Trudele dankte in flüssigem, aber deutsch gefärbtem Englisch. Die Art, wie sie vorausging und es dem Schaffner überließ, ihr das Gepäck hinterherzutragen, zeigte dem Linsenmaier erneut, dass sie eine Feine war. Das Letzte, was er sah, war ihre Hand. Sie war blass und zitterte.

Im Bauch der Handtasche war es so warm und dunkel, dass der Linsenmaier einschlief und erst wieder erwachte, als sie mit einem heftigen Ruck abgesetzt wurde. Durch ihr Gewebe drang Kälte, auch Zigarrenqualm konnte er riechen, das Keuchen und Pfeifen des wieder anfahrenden Zuges hören, dazu Fußgetrappel, Hufschläge und Rädergeklapper, Automobile, Lachen, freudige amerikanische Rufe und Stimmengewirr, doch schließlich war es fast so still wie vorhin im Abteil. Durch diese Stille drang nur das regelmäßige Klackern von Absätzen an sein Ohr. Das musste Trudele sein, die vor ihm, dem Eingeschlossenen, in ihren Schnürstiefeln auf und ab ging. Der Linsenmaier dachte in der von diesen Schritten zerklopften Dunkelheit erneut an seine Liebste, die ihn immer mit sich herumgeschleppt hatte, damals, als sie noch ein Herz und eine Seele waren. Immer und überall war er dabei gewesen, nur in die Schule durfte er nicht mit. Aber sonst blieb er ihr ständiger Begleiter, ob sie nun dem Vater sein Essen in Nägeles Chemische Fabrik brachte oder die Tauben unterm Dach fütterte. Stets behielt er den Überblick, auch auf dem Bihlplatz am Markttag, zwischen den vielen roten Backsteinschornsteinen, den Kirchtürmen der Arbeiter. Er nahm den Geruch der Karlsvorstadt in sich auf, die Malzschwaden aus den Brauereien, die Giftwolken vom Nägele, den Kraut- und Spätzledunst in der engen Mansarde über der Adlerstraße, wo sie zusammen hausten: Vater, Mutter, fünf Kinder und der Opa. Nachdem sie den Alten begraben und seine Tauben dem Nachbarn verkauft hatten, hieß es nur noch: Nach Amerika!

Er wäre wohl gänzlich in Heimweh versunken, wenn ein erneuter Stoß ihn nicht in die Wirklichkeit zurückbefördert hätte. Er hörte leises Gewimmer. Dass sie draußen heulte, während er in der Handtasche saß, machte ihn fuchsig. Ihr Weinen wurde immer trostloser. Dann schniefte Trudele laut und undamenhaft, und der Linsenmaier wusste, dass jetzt sein Einsatz bevorstand. Sie brauchte ein Sacktuch. Das Sacktuch steckte säuberlich gefaltet im Wörterbuch und strömte Lavendelduft aus. Ringsum wurde es hell. Das Licht kam von einer elektrischen Funzel, die den Bahnsteig beleuchtete. Der Linsenmaier blickte in das fleckige Mädchengesicht, das unter der in die Stirn gerutschten Hutkrempe ganz verloren aussah. Genau wie der Stieglitz vom Fritz, dem jüngsten Bruder seiner Liebsten. Dem wurde, wenn Schlafenszeit war, ein Tuch über den Käfig geworfen. Der Linsenmaier hatte häufig bemerkt, wie der Vogel zusammenschreckte, wenn einer aus der Familie nach dem dunklen Lumpen griff, um ihm damit alle Sonne, alle Freiheit zu nehmen, die ihm noch geblieben war. Trudele drückte den Linsenmaier an ihr Gesicht und sprach: »Jetzt ist der Zug schon seit einer halben Stunde weitergefahren und die Tante immer noch nicht da. Was soll ich nur machen? Wo soll ich hin?« Der Linsenmaier wusste kaum, wie ihm geschah, so viele Tränen und so viel Nasenwasser flossen über ihn. Obwohl er Trudele nicht helfen konnte, war er doch glücklich, denn jetzt wurde er gebraucht.

13 Alosenweg

Elisabeth blinkt und fährt an der Ausfahrt nach Hedelfingen ab. Auf der B10 ist fast immer Stau, aber gerade läuft es gut. Im Radio singen die Beatles ›Yellow Submarine‹. Trotz der Proteste von der Rückbank bleibt sie bei ihrem gewohnten Sender, alles andere zerrt an ihren Nerven. Der Vormittag steckt ihr noch in den Knochen. Zuerst zeterte Stella wie ein Rohrspatz, sie wolle nicht so weit rausfahren, aber Hamid, der jetzt neben ihr sitzt und die Umgebung so konzentriert studiert, als plane er, sie später aus dem Gedächtnis zu zeichnen, hatte protestiert. »Deine Oma braucht Hilfe und du sagst Nein?« Elisabeth musste lachen. »Sie sagt immer erst mal Nein.«

Stella schmollt, sie schaut aus dem anderen Fenster und lässt so viel Abstand zwischen sich und Hamid wie möglich. Er ignoriert sie, fragt Elisabeth ab und zu nach Einzelheiten – der riesigen Plastikbanane vor dem Großmarkt, den Kohlehalden des Heizkraftwerks, dem Rhenus-Gebäude, betrachtet die kleine Industrielandschaft des Neckarhafens. Davor liegen die schnurgerade Fahrrinne des Flusses und eine sommerschlaffe Pappelallee. Kurz überlegt sie, ihn zu fragen, wie es denn in seiner Heimat aussieht, verwirft das aber wieder.

Taktlos. Wie wird es da schon aussehen? Kriegstrümmer kennt sie selbst aus ihrer Kindheit. Außerdem hat sie genug an der Hacke. Heimlich mustert sie ihren Beifahrer. Bruno hält sich gerade, auf seinem Schoß liegt ein Schuhkarton, in dem die tote Taube ruht, eingewickelt in ein Geschirrtuch und bestreut mit Rosenblättern. Er war seiner Großmutter widerspruchslos nach Hause gefolgt, allerdings nicht ohne das Versprechen, morgen nach der Katze zu sehen und ihr ordentliches Futter mitbringen zu dürfen. »Aber ich will nicht, dass Stella sie sieht. Es ist meine Katze, ich habe sie gezähmt.« – »Ja, ich verspreche es dir. Komm, wir gehen heim.« Er verriet nicht, warum er geschwänzt hatte. Elisabeth benachrichtigte die Schule und bestand darauf, ein Gespräch mit der Klassenlehrerin zu führen. Die wollte sich in den kommenden Tagen melden.

Zügig quert Elisabeth die Otto-Hirsch-Brücken, über die man aus dem geschäftigen Gewirr von Hafen und Daimler-Werk nach Hedelfingen gelangt. Alles hier scheint aus Blech, Kunststoff und Zweckmäßigkeit zu bestehen. Im Spiegel wirft sie erneut einen Blick auf ihre Rückbank: Über Stellas Brustkorb stolziert ein roter Tiger, der mit seiner Vorderpranke beiläufig einen Mercedes zerquetscht. Darunter prangen die Anfangsbuchstaben dieser unvermeidlichen Serie: ›Chinese Beams‹. Elisabeth hat sie gegoogelt: Die Chinesen übernehmen weltweit die Macht. Eine durchaus realistische Vorstellung, wahrscheinlich ist es schon so weit. Aber sich das Ende von Daimler vorzustellen, dieses Ausbundes an Solidität, dieses Wohlstandsgaranten für das ganze Musterländle? Zwar arbeitet niemand aus der Familie dort, doch indirekt sind sie alle abhängig von dem großen Autobauer und seinen Zulieferern. Cornelias Klientel besteht fast nur aus rückenkranken

Facharbeitern und Meistern, verspannten Sachbearbeitern und Managern sämtlicher Ebenen. Im ›Reisestudio‹ hatten sie ganz ähnliche Kunden. Jeder blüht hier unter dem Schein des Sterns. Nicht auszudenken, wenn sein Licht ausginge. Ihr kommt das Herbeifantasieren eines solchen Untergangs fast lästerlich vor. Oder ist es vernünftig, sich mitten im Überfluss zumindest geistig mit dem Mangel vertraut zu machen? In Fellbach hatte es die ›China-Mina‹ gegeben, ein altes Weiblein, das als Missionsschwester im Reich der Mitte gewesen war. Wenn Elisabeth an die vergilbten Fotos, das prachtvolle Seidengewand und die Geschichten der ›China-Mina‹ denkt, staunt sie darüber, wie rasch dieses Märchenland zum Angstort geworden ist.

Elisabeth lenkt das Auto auf den Parkplatz des ›Buffethaus‹. Schon von weitem sieht man dieses mehrstöckige Raumschiff silbrig glänzen. Verschiedene Geschäfte und ein asiatisches Restaurant sind darin untergebracht. Auch Hinz und sie haben hier manchmal gegessen. Früher befand sich an dieser Stelle die Schleife, ein Wendeplatz der alten Straßenbahnen: Linie 13 nach Bad Cannstatt und die 9 zum Hauptbahnhof.

Elisabeth drückt Stella einen Zwanziger in die Hand. »Kauft euch was zu essen. Gehackten Hund oder was immer ihr wollt, ihr seid doch so verrückt nach China. Aber fixikato.« Nur Bruno kichert. »Du sagst manchmal komische Sachen, Omi.« Stella und Hamid sind bereits ausgestiegen, Bruno windet sich unter dem straffen Sicherheitsgurt, stößt die Tür auf, brüllt ihnen hinterher: »Bringt mir Bratnudeln!« Elisabeth klickt kopfschüttelnd seinen Verschluss auf. »Geh doch mit! Was soll das denn?« Er reicht ihr den Karton. »Passt du auf?« Elisabeth sieht ihnen nach. Stella stolziert voraus.

Den Geldschein in der erhobenen Hand wie ein besonderes Accessoire, wirft sie sich gegen die Drehtür. Hamid wartet und nimmt Brunos Hand. Elisabeth stellt den Taubensarg behutsam in den Fußraum des Beifahrersitzes.

Heute Vormittag war Bruno tatsächlich vor dem toten Vogel stehen geblieben. Das Häufchen Federn und Fleisch wurde in das Geschirrtuch gewickelt und heimgetragen. Elisabeth hat Kopfschmerzen. Aus dem Fenster sieht sie auf die hellgrünen Hänge der Weingärtnerdörfer Unter- und Obertürkheim. Nach der Flurbereinigung wachsen die Reben in geraden Linien wie in einem Schulheft. Darüber ragt der braune Stumpen des Mélacturms. Sie will nicht zurück in ihr leeres Haus.

Die Kinder kommen wieder, Hamid und Bruno tragen vier Pappboxen. Elisabeth ist gerührt, sie haben auch an sie gedacht. Vom Rücksitz her breitet sich der Geruch von Sesamöl und Knoblauch aus. »Bis zum Alosenweg müsst ihr noch durchhalten.« Sie murren, fügen sich aber, weil sie wissen, dass es sich nur noch um Minuten handelt. Als sie den Wagen anlässt, kommt Elisabeth ein Gedanke, und sie stellt den Motor wieder aus. »Hamid, weiß deine Familie überhaupt, wo du bist? Hast du gefragt, ob du mit uns kommen darfst?«

Hamid holt sein Smartphone heraus und hält es hoch. Das Display ist voller Kratzer, die Hülle an vielen Stellen ausgefranst, auf der Rückseite klebt ein abgeschabter Sticker, rot, weiß und schwarz, zwei grüne Sterne auf dem weißen Mittelstreifen. »Meine Mutter weiß immer, wo ich bin, wir schreiben jeden Tag.« Stella stößt ihn an. »Meine Oma meint Frau Stotz, nicht deine Leute in Aleppo!« Hamid wirkt verblüfft, dann antwortet er: »Anton ist heute beim Schwimmtraining, da hab ich frei. Meine Ohren haben auch frei.« Er grinst plötzlich, und Elisabeth fällt auf, dass seine Zähne von so perfektem Weiß sind, dass sie beinahe künstlich wirken.

Schnell fährt sie über den unsäglichen Hedelfinger Platz – nichts als eine verwahrloste Kreuzung, an deren Ecken sich von den Abgasen grau gewordene Gebäude ducken. Seit der Biergarten unter den alten Kastanien verschwunden ist, hat sich die Unwirtlichkeit noch gesteigert.

Die Fußgängerampel am Penny-Markt zeigt Rot. Auch die Rohrackerstraße wirkt heruntergekommen, eine Rennstrecke zum Untertürkheimer Daimler-Werk, gesäumt von Ladenleichen, gebaut von rabenväterlichen Stadtverordneten und skrupellosen Architekten. Wer hier entlangrast, ahnt nichts vom alten Dorfkern mit seinen Gässchen und Wengerterhäusern und der alten Kelter. Früher gab es hier wenigstens einen Gemüseladen, den ›Spanischen Garten‹, dazu mehrere Bäcker und eine Metzgerei. Elisabeth rümpft die Nase, wenn sie daran denkt, dass auch sie zum Einkaufszentrum nach Weil gefahren ist, Sabina und Cornelia auf dem Rücksitz, ›Hey Jude‹ auf den Lippen, und heilfroh war, die wenige Zeit, die ihr außerhalb des Reisebüros blieb, nicht bei den Einzelhändlern im Flecken verbringen zu müssen. Außerdem war in den großen Supermärkten alles viel billiger.

Da erscheint die mächtige Birke vor dem Eckhaus mit den weiß-grün gestreiften Balkonen! Plötzlich fällt Elisabeth die Angst so stark an, dass sie beinahe das Abbiegen verpasst. Was interessierten sie das Ladensterben in Hedelfingen und diese China-Serie! Das sind alles nur Abschweifungen, damit das Eigentliche nicht durchkommt. Sie hat Angst, das Haus zu betreten, in dem kein Hinz mehr auf sie wartet. Ohne ihn ist es kein Heim mehr, nur ein leerer Kasten mit einem Dachboden voller verhungerter Tauben. Elisabeth reißt das Steuer herum, nimmt in letzter Sekunde die Kurve in den Alosenweg. Blinker vergessen, egal. Die alten Bremsen kreischen, auf dem Rücksitz entsteht Tumult. »Boah, Alter!« Stella quiekt überrascht, Hamid greift nach dem Türgriff, nur Bruno bleibt ruhig. Sie nimmt den Fuß vom Gas, Tempo dreißig. Zum Glück fährt niemand hinter ihr durch die ruhige Wohnstraße. Hier sind Hinz und sie schließlich fündig geworden. Hier wollten sie bleiben. Weiter draußen. Ein Garten für die Kinder. Rebstöcke für Hinz, der sein Mainz oft vermisste. Der Alosenweg war damals nichts als ein sandiger, von Gärten und Hecken begrenzter Feldweg. Kaum Häuser, nur Weinberge, durchzogen von niedrigen Sandsteinmauern, das Revier der Kinder, sobald sie sich aus dem Garten heraustrauten.

Da vorne steht es. Für dieses Haus haben sie sich verschuldet bis zum Stehkragen, eigentlich noch darüber hinaus. Zweistöckig. Baujahr 1920. Schadhaftes Dach. Ein Treppenhaus mit hölzernen Stiegen. Wer wollte so was damals haben? Langsam lässt Elisabeth ihr Auto in die Garage rollen. Das Tor steht offen, jeder kann sehen, dass keiner da ist. Völlig kopflos war sie aufgebrochen. Rasenmäher und Fahrräder sind noch da, auch Hinz' Werkzeuge, alles ordentlich aufgehängt. Sie dreht sich zu den Kindern um, reicht Stella ihren Ersatzschlüssel. »Setzt euch auf die Terrasse und esst in Ruhe, Sprudel ist im Kühlschrank. Ihr wisst ja, wo alles steht. Ich komme gleich nach, suche bloß noch Eimer für das Obst.«

Die Aussicht auf das lauwarme Take-away-Essen lässt die drei davonrennen. Elisabeth nimmt die Schachtel mit der Taube und steigt aus. Neben den Winterreifen findet sie einen Eimer und legt den Karton hinein. Ihre Knie zittern, als sie ans Gartentor tritt. Noch einmal dreht sie sich um. Alle Häuser stehen am Hang, die meisten Rollläden sind geschlossen, Sonnenschutz oder Urlaub. Hoffentlich begegnet sie niemandem aus der Nachbarschaft. Wenige Autos parken am Straßenrand, in der Mittagshitze ist kein Vogel zu hören, nur die Stimmen der Kinder und das leise Grollen der B10.

Wie eine Bittstellerin verharrt sie vor dem eigenen Gartentor, das die Kinder offen gelassen haben. Sie traut sich einfach nicht hinein. Drinnen wird es nach Hinz' Aftershave riechen. Sie weiß nicht, ob sie stark genug dafür ist. Den steilen Vorgarten voller Rosen und Fetthenne hält eine Mauer davon ab, dem Druck des Erdreichs nachzugeben und auf den Alosenweg zu rutschen. Eine Treppe von zwölf Stufen führt zum Haus hinauf. Alles besteht aus rötlichem Sandstein, auffällig hier in der Straße, wo Muschelkalk und gelblicher Travertin die Regel sind. Zwölf Stufen, die Hinz und sie nach seiner Entlassung hinaufgeächzt sind wie die bösartige Parodie eines Hochzeitspaares, bei der die schwächliche Braut ihren lahmen Riesen über die Schwelle schleppen muss, begleitet von Cornelia, deren Aufmunterungsrufe Elisabeth verzweifeln ließen und Hinz umso mehr antrieben. Zwölf Stufen, die er schließlich allein heruntergehinkt war, um sie im Stich zu lassen.

Es ist wirklich nichts Besonderes, dieses Haus, es hat nur eine kleine Grundfläche, dazu ein zipfelförmiges Gartenstück mit altmodischen Sträuchern: Holunder, Flieder, Schneeball. Durch Holzschindeln und ein wenig Fachwerk am oberen Teil der Fassade erinnert das einfache Gebäude an ein Schwarzwaldhaus. Gerade das hat Hinz und sie sofort hingerissen, es strahlte etwas Märchenhaftes aus. »Schatzhausen«, flüstert Elisabeth, während sie die Hand auf das eiserne Gartentor legt, das sich in der Sonne aufgeheizt hat, Schatzhausen nach dem kleinen Glasmann, dem guten Geist in Hauffs ›Kaltem Herz‹.

Schatzhausen, weil jeder der größte Schatz des anderen war, damals. Der Name des Hauses blieb geheim. Schatzhausen stand auf den Rückseiten der marmornen Fensterbretter und auf den inneren Lamellen der hölzernen Klappläden, oben an der Kellertür und auf Zinkblechen vor den Fenstern im Obergeschoss. Sie hatten es eingeritzt oder mit Bleistift hingekritzelt. Nur sie allein wussten von diesen Botschaften der ersten Begeisterung, die auch noch Jahrzehnte später ein Lächeln, einen Kuss hervorrufen konnten.

»Es tut mir leid, Lisi«, war Hinz' letzter Satz gewesen. Elisabeth war schon lange kein Schatz mehr. Lisi, ihr Kindheitsname, kam auch seiner rheinhessischen Bequemlichkeit entgegen. Und später seinem gelähmt herabhängenden Mundwinkel, den die Krankheit in eine deprimierende Abflussrinne für Speichel verwandelt hatte.

Der Briefkasten quillt über, mehrere Exemplare der ›Stuttgarter Zeitung‹, ein Stapel Werbeprospekte, Elisabeth zerrt das Zeug aus dem Schlitz, froh darüber, sich mit etwas aufhalten zu können. Krankenkasse, Bank, eine Postkarte mit dem Brandenburger Tor von der Erdnuss.

Als sie sich bis zur Mitte der Stufen vorgewagt hat, klingelt ihr Handy. Diesmal drückt sie das Gespräch nicht weg. Alles, was ihr beim Aufschieben hilft, ist willkommen. »Betty, was ist los?« Die Stimme der Erdnuss klingt vorwurfsvoll, aber hauptsächlich besorgt. »Ja, ich weiß, ich hätte längst zurückrufen sollen. Entschuldige bitte.« Erdnuss pustet Rauch aus. »Kann ich etwas für dich tun?«, fragt sie. Seit sie allein lebt, gönnt sie sich täglich ein paar Zigaretten. Elisabeth hört Hupgeräusche vom Marienplatz und das klimpernde Windspiel am Küchenfenster der Freundin. Am liebsten möchte sie ihr alles erzählen. Und sie um Hilfe bitten. Bring mir Hinz zurück. Geh mit mir auf den Dachboden, ich hab solche Angst, dass Hinz' Tauben alle eingegangen sind. »Betty, bist du noch dran?« Elisabeth krächzt etwas, da kommt Bruno angelaufen und schreit schon auf der Treppe: »Wir brauchen einen Eimer, es hat so viele Kirschen auf dem Hedelfinger Riesen!« Von Erdnuss kommt dieses gutmütige Lachen, bei dem Elisabeth immer an gebutterten Hefezopf denken muss. »Ach, sind die Kirschen schon reif? Und die Enkel helfen dir? Dann muss ich mir keine Sorgen um dich machen, oder? Ich ruf dich später wieder an. Sag dem Hinz Grüße und weiterhin gute Besserung, wenn du ihn sprichst.« Ohne ein weiteres Wort bricht die Verbindung ab. Elisabeth nimmt das Handy vom Ohr und schaut es an, als könnte sie die Freundin daraus hervorzaubern. Bruno zieht an ihrer Hand und führt sie nach oben.

Ein paar Wespen torkeln um die geöffneten Pappschachteln auf dem Tisch unter der Pergola, zittern über verstreuten Reiskörnern, sitzen in Soßenflecken. Kein Besteck, nur die roten Stäbchen. Elisabeths Box steht unberührt da, sie kann jetzt nichts essen. Hamid hat sich vor dem Kirschbaum aufgebaut, in dessen Krone bereits die Leiter lehnt. Er rührt sich nicht, starrt nur hinauf. Elisabeth sieht seine schmalen Hüften in den engen Jeans, die schlaff herabhängenden Arme. Sie packt Taubenschachtel und die Post auf den Tisch, tritt neben Hamid und drückt ihm den Eimer in die Hand. »Wird's bald«, sagt sie, lauter als nötig, »das Obst muss runter! Solche Arbeiten kennst du doch von zu Hause.« Der Junge dreht sich langsam zu ihr um. Unter seiner Bräune ist er blass geworden. »Meine Eltern sind Zahnärzte, haben eine Praxis in Aleppo«, sagt er leise. Elisabeth errötet. Sie möchte am liebsten im Erdboden versinken. Zum Glück hat Stella nichts mitgekriegt. Ob er ihr davon erzählen wird? Sie überlegt, wie sie sich entschuldigen kann, aber Bruno kommt dazwischen. Mit einem kräftigen Tritt prüft er die unteren Sprossen, drückt die Leiter tiefer ins Geäst, bis sie fest steht. »Ich geh zuerst.« Eigentlich will Elisabeth ihm den Aufstieg verbieten. Das Ding hält ihn nie aus, es wird durchbrechen. Hamid beobachtet Bruno, der ohne weiteres bis zur Mitte hinaufklettert und anfängt, die dunkelroten Früchte zu pflücken. Nur ganz oben hängen sie, die unteren Äste tragen kaum noch. Der alte Baum hätte schon vor Jahren einen tüchtigen Rückschnitt gebraucht. »Hamid, komm schnell!«, ruft Bruno. Das kollernde Geräusch der in den Eimer fallenden Kirschen vermischt sich mit dem Lachen der beiden Jungs. Stella tritt mit einer Flasche Sprudel aus der Glastür, die von der Küche in den Garten führt. Ihr Blick hängt an Hamid, der geschickt mit dem Eimer die Früchte auffängt.

Sie stellt sich vor den Baum, setzt die Flasche an den Mund, Kopf im Nacken, die freie Hand auf der Hüfte. Durch die halb geöffneten Lippen rinnt der erste Schluck. Das Haar hat sie mit ein paar Essstäbchen aufgesteckt.

Dann löst sie sich aus ihrer Pose und bückt sich, jetzt arbeiten sie zu dritt. Einträchtig klauben die Großen die ins Gras gefallenen Kirschen auf. Bruno hat blaurote Lippen und spuckt Kerne nach unten. Elisabeth warnt vor Wespen, stellt einen neuen Eimer hin. Bruno schleppt den vollen in die Küche. »Boah, ich hab solchen Durst!« Ohne hinzusehen, nimmt sie ein Glas aus dem Hängeschrank, danach zwei Plastikschüsseln. »Für die Träuble. Die sind dieses Jahr auch so früh reif. Ich geh mal oben nach dem Rechten sehen.« Sie schaut ihm zu, wie er den Wasserhahn aufdreht, erschrocken rückwärts springt, als mit einem heftigen Schnorchelton rostige Brühe herausspritzt. Eine Weile rinnt es gelblich weiter, bis der gewohnte klare Strahl wieder fließt, unter den der Junge sein Glas hält. »Was war das denn?« – »Ach, das ist ein altes Haus. Wenn man die Leitungen länger nicht benutzt, nehmen sie das übel.« Bruno legt den Kopf schief. »Aber du bist doch erst zwei Tage bei uns.« Elisabeth räuspert sich. Gerne möchte sie ihm die Wahrheit sagen. Dass Tage und Nächte, Gedanken und Geschehnisse zusammenschmelzen können, so, wie in der Hosentasche vergessene Bonbons zu einem Klumpen aus Zucker, Fusseln und Papier werden. Ein Klumpen abgestorbener Tage. Hinabgestiegen in das Reich des Todes, später auferstanden von den Toten, um Cornelia zum Flughafen zu bringen. So ging das mit deiner Großmutter, Bruno, als Hinz einfach weggefahren ist. Mit einem Taxi und einer anderen Frau. Obwohl er immer noch schwach und krank war. Tagelang hat sie nicht gewusst, wo oben und unten ist. Hat nur geheult und geschlafen und Schnaps getrunken, den sie nicht verträgt. Konnte nicht mehr sagen, ob sie überhaupt noch jemand war. Ist nicht in die Küche gegangen, um den Hahn aufzudrehen. Ist nur aus dem Bett gekullert, weil sie versprochen hat, auf ihre Enkelkinder aufzupassen.

Bruno wartet Elisabeths Antwort auf seine kluge Frage nicht mehr ab, sondern schnappt sich die Schüsseln und läuft zurück in den Garten. Elisabeth stellt sein Glas in die Spüle, atmet tief durch. Jetzt muss sie endlich nach oben. Zuerst ins Wohnzimmer, wo neben der Couch Hinz' Rollator steht. Die Teppiche, gefährliche Stolperfallen, lehnen wie unförmige bunte Würste an den Wänden. Sein Bettzeug lag auf dem ausgeklappten Sofa, er verweigerte das obere Stockwerk aus Angst vor der Treppe. Zerknitterte Decken, plattgedrückte Kissen, ein Geruch nach Schlaf und Staub beherrschen dieses Zimmer. Sie hört noch sein Gejammer aus den ersten Nächten, schlimmer als Babygeschrei, dumpfer, lauter, verzweifelter. Natürlich war sie immer in der Nähe geblieben, saß auf einem Sessel neben ihm, um jederzeit nach seiner Hand greifen und ihn beruhigen zu können. »Ihr Mann ist völlig überfordert, das ganze Gehirn muss sich neu orientieren.« Cornelia, die Ärzte, alle hatten auf sie eingeredet. »Geduld, Geduld, Sie müssen Geduld haben. Er braucht Ruhe, lassen Sie ihn, selbst wenn er zwanzig Stunden am Tag schläft.«

Dabei waren sie am Anfang so hoffnungsvoll gewesen. Vieles kam wieder, die Sprache, der rechte Arm, sogar das rechte Bein. Sie waren schnell genug im Krankenhaus gewesen, auf der Stroke Unit, ein Zauberwort, das Elisabeth noch nie zuvor begegnet war. Solche Dinge passierten immer anderen Leuten. Hinz' Glück, dass Elisabeths Lesekreis an diesem Tag ausgefallen ist. Hinz' Glück, dass sie im Flur über seine Elbkähne von Straßenschuhen stolperte: »Herrschaft Sechser, Hinz, ich soll mir wohl den Hals brechen!« Aber es kam keine Antwort, nur ein Stöhnen, tief und ächzend, anders als alles, was sie jemals von ihm gehört hatte. Gleich darauf sah sie ihn durch den Flur taumeln, noch barfuß, das hellblaue Hemd halb zugeknöpft. Sie roch sein Duschgel, seine bloßen Füße hinterließen feuchte Spuren auf dem hellbraunen Teppichboden, die linke Faust schlug er gegen die Schläfe, das Gesicht verzerrte sich. Er schrie einmal auf und kam Elisabeth vor wie ein Schauspieler, viel zu laut. Ihr Mann stand vor dem Garderobenspiegel. Zweimal Hinz, zwei bleiche Grimassen, gegen die Stirn gepresste Finger, zwei aufgerissene Münder voller Speichel, Zähne, Zunge, dann kehrte er sich selbst den Rücken zu, und Elisabeth sah, wie das rechte Bein unter dem schweren Körper wegknickte. Hinz sackte zusammen, glitt an der Glasfläche herunter. Sie erinnert sich sogar an das feine

Quietschen, mit dem sein halbnackter Rücken den Spiegel streifte. An die herabrollenden Wassertropfen. An ihr eigenes Gesicht im getrübten Glas – sprachlos, hilflos, ein Paar entsetzt starrende Augen, die nicht begreifen, was sie da sehen. Dieses Gebirge von Mann zu ihren Füßen. Hinz' Glück, dass Cornelia der erste Notruf galt. Hinz' Glück, dass Cornelia sich auskannte. So viel Glück. Aber dennoch. Ihr altes Leben war vorbei.

Auf dem Couchtisch leuchtet die blaue Schachtel mit den Sprachübungskärtchen. Elisabeth verzieht den Mund. Jeden Tag zehn Minuten, auf keinen Fall länger. Manchmal ist Hinz schon eingeschlafen, als sie den Deckel geöffnet und ein paar Kärtchen herausgenommen hat. Die Logopädin mit ihrem glatten Mädchengesicht hatte gut reden. »Er muss eine Menge Wörter neu lernen. Sein inneres Lexikon hat Lücken durch die Krankheit. Das nennt man amnestische Aphasie. Aber Sie füllen es gemeinsam wieder auf.« Das trockene Klappern der laminierten Karten auf der Tischplatte, ihre scharfen Kanten, die einfachen Bilder auf den Vorderseiten: ein Radfahrer, eine Frau führt einen Hund an der Leine, Kinder mit einem Ball. Hinz sollte beschreiben, was er sah. Bei der jungen Frau spurte er, gab sich Mühe. Aber wenn Elisabeth ihn zu einer weiteren Übungszeit animieren wollte? »Du glaubst, ich bin ein … ein … ein …«, und dann sein pfeifendes Atmen, weil er sich aufregte, seine Wut auf sich selbst und auf sie, die gesund vor ihm stand, gesund und gerade, ohne Triefrinne am Mund. Ohne Gestammel. Er probierte wieder und wieder, diese Lücke zu füllen. Sie hätte sich am liebsten die Ohren zugehalten, um das hilflose, speichelige Herumgestotter nicht mehr zu hören. »Du denkst, ich bin ein … ein … ein … so ein … dummes Ding, ein kleines … klein und dumm.«

In der Essecke steht noch das Frühstücksgeschirr, eine

einsame Tasse mit Rosenmuster, ein vertrockneter Teebeutel hängt darin. Sie wird dieses Geschirr nie wieder benutzen. Cornelia hatte herumtelefoniert, Logo, Ergo, Physio. Alle kamen zu ihnen nach Hause, sie mussten nie mehr zusammen die zwölf Stufen hinunter. Hinz konnte durch die Küche in den Garten. Aber er wollte gar nicht. Sie musste ihn regelrecht zwingen, einmal vor die Tür zu gehen. Raus aus ihrer gemeinsamen Gummizelle, in der sie beide langsam durchdrehten. Schon deshalb wollte sie die erste Reha, damit er rauskam aus seiner Antriebslosigkeit. Die Fellbacherinnen sind nicht zufrieden mit Elisabeth. Ihre Mienen drücken höchstes Missfallen aus. Los sein wolltest du ihn. Endlich mal einen Tag ohne seine Geräusche verbringen, ohne Schniefen, Trielen, Stottern, Hinken, Husten. Ohne seine Wünsche. Ohne seine sture Trauermiene, seine Verweigerung, sich selbst wieder hinzukriegen. Regelrecht geplagt hast du Cornelia, dass sie wenigstens zwei Wochen rausschindet mit ihren guten Kontakten. Genossen hast du es, als er fort war. Elisabeth muss die Zimmertür zuknallen, als sie wieder auf den Flur hinaustritt, um die Gedanken zum Schweigen zu bringen. Als sie die Treppe zum ersten Stock hinaufsteigt, hält sie mehrfach inne, um Luft zu schöpfen. Langsam geht sie den oberen Flur entlang, vorbei an den gerahmten Stichen vom Mainzer Dom und den Kupferbergterrassen, dem Kelim aus Istanbul, dem vergrößerten Foto neben ihrem Schlafzimmer: Hinz und Elisabeth, Arm in Arm vor dem Dogenpalast. Sie stehen an der Südwestseite des Gebäudes, wo der Baum der Erkenntnis sich in zwei diskreten Büschen verzweigt, um die Scham von Adam und Eva zu verdecken. Das erste Menschenpaar hat schlanke steinerne Körper, über ihren ebenmäßigen Gesichtern liegt Traurigkeit. Sie sehen einander bereits nicht mehr in die Augen. Der Baum trennt sie. Für den Graben zwischen sich brauchen sie ihn nicht, auch keine Schlange oder diesen sonderbar geformten Apfel. Vom Lächeln, das so selbstverständlich auf den beiden einander zugewandten Touristengesichtern leuchtet, muss Elisabeth sich abwenden. Ihre Stirnen könnten sich berühren, wäre Hinz etwas kleiner. Der Schlaganfall hat eine andere Elisabeth, einen anderen Hinz hervortreten lassen, und ihnen ist jedes Lachen vergangen.

Aus Cornelias altem Zimmer holt sie die Stange mit dem Haken. Der Schreibtisch ist vollgestellt mit Prospekten, Reisebüchern, Fotoalben und vergilbten Büroakten, die Hinz für sein Projekt braucht. Er wollte ein Buch schreiben: »Wenn Engel reisen. Geschichten aus einem Reisebüro«. Milchige Plastikhüllen liegen über Bildschirm und Tastatur seines PCs. Von Hinz' Buch existieren nicht mehr als der Titel und ein Inhaltsverzeichnis. Aber das Herumstöbern in den Unterlagen hat ihn jeden Tag erfreut, Anekdoten sprudeln lassen. Seit der Krankheit will er das Zimmer nicht mehr betreten. Wenn er nicht mal ordentlich sprechen könne, wie solle er dann schreiben? Trotzdem beruhigt Elisabeth der Anblick seines verlassenen Arbeitsplatzes. Vielleicht kommt er doch noch zurück. Sie erschrickt darüber, wie sehr sie es hofft.

Mit dem Haken in der Hand bleibt Elisabeth unter der Bodenklappe stehen, lauscht mit gerunzelter Stirn. Da oben gurrt es. Hoffnungsvoll fischt sie nach dem Ring an der Klappe und zieht sie mit einem Ruck herunter. Knarrend öffnet sich die Luke und gibt die zusammengeklappte Treppe zum Dachboden frei. Die honiggelb lackierten Holzstufen sind ineinander gefaltet wie eine ungeheure Ziehharmonika. Elisabeth zerrt an der Befestigung, hört die Stufen einrasten und steigt in den schmalen langen Raum hinauf, der mit einer Tür aus Maschendraht abgeteilt ist. Hitze steht unter dem Dach. Der Dunst von kalkigem Kot, Federstaub und dem kleieartigen Geruch des Körnerfutters überfällt sie. Es fühlt sich an, als drückte ihr jemand Taubendreck in die Nase. Unter Flügelschlagen und Gurren kommen die Vögel aus ihren Nischen. Die schneeweißen Möwchen erschrecken und entzücken sie jedes Mal neu – ihre großen dunklen Augen und winzigen, eingekrümmten Schnäbel passen mehr zu Puppengesichtern als zu Vogelköpfen. Neben ihnen spreizt sich ein dickbrüstiger Kröpfer in Goldbraun. Dahinter trippeln mehrere schwarzweiße Nönnchen und blaugraue Brieftauben mit Flügeln wie gehämmertes Metall. Alle sind noch da. Keine verdurstet, keine in diesem Wüstenklima verschmachtet. Sie machen nicht den Eindruck, als hätten sie Entbehrungen durchgestanden. »Na, Hauptsache, euch geht es gut, ihr blöden Hühner«, murmelt Elisabeth. Am anderen Ende des Dachbodens steht ein Klappfenster offen. Von hier kam also der Durchzug. Auch die Tränke ist noch halb voll. Elisabeth fühlt sich erschöpft. Aber weil die Tiere immer aufgeregter hüpfen und flattern, holt sie eine Schütte voll Körner aus der Vorratskiste, die vor dem Schlag in einem Regal steht. Das Rasseln der Sämereien, vermischt mit dem zum fordernden Chor angeschwollenen Gurren der Vögel hört sich an wie eine sonderbare Musik, die Elisabeth fast fröhlich stimmt. Rasch verteilt sie das Futter in dem länglichen Trog, schaut eine Weile zu, wie die Tauben picken, eine Woge aus rundlichen Leibern, vor und zurück nickenden Köpfen, ausgebreiteten Schwingen und den vielfarbigen Augenpaaren: reines Weiß, dunkelbraun, rubinrot, blaugrau. Je nach Rasse sitzt die Augenperle in einem Hornring, mal dicker, mal schmaler, aber immer farbig, so dass der Blick wie gerahmt wirkt.

Dann öffnet sie beide Luken. Elisabeth will die Tauben unbedingt fliegen lassen, auch wenn das bedeutet, dass sie länger hierbleiben muss. Schließlich sollen die Tiere nicht für ihre Vergesslichkeit büßen. Ein warmer Wind streift ihr Gesicht, sie tritt beiseite, denn die Vögel haben ihre neue Freiheit bemerkt und flattern nacheinander hinaus.

Sie hakt die Klappen fest. Hinz fehlt ihr so sehr, dass sie fast keine Luft mehr bekommt. Tief atmend steht sie am Fenster, ballt die Fäuste. Über siebzig bist du geworden, bis du die Flucht ergriffen hast. Ich musste mein ganzes Leben lang vernünftig sein.

Im Schlag hocken nur noch Röschen und Beinchen, zwei Straßenvögel, die unter den vielfarbigen Rassetauben wirken wie Obdachlose bei einer Opernpremiere. Röschen kann nicht fliegen, eine Schwinge schleift am Boden. Beinchen hüpft auf verkrüppelten Stumpen. Die meisten ihrer langen Zehen wurden durch herumliegende Bänder, Reste von Plastiknetzen, abgeschnürt und sind weggefault. Die beiden vom harten Stadtleben gezeichneten Weibchen pflegen eine innige Gemeinschaft und sind ganz zahm geworden.

Die Rassetauben hat Hinz von uralten Männern aus dem Kleintierzüchterverein Rohracker geerbt. Das Gnadenkorn spendiert er ihnen mit vollen Händen, genauso wie den von der Straße geklaubten Stadttauben, die vom Tierschutzverein gebracht werden. Die Eier tauscht er gegen Gipsimitate aus. »Sie machen mir Freude, ich weiß nicht, warum. Einfach nur dasitzen, zuschauen. Sie haben keine großen Pläne, wollen fressen, sich paaren, ihre Jungen aufziehen, ab und an eine Runde drehen. Und hübsch sind sie auch.« Elisabeth fand diese Erklärung immer zu simpel. Hinz hat schon Tauben gehalten, als er in der Mainzer Altstadt ein kleiner Bub war, der sich mit den Söhnen der wohlbestallten Weinstubenbesitzer prügelte, wenn sie sich über seinen Vater lustig machten, den Willi mit der Bude. Das war sein Kiosk am Liebfrauenplatz, wo angeblich selbst Bischof und Domherren ihre Zigaretten und Zitronendrops kauften. Elisabeth hat ihren Schwiegervater nicht mehr kennengelernt, aber sie glaubt zu wissen, dass das Fernweh ihres Mannes sich am väterlichen Kiosk entzündete. Den ganzen Tag in einem Kabäuschen zu hocken, Bonbons und Zeitungen über den Tresen zu reichen und sich die Geschichten der anderen anzuhören – wenn das kein Grund zum Weglaufen war! Hinz' erste Reise führte nach Paris, eine Fahrt mit den Taubensportlern. Die ganze Welt wollte er sehen.

Die Tauben werden nach einem Flug über den Weinbergen wieder auf dem Dach landen und Schutz im Schlag suchen, wo sie ohnehin den größten Teil des Tages verbringen. Elisabeth fegt Kot, Federn und Futterreste zusammen. Über das verwaschene Zinnoberrot der Dachschräge schaut sie nach unten. Ein paar Vögel sitzen oben auf dem First, sie kann ihre vertrauten Geräusche hören, das Klappern ihrer Schnäbel und Zehen auf dem Zinkblech. Eigenartig, wie diese Tiere an ihrer Heimat kleben, obwohl sie genug Flügelkraft und Intelligenz besitzen, um Hunderte von Kilometern zu fliegen und auch wieder zurückzufinden.

Auf dem Weg nach unten nimmt Elisabeth ein längliches, kartoniertes Heft aus dem Bücherregal. Sein Einband ist abgestoßen und fleckig, es wird von einer verblichenen Kordel zusammengehalten, damit die Karten, Fotos und Zettel zwischen seinen Seiten nicht herausfallen. ›Gertrud Seitz, Meadville 1923‹ steht in blasser Tinte auf der Vorderseite. Für Brunos Linsenmaiergeschichte kann sie ein wenig Unterstützung gebrauchen.

14   Wie der Linsenmaier das Trudele nach
       Meadville begleitete und von welcher Art
       ihre Verwandten waren

Der Linsenmaier spürte die Finger des Trudele im Nacken.
Sie krampften sich mit einer Gewalt fest, die er von den Händen der Liebsten nicht kannte. Aber die Liebste war auch nie
auf einem Bahnhof in Pennsylvania vergessen worden, in einem Land, in dem sie keine Menschenseele kannte. Niemals
hatte sie ohne ihre Familie im Dunkeln gesessen und gedacht,
sie sei der letzte Mensch auf Erden. Der Linsenmaier leistete
Trudele Gesellschaft und horchte auf ihr Schluchzen, auf das
ferne Pfeifen der Lok, auf Gerumpel von draußen, das verebb-
te und eine unheilvolle Stille zurückließ. Doch plötzlich vernahm er heiseres Hupen, das in kurzen Abständen immer
wieder erklang, dann das Knallen einer Autotür, und auf einmal klackerten Absätze wie Schüsse. Daraufhin fegte eine Person in die Bahnhofshalle, die behandschuhte Rechte über den
Augen wie einen Schirm, obwohl nur Vollmond und Elektrik
das Gebäude erleuchteten. Schon stand sie vor ihnen, eine
hektische Lady mit offenem Mantel und schief aufgesetztem
Hut: »Goodness, it's unbelievable! Doesn't this German girl
have any ears?« Sie packte das auf seinem Koffer zusammen-
gesunkene Mädchen an der Schulter und zog sie hoch. »Ger-

trud, for heaven's sake, get up! Why are you crying? Hurry up! The car's outside!« Ihre Stimme war hoch, sie sprach die Worte, die Trudele aus dem Mund ihres Stuttgarter Lehrers mühelos verstanden hätte, auf eine weiche, zerdehnte Art aus, die sie fast unverständlich werden ließ. Selbst ihr Name – Göhtred – klang fremd. Immerhin erhob sie sich und taumelte in die Arme der Tante. Der Linsenmaier fiel zu Boden und berührte zum ersten Mal amerikanische Erde. Vor lauter Erleichterung konnte Trudele nicht aufhören zu weinen. »Come on, stop that! You thought nobody would come get you? Poor homeless child! Now pick up your doll. They need me in the restaurant.« Sie wurde kurz umarmt, ein kitzelnder Pelzkragen, Seifen- und Puderduft, viel stärker als bei der Mutter daheim. Die hellgrauen Augen, der Schnitt ihrer kurzen Nase, vertraute Linien um Mund und Kinn verrieten Trudele, dass es sich hier um Verwandtschaft handeln musste: »I'm Gracy, your aunt, Hermann's sister. Welcome to Meadville.« Aber während Trudele noch herumstotterte, wurde sie mitsamt ihrem Gepäck bereits in einen Sedan geschoben und röhrend davonchauffiert. Die Fahrt dauerte nicht lange, und sie musste immer auf Tante Gracy schauen, die das Auto mit großer Selbstverständlichkeit lenkte, wie ein Filmstar. Durch die schlierigen Scheiben war kaum etwas zu erkennen, Lichter, fremde Schilder, Passanten in den Straßen. Alles wirkte fremd. Schon hielt das Auto in einem Hinterhof. Tante Gracy, die den Koffer gegriffen hatte, riss eine Tür auf und führte Trudele durch eine riesige blitzende Küche voller Bratenduft, Rufen und Klappern bis in einen Nebenraum. Dort stand ein weiß gedeckter Tisch, auf dem ein einziger Platz mit Silber, Gläsern und Porzellan versehen war. Sie befahl Trudele, sich hinzusetzen. »Get yourself some dinner in the kitchen and go to bed. Sadie will show you everything. They need me out there. We'll see to everything else in the morning.« Tante Gracy drückte dem verwirrten Mädchen einen Kuss aufs Haar und nickte aufmunternd, aber ihre Augen blickten bereits an ihm vorbei, als hätte sie etwas anderes im Sinn. Im Gehen zog sie die Lederhandschuhe von den Fingern, nestelte ein weiteres Paar aus ihrer Tasche, diesmal aus Zwirn gehäkelt. Die Tante tat dies eilig, wandte sich schon ab, aber noch während sie mit Daumen und Zeigefinger in den genetzten Stoff fuhr, stieß sie einen Wehlaut aus und entfernte sich schnell. Trudele erschrak, denn die bloßen Hände der Tante waren grausig anzuschauen. Statt glatter Haut bedeckte sie ein unregelmäßiges, dunkles Fleischgewebe, dessen grobe Fäden sich über die Handrücken bis hoch zu den mittleren Fingerknöcheln spannten. Sie schob das eben Gesehene auf eine Täuschung ihrer müden Augen. Doch ihr blieb keine Zeit, darüber nachzudenken, weil die Bilder ringsum an den Wänden ihren wandernden Blick gefangen nahmen.

Ihr gegenüber hing eine große gerahmte Fotografie, auf der eine belebte Straße zu sehen war. Gut gekleidete Menschen drängten sich auf dem Bürgersteig, die Fahrbahn wimmelte von Automobilen, dazwischen Dienstleute mit Karren und Paketen. Alle Menschen schienen auf ein Gebäude zuzuströmen, das mit seinen bodentiefen Fenstern, ausgiebiger Beflaggung mit den ›Stars and Stripes‹ und einem riesigen goldenen Wirtshausschild mit der Aufschrift »Kepler's Deutsche Bierhalle« das prächtigste in seiner Umgebung war. Über der Tür hing ein Kranz aus Eichenlaub, von dem Schleifen herabwallten. In einem Halbkreis davor waren links die Kellnerinnen und Schankmädchen in weißen Schürzen aufgereiht, rechts standen die Männer – Ober in gestreiften Westen, Köche mit gestärkten Mützen, eine Reihe Lehrbuben. In der Mitte der Versammlung erblickte Trudele eine stattliche Frau im Sonntagsstaat mit hellen Locken. Sie hatte sich bei einem Herrn eingehakt, der ihr in Statur und Aufputz, von der Uhrkette über dem Bauch bis zum Schnurrbart, in nichts nachstand. Lächelnd blickten sie über die Menge, mit der Sicherheit derjenigen, die diese Mannschaft befehligten. Die kleine Schar vorn im Bild, ein Knabe und zwei Kleinkinder, die alle amerikanische Fähnchen schwenkten, waren bestimmt die Kinder des Paares.

Trudele war gerade dabei, Gracys jüngeres Abbild neben der blonden Dame zu betrachten, als die Küchentür aufging. Eine hagere Person mit drahtigem schwarzen Haar trat heran, vermutlich Sadie. Sie wirkte in ihrem Auftreten mindestens so energisch wie Tante Gracy. Sadies Brauen waren über der Nasenwurzel zusammengezogen. Sie knallte ein vollgestelltes Tablett vor Trudele auf die Tischplatte. Während sie ihr aus einem Krug, in dem Zitronenscheiben schwappten, ein hellbraunes Getränk einschenkte, klingelten Eiswürfel. Sie sah das Mädchen an und sagte etwas, so breit, dass Trudele der Sinn ihrer Worte erst nach einer Weile aufging: »I'm Sadie Hawkins. It's been years since I've waited on anybody. Tonight I'll make an exception. From tomorrow on you will fetch your meals in the kitchen yourself, even if you've never set foot in a place like that.« Mit ihrem Kinn wies sie auf die weichen weißen Hände, die immer noch den Linsenmaier umklammerten. Dann servierte sie schweigend: einen Korb voll heißer Brötchen, jede Menge Fleisch – auf Platten geschichtet, in Schüsseln mit Soße bedeckt, als kalter Aufschnitt mit Salat garniert. Dazu gab es fast weißen, cremigen Kartoffelbrei, braun gesprenkelt von den mitgekochten Schalen, was

Trudele zunächst wie Schlamperei vorkam. Doch das vergaß sie nach dem ersten Löffel, denn das Zeug bestand zur Hälfte aus Butter! Mit Staunen sah sie die Ananasscheiben, die Pfirsichhälften, dunkelgelb wie riesige Eidotter, Weintraubenbüschel mit Beeren so dick wie daheim die reifen Zwetschgen. Alle Früchte türmten sich in Kristallschalen, ließen Lippen und Zunge taub werden, so kalt waren sie. Trudele aß und schämte sich hinterher, weil sie so zugelangt hatte, schämte sich noch mehr, weil es daheim ganz anders zuging, besonders, seit der Vater die Häuser verloren hatte. Sie war wolfshungrig, denn seit dem Gang vom Schiff hatte sie außer ein paar Water Crackers und einer Tasse Kaffee nichts mehr gehabt. Sie schaffte sogar noch ein Stück Kuchen, auf das ihr Sadie ohne nachzufragen eine Portion Schlagrahm nebst einer Kugel Vanilleeis von Tennisballgröße klatschte. Dieses Beiwerk entnahm sie einem mächtigen Eisschrank, der elektrisches Brummeln von sich gab. In der Alexanderstraße hatten sie eine Speisekammer und natürlich einen tiefen kühlen Keller, aber einen Eisschrank? Während sie darüber nachdachte, hörte sie Geschrei. »Sadie, Sadie, wash your feet, the Board of Health's across the street!«, wiederholten ein paar Kinderstimmen, darauf folgte ein heftiges »Schschsch«. Die Küchentür fiel ins Schloss. Von drinnen vernahmen Trudele und der Linsenmaier einen heftigen Wortwechsel, von dem sie nur »Quiet now, for heaven's sake!« und »layer cake« verstanden. Nach einer Weile betraten zwei Kinder den Raum, ein Mädchen und ein Junge, vielleicht sieben Jahre alt. Trudele sah nur die ungeheuren Kuchenstücke, die sie vor sich hertrugen, so groß und hoch wie daheim ein halbes Zweipfundbrot, bestrichen mit weißem Zuckerguß, der fingerdick und wellenförmig über die gesamte Oberfläche gespachtelt war. Darunter wechselten sich Schichten knallroter Marmelade mit gelbem Bisquit ab. »Nyah nyah nyah nyah nyah, we've got layer cake and you don't!«, rief das Mädchen Trudele zu, während es sich am Kopfende des Tisches niederließ. Ihr Bruder setzte sich neben sie. Abgesehen von ihren weißblonden Zöpfen und seinem Pagenschnitt ähnelten sich die beiden bis zur kleinsten Sommersprosse. Beide waren sehr dick. Ihre kugelrunden Gesichter, die walzenförmigen Arme und Beine, die hängenden Bäckchen, die wurstartigen Finger. Trudele hatte noch nie so füllige Menschen gesehen. Sie blieb eine Antwort schuldig, starrte das Geschwisterpaar an, das sich über den Kuchen hermachte. Keiner benutzte eine Gabel. Sie packten die Stücke wie ein Maurer sein Wurstbrot, drückten sie zusammen, dass ihnen die Füllung über die Finger troff, und rissen gewaltige Bissen heraus. Dabei schmatzten sie, schleckten sich die klebrigen Hände ab und fuhren am Schluss mit ihren rosigen Zungen über die Teller. Sadie, die mit einem Krug Milch hereinkam, als dieser sonderbare Abwasch gerade in vollem Gange war, stieß einen ärgerlichen Ruf aus. »Oh, Sadie, silly old Sadie, go away!«, rief der Junge. »Yes, go away and wash your feet«, kicherte seine Schwester, und sofort schrien sie wieder: »Sadie, Sadie, wash your feet, the Board of Health's across the street!«, so lange, bis die Frau zurück in die Küche flüchtete. Die Kinder rannten hinter ihr her. Zurück blieben die leeren Teller und ein Geruch von warmem Teig. Kurz darauf kehrte Sadie mit Trudeles Koffer zurück.

Trudele fühlte sich dermaßen gestopft, dass sie von den teppichbelegten Gängen, Treppen und holzvertäfelten Wänden, an denen vorbei sie hinter Sadie hereilte, nur aus den Augenwinkeln Notiz nahm. Sterbensmüde war sie auch. Als sie endlich allein auf dem breiten Bett saß, fielen Heimweh und

Angst unter dem Ansturm der Erschöpfung und des vollen Magens in sich zusammen. Ihre Kraft reichte noch dafür, die Stiefel aufzuschnüren und aus dem Kleid zu schlüpfen. Ungewaschen wurstelte sie sich auf dem seltsamerweise nur mit Laken und Wolldecke versehenen Lager zurecht und schlief sofort ein, den Linsenmaier im Arm.

Ob es an der ungewohnten Umgebung lag oder am Vollmond, dessen breite Lichtbahn im Laufe der Nacht auf ihr Gesicht fiel, konnte niemand sagen. Fest stand, dass Trudele plötzlich erwachte und sich im Bett aufsetzte. Verwirrt sah sie sich um, tastete über das ungewohnte Bettzeug, rieb sich die Augen. Als sie merkte, wo sie sich befand, sackte ihre schmale Gestalt in sich zusammen. Es tat dem Linsenmaier wohl, wie sie ihn an sich drückte, gleichzeitig schmerzte es ihn, sie in Angst zu sehen. Das Laken raschelte unter ihren unruhigen Bewegungen, im Zimmer knackte ein Schrank. Der Schrei kam ganz unvermittelt. Er drang scharf durch die milchige Mondnacht, fegte alle anderen Geräusche vor sich her und hinterließ eine atemlose Stille. Dann schrie es erneut, lauter und wilder als zuvor. Trudele verkroch sich unter ihrer Decke. Der Linsenmaier und sie lagen eng aneinandergedrückt in der Finsternis wie zwei Nusshälften in der Schale. Sie murmelte in seinen Bauch, er spürte ihren Atem, der Worte formte: »Abends, wenn ich schlafen geh, vierzehn Englein um mich stehn. Zwei zu meiner Rechten, zwei zu meiner Linken, zwei zu meinen Häupten, zwei zu meinen Füßen. Zwei, die mich decken, zwei, die mich wecken, zwei, die mich weisen in das himmlische Paradeise. Amen.« Sie sprach schnell, presste das Amen hervor und begann von Neuem. Trotzdem hörte sie den Schrei wieder. Inzwischen war er näher gekommen, ein unsäglicher Klageton, genau vor ihrer Tür. Endlich vernahm man

Fußgetrappel, dazu andere Stimmen, beruhigendes Reden und am Ende jammervolles Heulen, das sich langsam entfernte und schließlich verstummte. Gertrud lag mit weit aufgerissenen Augen unter dem Laken. Der Linsenmaier spürte ihre Zähne an seinem linken Bein, denn das hatte sie sich in den Mund gestopft, um nicht auch noch zu schreien. Es dauerte bis zum Morgen, dann schlief sie endlich ein.

15 Bilger-Farm, Lancaster County

Hinter Philadelphia öden mich die Jazz-Standards an, ich drücke auf den Suchknopf, mir fehlt eine menschliche Stimme, etwas, woran sich mein Kopf abarbeiten kann, eine Zeile, ein paar Worte, damit die Gedanken nicht ständig nach Stuttgart wandern. Oder nach Griechenland. Loosing my religion, das klingt schon mal gut. Es fährt sich angenehm, ich bin weniger gestresst als zu Hause, nicht nur, weil hier alles entspannter läuft. Es liegt auch an meiner Unabhängigkeit. Ich muss niemanden abholen, nicht pünktlich an einem verabredeten Ort sein, keinen Parkplatz suchen. In diesem Land findet sich immer ein Bett für eine müde Autofahrerin, es gibt Tag und Nacht etwas zu essen, zumindest in den besiedelten Gebieten. Ich verlasse mich einfach auf die Schilder am Straßenrand. ›Cracker Barrel‹. ›Taco Bell‹, darauf habe ich Lust. Ich möchte scharf essen und das Zeug mit einem süßen Softdrink runterspülen. Auf dem Parkplatz stehen Autos, zwischen denen mein perlgrauer Buick wie ein Spielzeug wirkt: Jeeps, Pick-ups und andere Riesenkarren, viele mit Kindersitzen hintendrin. Im ›Taco Bell‹ hängen Gruppen von Jugendlichen herum. Auch sie erscheinen riesig, aufgeschwemmt und pickelig, Jungs wie

Mädchen, fast nur Weiße, ein paar Asiaten. Ich setze mich an einen Fenstertisch und studiere das Menu. Die Tischplatte fühlt sich klebrig an, auf dem Fußboden liegen Papierservietten. Der ganze Laden wirkt heruntergekommen. Hinten bei den Toiletten schiebt eine ältere Frau in unfassbarer Langsamkeit einen Wischmopp hin und her. Zwischendurch lehnt sie sich an die gekachelte Wand und starrt auf den Parkplatz. Ich reihe mich in die kurze Schlange ein, bestelle ein ›Dr Pepper‹ und zwei Burritos, habe wirklich Mühe, die Fragen der jungen blondierten Frau hinter dem Counter nach der gewünschten Portionsgröße zu verstehen. Was dann vor mir in Schaumstoffboxen liegt, hat wenig Ähnlichkeit mit den Fotos auf der Speisekarte. Um mich abzulenken, greife ich nach meinem Handy. Eine neue Nachricht von meinem Vater. »Alles prima, mach dir keine Sorgen.« Spaßvogel. Zum Glück sind diesmal keine Pril-Blumen dabei.

Dafür gibt es Fotos von Mami. Sie zeigen die Kinder in einem Garten. Erst auf den zweiten Blick merke ich, dass sie im Alosenweg sind. Bruno zupft Johannisbeeren, er kniet vor den verholzten alten Büschen und sein konzentriertes Gesicht glänzt. Diesen Eimer haben schon Sabina und ich benutzt. Die Sträucher an der Westseite des Hauses – rote und schwarze Träuble – waren eine Plage für Mami, aber das Zeug wuchs schon dort, als sie das Haus von den alten Munks kauften. Die Früchte für Vögel und Wespen hängen zu lassen kam nicht in Frage. Jeden Sommer wurde Papa zum Beerenzupfen verdonnert, wir halfen anfangs begeistert. Dann kochte sie zähneknirschend Marmelade, die zwar immer zu flüssig, aber besser war als das meiste, was sie sonst zustande brachte. Dafür hatte sie das ganze Wochenende über schlechte Laune.

Auf dem nächsten Bild liegt Stella im Gras unter dem Fliederbusch. Fast verächtlich blickt sie unter halb geschlossenen Lidern hervor, vielleicht sind die durchbrochenen Blätterschatten schuld daran. Sie wirkt nachdenklich, fast traurig. Vermutlich hat sie bei ihrer Großmutter auf Granit gebissen.

Oder ihre Omi hat sie angepflaumt, weil sie ihre Drückebergertour durchzieht. Eine faulere Person als Stella ist mir noch nie untergekommen. Dabei entwickelt sie enormen Einfallsreichtum, sich Anforderungen aller Art zu entziehen oder andere einzuspannen, meist, ohne dass sie es merken. Mich bringt das auf die Palme, aber manchmal imponiert es mir auch. Eine Modelkarriere, von der Millionen anderer Mädchen nur träumen, wäre für Stella durchaus eine realistische Möglichkeit. Immer wieder bringt sie Telefonnummern von Talentscouts oder Agenten nach Hause, die sie ansprechen wenn sie am Wochenende mit ihrer Clique unterwegs ist und im Café Holzapfel oder auf den Treppen am Schlossplatz rumsitzt. Sie legt mir diese stylishen Visitenkarten hin, so wie Katzen tote Mäuse und Vögel mit nach Hause bringen. Anrufen will sie dort nie, auch nicht mit mir zusammen. Aber ich käme mir wie eine Rabenmutter vor, wenn ich Stella nicht drängeln würde, ihre vermeintlichen Chancen zu nutzen. Für ihre Gründe bewundere ich sie: »Ich hab da keine Lust zu, das ist die totale Knechtung, da musst du früh aufstehen, immer Sport machen, Gemüse essen und so. Außerdem hab ich keinen Bock auf andere Mädchen. Die nerven mich bloß, das weiß ich jetzt schon.« Gerade weil sie bequem ist und für den Unterricht nur das Nötigste tut, war ich begeistert, als Stella plötzlich verkündete, sie wolle in der Schule beim ›Nachmittag für alle‹ mitarbeiten. Das ist eine Hausaufgabenhilfe, verbunden mit Unterhaltungsprogramm, das Lehrer und Schüler des Hermann-Lenz-Gymnasiums für minderjährige unbegleitete

Flüchtlinge organisieren. Die Jugendlichen kochen zusammen, machen Sport, Ausflüge und Spiele. Stella, die gern Volleyball spielt, hat sich dafür eingetragen.

Ich klicke das nächste Foto an. Nicht zu fassen, dass Mami ihn mit nach Hedelfingen genommen hat! Gegen Stellas Quengelei ist eben kein Kraut gewachsen. »Du musst dich ihr gegenüber stärker durchsetzen!« Ehrlich, ich bin schadenfroh. Aber hätte Mami den Jungen geknipst, wenn er ihr aufgezwungen worden wäre? Die Bildunterschrift klingt nichtssagend: »Reiche Kirschenernte.« Hamid steht auf der schiefen Leiter, die im dunkelgrünen Laub lehnt, den rechten Arm emporgereckt, die Finger in einem Nest rot glänzender Früchte. Seine nackten Füße krallen sich um die hölzerne Sprosse. Für eine Weile versinke ich in seinem Anblick. Mein Praxisauge kennt keine Gnade, ich sehe jede Skoliose, jede arthritische Verkrümmung. Manchmal möchte ich diesen professionellen Blick ausschalten und unbefangen bleiben, wie es mir bei Menschen wie Stella oder Hamid gelingt. Bei ihnen herrscht pure Symmetrie, von der ich oft nicht mehr glaube, dass sie überhaupt existiert.

Hamid hat nie von seiner Flucht erzählt. Ich hätte mir lieber die Zunge abgebissen, als ihn auszufragen. Ich halte mich an die Regeln, die mir Stella eingeschärft hat. »Wir sollen nicht darüber reden, damit sie nicht traurig werden. Nur, wenn sie selbst davon anfangen.« Der Junge spricht ohnehin wenig, lächelt selten und kommt mir viel älter vor als alle, die meine Tochter bisher mitgebracht hat. Er stellt sich in Haushaltsdingen ungeschickt an, kann aber gut mit Bruno, sucht sogar seine Nähe. Das hat mich von Anfang an für ihn eingenommen. Wenn ich ehrlich bin, kann Hamid nichts mehr falsch machen, seit ich mehrfach erlebt habe, wie freundlich dieser fast schon erwachsene Junge mit meinem kleinen fetten Sohn umgeht.

Natürlich war er der Grund für Stellas plötzlichen Arbeitseifer. Immerhin war sie ehrlich genug, das auf meine Nachfrage hin zuzugeben. »Mama, ich brauche jemand, der in meiner Liga spielt. Für den ist das nix Besonderes, wie ich aussehe, und er hat nie diesen Hundeblick. Er sieht mich, verstehst du, nicht nur meine blöden Haare oder Augen oder wovon die anderen immer reden.« Die anderen – das waren natürlich Jungs aus ihrer Klasse, vom Volleyball. Sie hängt fast nur mit Jungen ab.

Auch wenn ich nie so gut aussah wie meine Tochter, Jungs gab es auch bei mir, seit ich denken kann, angefangen mit Dimi. Jungs und Männer, mit denen alles viel einfacher zu sein scheint als mit dem eigenen Geschlecht. Kumpels eben, eine ganze Clique. Wir gingen zusammen zum Sport, fuhren in den Weinbergen Mofa, saßen in der Abendsonne auf der Staffel hinter dem Eugensplatz und tranken Bier. Hinter all dem steckte viel weniger Verruchtheit, als meine Klassenkameradinnen vermuteten. Aber ich bin immer Dimis Mädchen gewesen. Stella hängt in der Luft, sie kann oder will sich nicht entscheiden. Oder hat sie es schon getan? Anton Stotz weicht ihr jedenfalls nicht von der Seite. Schnell klicke ich mich durch die restlichen Aufnahmen. Mamis Fotoserie endet, ohne dass er, der Unvermeidliche, auftaucht. Das wundert mich wirklich. Mami hatte wohl auf seine gesprächige Gesellschaft verzichtet. Ein anstrengender Kerl. Total verknallt in Stella, seit dem Kindergarten, aber mit einer sonderbaren Art, es zu zeigen. Immerhin kann er witzig sein.

Die Bilder von zu Hause beruhigen mich, auch wenn es komisch ist, auf einem anderen Kontinent mehr darüber zu wissen, wie meine Kinder den Nachmittag verbringen, als wenn ich abends zu ihnen nach Hause komme. Früher fuhr man in den Urlaub und war weg, aus der Welt. Mit etwas Glück gab es eine Bild-Zeitung von vorgestern am Hotelkiosk und ein paar Postkarten für die Lieben daheim.

Das ›Dr Pepper‹ schmeckt wie flüssige Kirschbonbons, ich nehme einen letzten Schluck und tippe ›Meadville, Kepler, Hotel, Pennsylvania‹ bei Google ein. Es geht ganz schnell, fast zu einfach. Kepler, Joy, 22 North Main Street. Rooms. Cheap, clean, wholesome breakfast. Special prices for Allegheny students. Dahinter eine Telefonnummer, die ich mir, aus alter Gewohnheit, aber auch, damit ich mich wirklich traue, mit Kuli auf das linke Handgelenk schreibe.

Lancaster County wird mit jeder Meile grüner, hügeliger, unwirklicher. Die ersten Amish Buggies rollen vor mir auf der Straße, Pferdehufe klappern. Männer mit schwarzen Hüten sitzen auf dem Kutschbock, daneben Frauen mit weißen Häubchen, kleine Jungs, die Hosenträger über ihren Hemden tragen. Amish People. Ich habe keine Ahnung von ihnen, mein Reiseführerwissen konnte ich nicht mehr erweitern, weil ich wie eine Blöde das Buch aus New York über den Brand auf dem Ausflugsdampfer gelesen habe. Ich fahre an weiß gestrichenen Zäunen vorbei, hinter denen gut in Schuss gehaltene Farmhäuser stehen, umgeben von Scheunen, Stallungen, hohen Futtersilos und altmodischen Schaufelwindrädern. Die Landschaft wirkt fremd, ich muss eine Weile überlegen, bis ich darauf komme, dass die Stromleitungen fehlen. Blumenbeete sind überall, zwischendurch warten Verkaufsstände am Straßenrand, ordentlich beschriebene Tafeln preisen die Waren an: pumpkins, potatoes, home made jam. Am späten Nachmittag tut mir der Kopf auf eine Weise weh, dass ich beginne, mich nach einer Unterkunft für die Nacht umzusehen. Es gefällt mir, beim erstbesten Bed & Breakfast abzufahren, ohne erst tausend Möglichkeiten auf Trip Advisor abzuklappern. Das Schild ›Rooms for rent‹ steckt im Gras eines sanft gewellten Hügels vor einem weißen Zaun. Auch das Haus ist weiß, auf der Veranda stehen Schaukelstühle, eine Blumenampel quillt über von rosa Petunien. Es kostet nur 40 Dollar die Nacht, ohne Frühstück. Eine Frau mit Häubchen auf dem braunen Haar und einer blauen Schürze über dem knöchellangen Kleid begrüßt mich und führt mich in einen hellen, holzgetäfelten Raum, dessen Stirnseite von einem Doppelbett eingenommen wird. Auf dem Bett liegt ein prachtvoller Quilt. Die Wände sind kahl. Das Fenster, gerahmt von schlichten blauen Vorhängen, geht hinaus auf eine Wiese. Auf dem Nachttisch steht eine winzige Lampe. Der Quilt hat herrliche Farben, ineinander verschlungene Ringe in verschiedenen Blautönen. Ich bewundere ihn ausgiebig. Die Frau erklärt mir, dass das Muster ›Wedding Rings‹ heißt und sie die Decke zusammen mit ihrer Mutter und den beiden ältesten Töchtern angefertigt habe. Ich verkneife mir einen albernen Kommentar zu meinem Familienstand, weil ich weiß, dass die Amish mindestens so fromm und streng sind wie Mamis Eltern. Meine Vermieterin, Frau Bilger, bittet mich, im Zimmer nicht zu rauchen, und erklärt, dass sie und ihre Familie wegen der Farmarbeit früh aufstehen, ich aber schlafen dürfe, so lange ich wolle. Sie mache mir gern ein richtiges Frühstück, aber nur zwischen acht und neun. Ich nicke ergeben. »That sounds perfect.«

Kaum ist sie draußen, lasse ich mich auf das Bett fallen. Künstlicher Zitrusduft steigt daraus auf. Ich streife meine Sneakers ab und schließe die Augen. Der Waschmittelgeruch erinnert mich an meine ehemalige Nachbarin Pi Stotz, Antons Mutter. Neulich rief sie abends an, mit einer Selbstverständlichkeit, als hätten wir uns erst gestern zum Kaffee getroffen. In der Altenbergstraße war das normal. Es gab Grillabende mit Dimi und Pis Mann Matthias – ein gutes Verhältnis. Seit der Scheidung und unserem Umzug haben sie mich nie wieder zu sich eingeladen. Trotzdem war da etwas, über das Pi sich unterhalten wollte. »Wir haben Nachwuchs bekommen«, berichtete sie stolz. »Endlich einen Bruder für Anton!« Meinen fassungslosen Glückwunsch, gepaart mit der Frage nach dem Verlauf der Geburt, unterbrach sie lachend. »Ach, man sieht sich ja nie in der Schule, da konntest du es nicht wissen. Ist ja sicher alles kaum zu schaffen, ohne Dimi und mit einer vollen Stelle. Aber Cornelia, Hamid lebt doch jetzt bei uns! Wir sind seine Pflegeeltern. Er macht sich großartig. Haben Stella und Anton nichts erzählt?«

Das war auch der Grund ihres Anrufs: Stella. Sie, Pi, habe zwei Töchter und wisse Bescheid, aber ich möge einfach Stella ein wenig zurückpfeifen. Schließlich sei Hamid traumatisiert durch die Flucht und die Kriegserlebnisse, unvertraut mit der hiesigen Kultur. Aber ein so offensives Mädchen wie Stella.

Ich balle die Faust auf dem Amish-Quilt. Mir war nichts Besseres eingefallen, als Pi wegzudrücken und ihre Nummer zu blockieren, weil ich nicht wusste, was ich dazu sagen sollte, ohne ausfallend zu werden. Dabei wäre es eine glatte Lüge, dass Hamid mir keine Bauchschmerzen bereitete. Er sieht nicht wie 16 aus. Anton gibt gern damit an, dass »sein Bruder« sich täglich rasiert. Dimi hätte diesen Knaben einfach beiseite genommen und ein paar mahnende Sätze ausgesprochen. Aber ich? Immer wieder hatte ich mir vorgenommen, mit ihm zu reden, aber es kam nie dazu. Weil Hamid den halben Abend lang mit Bruno ›Mensch ärgere Dich nicht‹ gespielt hatte. Weil

Stella besonders ungehalten wurde, sobald ich das Thema berührte. Weil ich zu erschlagen war für jede Form der Auseinandersetzung. Abgesehen davon fielen mir sofort ein paar Bemerkungen von Mitschülerinnen, Verwandten, Lehrern ein, die mir Dimitrios madig machen wollten. Alle Griechen lügen. Ich habe das nie vergessen.

Als ich wieder aufwache, ist das Zimmer pfirsichfarben erleuchtet. Für einen Augenblick weiß ich nicht, wo ich bin, und erschrecke, aber der Geruch bringt die Erinnerung zurück. Noch etwas schläfrig wähle ich die Nummer von meinem Handgelenk, aber mein Smartphone hat hier keinen Empfang. Schnell schlüpfe ich in Schuhe und Jacke, gehe hinaus in die große Diele und fange an, nach einem Telefon zu suchen. Es gibt hier eine Holztruhe, auf der ein Strauß gelber Margeriten steht. Makellos saubere Fenster weisen auf den Hof. Eine Stehlampe ohne Kabel. Keine einzige Steckdose. Frau Bilger kommt aus einem Nebenraum, trocknet sich die Hände an der Schürze ab und bemerkt meine Verzweiflung. »We are Amish«, sagt sie und lächelt, als würde das alles erklären. Ich frage noch einmal nach einem Telefon und spreche dabei so langsam und amerikanisch ich kann. Meine Gastgeberin nickt, ihr Ausdruck bleibt freundlich. Als sie antwortet, klingt es so, als habe sie diese Worte schon hundertmal gesagt, empfinde dabei aber keinerlei Ungeduld. »We are Amish. Our rules don't allow us to use a phone in the house. But there is one outside, for emergencies and for our guests. I'll show you.« Der dunkle Rock raschelt, als sie vor mir durch die Tür tritt, die schlaffe Schürzenschleife hängt den Rücken herab wie ein großer, müder Nachtfalter. Das Telefon befindet sich in einem gezimmerten Unterstand hinter der Scheune. Daneben ist ein ausgeblichenes telefon directory of Lancaster County an der

Wand befestigt, so, wie früher bei uns zu Hause die Telefonbücher in den Zellen hingen. Es riecht nach frischem Holz, und es gibt keinen Stuhl, als sollten die hier geführten Gespräche möglichst kurz bleiben. Ich umfasse mein Handgelenk mit der Nummer und denke dabei an meinen Vater, der seinen gelähmten Arm so ähnlich festhält. Die letzten Ziffern sind ein wenig verschmiert. Als ich nach dem Hörer des altmodischen Tastenapparates greife und die ersten Ziffern drücke, kommen zwei kleine Mädchen über den Platz vor der Scheune gelaufen. In ihren langen blauen Kleidchen mit den Schürzen darüber sehen sie aus wie Miniaturausgaben ihrer Mutter, nur dass ihr Haar zu Zöpfen geflochten ist. Auf den akkurat gezogenen Scheiteln sitzen verrutschte Häubchen. Beide schleppen Körbe, so voll, dass ihre Trägerinnen ganz krumm gehen, obwohl sie beide Hände um den Griff klammern. Sie setzen ihre Last vor Frau Bilger ab, die sich über einen Pflanzkübel gebeugt hat, welke Blätter und verblühte Löwenmäulchen entfernt. Sie wartet, wohl um mich nicht länger als nötig mit dem Telefon allein zu lassen. Gelbes Spätnachmittagslicht fällt auf den mit Sägemehl bestreuten Bretterboden. »Mutter, wir sind fertig! Schau, wie viel wir gepflückt haben!« Ich verstehe alles. Sie sprechen Deutsch, mit einem Dialekt, den ich nicht einordnen kann. Dunkel erinnere ich mich, dass die Amish auch aus der Pfalz gekommen sind. Die Kleinere greift in den Korb, öffnet die Faust wieder und lässt grüne Bohnen regnen. Frau Bilger wendet sich ihren Töchtern zu, dabei lächelt sie erneut, aber diesmal öffnet sich ihr ganzes Gesicht. Es fällt mir schwer, ihr Alter zu schätzen. Sie neigt sich leicht vor und drückt beide Mädchen an sich, die sich in den Falten ihrer Schürze verstecken. Jede umschlingt ein Bein der Mutter, sie bohren die Köpfe in ihren Bauch. Die Frau nimmt den einen Korb, die Kinder tragen zusammen den anderen. Gemeinsam gehen sie ins Haupthaus, der Vorplatz ist leer bis auf einen Pfau, der plötzlich hinter der Scheune hervorkommt. Er überquert den Platz. Sein mächtiger Federschweif fegt über den Sand und hinterlässt feine Spuren wie von einem Reisigbesen. Der Telefonhörer riecht nach Tabak, was mich wegen des Rauchverbots wundert. Auch mein Herzklopfen wundert mich. Es fühlt sich an wie bei den Streichen, zu denen ich Sabina zuerst überreden musste, bevor meine brave Schwester dann am meisten kicherte, wenn wir einen armen Menschen mit komischem Nachnamen wie Ruckhaberle oder Schafhäutle aus dem Stuttgarter Telefonbuch ausgewählt hatten, um ihm zu verkünden, dass er eine Gratisreise nach Spanien gewonnen habe. Das Tippen auf den quadratischen Tasten ist ungewohnt. Dann ertönt das Freizeichen, und ich stelle mir vor, wie hundert Meilen entfernt ein anderer Apparat klingelt, vielleicht ein ähnlich vorsintflutliches Modell. Mir fallen die wenigen Fotos ein, die Mami Sabina und mir gezeigt hat, wenn sie von Omi Gertruds Zeit in Meadville erzählte: ein junges Mädchen mit dunklem welligen Haar in Kellnerinnenkleidung, das auf der Veranda eines weißen Holzhauses steht und winkt. Das Telefon läutet vielleicht genau in diesem Haus, dessen Inneres ich mir nicht vorstellen kann. 22 North Main Street, Meadville, Pennsylvania. Es schellt zum dritten Mal. Der Pfau pickt auf dem Platz herum und schüttelt sich. Auf einem anderen Foto sieht man die junge Gertrud mit Hut, Handschuhen und einem Mantel mit Fuchspelzkragen, zusammen mit zwei hellblonden Kindern. Alle drei sind ziemlich moppelig und warm angezogen. Sie stehen auf einer hölzernen Treppe. Die Kinder haben Pausbacken, in die sich beim Grinsen Grübchen graben, und tragen weiße Strickmützen. Auf dem Geländer liegt

Schnee, Gertruds Gesicht ist kaum zu erkennen. Das Telefon schrillt immer noch. Auf einmal kommt es mir so vor, als stünde der andere Apparat in einem riesigen leeren Raum. Das letzte Bild zeigt Gertrud vor einem Regal voller Konserven. Sie drückt eine Büchse Ananas an ihre ausladende Brust und weist mit der freien Hand auf den deckenhohen Vorrat. Meine Schwester und ich haben nie verstanden, weshalb man eine Aufnahme von einer Speisekammer macht. Bei uns im Alosenweg gab es auch viele Dosen im Keller. Unsere Mutter schüttelte den Kopf. »Ihr seid zwei Schäfchen. Das war für eure Großmutter das Paradies auf Erden. Die litten Hunger zu Hause, und sie saß im Überfluss. Seid froh, dass ihr das nicht kennt.« Sabina und ich sagten wie aus einem Mund: »Aber die ist doch richtig fett.« Ich atme in den Hörer, an meinem Ohr tutet es weiter. Ich bin enttäuscht. Der Pfau hat aufgehört zu picken und nähert sich dem Telefonhäuschen. Seine runden dunklen Augen scheinen mich zu fixieren. »Hello? This is Kepler's Guest House in Meadville.« Die plötzliche Stimme lässt mich vor Überraschung einen leisen Schrei ausstoßen und den Hörer mit beiden Händen festhalten. Der Pfau ist wenige Meter von mir entfernt stehen geblieben und plustert sich auf. Sein Krönchen glänzt in der Sonne, die goldgrünblauen Augen auf der Schweifschleppe funkeln. »Hi there, you got me out of my kitchen, dear, now be kind and talk to me.« Ich reiße mich zusammen, räuspere mich und versuche, mein Anliegen zu erklären. Dass ich Cornelia Geiger heiße und aus Deutschland komme. Dass meine Großmutter einmal in Meadville gelebt habe, im Hotel Kepler an der Water Street. Bei Hermann und Gracy Kepler. Ob sie vielleicht verwandt mit diesen Leuten sei? »What! The Kepler family? Hell yeah!« Auf diesen Ausruf folgt ein Schwall von Erklärungen, so schnell, dass ich nicht mehr folgen kann. Außerdem hat der Pfau seinen weißgrauen Schnabel geöffnet und stößt laute Schreie aus. Ich wedle abwehrend mit der freien Hand, aber er kommt immer näher. »Are you OK?«, fragt es aus dem Hörer. Ich habe nicht einmal den Namen der Frau, die mich jetzt Cousin Cornelia nennt, richtig verstanden. Das Kreischen des Vogels wird heftiger. Seine grünschimmernde Brust bläht sich auf, die Federn rascheln, dann spreizt er sich und schlägt ein vollendetes Rad. »What's up over there in Germany? Are the Russians coming?« Raues Lachen. Mir fällt das englische Wort für Pfau nicht ein, ich radebreche und versuche zu erklären, dass ich mich bereits in Pennsylvania befinde. »You can visit any time, my dear German cousin. You hear me? Any time. Now get rid of this bird, honey. Sounds somehow dangerous to me. Kiss you, dear.« Dann klickt es in der Leitung, die Stimme der Frau, meiner Verwandten, ist ausgeknipst. Stattdessen tutet das Freizeichen. Meine Hände sind feucht. Any time! Ich lege auf. Der Pfau wirkt aus der Nähe noch imposanter. Ich fuchtle in seine Richtung. Nichts wie weg. Der Vogel scheint mich als Bedrohung anzusehen, denn er rührt sich nicht von der Stelle, reißt stattdessen wieder den Schnabel auf, eine kurze graue Zunge zittert darin. Er schmettert seine an Miauen erinnernden Rufe hervor, ohne dabei das prachtvolle Federrad zusammenzufalten. Sein Schnabel macht einen gefährlichen Eindruck. Die Situation kommt mir lächerlich vor, aber ich habe Respekt vor dem Tier und weiche deshalb zurück. Der Vogel ist inzwischen so nah gerückt, dass ich ihn riechen kann, ein staubiger Federdunst wie in Papas Taubenschlag. Soll ich ihn treten? Aber dann geht er auf mich los, mit diesem Schnabel, diesen Krallen. Und überhaupt: Quäle nie ein Tier zum Scherz, denn es spürt wie du den Schmerz. Das sitzt tief, und nichts ist richtiger als dieser Spruch. So vehement Mami gegen einen eigenen Hund war, so aufrichtig verehrt sie Albert Knapp, den Gründer des ersten Tierschutzvereins. Als Kinder haben wir sogar mit ihr zusammen sein Grab auf dem Fangelsbachfriedhof besucht. Plötzlich klappt eine Tür auf, drei flatternde Schürzen, fliegende Haubenbänder. »Absalom, Absalom, kusch dich, aber schnell!« Frau Bilger schwenkt ein Geschirrtuch, die beiden Mädchen, nicht mehr zu halten, haben hölzerne Löffel in den Händen und drohen damit dem Pfau. »Absalom, Absalom, let the lady go! Hush, you devil of a bird!« Ich muss lachen, denn Absalom zuckt zusammen, macht einen gewaltigen Satz nach hinten und bringt es gleichzeitig fertig, sein Rad wieder einzuklappen, bevor er flüchtet, erst rennend, dann flatternd, in einer großen Sandwolke. Ich habe noch nie einen Pfau im Flug gesehen. Er macht es nicht allzu elegant, aber immerhin gut genug, um auf dem untersten Ast der Eiche vor dem Haupthaus zu landen. Sein Schweif hängt herab wie ein Rapunzelzopf. Er hat seine Fassung wiedergefunden und stößt erneut miauende Rufe aus. Endlich bin ich frei und trete hinaus, um mich zu bedanken. Meine Retterinnen stehen unter dem Baum und reden mit ernsten hellen Stimmen auf Absalom ein. Es klingt wie eine Sonntagspredigt. Frau Bilger hat die Ärmel hochgekrempelt. »I'm so very sorry! This bird thinks everything here belongs to him. He can be quite mean and his beak is sharp but he's better than any watchdog.« Ich bewundere ihn gebührend. Jemand zupft mich an den Jeans. »Lady, look, here. This is for you. Absalom lost it.« Das größere der beiden Mädchen steht hinter mir und überreicht mir eine lange Pfauenfeder, aus deren Spitze mich ein vollkommenes rundes Auge ansieht.

Eli-Omi sieht aus, als würde sie gleich heulen. Bruno kann das an ihrem Gesicht ablesen. Man muss die Lippen fest aufeinanderpressen, die Augen aufreißen, auf keinen Fall zwinkern, sonst laufen die Tränen und alle lachen dich aus. Weinen soll sie nicht, aber in die Schule geht er trotzdem nicht. Das hat er ihr schon beim Wecken gesagt: »Ich geh da nie mehr hin.« Sie war ganz vernünftig, hat nicht geschimpft, sondern erklärt, wie wichtig es sei, nicht zu kneifen und sich seinen Feinden zu stellen. Sie werde bald mit der Lehrerin reden. »Das hat Mama schon gemacht. Es hat nix genützt.« Damit Omi versteht, dass es ihm ernst ist, hat er noch hinzugefügt: »Da brauchen wir gar nimmer drüber zu reden.« Papas Abschlusssatz. Wenn er genug hat. Bruno hat auch genug, aber Omi ist hartnäckig. Sie hört nicht auf zu reden, holt seine Sachen aus dem Schrank, breitet sie als kopflose Figur auf dem Fußboden aus: unten die Socken, dann Hose, Unterhose, T-Shirt, erzählt was von der Anziehstraße, als sei er noch im Kindergarten. Ihre braunen Augen sind groß und rund auf ihn gerichtet, dabei sieht sie wieder aus wie ein Hund, und er spürt, wie stark dieser Hund an der Leine zieht.

»Wenn du mich zwingst, lauf ich halt wieder weg. Ich komm nie mehr zurück, und es ist mir scheißegal.« Da sind ihre Augen blank und wässrig geworden. Bruno hat sie noch nie heulen gesehen. Mama und Papa schon, besonders, als Papa damals seine Sachen geholt hat. Aber da haben er und Stella auch geweint. Bruno nimmt Eli-Omis Hand. Sie drückt sofort fest zu. Heute Morgen sieht sie richtig alt aus.

Unter den Augen hängen ihr violette Säckchen, die er gerne anfassen möchte. Sie erinnern ihn an die Kirschen von gestern Nachmittag. Ob sie sich gestoßen hat? »Hast du denn gar keine Zuversicht, mein Schatzele?« – »Was ist das, Zuversicht?« Sie zögert, bevor sie antwortet. »Dasselbe wie Hoffnung. Du glaubst fest daran, dass die Dinge besser werden.« Bruno schüttelt den Kopf. »Nein, es wird immer schlimmer. Ich kann das nicht aushalten.« Sie wischt sich mit der flachen Hand über die Augen. »Du musst aber in die Schule. Das ist deine Pflicht. Und meine Pflicht ist es, dich in die Schule zu schicken.« Bruno weiß, dass er es geschafft hat. Sie wird ihn nicht zwingen, ihre Stimme klingt auf einmal schwach. »Sag doch einfach, dass ich krank bin.« Ein Ruck geht durch die ganze Omi. Sie sitzt plötzlich aufrecht und schaut wieder so streng, wie er es von ihr gewohnt ist. »Nein, das werde ich bestimmt nicht tun. Du sollst nicht lügen. Ich werde der Schule die Wahrheit sagen. Dass du nicht kommst, weil du von deinen Klassenkameraden geärgert wirst. Das ist doch die Wahrheit, oder?« Bruno ist plötzlich schlecht. Er hat noch nicht gefrühstückt, sondern sich unter seinem Deckenberg verkrochen. Das macht er jetzt wieder. Heiß und stockfinster ist es da drinnen. Er hört nur seinen eigenen Atem. Omi bleibt sitzen, er spürt ihre Wärme und ihr Gewicht an der Seite der Matratze.

Gestern war ein schöner Nachmittag. Sie haben so viele

Kirschen und Johannisbeeren geerntet, und Omi hat versprochen, mit ihm zusammen Kuchen und Marmelade zu machen. Außerdem sind sie unters Dach zu den Tauben und durften sie füttern. Hamid wollte gar nicht wieder weg. Sein Gesicht war blass, und er rief immer wieder: »Hamaama, oh, hamaama!« Später hat er durch die Zähne gepfiffen, und die Tauben kamen zurück in den Schlag. Omi meint, dass Hinz nicht mehr pfeifen kann, wegen seines schiefen Mundes. Später hat sie Röschen und Beinchen in diesen Käfig getan, denn sie kann nicht jeden Tag in den Alosenweg fahren, bloß wegen der Tauben. »Aber die zwei müssen mit, die sind so verwöhnt.« Jetzt steht der Käfig an der Hauswand unter dem Vordach, da ist es trocken und schattig.

Auf einmal ist die Betthöhle fort. Eli-Omi hat Bruno einfach die Decke weggezogen. Helligkeit und frische Luft streifen sein Gesicht, und schon verschwindet das schlechte Gefühl im Magen. Unter ihrem Blick dreht er den Kopf. Sie streichelt ihm durch das Haar, genau wie Mama es immer macht. »Du musst mir nichts erzählen. Ich bin ja nicht dumm, weißt du. Wenn man so lange gelebt hat wie ich, kann man manche Sachen einfach riechen.« Sie braucht beide Hände, um wieder vom Boden hochzukommen, drückt eine Faust ins Kreuz, als sie vor ihm steht und schneidet eine Grimasse. »Jetzt werde ich diesen Anruf machen. Bloß keine Aufschieberitis.« Sie geht langsam aus dem Zimmer. Bruno sieht, dass sie hinkt.

Er überlegt, wonach er wohl gerochen hat. Nach Angst vielleicht. Oder doch nach Scheiße, wie die anderen sagen? Ob sie auch seine Tränen riechen kann? Die Sehnsucht nach Mama springt ihn wieder an. Dabei hat er beschlossen, nicht an sie zu denken, so wie der Linsenmaier nicht mehr an seine Liebste denkt, damit sein Herz nicht zerbricht. Vielleicht nur ein dummer Trick aus einer Geschichte, aber bisher hilft er ganz gut. Sobald ein Mama-Gedanke kommt, schiebt er einen anderen davor. Meist denkt er an die Katze. Oder ans Essen.

Sein Magen knurrt. Barfuß tappt er in die Küche. Stella hat mal wieder alles stehen lassen, auch ihre Knusperflocken. Er greift nach der Packung, holt eine Handvoll heraus und stopft sich die klebrigen Brocken in den Mund. Ansonsten ist ordentlich aufgeräumt, Spüle und Wasserhahn glänzen so, dass er sich darin spiegelt. Schnell schaut er weg. Ob er sich eine ganze Schale Knusperflocken gönnen soll?

Die Tauben sind bestimmt auch hungrig. Das Futter steht in einer Tupperdose im Regal bei Tee und Müsli. Er öffnet den Deckel. Wie bunt die Körnermischung aussieht, ganz anders als die langweiligen Sonnenblumenkerne, mit denen Mama und er sonst die Vögel im Garten füttern. Grüne und gelbe Erbsen, goldglänzender Mais, Weizenkörner, die sind hellbraun und haben eine winzige Rille in der Mitte. Linsen gibt es auch. Mit dem Zeigefinger pflügt Bruno durch die glatten Samen, angelt ein paar tablettenförmige rote Linsen hervor. Welche wohl im Körper des Linsenmaier stecken? Ob er das alles geträumt hat? Wie der Linsenmaier nach Amerika gefahren ist und noch weiter, zu dem unheimlichen Hotel? Aber man kann schlecht zwei Tage hintereinander dasselbe träumen, wie in einer Serie.

Von nebenan hört er, wie seine Großmutter mit der Schule telefoniert. Ihre Stimme klingt scharf, das verformt seinen Magen zu einem harten Ball. Vielleicht wird dem Menschen am anderen Ende der Leitung auch schlecht, weil es kein Spaß ist, wenn Eli-Omi einen auf dem Kieker hat. Mama sagt das manchmal. »Ich muss mich warm anziehen, eure Omi hat mich auf dem Kieker.«

Bruno will nicht länger zuhören. Er nimmt Körner aus der Dose, steckt sie in die Tasche seiner Pyjamahose und öffnet die Glastür. Die Steinfliesen sind warm von der Sonne, er spürt ihre Rauheit an den nackten Fußsohlen. Erst einmal schaut er nach, wie weit die Kürbisse sind und ob seine Feuerbohnenranke in der Nacht die von Stella überholt hat. Zwischen den herzförmigen grünen Blättern lugen knallrote Blüten hervor, schmal und abgerundet wie Daumennägel. Eine dicke Hummel schafft es, sich hineinzuzwängen. Unter ihrem Gewicht klappt das Rot auseinander und lässt sie ein, nur der pelzige weiße Hintern ist zu sehen. Bestimmt ist es schön da drinnen, nichts als rotes Dunkel und süßer Nektar. Jedenfalls hat seine Bohne heute einen Vorsprung. Bruno misst mit der Hand, eine Spanne länger als Stellas, weil die immer das Gießen vergisst. Er gießt ihre mit, aber nur, weil die Pflanze ihm leidtut.

Die Morgensonne scheint in den Käfig, fällt auf die beiden Vögel, die nebeneinander auf der Stange sitzen und ihre Köpfe unter den Flügeln verstecken. Komische Art zu schlafen. Ihre Federn sind gar nicht grau, sie haben die unterschiedlichsten Farben. Wie blauer Rauch von einem Lagerfeuer, wie Regenwolken, holzkohleschwarz. Der Käfig ist eigentlich für Kaninchen, aber Opi hat eine Stange reingebaut, wenn mal eine Taube krank ist und die anderen nicht anstecken soll oder wenn sie neu in den Schlag kommt, zum Eingewöhnen.

Beinchen bleibt sitzen, als Bruno die Käfigtür öffnet. Sie hält sich mit den beiden übrig gebliebenen Krallen des rechten Fußes an der Stange fest, der linke sieht noch schlimmer aus wie ein rosafarbener Klumpen. Die Taube gibt ein leises Gurren von sich, der dunkle Schnabel liegt auf der flaumigen Brust. Röschen ist viel aufgeregter, sie flattert, gurrt heftig, und kaum ist Brunos Hand im Käfig, hat sie sich schon durch den Spalt gezwängt, breitet beide Flügel aus und versucht abzuhauen. Weit kommt sie nicht, aber sie landet einigermaßen sicher auf der Erde, findet ein paar Grashalme und rupft an ihnen herum. Bruno umfasst Beinchens warmen Körper, wie Hinz es ihm beigebracht hat, nimmt die Taube vorsichtig heraus. Er redet leise mit ihr und spürt, wie zart die Vogelknochen in seiner Hand sind. Er setzt sie ab und holt das Futter aus seiner Tasche. Beide Vögel picken und laufen dann auf Taubenart herum, ihre Köpfe ruckeln bei jedem Schritt nach vorne.

Er bringt ihnen frisches Wasser in einem Topfuntersetzer. In der Nacht haben sie ein bisschen gekackt, auf dem Bretterboden liegen weißgraue Kringel. Die kann man leicht wegmachen, es ist sauberer Schmutz, der nicht einmal riecht. Hundedreck ist viel ekelhafter. Wenn eine Taube schlechtes Futter bekommt, kriegt sie Durchfall. Und der ist so scharf, dass er Marmor, Stein und Eisen bricht, aber unsere Liebe nicht. Sagt Hinz-Opi. Deshalb hassen so viele Leute Tauben, jagen sie weg oder stecken Spieße aus Metall auf Dächer und Fensterbretter. Einmal war Bruno dabei, als eine junge Frau vom Tierschutzverein eine verletzte Taube brachte. Er wäre am liebsten weggelaufen vor ihren Geschichten: von einer Taube, der jemand eine Nadel durch den Kopf gebohrt hat, von angezündeten und zertretenen Vögeln. Hinz-Opi hat ein Dutzend Tauben, das sind zwölf Stück. Als Bruno das in der Schule erklärt hat, haben Finn und Tom hinter ihm wieder gekichert und in der Pause gesagt: »Ein Dutzend! Klar, dass der Fettarsch das weiß, hat ja genauso viele Ringe am Bauch.«

Er fegt den Käfig so heftig aus, dass es eine Staubwolke gibt und er hustet. Den Vogeldreck wirft er unter Mamas Rosen. Weit weg haben sich die Tauben nicht getraut. Beinchen könnte fliegen, aber das macht sie selten, sie möchte Röschen nicht allein lassen.

Von drinnen ruft plötzlich Omi: »Bruno, wir müssen noch einkaufen, ich habe keinen Zucker für die Kirschmarmelade.« Sofort rennt er rein. »Wir brauchen auch Katzenfutter. Das hast du versprochen. Sie wartet sicher auf mich.«

Sie kommt aus Mamas Zimmer. Dass er die Tauben versorgt hat, freut sie.

»Komm, wir gehen los!« Omi hat eine Einkaufstasche in der Hand. »Darf ich vorne sitzen?« – »Wir lassen das Auto stehen, heute ist so ein schöner Tag, ein bisschen Bewegung wird uns beiden guttun.« Hand in Hand laufen sie die Ostendstraße hinunter. Bruno hüpft neben seiner Großmutter her. Er kann einfach nicht anders, sein ganzer Körper kribbelt, als sei er in ein Fass mit Brause gefallen. Er muss nicht in die Schule! An die nächsten Tage denkt er nur kurz. Wird es morgen so weitergehen? Auch das lässt sich leicht wegschieben. Vor ihm liegt der ganze freie Tag, viele Stunden ohne Angst. Er wird die Katze wiedersehen und sie lange streicheln. Vielleicht kann er ihr sogar ein paar Kunststücke beibringen.

Aber das Wichtigste ist das Futter. Er weiß nicht, was es da so gibt, kennt bloß die Werbung, über die Mama sich immer aufregt, weil sie meint, Katzenfutter dürfte nicht aussehen wie französische Paté in einer goldenen Dose, das sei pervers. Bruno weiß nicht, was Paté ist, aber pervers hat etwas mit Sex zu tun. Er mag die Werbung, weil die weiße Katze so kuschelig aussieht und ihren Kopf an das Gesicht der Frau schmiegt, die sie füttert. Ob seine Katze ihn auch Stirn an Stirn anstupsen wird? Bruno merkt, wie aufgeregt er ist. Die Katze kommt bestimmt, vielleicht wartet sie sogar schon auf ihn.

Bruno findet, dass seine Großmutter zu oft gähnt. Einmal bleibt sie sogar stehen und tippt auf ihrem Handy herum, mit dem Zeigefinger, wie Mama. Sie holt es immer wieder aus der Handtasche und tritt dabei von einem Fuß auf den anderen. Vielleicht wird sie es übersehen, wenn er ein paar Sachen in den Wagen schmuggelt, die Mama verboten hat: weißen Toast, Minisalamis und String Cheese.

Im REWE ist fast kein Mensch. Schnell überfliegt er, was auf Dosen und Schachteln steht. Putenfleisch mit feiner Leber. Brekkies. Whiskas. Er möchte etwas besonders Leckeres, auch wenn Mama behauptet, es sei überall der gleiche Mist drin, und unten im Regal stünden die günstigen Sachen. Seit Papa weg ist, gibt es sowieso kaum noch Fleisch. Katzen brauchen das aber. Die goldenen Schachteln mit der weißen Flauschigen stehen direkt vor seiner Nase. Bruno sucht zwei aus, eine mit Fisch und eine mit zartem Geflügel. Er dreht sie um, um zu lesen, was alles drin ist. Omi checkt schon wieder ihr Handy. Sie hat keinen Einkaufswagen dabei, die zwei Päckchen Zucker trägt sie in der Hand, also fallen Toast und Minisalamis weg. Egal, Hauptsache, sie haben das Katzenfutter. An der Wursttheke erbettelt Bruno noch 50 Gramm Lyoner. Dann sind sie endlich wieder draußen. Seine Großmutter beugt sich über ihre Handtasche, und als sie wieder hochschaut, hat sie eine riesige Sonnenbrille mit gelbem Rahmen im Gesicht. Bruno zupft an ihrer Jacke. »Komm, wir müssen jetzt zur Katze.« Sie nickt bloß und drückt ihm die Plastiktüte mit den Einkäufen in die Hand. Heute ist es bestimmt noch heißer als gestern. Bruno schwenkt die Tüte hin und her.

Im Alosenweg sagte Hinz-Opi oft: »Komm, Bruno, wir Männer gehen zum Kiosk.« Sie liefen los, Hände in den Hosentaschen, den Beundweg runter bis zur Endhaltestelle Hedelfingen, wo die Stadtbahn hält. Der Kiosk gehört einem Mann namens Werner, das wusste Bruno schon, denn über der Bude steht ›Werners Lädle‹. »Wenn ich einen Kiosk sehe, egal, wo ich bin, dann muss ich da was kaufen und an meinen Babba denken.« Er erzählte gern von seinem Vater, der in Mainz eine kleine Verkaufsbude am Dom hatte. Hinz sagte nie ein Wort, wenn Bruno etwas Süßes wollte. Er gab ihm einen Euro, dafür bekam er allerhand, weil bei Werner diese großen Gläser stehen, mit Süßis zu fünf oder zehn Cent das Stück. Während Bruno überlegte und rechnete, redete Hinz mit Werner und trank Schnaps aus einem Glasfläschchen.

Eli-Omi fragt ihn, ob er noch weiß, wie die Straße heißt, wo die Katze wohnt. Bruno zuckt die Achseln. Er merkt sich nie, was auf den Schildern steht, weil es keinen Sinn ergibt – Bessarabienstraße, Stuifenstraße, Achalmstraße –, aber er kennt alle Geschäfte und die besonderen Häuser in seinem Viertel: die Straße mit dem Kaugummiautomaten, dem Schreibwarengeschäft, die mit dem Brunnen und dem steinernen Mann. Sie überqueren zwei Zebrastreifen, laufen an der Commerzbank vorbei, biegen an der nächsten Ecke ab. Ein alter Mann in Jogginghose mit roten Seitenstreifen führt seinen Hund spazieren. Den Hund kennt Bruno sogar, einen strubbeligen, graubraunen Dackel. Er hat vergessen, was für eine Art Dackel, obwohl sein Herrchen es ihm gesagt hat. Aber an den Hundenamen erinnert er sich genau: Speedy. Und dass der gerne mal zuschnappt, weil er Kindergeschrei nicht mag. Von Bruno hat Speedy sich streicheln lassen. Er hat aber auch vorher gefragt. Am liebsten möchte er das jetzt wieder tun, doch Eli-Omi stützt sich plötzlich auf ihn und fühlt sich sehr schwer an. »Bruno, mir ist ganz flau, warte bitte.« Sie hat Schweißperlen auf Stirn und Nasenrücken, genau wie Mama, wenn sie mit ihm Sport macht, und wird auf einmal so bleich, dass er Angst bekommt. »Ist alles okay?«, fragt er, und weil sie nickt beruhigt er sich wieder. Ihre Augen sehen wie braune Murmeln aus. Sie starrt die Straße hinunter. Bruno guckt automatisch in dieselbe Richtung. Alles sieht aus wie immer. Weiter hinten läuft ein Mann mit einer Krücke, er hat eine Glatze und erinnert ihn ein bisschen an Hinz. Aber der ist ja nicht hier. Der Mann steigt jetzt in ein Taxi, das fährt schnell davon. Omi hat dem Taxi hinterhergesehen, jetzt lehnt sie an der Hausmauer, mit geschlossenen Augen. Auf einmal findet er sie wieder komisch und fürchtet sich.

Aber da fühlt er etwas Kaltes an der Kniekehle. Mit wedelndem Schwanz steht der Dackel vor ihm, die feuchten Augen haben die Farbe von Kaffee mit etwas Milch. Es gibt überhaupt kein Weiß in diesen Augen, das fällt ihm heute zum ersten Mal auf. Bruno kann nicht anders, als in die Hocke zu gehen und ihn zu kraulen. »Ah, der Bub, der vorher gefragt hat.« Hunde müffeln immer ein bisschen, auch Speedy, der nach alten Pilzen riecht. Aber jetzt legt er seinen Kopf auf Brunos Knie, der Schwanz hört gar nicht mehr auf zu klopfen. Der alte Mann lässt seine Leine durchhängen, damit die beiden sich ordentlich unterhalten können. »Du hast heute keine Schule?« Bruno schüttelt nur den Kopf und streichelt Speedy aus Versehen so fest, dass der leise knurrt. »Ha, jetzt muschd aber aufpassen!« Aber der Dackel knurrt gar nicht wegen Bruno, er stellt sich auf, schnuppert und bellt ein paar Mal. »Ach, die Feurige! Gehört ihr beiden zusammen? Dein Bub kann gut mit Hunden.« Bruno wundert sich, dass Omi den Mann kennt. Aber es scheint in Ordnung zu sein, sie meckert nicht, sondern grüßt höflich und lächelt sogar. Nur um ihren Mund herum zeichnet sich ein weißer Ring ab. »Hock dich lieber hin, du kriegst gleich den Herzkasper.« Der Mann drückt Bruno die Leine in die Hand, legt der Großmutter den Arm um die Taille und führt sie, die immer noch käsig aussieht zum nächsten Haus, wo er sie auf eine breite Fensterbank niederdrückt. Speedy scheint der Wechsel nicht zu stören. Er schnüffelt auf dem Trottoir herum, hebt das Bein, pinkelt an eine Straßenlaterne und zieht dann ordentlich, um Bruno zu zeigen, wohin er gerade laufen will. Der schaut sich um. Der Mann hat sich neben Omi gesetzt, er hält ihre Hand, mit der freien winkt er Bruno zu. »Lauf ruhig mit ihm, der braucht heute noch bissle Action. Er weiß, wo's langgeht.« Eli-Omi nickt und wischt sich das Gesicht mit einem Taschentuch ab. Speedy zieht Bruno in Richtung Lukaskirche. Erst macht er sich Sorgen, dass der Hund kacken könnte, weil er doch keinen von diesen schwarzen Plastikbeuteln dabeihat. Aber der Dackel will nur laufen, er hoppelt dahin, so schnell ihn seine krummen Beine tragen. Dabei lässt er die rosa Zunge heraushängen und sieht aus, als würde er grinsen. Bruno versucht ein Wettrennen, Speedys Ohren fliegen. Schwer atmend kommen sie vor der Kirche an. »Oh, der ist ja voll süß!« Auf der Treppe vor dem Eingang sitzen Nermine und Lena, sie haben Springseile dabei, die sich wie dünne blaue Schlangen vor ihren Füßen kringeln. Beide gehen in seine Klasse. Sie gehören zu denen, die nie etwas sagen. Bruno bleibt so abrupt stehen dass der Dackel sich umdreht und ihn erstaunt ansieht. Er keucht noch, bringt kein Wort heraus, japst nur, genau wie Omi vorhin. »Ist das deiner?« Bruno schüttelt den Kopf. Lena steht auf, Nermine folgt ihr. »Darf man den streicheln? Wie heißt er?« Der Dackel hat die Ohren angelegt, zwar wedelt sein Schwanz noch, aber er lässt ein Knurren hören. Bruno kann nur flüstern: »Vorsicht, Speedy schnappt manchmal.«

Nermine weicht zurück, aber Lena nähert sich langsam. »Du bist so ein Süßer«, sie zieht das Ü in die Länge, streckt die Hand aus, wartet, bis die schwarze Nase sie in Ruhe beschnuppert hat. Jetzt traut sich auch Nermine. Bruno bleibt vor dem Hund sitzen.

Speedy hat sich auf den Rücken gelegt und lässt sich den Bauch kraulen. »Du hast es voll gut, der ist ja so lieb!«, sagt Lena, während sie das weiche Dackelohr durch die tintenfleckigen Finger gleiten lässt. »Du warst heute nicht in der Schule.« Bruno antwortet nicht. Nermine schaut ihn an, ihr glattes schwarzes Haar ist im Nacken zu einem Zopf geflochten, so breit wie Brunos Hand. »Wir haben ein neues Märchen gelesen, die Bremer Stadtmusikanten. Da kommt auch ein Hund vor.« Bruno steht auf und schnalzt mit der Zunge. »Komm, Speedy, wir müssen heim.« Der Dackel springt auf, schüttelt sich und lässt sich von Bruno die Straße entlangführen. Keiner von beiden schaut sich um, obwohl die Mädchen »Tschüss, Speedy! Tschüss, Bruno!« rufen.

Omi sitzt immer noch auf dem Fensterbrett. Sie macht wieder einen ganz normalen Eindruck. Speedys Herrchen unterhält sich mit ihr, seine Hände rudern in der Luft herum, einmal lacht sie sogar. Speedy zieht jetzt wie wild und wedelt mit dem Schwanz, sein kleiner Körper wackelt bis hinauf zu den Ohren und er springt an dem Mann hoch. »Gut hast du das gemacht, der Kerle geht nicht mit jedem.« – »Ja, mein Bruno ist ein großer Tierfreund.« Omis Blick kommt ihm schon wieder müde vor, aber sie steht auf, nickt dem Mann zu, nimmt Brunos Hand und sagt: »Wir müssen los. Bruno hat noch etwas zu erledigen.«

17 Meadville

Ich habe meine Sonnenbrille auf und sämtliche Scheiben des Buick heruntergelassen. Nur selten kommt mir ein Auto entgegen. Zum kompletten Klischee des USA-Trips fehlt nur noch, dass ich zum aufgedrehten Radio mitgröhle, aber das lasse ich, weil ich die Vögel hören will. Durch das Fenster hinein duftet es fast wie im Schwarzwald. Erde, Blätter, Nadeln, Kräuter, Tiere, all das vermischt sich zu einem kräftigen Aroma. Inzwischen fahre ich bereits durch den Bald Eagle State Forest, denn ich bin bald nach den Bilgers aufgestanden, die um fünf Uhr mit ihrem Tagwerk auf der Farm beginnen. Den Pfau habe ich nicht wiedergesehen, aber seine Schwanzfeder steckt hinter meinem Rückspiegel und das blaue Auge glotzt mich fortwährend an, als wache es über mich. Seit ich Lancaster County verlassen habe, ist es wilder und einsamer geworden, nichts als Bäume längs der Straße. Wenn menschliche Ansiedlungen auftauchen, handelt es sich um kleine Orte, und statt der üblichen Imbissketten stehen Blockhäuser mit Namen wie ›Pop's Log Cabin‹ am Wegesrand. Von der Bilger-Farm nach Meadville dauert es sicher vier Stunden.

Dimi und ich gingen während unserer Abizeit sehr gern

früh in die Stuttgarter Wilhelma. Es zog uns in den Zoo, der morgens noch menschenleer war. Dort saßen wir vor dem Seerosenteich, unter den blühenden Magnolien oder am Fuß turmhoher Mammutbäume und knutschten, der ganze Park gehörte dann uns. Am Rande der Treppe, die damals am Ziegengehege entlang zum Kakteenhaus führte, maunzte es heftig und anhaltend von einem der Bäume herunter, und Dimi entdeckte als Erster die herabhängende Federschleppe. »Weißt du überhaupt, warum der Pfau Augen auf seinem Rad hat?« In diesem Moment nervte er mich, wie immer, wenn er unnützes Wissen über Griechenland vortrug. Ging es nach Dimi, stammte alles aus Griechenland, von der Demokratie bis zum Döner. Aber er sah mit seiner Jeansjacke und den vom Küssen strapazierten Lippen einfach süß aus, deshalb verzichtete ich auf einen Kommentar und schüttelte bloß den Kopf. »Zeus hat Hera mal wieder betrogen, mit einer Frau namens Io. Zu ihrem Schutz stellte Zeus den Riesen Argos ein, der Hunderte von Augen hatte. Daher heißt es auch ›jemanden mit Argusaugen bewachen‹. Das hast du nicht gewusst, oder? Hera war dermaßen sauer, dass sie dem Riesen sämtliche Augen ausriss und auf den Pfau schleuderte, der zufällig vorbeilief. Auf seinem Rad kann man sie heute noch sehen.« Mit dem Zeigefinger fuhr er meine Brauen nach, ich sah ihn an und dachte, dass ich für immer so sitzen bleiben wollte, während der Vogel über uns wieder sein Kreischen ausstieß.

Die Geschwindigkeitsbegrenzung macht das Fahren entspannt, außerdem ist es ein ziemlich neues Auto, kein Vergleich zu meiner alten Gurke in Stuttgart.

Ob Stella sich so ähnlich fühlt wie wir damals? Ich weiß nicht, welchen von beiden sie küsst, Hamid oder Anton. Vermutlich beide. Mit Anton muss sie das verkehrte, fast blutschänderische Gefühl am Anfang kennen, die Verwirrung, wenn man plötzlich das Verlangen hat, seinem besten Freund die Zunge in den Mund zu stecken. Dimis Kinnbacken hatten sich mit schwarzen Stoppeln bedeckt, auf seiner Oberlippe wuchs praktisch über Nacht dunkler Flaum, und der rundliche kleine Junge dehnte sich zu einem quadratisch gebauten, mittelgroßen Mann aus. Ich war es, die damit anfing. Es schien nötig, obwohl Dimi bereits eine Reihe von Freundinnen gehabt hatte, über die ich mehr wusste, als die armen Mädchen sich hätten träumen lassen. Der Knall, mit dem wir den anderen als begehrenswert entdeckten, zittert heute noch in mir nach. Wir haben jahrelang oft und gern miteinander geschlafen. Dann verschwand die Gier, als hätte jemand einen Stecker gezogen. Einen Menschen das halbe Leben lang zu kennen fühlt sich an, als hätte man es mit verschiedenen Personen zu tun gehabt, so häufig verändert sich der andere.

Plötzlich kreuzt ein wild turkey die Fahrbahn. Sofort trete ich auf die Bremse, idiotisch, zum Glück ist niemand hinter mir. Die kurzen gelbbraunen Beine mit ihren langen Sporen bewegen sich hektisch. Rot und blau ruckt der nackte Hals vor, ein dunkles Federbüschel bauscht sich auf der dicken Brust, sein Fächerschwanz schimmert kastanienfarben – ein kleiner Berg aus Fleisch und Federn, der überraschend schnell davonrennt. Ich sehe gerade noch, wie er im Dickicht auf der anderen Seite verschwindet, bevor ich wieder anfahre, beschleunige und beim nächsten Rastplatz anhalte: ›Woodchuck's Lounge‹. Meine Hände zittern, als ich aussteige. Ich setze mich in der Sonne auf eine grob gezimmerte Bank, trinke ein Root Beer und schaue, heute zum ersten Mal, auf mein Handy.

Meine Mutter hat ein paar neue Bilder geschickt: Nahaufnahmen von Marmeladengläsern, auf denen in Brunos schönster Druckschrift ›Hedelfinger Riesen 2017‹ steht. Auf dem letzten Foto sitzen Bruno und Stella am Küchentisch und entsteinen Kirschen, ihre Finger sehen aus wie in violette Tinte getaucht. Sie schreibt weniger als sonst: »Deine Bande friedlich vereint bei der Gsälz-Zubereitung.« Die letzte Nachricht trägt die Überschrift: »Von Bruno!« Sie besteht nur aus Emojis: Herz, lachendes Katzengesicht, Herz, Katzengesicht. So geht das über das gesamte Display, vollkommen regelmäßig, bis der Gruß meines Sohnes mit einer winkenden Hand und einem Kussmund abschließt. Plötzlich fehlen mir beide Kinder doch sehr, ich könnte heulen. Von Stella habe ich seit der Klamottenliste nichts mehr gehört. Ihr Gesicht über dem Kirschenberg wirkt gelassen und hochmütig wie immer, wenn sie sich konzentriert.

Mein Vater sendet seit unserem New Yorker Gespräch immer wieder kurze Botschaften, die nur aus Emojis bestehen. Er reiht bunte Herzen an Regenbögen, dann kommt ein Koffer, neben dem ein hochgereckter Daumen und die Stars and Stripes zu sehen sind. Ich reagiere nicht darauf, er kann ja an den blauen Häkchen sehen, dass ich seine Nachrichten lese. Nur einmal habe ich zurückgeschrieben: »Hast du es Mami endlich gesagt?« Darauf folgte eine längere Pause. Dann kam ein schuldbewusst grinsender Smiley zurück. Sonst nichts.

Jetzt ist eine Sprachnachricht von ihm eingetroffen, die ich kaum verstehe, weil er nuschelt und ein Vogel im Hintergrund durchdringend singt. Es klingt nach Nachtigall, aber das kann ich kaum glauben. Vielleicht ist es auch nur ein besonders naturverbundener Klingelton, der sich endlos wiederholt. Ich höre nur »mein liebes Meedsche«, »wirklich wunderbar« und »vorsichtig fahren.« Das genügt, um mich gleichzeitig zu beruhigen und zu ärgern.

Schließlich gibt es noch ein Papafoto. Über Stirn und Nasenrücken zieht sich ein leichter Sonnenbrand, er schwitzt, lacht aber über das ganze Gesicht und erinnert mich an einen mit rotem Zuckerguss überzogenen Liebesapfel vom Volksfest. Diesmal steht er nicht vor Pril-Blumen, sondern unter einem Sonnenschirm mit Fransen, der in einem Hinterhof aufgespannt ist. Ich erkenne das an der Ziegelmauer hinter ihm, an den dunklen Brettern, die bestimmt zu einem schiefen Nachkriegsschuppen gehören. Ein zusammengewürfeltes Sortiment von Töpfen voller üppig blühender Blumen gruppiert sich vor der Wand: Oleander, Cosmea, Rittersporn und Zinnien. Mein Vater trägt ein Feinripp-Unterhemd. Seine muskulösen Arme sind braun geworden. Er muss in den letzten Tagen viel im Freien gewesen sein. Meine Mutter hätte ihrem Hinz nie gestattet, in einem solchen Aufzug für ein Foto zu posieren, nicht einmal im engsten Familienkreis. Sich anständig kleiden, sich anständig benehmen, wie ein Christenmensch. Hemd. Krawatte. Anzug. Einmal erzählte sie, sie habe ihre Eltern bis zu deren Tod nie unbekleidet gesehen, nicht einmal im Schlafrock.

Unser Vater findet nichts dabei, sich vor uns auszuziehen, ebenso wenig wie ich, aber Mami und Sabina schämen sich. Er war es auch, der mir erklären musste, »wie das mit der Liebe vor sich geht«, nachdem Mami einen Knutschfleck auf meinem Hals entdeckt hatte. Sie holte ihn von der Sportschau weg, rot im Gesicht, die Augen niedergeschlagen, und rief: »Hinz, zum Kuckuck, ich kann das nicht!«

An der Rasthütte kaufe ich mir ein Päckchen Erdnüsse, mache ein Selfie mit einem geschnitzten Grizzly, in dessen aufgerissenen Rachen ich meinen Kopf lege, und schicke das an die Kinder, meine Mutter und an Sabina.

Für die nächsten Stunden schaffe ich es, mich nur auf die Straße zu konzentrieren, reiße die Meilen herunter und beachte die Umgebung nicht mehr. Meadville rückt näher.

Das Amish-Frühstück heute früh war so üppig, wie man es sich nur vorstellen kann. Oatmeal mit Rosinen und braunem Zucker, hausgemachte Erdbeermarmelade, dunkelbrauner Sirup, Eisenpfannen mit Eiern und Baconstreifen, ein Stapel Pancakes. Die Familie rumpelte schon früh herum, danach konnte ich nicht wieder einschlafen. In der Küche stand ein älteres Mädchen, um mich zu versorgen. Mit dem weißen Häubchen über dem Haarknoten sah sie fast so kindlich aus wie ihre beiden kleinen Schwestern von gestern. Sie stellte sich mir als Rebecca vor. Bevor ich zu essen anfing, setzte sie sich kurz an den Tisch und betete mit niedergeschlagenen Augen, aber fester Stimme: »Dein ist das Brot, das täglich wir essen, das lass uns, oh Vater, niemals vergessen und immer gedenken der Gaben dein, und lass sie uns alle gesegnet sein.« Danach verharrte sie mit gesenktem Kopf, bis mein Magen laut in die Stille hineinknurrte und sie mir, plötzlich laut kichernd, den Teller vollhäufte. Als sie sich wieder an ihren Abwasch machte, ging die Tür auf, und ein vielleicht 17-jähriger Junge trat ein. In der Hand hielt er einen breitkrempigen schwarzen Hut. Seine weite schwarze Hose wurde von Trägern gehalten, die breit über ein zerknittertes Hemd liefen. Als er hereinkam, blähten sich die Flügel seiner kräftigen Nase, er starrte auf mein Frühstück, ließ den Hut fallen, presste beide Hände vor den Mund, stürzte zum Spülbecken und würgte einen bräunlichen Strahl in die Abwaschbrühe. Rebecca, die er beiseitegestoßen hatte, schrie auf. »David, David, was machschst du?« Der Duft von gebratenem Speck vermischte sich mit dem Geruch von Kotze, Schnaps und Schweiß. Als er sich wieder aufrichtete, war sein Gesicht so grau wie der Haferbrei auf meinem Teller. »Tut mir leid, Becca«, flüsterte er, wischte sich den Mund ab und eilte hinaus. Das Mädchen schluckte hörbar, als müsste sie sich auch gleich übergeben Weil ich, wie viele Leute aus medizinischen Berufen, einen eisernen Magen habe, riss ich die Fenster auf und machte schnell die Spüle sauber. »David is a good boy«, sagte Rebecca »But he is in the middle of his ›Rumspringa‹ year.« Mit leiser Stimme erklärte sie mir den Begriff. Mit 16 dürfen Amish ein Jahr lang das Leben der sonst streng gemiedenen Welt der ›Englischen‹ ausprobieren – Rauchen, Trinken, Feiern, bis sie sich am Ende dieser wilden Phase freiwillig für ein Leben in ihrer Gemeinschaft entscheiden. Rebecca bat mich, ihren Eltern nichts zu erzählen. Aber als ich meine Zeche zahlte und mich bedankte, wirkte Frau Bilger blass und zerstreut, auch wenn sie ebenso freundlich war wie gestern. Ich dachte an Stella, die einmal im Bad ohnmächtig geworden war, in einem See aus Jägermeister-Cola, an ihre Raucherei, von der sie denkt ich würde sie nicht bemerken.

Hinter Dubois halte ich noch einmal an. Am Himmel steht keine einzige Wolke. Das heiße Blech der Motorhaube wärmt meinen Hintern, ich schaue über die Hügel, die staubigen Feldraine und den Wald, der sich hinter dem Ort und seinen Äckern endlos und grüngolden ausbreitet. Aus den hohen vertrockneten Stängeln am Wegrand dringt ein sanfter Ruf: »Bob, bob, wait! Bob, bob, wait!« Eine Gruppe Wachteln versammelt sich in einer Sandkuhle. Um ihre Augen läuft die Zorromaske aus feinen dunklen Federn. Eltern und fast ausgewachsene Küken nehmen, die Flügel ausgebreitet, plusternd und scharrend, ein Sandbad. Staub steigt über den Vögeln auf, pudert ihr Gefieder. Ich wage nicht mehr, mich zu rühren. Sie glucksen leise, picken, putzen sich. Ich betrachte das lebendige Gewimmel und versuche, an gar nichts mehr zu denken. Als ein Laster vorbeifährt, stiebt der Schwarm nach allen Seiten auseinander. Bevor ich wieder ins Auto steige, werfe ich einen letzten Blick auf das Foto von meinem Vater.

Ich frage mich, was er von dieser Annemarie will. Es hat etwas Peinigendes, sich seine Eltern beim Sex vorzustellen. Der Beruf hat meinen Blick auf alte Menschen verändert. Sie ziehen sich vor mir aus, mit der Kleidung verlieren viele auch ihre Hemmungen. Gar nicht so wenige Männer im Alter meines Vaters und jenseits davon haben eine unverblümte Art, mir ihre Hände auf den Po, den Oberschenkel zu legen, mich von der Liege aus schelmisch anzusehen und fast stolz mit dem Kinn auf die Erektion zu deuten, die sie immer noch zustande bringen. Es ist eine andere Generation. Sie glauben, ich müsste das als Kompliment für meine Attraktivität werten. Die etwas besser erzogenen Herren fragen nach meiner Telefonnummer oder bringen Blumen mit. In der Regel gehe ich mit alldem um wie mit plötzlich während der Behandlung entweichenden Fürzen – ich beachte es nicht.

Als ich in der Ausbildung war, gab es einen Workshop zum Thema ›Einfühlung in den Geriatriepatienten‹. Wir mussten uns Watte in die Ohren stopfen und Brillen tragen, deren Gläser mit welliger Folie überzogen waren, viel zu große Schuhe anziehen, unsere Finger wurden zusammengebunden. Dazu bekam jeder einen schweren Rucksack aufgeladen. In dieser Montur sollten wir uns die Zähne putzen, ein Brötchen schmieren und dann etwa 300 Meter zur nächsten Straßenbahnhaltestelle laufen, um dort eine Fahrkarte zu lösen. Ich habe nie vergessen, wie oft mir die Zahnpastatube herunterfiel, was für schmerzhafte Stöße mir der Rucksack beim Bücken ins Kreuz versetzte und wie ich mich schämte, Passanten um Hilfe zu bitten, weil ich mit meinen plumpen Klauen und verkleisterten Augen keine Münze aus dem Geldbeutel fischen und die Anweisungen auf dem Fahrkartenautomaten nicht entziffern konnte. Die Übung war gut für uns junge Leute, die von Schmerzen keine Ahnung hatten. Sie hat allerdings etwas Wichtiges unterschlagen. Dass diese gebrechlichen Wesen in ihrem Inneren nie aufhören, sich jung zu fühlen.

Diese Annemarie hat vermutlich ein Händchen für Pflanzen. Ich nehme an, dass die Blumentöpfe ihr gehören, dass sie im Parterre wohnt und mit meinem Vater in ihrem Hof sitzt. Es treibt mich um, wie diese Frau aussieht, auch wenn dies das Unwichtigste ist. Ihre Art glaube ich ein bisschen zu erahnen. Eine Kümmerin. Sie wird mit ihm schlafen und das wunderbar finden. Sie wird ihm sagen, wie großartig er ist. Sie wird ihn umsorgen, wie Papas Mutter das früher getan hat. »Euer Vater und seine Mutter, das reinste Liebespaar.« Mami versuchte, belustigt zu klingen, wenn sie das sagte, aber wir merkten, dass sie eifersüchtig war.

Die Meenzer Omi rauchte Kette, trank Wein aus einem Stangenglas, das sie Schoppen nannte, und trug ein Armband voll klingelnder Messingmünzen, das Sabina und ich gern ausliehen. Ihre Lippen waren in einem hellen Geranienrot geschminkt. Damit hinterließ sie ihre Marken auf Kaffeetassen, unseren Wangen und den Kippen, die Mami später angewidert in den Müll warf. Sie roch nach Tabak und Puder, ihre Fingernägel waren ebenfalls rot lackiert. Wir fuhren oft am Wochenende zu ihr und wurden dann in ihrer winzigen Dachwohnung am Liebfrauenplatz mit Riwwelkuche vollgestopft, den sie immer frisch aus dem Ofen zog. Sie schimpfte nie, wenn wir zuerst die dicksten Streuselbrocken mit den Fingern herunterpulten. Oft ging es in den Dom, zur schönen Mainzerin, einer Madonna, auf deren Arm ein Jesuskind nach einer Weintraube grapscht. Hier zündeten wir Kerzen an. Einmal gerieten Mami und sie in eine heftige Auseinandersetzung über »Gossensprache«, weil sie Sabina und mir einen Abzählreim beigebracht hatte: »Eene deene dotz, der Deiwl lasst en Forz, der Deiwel lasst en Drache steige, die Kordel war zu korz.« Sabina und ich flüsterten uns wochenlang diesen Spruch zu und erstickten dabei fast vor Lachen. Die Meenzer Omi wurde eine Weile nur noch zu dritt besucht.

Der Wald lichtet sich. Ich passiere Titusville, danach Oil City, wo eine viktorianische Villa an der anderen steht. Laut Reiseführer gab es hier einen Ölboom, aber die meisten Häuser sehen vergammelt aus, er kann also nicht lange angehalten haben. Dann wieder Weiden, Farmhäuser, oft mit ›For sale‹-Schildern im Vorgarten. Ich fahre an einem braun gestrichenen Flachbau vorbei, vor dem zwei Pick-ups mit aufgespannten Fischernetzen und Angelruten stehen. Am Eingang hängt ein riesiger Elchkopf, über seinen Schaufeln steht in Leuchtschrift ›Guns and armour‹. Zwei Trailer-Parks mit ordentlich geschorenen Rasenflächen. Eine Tankstelle. Überall weht die amerikanische Flagge. Auf zusammengestellten Kisten am Straßenrand werden bergeweise gelbe und grüne Zucchini angeboten. Ich warte darauf, dass sich so etwas wie eine größere Stadt zeigt, aber die Umgebung bleibt frei von Wolkenkratzern. Stattdessen wird die Bebauung etwas enger, dann geht es hügelabwärts. Das Navi führt mich eine Wohnstraße hinunter, 25 Miles per hour. Vor fast jedem Haus ragt ein großer Baum neben der Front Porch empor. Zwischen den hölzernen Strommasten hängen die Kabelschnüre wie nachlässig gebundene Wäscheleinen, sie sind dicht mit Staren besetzt. Die

North Western Bank mit ihrem weiß-grünen Logo. Auf einem Parkplatz steht ein schwarzer Truck, sein riesiger tonnenförmiger Anhänger trägt die diskrete Aufschrift ›Residual Waste‹, der Rest der Fläche wird von armdicken roten Lettern eingenommen: WE VOTED TRUMP und TRUMP TRAIN. Kaum ein Fußgänger. Ich fahre noch ein Stück stadteinwärts, dann stelle ich den Buick vor der Grace United Methodist Church ab und gehe zu Fuß weiter.

Meadville verstört mich. Ich weiß, ich bin auf dem Land, aber trotzdem. Das soll Amerika sein, der Ort, von dem aus meine Teenager-Großmutter harte Dollars nach Hause schickte? Bis zur Walnut Street, dem Historic Center, habe ich nicht weniger als vier Thrift Shops gezählt. Dort gibt es Kleidung nach Gewicht, zwei Dollar pro Pound, zerfledderte Bücher, Küchengeräte und Möbel vom niedrigsten Standard. Die auf leichtfüßige Weise gebauten amerikanischen Häuser wirken schnell schäbig. Hinter den Fassaden aus sauber gestrichenen Latten verbirgt sich nichts als Holz und Pappe. Jeder Sturm kann diese Gebäude wegpusten. Dorothys Flug ins Land des Zauberers von Oz ist kein Traum, sondern Wirklichkeit.

Richtig schön ist der Wald, dessen weiche Umrisse immer wieder zwischen den Häusern hervorschauen. Er rahmt die Stadt vollständig ein.

Joy hat zwar gesagt, ich könnte jederzeit vorbeikommen, aber ganz so spontan fühle ich mich nicht. Vor allem will ich nicht mit leeren Händen bei meiner unbekannten Verwandtschaft aufkreuzen. Es ist früher Nachmittag. Erneut konsultiere ich Google Maps und finde einen Supermarkt an der Water Street, fünf Minuten entfernt. An der Tür von ›Tops Friendly Market‹ klebt ein Schild: ›Donut fryer‹ gesucht. Die Auswahl versöhnt mich für kurze Zeit wieder mit meiner Vorstellung vom Land der unbegrenzten Möglichkeiten. Ich staune die Übergrößen der Fleisch-, Käse- und Milchpackungen an, die Unmengen von Eis- und Cereal-Sorten, die Farbenpracht der Süßigkeiten. Ich bin so versunken ins Studium des Angebots, dass ich aufschrecke, als ich Kinderstimmen höre. Neben mir steht ein Mädchen mit weißblondem Haar, das sich etwas struppig über ihre Schultern kringelt. Sie ist vielleicht neun, trägt Shorts und ein rosa Shirt. Die Füße stecken in abgetretenen Crocs. Ihre schmutzigen Hände halten die Griffe eines Rollstuhls, in dem ein ebenso blonder Junge sitzt, der ihr Zwilling sein muss. Über seinen Schoß ist eine Fleecedecke gebreitet, die nur die Fußspitzen freilässt, auch er trägt Crocs. In der Kuhle zwischen seinen Beinen häufen sich Packungen mit Cinnamon Discs, Sour Patch Kids und Pop-Tarts. »Shut up, or I'll punch your face!«, sagt der Junge und dreht das braungebrannte Gesicht zu seiner Schwester um. Sie schlägt ihm mit der flachen Hand klatschend auf den Kopf und schiebt dabei so heftig los, dass es ihn in den Stuhl zurückwirft: »Oh shut up, crippy, or I'll tell Granny, what a mean piece of shit you are!« Ich höre ihn laut singen: »Tal, tale, tit, your tongue shall be split and all the dogs in town shall have a little bit!«

Online habe ich ein Zimmer in einem Bed & Breakfast in der Nähe des Diamond Park reserviert. Meine Urcousine wohnt nicht weit davon entfernt, in einer Straße, die den Hügel zum Allegheny College hinaufführt.

Als ich mit einem etwas zu bunten Blumenstrauß und einer braunen Papiertüte voller Riegel von Hershey's wieder die Walnut Street hochschlendere, sehe ich die beiden Kinder in der Ferne. Das Mädchen rennt schiebend über die Kreuzung, obwohl die Ampel noch Rot zeigt. Johlend verschwinden die beiden um eine Hausecke.

Unterwegs fällt mir ein Brownstone-Gebäude auf, das mit seinen sieben Stockwerken alle anderen überragt. Den Eingang flankieren zwei gewaltige Sandsteinsäulen, auf denen ein Quader mit der riesigen Aufschrift ›Crawford County Trust Company‹ ruht. Ein Zeuge von Meadvilles Glanz und Gloria und sogar noch in Betrieb. Verschiedene Angebote, von der Krankenversicherung bis zur Pension, werden im Schaufenster angepriesen. Eine Messingtafel kennzeichnet das Haus als ›National Historic Landmark‹. Mein bisheriger Spaziergang hat mich schon an mehreren vorbeigeführt, der Markthalle, dem Rathaus, ein paar Villen vom Anfang des Jahrhunderts, als hier nicht nur ein Verkehrsknotenpunkt mit Eisenbahn und Binnenschifffahrt war, sondern auch Korsetts, Werkzeuge und Reißverschlüsse hergestellt wurden.

Hinter mir röhrt ein Motor, verliert aber schnell an Kraft und hustet nur noch verhalten. Ich drehe mich um. Ein roter Pick-up rollt vor mir über die Bordsteinkante, setzt wieder zurück und bleibt schließlich genau vor dem Haupteingang stehen. Ich starre auf das Auto, seine rostigen Flanken und verdreckten Fenster, den Haufen vertrockneten Baumschnitts auf der Ladefläche, den Aufkleber an der Beifahrertür, ›Hunt hard, shoot straight, kill clean and apologize to no one‹. Am Rückspiegel baumelt eine Homer-Simpson-Figur. Der Mann, der gerade seine Tür überraschend leise geschlossen hat und jetzt um das Fahrzeug herumgeht, trägt Workerhosen, T-Shirt und Arbeitsstiefel. Sein schwarz gefärbtes, mit Gel zurückgekämmtes Haar verhöhnt ein Gesicht, das um die Augen herum schon zahlreiche Falten zeigt und von der Sonne verbrannt ist. Ich lächle bereits, als er auf mich zukommt, so viel habe ich in den Tagen hier draußen schon gelernt. Es wird nicht nur verhalten genickt, sondern ein kleines Gespräch geführt: »Howdy!« – »Fine, and you?« – »Fine, thank you.« – »You have an accent, where are you from?« Ich erzähle ihm, dass ich Deutsche bin und in Meadville Urlaub mache. Er ist einen halben Kopf kleiner als ich. Auf den sehnigen Oberarmen verschwimmen bläulich gewordene Tattoos, Adler, Kreuze, kaum lesbare Namen. Er bemerkt meinen Blick, nimmt eine Bodybuilder-Position ein, spannt die Muskeln. Ich muss lachen, er grinst zurück. Alles aus der Jugendzeit, er sei ein paar Jahre bei der Army gewesen. Ob ich mich für Meadvilles Vergangenheit interessiere, er habe mich das Schild lesen sehen, übrigens heiße er Tony und arbeite als Hausmeister. Plötzlich fragt er: »Wanna see something scary?« Ich denke keine Sekunde lang nach und nicke. Er stößt die messinggerahmte Eingangstür auf, macht eine einladende Handbewegung. Ich folge ihm in das Gebäude, vorbei an ein paar Büros mit verglasten Wänden, in denen Leute hinter ihren PCs sitzen. Er grüßt nach allen Seiten, man scheint ihn tatsächlich zu kennen. Am Ende eines langen Gangs schließt er eine Metalltür auf, dreht am Lichtschalter. Eine schmale Treppe windet sich in spärlich beleuchtete Finsternis hinab. An der niedrigen Decke läuft ein Schlangennest von Rohren und offenen Leitungen entlang. Tony ist schon halb unten, Schatten fallen über seine breiten Schultern.

Ich denke noch, das ist jetzt echt dämlich, was du da machst, aber da oben sind Leute. Nein, hier unten hört dich keiner, denn die schwere Tür fällt hinter mir zu. Trotzdem stelle ich meine Einkäufe auf den obersten Absatz und setze mich in Bewegung, staunend, wie viele Stufen wir gehen müssen, bis wir unten ankommen. Tony bleibt stehen und schaut sich um. »It's originally like Freddy Krueger.« Der Keller könnte tatsächlich Drehort für den Horrorklassiker gewesen sein. Alles wird beherrscht von einem gigantischen Heizkessel. Tony tritt an das Monstrum heran, öffnet eine Klappe, stochert mit einer Metallstange darin herum, dreht an einer Dichtung und erzählt, mit dem Rücken zu mir, von den schrecklichen Wintern in Meadville, von meterhohem Schnee, Eiseskälte und eingefrorenen Leitungen, weil die alten Rohre das alles nicht mehr mitmachen. Dann sei er jeden Tag mehrfach hier, damit oben niemand frieren müsse. Aber gerade sei alles okay. Er dreht sich wieder um. Ich habe mein Handy gezückt, Stella muss das hier unbedingt sehen. Sie kennt Freddy Krueger schon, leider. Meine tollkühne Tochter fürchtet sich aber weder vor ihm noch vor anderen Geschöpfen aus Hollywoods Schattenwelt. Ich frage Tony, ob ich ein Bild von ihm in seinem Keller machen darf. Er ziert sich ein wenig, lässt es aber geschehen und lächelt, während er sich auf den Kessel stützt.

Als wir wieder oben vor dem Pick-up stehen, fragt er mich, ob ich noch länger in Meadville bleiben wolle, er könne mir viel mehr zeigen. Ich antworte wahrheitsgemäß, dass ich es noch nicht wisse, ich wolle jetzt erst einmal Verwandte besuchen. Er tritt von einem Fuß auf den anderen, dann öffnet er die Wagentür und nimmt einen giftgrünen Flyer vom Vordersitz, den er mir in die Hand drückt: ›Tony Moravia, Janitor. Plumbing, fixing, gardening‹. Dahinter eine Mobilnummer. »Look, you're such a nice girl, I'd like to see you again. Give me a call, will you?« Seine Hand bleibt einen Augenblick auf meinem Arm liegen. Wie vorhin auf der Kellertreppe denke ich, dass es dämlich ist, aber ich nicke und stecke seinen Zettel ein. Wir schütteln uns die Hände. Er winkt noch, als er davonfährt. Ich mache mich auf den Weg in Richtung North Main Street und habe vor Aufregung Bauchschmerzen.

Das zweistöckige Haus an der North Main Street sieht mitgenommen aus, viele Winter haben die weiße Farbe von den Latten gefressen. Zwischen dem abgeschabten hölzernen Säulenpaar führt eine Treppe auf die Front Porch. Gleich zwei Stars and Stripes baumeln müde in der Wärme des windstillen Nachmittags. Ein ungeheurer Zuckerahorn hat mit seinem Wurzelwerk den Belag des Bürgersteigs gesprengt. Die Baumkrone überwölbt das halbe Gebäude, wirft ihren Schatten auf das mit Teerpappe geflickte Dach und den Vorgarten. Der Baum ist nicht ganz gesund. Einige Äste haben kaum ausgeschlagen, ihre Zweige tragen nur wenige Blätter oder sind kahl. Ich will mich beruhigen, indem ich den Garten betrachte, aber sein Anblick irritiert mich. Am Fuß der Treppe wachsen Rosenbüsche. Ihr starker Duft zieht zu mir herüber. ›Whiskey‹, eine bekannte Sorte, tiefgelb mit dunklem Orange im Blüteninneren. Ebenso wie den Rasen scheint jemand diese Büsche zu pflegen, denn sie blühen üppig, sind gut geschnitten. Ansonsten steht alles voller Krempel, Kindersachen, Dreiräder, Sandspielzeug, Bälle, ein Trampolin mit zerfetzter Umrahmung. Aber ich entdecke auch ein Sofa, aus dessen bemoostem Bezug

Schaumstoff quillt. Grasüberwucherte Autoreifen. Abgenutzte Gartenmöbel. Wie auf einem Wimmelbild versuche ich, die einzelnen Gegenstände zu finden. Ein Fenster auf Höhe der Eingangstür ist mit Pappe verklebt, darüber hängt ein handgeschriebenes Schild: »Rooms. Cheap and clean. WiFi«.

Ich weiß von der Karte, dass das ehrwürdige Allegheny College von 1815 am Ende der Straße auf der Hügelkrone thront. Eigentlich wollte ich vor meinem Besuch noch über den Campus gehen, aber meine Mitbringsel haben mich davon abgehalten. Ich stelle sie auf der untersten Stufe ab und wappne mich für den Besuch. Auf der rostigen Mailbox im Vorgarten steht eindeutig der Name ›Kepler‹. Eine Klingel suche ich vergeblich, aber in der Mitte der zerkratzten dunkelblauen Tür hängt ein breiter Messingring. Soll ich klopfen? Niemand zwingt mich, den Nachmittag hier zu verbringen.

Ich bin aufgeregt, fast schon ängstlich. Aber kneifen gilt nicht. Jetzt ist es so weit: Mamis Geschichten werden lebendig, und ich kann dabei sein. Auf einmal kommt es mir vor, als wäre dieses Zusammentreffen nicht allein meine Angelegenheit, sondern ein Dienst an der ganzen Familie. Sicher, in Mainz und im Münchinger Raum gibt es noch Verwandtschaft. Aber hier lebt eindeutig der spannendere Teil. Die halb oder gar nicht erzählten Dinge. Doch anstatt munter auf den amerikanischen Part der Sippe zuzugehen, immerhin die unmittelbaren Nachkommen von Mamis ausgewandertem Großcousin Hermann Kepler, stehe ich dumm da und kaue auf meinem Daumennagel. Zögernd führe ich die Hand an den Türklopfer.

In diesem Moment tritt ein junger Mann aus dem Haus. Er ist höchstens zwanzig und trägt ein dunkelblaues T-Shirt mit der Aufschrift ›Allegheny College‹. In der Faust hält er eine zugeknotete Plastiktüte, mustert mich misstrauisch, nickt knapp, als ich grüße, und entfernt sich unter leisem Klirren. Auf dem Gehweg dreht er sich noch einmal um. Ich habe nicht bemerkt, dass inzwischen jemand auf der Veranda erschienen ist. Eine Frau, die einen ausladenden Schatten wirft. Jetzt geht sie auf mich zu und sagt ohne jedes Lächeln: »And you are?« Ich stottere, zunächst auf Deutsch, weil ich nach den hiesigen Höflichkeitsritualen eine derart brüske Frage nicht erwartet habe. Sie verzieht keine Miene. Schließlich bringe ich nur eine Vermutung heraus. »Joy?« – »Wer will das wissen?«, entgegnet sie mit starkem Akzent, während ein breites Lächeln das runde Gesicht verzieht. »It's Cornelia, isn't it?«

Sie öffnet die Arme und drückt mich an ihren Busen, der schwer unter einer geblümten Tunika hängt. Dazu trägt sie Stretch-Jeans, so eng, dass sie wie eine dunkelblaue Körperbemalung wirken. Die ganze Person ist schwer, aber unter dem Fett, das ihren Körper in weichen Wülsten umgibt, spüre ich starke Muskeln. Sie packt mich bei den Händen, eine warme, trockene Berührung, schiebt mich ein Stück von sich weg und sieht mir ins Gesicht. Auf ihren Wangen und an den Nasenflügeln blüht die Couperose, ein Netz von winzigen geplatzten Gefäßen in Rot und Violett. Sie hat tiefliegende graue Augen mit stark getuschten Wimpern, sonst trägt sie kein Make-up. Ich rieche Kaffee und Tabak in ihrem Atem.

Beim Lachen zeigt sie unregelmäßige weiße Zähne. Bis auf die schmale, leicht vorstehende Oberlippe kann ich keinerlei Familienähnlichkeit erkennen. »Come in, German girl!« Sie reißt die Tür auf. Von der Diele sehe ich durch mehrere Zimmer bis zu einer weiteren offenen Tür, die in den Back Yard führt. »How old are you, twenty-one?« Ich komme gerade noch dazu, meine Geschenktüte und die Blumen zu überreichen, dann zieht sie mich durch den Flur. Der Geruch nach kaltem Bratfett und Zigaretten hängt in der Luft. »This is such a great home. Gracy bought it, after the Kepler-Hotel was sold.« Sie bleibt stehen und kratzt sich die graublonde Mähne. »This was in 1925, about a year after your Grandma Gert went back to Germany.« Ich muss überlegen. Gert, Gertrud, Trudele, das muss der amerikanische Spitzname meiner Großmutter gewesen sein. Wer Gracy ist, weiß ich nicht mehr. Joy erzählt, dass sie ihr ganzes Leben ausschließlich in diesem Haus verbracht habe. Alle ihre Kinder seien hier geboren und sogar ein Enkel. Ob ich vergeblich nach Keplers Hotel gesucht hätte? Das sei nämlich schon vor 40 Jahren abgerissen worden. Diese Nachricht enttäuscht mich, denn gerade das Gruselhotel, den Schauplatz so vieler Albträume, hätte ich gern gesehen.

In Joys Wohnzimmer nimmt ein hölzernes Gehege eine ganze Wand ein. Nach oben hin ist es offen. Darin wuseln Meerschweinchen durch zernagte Papprollen, sitzen unter Heubergen und schlafen in Bambushütten. Schwarze, weiße, zimtbraune und gefleckte, lang- und kurzhaarige. Sie pfeifen und rascheln im Stroh, eine säugende Sau liegt in einer Ecke und bietet die Milchleiste ihren flauschigen Jungen dar, die eifrig nuckeln. Joy zeigt auf eine enorme Ledercouch. »Wait a sec, hon!« Gleich darauf kommt sie mit einem Plastiktablett voller knisternder Zellophantüten und Getränkedosen zurück. Das Sofa ächzt, als sie sich neben mich setzt. Geschickt reißt sie sämtliche Verpackungen auf, krempelt die Tütenöffnungen herunter wie zu lange Ärmel, baut alle in einer Reihe auf und macht eine einladende Handbewegung: »Tuck in, German cousin!« Zwiebelringe, Cracker, Salzbrezeln mit und ohne Schokolade. Yuengling, Root Beer, Heineken. Ich öffne ein Root Beer, bedanke mich für ihre Gastfreundschaft. Joy nimmt einen Schluck Coke und betont, wie froh sie sei, dass ich ausgerechnet heute käme. Da habe sie ihren freien Tag, sonst sei das Haus voller Kinder, sie passe die ganze Woche über auf ihre Enkel auf, da könne man sein eigenes Wort kaum verstehen. Ich erzähle davon, wie lange ich schon in die Staaten gewollt habe, von meinem Job, hole das Handy heraus, zeige ihr Fotos von Bruno und Stella, von meinen Eltern, sogar von Dimi, den ich der Einfachheit halber als meinen husband vorstelle.

Sie will auch Stuttgart-Bilder sehen. Viele habe ich nicht, ein bisschen Ostendstraße, ein bisschen Alosenweg. Für den Rest behelfe ich mir mit Google. Sie bewundert die alten Häuser, die Schlösser. Nach dem Krieg haben die Keplers Carepakete ins zerbombte Stuttgart geschickt. Alle Nachbarn waren neidisch. Drin war nichts als altmodische Kleider, ein Haufen Hotel-Serviettenringe und ein verchromter Toastständer. Keine Zigaretten, kein Kaffee, weder Schokolade noch Corned Beef. Mami erzählt diese Geschichte gerne, obwohl sie damals höchstens fünf Jahre alt war. Sie hätten da drüben nie gewusst, was Hunger ist.

»Only two kids?«, fragt mich Joy. Die steifen Wimpernkränze öffnen sich weit, ihre schmalen Augen werden größer, als könnte sie es nicht glauben. Ich lache, Bruno und Stella reichten mir vollkommen. »Wanna guess how many we are?« Sie streckt ihre Hände aus, wackelt mit allen zehn Fingern. »My mother Klara, the twin, the last twin, she never married. But she had ten children.« Ihre Mutter habe sie durchgebracht, auch wenn sie nach dem Verkauf des Hotels nie wieder Geld gehabt hätte. Sie, Joy, sei das einzige Mädchen. Ihre Brüder seien alle weggezogen, nach Oil City, Edinboro, Titusville, sogar nach Erie. Aber die hätten nicht verstanden, was ihre Bestimmung sei, nach dieser Familiengeschichte. Kinder seien doch ein Zeichen der Hoffnung. »To have only one or no kids at all! Unbelievable!« Joy legt mir die Hand auf den Ober schenkel, ihre Augen glänzen, das ganze Gesicht leuchtet. Sie sieht aus, als wolle sie mir eine Liebeserklärung machen. »My Mom always said: Raising a kid is the easiest thing in the world. I was never hungry, not one minute in my entire life You know what? There's always pasta. My daughters call it jail food.«

Nudeln in Tomatensaft und Butter gekocht, das mache viele Mäuler satt und sei billig. Vom Kaminsims, unter dem ein künstliches Feuer flackert, nimmt Joy ein gerahmtes Foto Das Bild ist vor ihrem Haus aufgenommen. Sieben Frauen zwischen dreißig und fünfzig bilden einen Ring um Joy. Alle stehen auf der Veranda, tragen rosa Tops mit goldenem Auf druck ›Greatest Mom in the universe – 70 years‹. Alle sind hellblond wie Joy. Zwar unterscheiden ihre Frisuren sich ge ringfügig, aber ich staune über die Ähnlichkeit, die sich bei den Kindern fortsetzt. Kinder auf den Stufen, auf dem Rasen Während ich zählend die Lippen bewege, höre ich Joys Stim me: »Seven daughters. Twenty-eight grand children.« – »Wahn sinn!« Sie lacht schallend und wiederholt meinen Ausruf in ihrem amerikanischen Sound. Danach sagt sie »Mudder und Vadder«. Sie sagt »Bretzel« und »Du Saukerle«. »Pfätschekind le«. »Schatzele«.

Immer noch kichernd greift sie neben sich und nimmt ein abgewetztes schwarzes Fotoalbum mit goldgeprägtem Rü cken von einem Beistelltisch. Sie mustert mich abwartend »You came for this, didn't you?« Jede von uns balanciert eine Buchhälfte auf ihrem Oberschenkel.

Schutzseiten aus Seidenpapier verbergen die eingekleb ten Bilder, aber schon befeuchtet Joy ihren Zeigefinger und

wendet das erste Blatt um. Vertraute Landschaften. Ich beuge
mich vor. Da liegt tatsächlich Stuttgart in seinem bewaldeten
Talkessel, schwarzweiß und ohne jedes Hochhaus, kleiner in
der Ausdehnung, aber unverkennbar – die Türme der Stifts-
kirche, die Jupitersäule. Darunter eine Aufnahme vom alten
Cannstatt mitsamt Neckarbrücke und Stadtkirche. »Teure
Heimat, wir werden dich niemals vergessen!« steht in Weiß
darunter. Ich muss mich anstrengen, die Schnörkelschrift zu
entziffern. Joy bittet mich um eine genaue Übersetzung. Es
folgen Bilder einer Gastwirtschaft: Fachwerk, Kastanienbäume, das Wirtshausschild darüber. Im Sonntagsstaat steht das
Gesinde aufgereiht um ein respektables Paar, schlank und noch
ziemlich jung. »Hermann und Wilhelmina Kepler vor dem
›Goldenen Bären‹ in Cannstatt, Frühjahr 1909«. Die Frau ist
schwanger, an ihrer Hand steht ein schlanker Bub im Matro-
senanzug, vielleicht sechs Jahre alt. Joy erzählt, das seien ihre
Großeltern, und ich nicke, denn sie kenne ich auch. Mamis
Verwandte, die mutigen Auswanderer. »They wanted to have
their own business, so they came here.« Ich erfahre, dass Hermann Kepler, ein gelernter Bäcker, nur der Pächter des ›Bären‹
war und 1911 mit der ganzen Familie in New York einen Neuanfang wagte. So weit ist alles klar.

Das nächste Foto zeigt wieder ein Lokal, doch diesmal
mit mehr Gewimmel und großstädtischem Flair: ›Kepler's
Bierhalle and German Bakery‹ steht auf dem Schild über
der Tür des einfachen Backsteingebäudes, an dessen Eingang
das Ehepaar diesmal posiert. Der Bub, Hermann junior, ist in
die Höhe geschossen, vor ihm steht ein blondes Zwillingspär-
chen, pummelige Kleinkinder, die sich an den Händen halten.
Die Bildunterschrift nennt ihre Namen: »Hermann junior, Karl
und Klara mit ihren Eltern vor unserem neuen Lokal in der

neuen Heimat in den Vereinigten Staaten von Amerika: New York, East Sixth Street 322, Kleindeutschland«.

Auf der folgenden Seite war ein vergilbter Zeitungsausschnitt eingeklebt: »Everyone wants German pretzels – Kepler's Butterbrezeln, a perfect start to the day.« Noch mehr Familienbilder, »Das neue Heim«, Haus und Garten hinter der Bäckerei, Hermann juniors Konfirmation, ein Schützenfest, Kindergeburtstag der Zwillinge, lachende Gesichter vor akkurat geflochtenen Hefezöpfen.

Beim Anblick der nächsten Seite stoße ich einen überraschten Laut aus – zwei Mädchen und eine erwachsene Frau in weißen Musselinkleidern, die sich malerisch um eine griechische Säule im Fotostudio gruppieren. Ich kenne dieses Bild aus Mamis Album. Trudele, ihre Mutter und ihre ältere Schwester Greta, verlobt mit einem Musiker der Stuttgarter Oper. Großmutter, Urgroßmutter, Großtante. Es blieb nur Trudele, um die Familie zu unterstützen und ins Ausland zu reisen, sich von allem zu trennen, nachdem der Familienwohlstand während der Hyperinflation weggeschmolzen war wie Butter in der Sonne. Greta trägt das Haar damenhaft aufgesteckt, während die hellen Kinderaugen meiner Großmutter unter einer Ponyfrisur hervorlugen.

»Der Tag des Unglücks – 15. 6. 1919«. Mehr steht nicht unter der nächsten Aufnahme. Ich kenne den Raddampfer, der da weiß und romantisch am Kai liegt, und verkrampfe die Finger im Schoß. Es ist die ›General Slocum‹, auf der jener berüchtigte Jahresausflug der Gemeinde von St. Mark's im East Village stattfand. Mit ihr fuhren an diesem Tag hauptsächlich deutsche Einwanderer, fast nur Frauen und Kinder. Geplant war eine Fahrt auf dem East River, zum Picknickgelände Locust Grove am Long Island Sound. Die Keplers waren also dabei!

Was damals geschah, weiß ich aus dem Buch, das ich im Central Park gekauft habe. In Joys Album kleben Zeitungsfotos mit den flammenden Resten des Schiffs, begleitet von riesigen Schlagzeilen: Mehr als 1000 Tote. Völliges Versagen des Kapitäns, schadhafte Rettungswesten, Fahrlässigkeit der Besatzung. Joys Stimme kommentiert mein Blättern wie aus dem Off. Ich verstehe sie kaum, so entsetzt bin ich. Es fühlt sich schrecklich an, dies alles auf einem Sofa in Meadville zu erfahren, umgeben von Softdrinks und Meerschweingeruch.

Joy hält inne, schlägt erneut das Bild mit den drei weißen Damen auf. Sie sieht mich an, ihre Augen sind etwas verschmiert. Sie räuspert sich, als falle ihr der nächste Satz schwer. Dann meint sie, sie wolle mich nicht verletzen, aber ich hätte ja Interesse daran, alles über meine Granny Gert zu hören, und sie sei kein Mensch, der lange um den heißen Brei herumrede. Es gäbe da ein saying, ein Sprichwort, in ihrer Familie: »You behave like a real Gert.« Ich ziehe die Augenbrauen hoch. Ungläubig frage ich nach: »Wie bitte?« Joy lässt ihren Finger am gewellten Rand des alten Fotos entlanglaufen, verharrt neben dem glatten Mädchengesicht meiner Großmutter. »This is what we say about a bitchy, lazy person.«

Gert, wie Trudele abgekürzt wurde, habe nie arbeiten wollen, eine feine Lady in jeder Hinsicht. Anstatt die bei dem unseligen Schiffsausflug halb verbrannte Wilhelmina zu pflegen und sich ein wenig um die Zwillinge zu kümmern, habe die Deutsche ständig selbst die Nase in einem Buch gehabt oder sich mit ihrer hässlichen Puppe abgegeben. Die Kinder hätte sie gehasst. Vom Bettenmachen bekam sie Blasen an den Händen. Silky fingers, eine Prinzessin auf der Erbse. Zu nichts zu gebrauchen. Nur essen konnte sie. Schrieb ständig love letters. Schließlich sei der Bräutigam erschienen, mit dem sie wohl schon auf dem Schiff etwas angefangen habe, ein unglaubliches Benehmen! Zusammen seien sie zurück nach Deutschland. Kurz danach habe Hermann Kepler Bretzellauge getrunken, dann ging das Hotel pleite. Ich kann den Redestrom nicht stoppen. Die meisten Namen kenne ich, zum Teil sogar die Bilder, aber die Geschichten stimmen nicht überein oder sind mir völlig neu. Mit einer heftigen Bewegung blättert Joy die nächste Seite auf.

Meine Großmutter sehe ich nicht. Dafür die amerikanischen Verwandten: den gebeugten Hermann, der an der Kamera vorbei ins Leere starrt, und eine große junge Frau mit entschlossenem Gesichtsausdruck, die ihre Arme vor der Brust verschränkt, als wolle sie gleich zu einer Strafpredigt ansetzen. Vorne stehen die viel zu dicken, vorpubertären Zwillinge und eine enorm fette Person mit weißer Schürze über dem schwarzen Kleid. Um mich abzulenken, lese ich laut vor: »Gertrud aus Stuttgart, der alten Heimat, im Jahr 1923 mit Karl und Klara, Vater und Gracy vor Keplers Hotel in Meadville, Pennsylvania.«

Joy klackt mit dem Nagel auf dem Bild herum. »This is Gracy, Hermann's sister.« Sie habe sich um die Zwillinge gekümmert, als Wilhelmina das nicht mehr konnte, nach dem Unglück. In New York, im ›Deutschländle‹, war sie die rechte Hand in der Wirtschaft gewesen, head waitress, eine tolle Frau. Auch sie war mit auf dem Ausflug und trug seitdem immer Handschuhe, ihre Finger waren entstellt durch das Feuer. Sie hat Hermann überredet, nach Meadville zu ziehen, einen Neuanfang zu wagen, mit dem kleinen Hotel. Gertrud kam als Pflegerin für die Kranke gerade recht. Aber sie war nie eine Hilfe, ich könne ja selbst sehen, weshalb.

Joy hört nicht auf zu reden. Sie scheint das alles schon oft erzählt zu haben. Ich überlege, ob ich sie unterbrechen soll, aber ich weiß nichts zu sagen. Egal was mir einfiele, es wäre in jedem Fall verkehrt. Die Bilder aus Mamis Album, die lachenden Zwillinge, die Ananaskonserven, habe ich das geträumt? Joy holt kurz Luft, bevor sie mir die Sache mit dem Schnee erzählt, um Gerts völlige Untauglichkeit für die Familie Kepler weiter zu untermauern.

Im Winter habe es eine Ausfahrt gegeben, zum Lake Conneaut, Schlittschuh laufen. Ich müsse unbedingt auch dahin, eine herrliche Gegend! Gracy wollte Hermann und den Zwillingen wenigstens einen netten Nachmittag gönnen. Also habe sie zugemacht. Diese Gert, die war doch kein Baby mehr! Die ganze Küche voller Konserven und nur sich selbst und Wilhelmina hatte sie zu versorgen. Am Abend fiel wieder Schnee, like every winter! Das hätte sie sich doch denken können, dass die anderen bei diesem Wetter am Lake Conneaut übernachten und erst am nächsten Tag wiederkommen! Als sie heimkamen, gab es nur Tränen und Hysterie. Ich wende ein: »Aber immerhin hat sie sich um die Kranke gekümmert.« Joy zuckt die Achseln und blättert weiter. Diesmal schrecke ich zurück.

Lauter Tote, ein ganzes Albumblatt voll. Ungerührt legt Joy ihren Zeigefinger mit dem leuchtenden Kunstnagel auf die geschminkten Leichen, die feierlich aufgebahrt und anschließend fotografiert wurden.

Am schlimmsten finde ich den toten Jugendlichen, Hermann junior, mit seinen dünnen Handgelenken, die aus den Ärmeln des dunklen Sonntagsanzugs ragen, staksig und unfertig. Er ertrank, sprang sofort über Bord, als die ›General Slocum‹ zu brennen anfing. Wilhelmina, seine Mutter, folgte ihrem Sohn nur wenige Jahre später. Da war Gertrud schon wieder in Deutschland. Über ihrem Gesicht liegt ein dünner Spitzenschleier. Noch im Tod darf sie das entstellte Antlitz nicht zeigen. »She must have looked like a real monster, there's no other picture of her after the ferry disaster.«

Der letzte Tote ist Hermann Kepler, als Fünfziger bereits ein alter Mann mit ausgezehrtem Gesicht. Der Mund ist von der Lauge verätzt, die Hände liegen gefaltet auf der Brust, bedeckt von Blumen.

»Warum haben sie nie etwas davon erzählt? Sie haben sich doch Briefe geschrieben!« Ich spreche Deutsch, aber Joy versteht mich. »Shame and pride«, ist alles, was sie antwortet. Scham und Stolz. Die Keplers waren wohlhabende Leute mit einem blühenden Geschäft und bienenfleißig. Dass ausgerechnet ihnen ein solches Unglück widerfuhr, konnten sie weder begreifen noch in Worte fassen, am wenigsten gegenüber den Verwandten in der Heimat, die sie mutig verlassen hatten, um etwas Besseres als den Tod zu finden. Sie hatten Trudele zu sich geholt, ohne etwas von dem Leid zu verraten, das über ihrer Familie hereingebrochen war. Ich kenne das von meinen Patienten. Viele versuchen, ihre Gebrechen sogar vor der eigenen Familie zu verbergen, weil sie glauben, funktionieren zu müssen bis zum Schluss, weil sie keine Last sein wollen. In meine Gedanken hinein berichtet Joy den Rest.

Nach dem Verlust seines Ältesten und seiner Frau verkriecht sich Hermann in Meadville in der Hotelküche und beginnt zu trinken. Gracy trägt die ganze Last, Familie und Betrieb. Um die junge Schwäbin kümmert sich kaum jemand. Sie pflegt Wilhelmina, so gut sie kann. Gertrud wird von ihrem Verlobten, einem deutschen Ingenieur, den sie auf dem Schiff kennengelernt hat, nach Stuttgart zurückgebracht. Schon bald nach Gertruds Abreise stirbt Wilhelmina an den Folgen ihrer Verletzungen, und Hermann nimmt sich das Leben. Gracy bleibt mit den Zwillingen in Meadville. Sie verkauft das Hotel und erwirbt das Haus in der North Main Street, in dem sie immerhin noch fünfzehn Jahre lebt, bevor sie von einer Lungenentzündung dahingerafft wird. Karl, der männliche Zwilling, kommt als junger Mann bei einem Jagdunfall im Allegheny State Forest ums Leben. Klara, Joys Mutter, bleibt als Einzige übrig.

Im Album finden sich keine Bilder mehr aus dieser Vergangenheit. Es wird bunter, als Joys eigene Geschichte beginnt, die Töchter, die Enkel. Ihre vielen blonden Schöpfe, diese Maßlosigkeit ängstigt mich beinahe ebenso wie die Toten auf den alten Fotos.

Mit einem plötzlichen Ruck zieht Joy das Album zu sich herüber und klappt es zu. »That's our story.« Sie lehnt sich zurück, ihre großen Brüste heben und senken sich heftig, als rege sie die ganze Erzählerei auf. Ich danke ihr für ihre Zeit, für die Snacks und stehe auf, klopfe mir die Krümel von der Hose. Das Hämmern des Messingklopfers unterbricht uns. Es dröhnt durch das ganze Haus. Meine Gastgeberin steht achselzuckend auf. »Probably another student.« Die Collegekids brauchten Stoff für ihre Partys, den bekämen sie bei ihr ohne Ausweis und zu einem guten Preis. Sie zwinkert mir zu. Das Geschäftemachen, das sei deutsch. Sauber, fleißig, gut im Geschäft, so seien die Deutschen.

Ich höre, wie die Tür geöffnet wird. Joy spricht so laut, dass ich jedes Wort verstehe. »Why, Professor Verdurin, what's the matter?« Die Antwort der leiseren, aber deutlich erregten Männerstimme kann ich nicht verstehen: »Look, Professor Verdurin, I'm not gonna listen to this. I've never taken one single thing out of your house, not even a bread crumb, I swear.

I'm much older than you are, I'm an honest, hard working wo-
man. This is my country, but you're just a goddamn frog ...«
Obwohl es mir peinlich ist, stehe ich auf und schleiche in den
Flur. Trotzdem verstehe ich kaum mehr von der wütenden
Tirade des Professors: »brandnew cashmere sweater« und
»scandalous«. Aus dem Fenster sehe ich einen schlanken
Herrn in gut sitzenden Jeans und einer hellgrauen Wildleder-
jacke durch den Garten eilen.

»Saukerle«, sagt Joy, als sie zurückkommt, in der Hand
einen Krug mit Eiswürfeln. Aus einem Wandschrank holt
sie zwei Gläser, dazu eine Flasche Whiskey, Four Roses. Hier
in der North Main Street und drumherum lebten massenweise College-Leute, viele Ausländer, die den ganzen Tag nur
rumsitzen und lesen würden, nie richtig gearbeitet hätten,
aber unglaublich viel daran verdienten, jungen Leuten Lügen
zu erzählen. Aber uns nennen sie White Trash. Sie kenne sich
aus, weil sie für eine ganze Reihe von denen putze. Eigentlich
eine gute Arbeit, weil die alle ein schlechtes Gewissen hätten,
dass sie ihren Dreck wegmache, und deshalb anständig zahl-
ten. Ihre Miene hellt sich wieder auf, sie lacht. »But their
time's over now and they know it.« Ich muss erschrocken ge-
schaut haben, denn sie lächelt noch breiter. Ich müsse keine
Angst haben, sie meine doch nicht mich! Aber sie wisse genau, dass wir in Old Europe keine Ahnung hätten, wie hart
das Leben in den Staaten für viele Menschen sei. Sie schüttet
Eis in die Gläser, darüber gießt sie reichlich rotbraunen Whiskey, sein scharfer Geruch steigt mir in die Nase. Klirrend sto-
ßen wir an, das leichte Brennen in Kehle und Magen tut gut.
Joy ist aufgestanden und fängt an, die Tüten und Dosen zu-
sammenzuräumen. Ewig herumsitzen, das macht man hier-
zulande nicht, weder als Gastgeber noch als Besuch. Ich bin

dermaßen erleichtert, dass ich ihr das Tablett aus der Hand nehme und in die Küche trage, einen riesigen, hellen Raum, der von einer kleiderschrankartigen Kühl-Gefrier-Kombination beherrscht wird. Zahllose Kinderbilder bedecken seine Türen. Vermutlich Kunstwerke sämtlicher Enkel. Ich erschrecke darüber, wie wenig ich mich für die lebenden Keplers interessiere. Joy ist eine beeindruckende Frau, sicher hat sie allerhand erlebt. Aber nachdem ich die Bilder der Toten gesehen habe, möchte ich nur noch weg.

Im Wohnzimmer steht sie am Fenster und raucht. »Listen, Conny, why don't you grab your stuff and come over here? It's a shame that you're paying so much money for a shabby room at the Diamond Park Hotel. We are family, after all.« Zum Glück bin ich einmal im Leben nicht verlegen um eine Ausrede und behaupte, ich müsse morgen sehr früh nach Pittsburgh fahren, um an einem Kongress für Physiotherapeuten teilzunehmen. Wir umarmen uns zum Abschied. Ich habe den Eindruck, Joy ist nicht wirklich traurig darüber, dass ich ihr Angebot abgelehnt habe. Jede von uns hat ihre eigenen Probleme.

Als ich schon zur Hälfte den Hügel hinuntergelaufen bin, höre ich Kindergeschrei: »When I went up sandy hill, I met a sandy boy. I cut his throat, I sucked his blood and threw his body by!« Es ist das weißblonde Geschwisterpaar aus dem Supermarkt. Sie haben Orangen dabei, deren gelbglänzende Schnitze sie unter lautem Schlürfen aussaugen. Mit den leeren Fruchthülsen und Schalen werfen sie die Autos am Straßenrand ab. Das Mädchen sitzt jetzt im Rollstuhl, ihr Bruder schiebt sie. Immer noch johlend, steuern sie auf das Haus Nr. 22 zu. Kurz verspüre ich ein schlechtes Gewissen, ich habe nicht einmal den Versuch gemacht, diese Kinder kennenzulernen.

Auf dem Rückweg ins Stadtzentrum bin ich die einzige Fußgängerin. Vorbei an der United Baptist Church, vor der eine Tafel darüber informiert, dass es am Sonntag um zehn Uhr einen Gottesdienst mit Reverend Walker gibt. Schon wieder ein Laden für Gebrauchtes, ›Top Drawer‹ steht auf der Schaufensterscheibe. Ein alter Mann mit kariertem Hemd und Nickelbrille sitzt davor auf einer Bank, neben ihm liegt ein Pitbull in der breiten Bahn, die die tiefstehende Sonne auf die Veranda wirft. ›Home grown‹ Tomaten und Zucchini liegen auf einem Stand zwischen alten DVDs und Geschirr.

Ich biege in die Water Street ein, gehe zielstrebig auf das Einkaufszentrum zu, eine waschechte Meadvillianerin mit Verwandtschaft und Ortskenntnis, denn dort habe ich heute Mittag ein Café gesehen. Nicht besonders schick, aber ich habe Appetit auf etwas Süßes, brauche einen Kaffee und eine ruhige Ecke, in der ich auf meinem Smartphone herumspielen kann. Was meine Mutter wohl zu diesen Neuigkeiten sagen wird? Immerhin habe ich Joy auf der Treppe ihres Hauses geknipst. Es ist ein gutes Foto, ein Mitglied der Royal Family hätte sich nicht besser in Szene gesetzt. Eine Hand hat sie leicht auf das Geländer gestützt, sie lächelt stolz, das Kinn hochgereckt, wie die Freiheitsstatue trotzt sie allen Widrigkeiten, mit geschwollenen Füßen in knallroten Flipflops.

Im Café ist es ziemlich dunkel, mattgelbe Glaslampen über den Tischen, am Tresen hängt ein Schild mit dem Bild eines dicken Kochs: ›Never trust a skinny chef!‹ Daneben steht, man solle es dem Personal ankündigen, falls man vorhabe, mit Lebensmittelmarken zu zahlen. Ein paar alte Männer und Frauen sitzen herum und unterhalten sich leise. Auf der dunkelgrünen Tapete verteilen sich winzige Blumensträuße. Ich bestelle eine Zimtschnecke und Kaffee.

In einer der bräunlich abgetönten Scheiben betrachte ich mein Spiegelbild. Meine unmöglichen Sportklamotten, wie Mami sie nennt, fallen hier überhaupt nicht auf. Die meisten Leute tragen legere Kleidung. Dicksohlige Sneaker, gemusterte Leggings, ein schwarzes Shirt und darüber eine Sweatjacke. Ich glaube, seit der Teenagerzeit habe ich mein eigenes Abbild nicht mehr so häufig studiert wie in den letzten Tagen. Ich schmiere mir etwas Lipgloss auf den Mund, verwuschle das Haar. Dimi hat mal gesagt, ich sähe wie ein viel zu hübscher Junge aus. Das finde ich nicht. Ich sehe wie eine Frau aus, die auf sich achtet, in einer Weise, die nicht auf den ersten Blick auffällt. Die grauen Haare an den Schläfen vermischen sich mit dem Hellbraun, das da immer schon wuchs. Cornelia Geiger-Chatzis. Vielleicht in Zukunft lieber nur noch Geiger? Aber ich möchte weiter so heißen wie Bruno und Stella. Warum kann man nach der Scheidung nicht einen ganz neuen Namen bekommen? Wenn ich mich Geiger nenne, kann ich auch Mamis Angebot annehmen und zurück in den Alosenweg ziehen.

Nachdem ich den letzten klebrigen Bissen mit Kaffee runtergespült und einen neuen Refill abgelehnt habe, hole ich mein Handy und den giftgrünen Flyer hervor. Eine andere Möglichkeit, das Katzenjammergefühl nach dem Treffen mit Joy zu bekämpfen, fällt mir nicht ein. Tony meldet sich schnell, ebenso überrascht wie erfreut. Zehn Minuten später holt er mich ab. Vorher muss er sich umgezogen haben, sein Karohemd riecht nach Weichspüler, die Jeans sehen neu aus. Ich lasse den Ellbogen aus dem Fenster hängen, als der Pick-up röhrend anfährt, die Water Street hinunter bis zur Bundesstraße 80, vorbei an Walmart und dem Applebee's. Er entschuldigt sich, biegt auf den Parkplatz ein, kommt bald aus dem Liquor Store, im Arm eine braune Papiertüte. »I want to cook an

Italian dish for you. But I never keep wine at home«, er reicht mir die Tüte durchs Fenster. »Dangerous for a single man.«

Zwei Stunden später sitze ich in seinem Wohnzimmer am nördlichen Ende der Cherry Street, merke, wie mir der Alkohol langsam schwere Beine macht, und tunke die würzige Pfütze auf meinem Teller mit einem Stück Wonder Bread auf. Außer den papierweißen, fluffigen Brotscheiben, die sich in der Tischmitte auf einem Teller stapeln, und dem kalifornischen Weißwein war die Mahlzeit – Auberginen mit Minze Pasta in scharfer Tomatensoße, geschmortes Hähnchen – tatsächlich so kalabrisch wie Tonys Großeltern, die Anfang des letzten Jahrhunderts aus Cittanova nach Meadville kamen Kleine Handwerker mit großen Hoffnungen, wie so viele andere. Damals, als es noch die großen Fabriken gab, einen Bahnhof und jede Menge Jobs. Der Italian Civic Club betreibt seine Räume in der Water Street, zwischen zwei Thrift Shops, wie er mir kopfschüttelnd erzählt. Hier gibt es viele, die sich nicht leisten können, neues Zeug zu kaufen. Aber das Haus sei gut in Schuss, die Feste dort machten Spaß. »Why don't you stay and marry me, I'll take you out to our next dance!«

Tonys Haus ist kleiner als das von Joy, aber wesentlich gepflegter. An den Wänden hängen Familienfotos. Kein Hochzeitsbild, dafür ein Mädchen mit hochgesteckten schwarzen Locken und ein Junge, der Tony im Laufe der Jahre immer ähnlicher wird. Sie lächeln aus polierten Rahmen verschiedener Größen, vom zahnlosen Baby bis zum College-Abschluss. Die Tochter ist Krankenschwester in Pittsburgh, der Sohn arbeitet als Lehrer an einer Highschool in Erie. Enkel gibt es auch, vier Stück, thank God. Nach Joys Maßstäben eine klägliche Leistung. Seine Ex hat wieder geheiratet, in einen anderen Staat, er führt das nicht weiter aus. Ich erzähle von Dimi, von unseren Kindern, wir machen ein paar blöde Witze über Scheidungen. Tony bringt eine Flasche Limoncello aus der Küche, alle Wege führen zur Couch. Dort trinke ich hastig das zierliche Glas aus, stelle es vorsichtig auf den niedrigen Tisch und frage ihn, ob er häufig Rückenschmerzen habe. Er schaut mich überrascht an. »Like hell. The damn job.« Die Uhr im Regal zeigt halb neun. Ich weiß, dass man hier früh schlafen geht. Auf mein Hotelbett habe ich keine Lust. Todsicher werde ich nicht einschlafen können. »Should I have a look at your back? That's my job, you know.« Er will gerade nachschenken, erstarrt mitten in der Bewegung, dann grinst er über das ganze Gesicht. »Sure?«, fragt er. Statt einer Antwort verlange ich heißes Wasser, ein Badetuch und Olivenöl. Er verschwindet in der Küche, der elektrische Kocher brodelt. Ich stelle die Ölflasche in den dampfenden Blechtopf, den er mir gebracht hat, und frage ihn, ob er ein Bett hat. Jetzt wird er rot, ich wahrscheinlich auch, zeigt zur Treppe, die in den ersten Stock führt. Sein kleines kaltes Schlafzimmer schaut auf den dunklen Back Yard, es gibt rote Vorhänge, über dem Bett hängt eine Wandkarte der Vereinigten Staaten, an mehreren Stellen eingerissen. Ich frage mich, ob sein Lehrersohn sie aus Schulbeständen mitgebracht hat. Das Kingsize-Bett hat jemand hergerichtet wie im Hotel: Kopfkissen mit Knick, gebügelte weiße Laken unter einem karierten Plaid. »The army taught me discipline. A guy can get pretty sloppy when he lives on his own.« Ich breite das Frotteehandtuch aus. »Take off your shirt.« Bevor er anfängt, sich auszuziehen, schaut er mich noch einmal fragend an. Statt einer Antwort schlüpfe ich aus meinem Oberteil, helfe ihm mit den Knöpfen, streife erst sein Hemd, dann das weiße T-Shirt ab, betrachte den grimmig dreinschauenden Adler, der seine Schwingen auf Tonys

Brust ausbreitet, die Stars and Stripes. Darüber baumeln ein silbernes Kreuz und eine militärische Kennmarke, die ich langsam durch die Finger gleiten lasse. Die Anhänger fühlen sich warm an, und mir läuft ein Schauer über den Rücken.

Danach fordere ich ihn wie einen meiner Patienten auf, sich bequem auf den Bauch zu legen, gehe runter und nehme die angewärmte Ölflasche aus dem Topf. Tony hat sich auf dem Bett ausgestreckt, das Gesicht zum Fenster gedreht. Vorher muss er die Lampe auf der Kommode angeknipst haben, ihr Schirm ist aus Buntglas, sie wirft ein anheimelndes Licht über seinen bloßen Oberkörper, die nackten Füße. Noch mehr Bilder, ›Honor‹, ›Freedom‹, ›All gave some, some gave all‹. Ich lese die Worte laut vor und fahre die Linien mit den Fingern nach. Er stöhnt, als ich einen See warmes Öl auf seiner Haut verteile. Im Grunde ist die gesamte Muskulatur steinhart und verspannt, ich weiß gar nicht, wo ich anfangen soll. Nacken, Schultern und Arme fühlen sich rau an, verbrannt von vielen Arbeitstagen in der Sonne, auch ein paar Narben, aber auf dem Rücken spüre ich nichts als verletzliche Glätte. Die Faszien knacken wie zerbrechende Streichhölzer, als ich die Haut entlang der Wirbelsäule mit zwei Fingern hochziehe, er schreit leise auf. Von den Schulterblättern her arbeite ich mich tiefer nach unten. Jetzt denke ich nicht mehr nach, führe die vertrauten Bewegungen aus und verspüre den gewohnten Ehrgeiz, diese verkrampften Muskelstränge wieder einigermaßen zu lockern. Als meine Hand unter den Hosenbund schlüpft und mein rechter Daumen sich tief in den Gluteus maximus bohrt, den Piriformis erwischt und vorsichtig zu kreisen beginnt, zuckt er zusammen und lässt einen echten Schmerzensschrei hören. Ich ziehe ihm Jeans und Boxershorts auf einmal herunter, gieße neues Öl aus und greife mit beiden Händen zu. Irgendwann, als ich langsamer werde, meine Griffe weniger energisch, dreht er sich um und zieht meinen Kopf zu sich herunter. Meine Arme schmerzen, ich bin außer Atem. Einmal beugt er sich über den Bettrand, kippt sich etwas aus der Flasche in die hohle Hand und bedeckt meine Brüste mit der grüngelben Flüssigkeit, bis die Warzen unter dem glänzenden Film hochstehen wie Sauger einer Nuckelflasche. Ausgerechnet jetzt muss ich an Dimitrios denken, an seine Vorträge über die Heilkräfte von Olivenöl. Obwohl ich die Augen schließe und versuche, ihn wegzuschieben, sehe ich sein Gesicht. Tony flüstert mir etwas auf Italienisch ins Ohr, ich packe sein Haar im Nacken, drücke meinen Kopf an seinen Hals, spüre den hämmernden Puls und wünsche mir, dass es lange dauert.

Mitten in der Nacht wache ich auf und weiß für einen verstörenden Augenblick nicht, wo ich bin. Tony sitzt aufrecht neben mir im Bett, sein Haar ist verstrubbelt, man kann den weißen Ansatz an den Wurzeln erkennen. Trotzdem sieht er im Schein der Nachttischlampe jünger aus. »You screamed out, baby. Like a banshee. And you did a lot of talking, in German, I think.« Ich fühle mich durcheinander und klebrig, besonders zwischen den Beinen. Es riecht ein bisschen nach Seetang und Meer. An einen Traum kann ich mich nicht erinnern, nur an unser erschöpftes Wegdämmern unter den verknäulten, ölfleckigen Laken. »I'm sorry«, murmle ich und frage mich, ob ich vorhin nicht besser zurück in mein Hotel gegangen wäre. Er seufzt, legt seinen Arm um mich, zieht mich plötzlich entschieden an sich, so dass ich mit dem Rücken an seinem Bauch zu liegen komme, und fängt an, mir mit leiser Stimme etwas zu erzählen. Es muss ein Märchen sein, denn der erste Satz lautet: »Once upon a time, there was a piece of wood.« Je länger der Mann hinter mir redet, desto schläfriger werde ich. Mir fällt es immer schwerer, die englischen Worte zu begreifen, die halblaut in meinen Nacken gemurmelt werden, Müdigkeit verschluckt alle Vokabeln, ich fühle seinen Arm um meine Taille, das Bettzeug raschelt, dann bin ich weg.

Als mein Handy klingelt, ist es noch immer stockdunkel. Ich fahre hoch, greife nach dem vibrierenden Telefon, sehe ›Mami‹ auf dem Display, weißes Licht fällt aus dem Gerät auf meine nackte Brust. Tony wälzt sich ächzend herum, reibt sich die Augen und stützt sich auf den Ellbogen. Nach dem fünften Klingeln traue ich mich endlich, über den grünen Hörer zu wischen und meiner Mutter einen Platz in dieser Finsternis einzuräumen. Wer wird es sein, Papa oder die Kinder? Ich fürchte mich. Als ich mich melde, klingt meine Stimme zaghaft.

Während ich nicke, »Aha« und »Oje« und »Was möchtest du denn jetzt von mir hören?« sage, betrachtet Tony mich andächtig. Obwohl mich die Stimme meiner Mutter und das, was sie zu sagen hat, quälen und überrollen, gefällt mir dieser Blick. Es gefällt mir auch, dass sich Tony nicht beschwert, sondern nur nachfragt, was denn geschehen sei. Ich erzähle ihm von meinen Eltern. »You'll go back home«, sagt er. Eine Feststellung, der ich nicht widerspreche. Anschließend schlafen wir zum zweiten Mal miteinander. Diesmal ist es wirklich gut, und eigentlich möchte ich gerne liegen bleiben und so lange weitermachen, bis ich genug habe. Aber plötzlich gibt der Radiowecker auf dem Nachttisch Bryan Adams ›Summer of 69‹ in erbarmungsloser Lautstärke von sich. Die roten Leuchtziffern zeigen sechs Uhr. Tony streichelt mir die Wangen und küsst mich auf die Stirn. Er verschwindet in der Küche, ich höre nicht nur den Wasserkocher, sondern auch das Piepen der Mikrowelle. Inzwischen schaue ich meine Nachrichten durch. Noch immer kein Wort von Stella. Auf ihrem Status habe ich gestern ein Video von Papas Tauben gesehen, sie saßen in der Flugluke und auf Hamids Armen, seinen Schultern und sogar auf dem Kopf. Der Junge strahlte über das ganze Gesicht. Ich habe »Der Taubenflüsterer« in die Kommentare geschrieben.

In dem grünen Kreis neben Mamis Porträt leuchtet eine Fünf. Habe ich das wirklich nicht gehört? Eigentlich hat mir das Gespräch eben gereicht. Ob sie Sabina auch angerufen hat? Die ist doch die gute Tochter, die immer alles richtig macht. Hinter der Fünf verbergen sich keine Nachrichten. Es sind Fotos und sie sind von Bruno, das steht gleich unter dem ersten Bild: ›Von Bruno an Mama‹. Ich sehe eine struppige Katze, ziemlich schief und im Porträt aufgenommen. Brunos Finger liegen hinter ihren Ohren, zum Kraulen gekrümmt, er hat die Kamera nah drangehalten. Das Tier scheint seine Liebkosungen zu genießen, denn es hat die Augen geschlossen. Auf den restlichen Fotos sieht man die Katze auf seinem Schoß, der schwarze Schwanz hängt entspannt über Brunos mollige Knien. Ich fülle drei Reihen mit Herzen. Nachfragen kann ich auch zu Hause.

»Du musst mit Mami reden, so geht das doch nicht«, tippe ich jetzt. Mein Vater muss auf seinem Handy gesessen haben, die Antwort kommt in Sekundenschnelle. »Das ist meine Sache. Unsere.« – »Wie kann es eure Sache sein, wenn ich nicht mal im Urlaub davor Ruhe habe?« Darauf Schweigen. Ich unternehme einen neuen Anlauf: »Sie dreht langsam am Rad.« Zur Sicherheit setze ich noch ein tränenüberströmtes Emoji dahinter. Er kontert mit einem, das ratlos gen Himmel guckt.

In diesem Augenblick kommt Tony mit einem Tablett zurück. Kaffee, Milch, Aunt Jemima Syrup, ein Berg Waffeln, von denen Dampf aufsteigt. Das letzte Frühstück im Bett hat mir nach Brunos Geburt eine Hebammenschülerin im Diakonissenkrankenhaus Stuttgart serviert. Er sieht mich ernst an »Nothing homemade today.« Ich möchte am liebsten hierbleiben. Vermutlich habe ich geseufzt, denn Tony legt beide Arme um mich. »I'm gonna get dressed and then I'll take you to the airport.«

19 Wie der Linsenmaier und
Trudele in Meadville lebten

Am aufgehellten Himmel hingen ein paar Wolken, die den Linsenmaier an Tintenschlieren erinnerten. Solche liefen auch über die Briefe, die Trudele abends schrieb. Egal wie müde sie war, sie musste sich ihren Tag von der Seele schaffen. Dabei rollten dem Mädchen Tränen über die Backen und zerflossen über den Papieren zu bläulichen Tropfen. Auch wenn sie gleich nach einem Löschblatt griff, konnte jeder erkennen, dass es der Schreiberin nicht gut ging. In diesen Wochen schloss der Linsenmaier Trudele, die so anders war als seine Liebste, in sein zerschundenes Herz. Das stellte er sich vor wie das aufgeschlagene Knie der Liebsten, als sie nach dem Äpfelstehlen hingefallen war. Die weißhäutige Kuppel des Kinderknies war blutig und roh wie ein Stück Fleisch, gespickt mit Steinchen und Sand. Nach einigen Tagen wuchs dunkler Schorf darüber, aber als der schließlich abfiel, blieb eine graue Narbe. Sternförmig breitete sie sich über der Kniescheibe aus. Der Linsenmaier spürte in sich tiefe Risse. Seit dem Tag, an dem seine Liebste ihn ohne »Ade« gegen den Franzosen eingetauscht hatte, vermisste er sie, aber er merkte, wie sich langsam eine schützende Kruste über die Verletzung legte.

Trudele tat ihm leid. Sobald sie miteinander allein waren konnte sie nicht aufhören zu jammern: »Mein Mamale, mein Papale, meine Greta!« Und fast ebenso häufig: »Mein Alfred!« Sie fand sich in Meadville nicht zurecht. Ihr Leben davor war behütet gewesen. Dazu kam die ungewohnte Sprache, weit entfernt von dem Englisch, das am Katharinenstift gelehrt wurde. Sauer schmeckte die tägliche Arbeit mit den Händen Trudele musste Sadie in Küche und Gästezimmern helfen. Sie tat sich schwer mit Haushaltsdingen, denn dafür hatten sie ja daheim die Maja, die morgens ihre Bettvorhänge zurückzog und hauchdünne Butterbrote zu englischem Tee servierte. Die Maja blieb auch, als ihr Lohn schon in die Billionen ging, der Tee aus Brombeerblättern bestand und die Butter vom Brot verschwunden war. Schon am ersten Morgen in Meadville bekam Trudele ihre wichtigste Aufgabe zu Gesicht. Diese hatte sich bereits durch die Geräusche in der Nacht angekündigt.

Jäh fuhr sie im fremden Bett auf, als Gracy sie rüttelnd weckte, ihr kaum Zeit zum Ankleiden und für einen Schluck Kaffee ließ und sie ohne viel Federlesens vor die Tür neben ihrem Zimmer zog. An dieser Tür hielt Gracy eine Rede. Trudele wurde ermahnt, sich nicht zu fürchten. Sie lerne jetzt Wilhelmina kennen, die Mutter der blonden Zwillinge, Hermanns Frau. Vor dem Umzug nach Meadville habe sie einen schlimmen Unfall gehabt, bei einem Feuer auf dem verfluchten Ausflugsschiff, der ›General Slocum‹. Ein lustiger Tag mit ihrer Kirchengemeinde hätte es werden sollen, eine Fahrt auf dem East River, ein Picknick im Grünen. Die Zwillinge blieben mit Fieber zu Hause, aber sie, Gracy, Wilhelmina und ihr Ältester, Hermann junior, zogen fröhlich an Bord. Keiner ahnte, was dort auf sie wartete. Gracy hob alle zehn Finger vor Trudeles Gesicht, so dass sie durch die gehäkelten Handschuhe ihre vernarbte Haut sehen konnte. Ein Fünkchen im Lampenraum unter dem Hauptdeck wurde zum Auslöser. Flammen rasten über den Dampfer. Den jungen Hermann fischte man als Wasserleiche heraus. In seiner Angst war er über Bord gesprungen wie viele andere Nichtschwimmer auch. Gracy sprach leise und fiel dabei in ein amerikanisch gefärbtes Deutsch. Zwischendurch brach ihre Stimme. »Wir hatten ihn aus den Augen verloren, weil er mit ein paar Buben in den Maschinenraum gucken wollte. Wilhelmina und ich tranken Kaffee auf dem zweiten Deck. Eine Kapelle spielte. Das Feuer kam wie ein orangeroter Sturm. Mina wurde von einem fallenden Balken am Bein erwischt, ich zerrte sie heraus, sie brannte lichterloh. Wir stürzten ins Wasser, zwei Männer zogen uns in ihr Boot. Wären wir doch ertrunken!« Trudele hörte, wie Gracy Luft holte. Sie wartete verschreckt, bis die andere wieder Kraft zum Reden fand. Die klopfte dem Mädchen auf die Schulter. »We made it, finally, no need to cry over us.«

Während Gracy einen langen Schlüssel aus der Schürzentasche holte, sagte sie, Gertruds Eltern hätten versichert, sie sei ein freundliches, hilfsbereites Ding und könne sich bestimmt um eine Kranke kümmern. Sie selbst habe mehr als genug zu tun mit dem Hotel und den Zwillingen. Hermann sei seit dem Unglück nicht mehr derselbe. Er arbeite zwar nach wie vor, benehme sich aber, als hocke er in einem Eisblock. Sie schloss auf und schob Trudele in den Raum. Das arme Geschöpf lag in einem verschnörkelten Messingbett zwischen Kissenbergen. Das rechte Bein fehlte. Amputiert, weil es bis auf die Knochen verschmort war. Kein Haar mehr, weder Wimpern noch Brauen. Die Reste von Nase, Lippen, Ohren in diesem geschundenen Gesicht waren entsetzlich mit Narben und wildem Fleisch überwachsen. Keine Stimme, nur noch Krächzen.

Trudele grauste es vor der Frau, obwohl sie ihr leidtat. Die Kranke richtete ihre trüben blauen Augen auf sie, versuchte einen heiseren Laut. Gracy gab Anweisungen. Am wichtigsten sei es, Wilhelmina nicht hinauszulassen. Gracy bemühte sich, langsam und deutlich zu sprechen: »Sonst kommt keiner mehr in dieses Hotel. Niemand würde bei uns essen oder schlafen wollen.« Trudele wurde eingeschärft, stets abzuschließen. Sie musste der Verbrannten vorlesen, sie füttern, ihr beim Waschen und bei anderen Verrichtungen helfen. Mehrmals am Tag sollte sie ihr Medizin geben, Morphintropfen, mit denen der Arzt geizig umging, wie Gracy meinte. Mina schlafe viel, könne aber auch wild werden. Als Gracy ihrem Schützling den Schlüssel aushändigte, trat ein Mann ein, auf dessen bleichen Hängebacken schwarze Stoppeln standen. Er war groß, ging gebeugt und trug einen dunklen Anzug. Ohne die Frauen zu beachten, trat er ans Bett und legte seine klobige Hand sanft auf die Stirn der Kranken. Diese schloss ihre Augen, als genieße sie seine Berührung. Danach verneigte sich Hermann Kepler gegen seine junge Verwandte und verließ das Zimmer so schnell, wie er gekommen war. Gracy schärfte Trudele erneut ein, die Tür stets verschlossen zu halten, bevor sie die beiden allein ließ.

Der Alltag schliff sich ein. Er ließ die weichen Hände härter und kräftiger werden, die Schultern breiter, die Augen weniger verträumt. Trudele schlief unruhig, weil sie auch in der Nacht auf Minas Rufe horchte, die keine Glocke läuten durfte, um die Ruhe der Gäste nicht zu stören. Bald konnte ihre Pflegerin schon am Stöhnen erkennen, was sie brauchte. Dieses Wissen machte sie sicherer. Auch war es nicht allzu schwer, das Häuflein Elend zu heben und zu betten.

Sie wiegte den eingeschnurrten Leib in ihren Armen, hielt die nagellosen Klauen und versuchte, das Leben des Geschöpfs zu erleichtern, das einmal die Mutter dreier Kinder, Hermanns Frau, die strahlende Seele eines Geschäfts gewesen war. Sadie sollte alles zu Suppe und Püree quetschen, damit Minas geschundener Gaumen nicht zu sehr schmerzte. Doch nichts half besser als der Trost des Morphins.

In den ersten Tagen fürchtete Trudele, die Kranke sei gefährlich oder sie selbst könne ihr aus Unwissenheit schaden. Doch aus den wimpernlosen Augen der Frau empfing sie oft dankbare Blicke. Wenn die Schmerzen wuchsen, wurde es schlimm. Dann glich Wilhelmina einer Mücke, der ein Unmensch einzelne Glieder ausgerissen hat und die zuckend und tanzend ihre Qual ausdrückt. Wenn sie schrie, kam die ärgerliche Gracy nach oben und schimpfte.

Bedrückender als der stumme Hermann und sein armes Weib waren ihre beiden Kinder, Karl und Klara. Trotz ihrer Rundheit flink, taten sie alles, um Trudele das Leben in Meadville zur Hölle zu machen. Dabei wäre sie gern gut Freund mit den beiden gewesen, war sie doch in vieler Hinsicht selbst noch ein Kind. Sie fand die Zwillinge sogar niedlich mit ihren dicken Wangen, strotzend von Wohlstand, Gesundheit und Überfluss – welch ein Gegensatz zu den halb verhungerten Gestalten in den Straßen ihrer Heimatstadt.

»Gert, Gert, drop dead in the dirt!«, lautete ein Vers, den die Keplerkinder hinter ihr hersangen. Am übelsten nahmen sie es Trudele, dass sie täglich bei der Mutter ein und aus ging, während ihnen das nur selten gestattet wurde.

Schon bald erlebte der Linsenmaier den Groll der Geschwister am eigenen Leib. Jedes Mal, wenn er ihre verschwörerischen Flüsterstimmen auf dem Gang hörte, stand er Todesängste aus. Schon mehrfach hatten sie das Zimmer heimgesucht, Trudeles Ärmel und Schnürsenkel verknotet und einen verdorbenen Bückling hinter den Kleiderschrank gelegt. Abschließen nützte nichts. Sie öffneten die Tür nach Diebesart mit einem gebogenen Draht, ein Knirschen im Schloss, schon standen sie in der Stube und lachten sich über den kreuzbeinig auf seinem Sessel thronenden Linsenmaier kaputt. Ob sie jemals etwas so Hässliches gesehen habe, fragte der Knabe seine Schwester. Die griff mit ihrer Speckpratze zu, zauste den Bastschopf, riss den Schlips ab und zerrte schließlich am linken Arm des Linsenmaiers, während ihr Bruder den rechten ergriff. Der Bedauernswerte hing zwischen den Kindern wie ein Wurm zwischen zwei Hühnern. Ächzend riss der Stoff, während dem Linsenmaier die Sinne schwanden. Er hörte noch das Klackern seiner Eingeweide auf den Holzdielen, dazu Triumphgeheul der Peiniger. Seine Herrin fand ihn am Abend, hingestreckt neben einem braungrünen Linsenberg. Sie las jede einzelne auf wie das Aschenputtel. In der Schulter klaffte ein Loch, ein Arm lag unter dem Bett. Doch Trudele brachte seine Füllung wieder an Ort und Stelle und vernähte die Wunden.

Bei Gracy zu petzen war sinnlos. Weder sie noch Sadie bemühte sich, den Teufeleien der Geschwister ein Ende zu machen. Trudele war so dumm gewesen, am Anfang darüber zu schweigen, weil sie hoffte, Karl und Klara würden die Streiche bald langweilig werden.

Als sie sich schließlich doch beklagte, erntete sie nur Achselzucken: »Just kids!« Der Linsenmaier roch den Braten, denn er war längst nicht so gutgläubig wie Trudele. Sadie-Sadie-wash-your-feet schien heilfroh darüber, dass die beiden Quälgeister nun das fremde Mädchen plagten. Gracy wurde geduldet, aber nicht geliebt. Wenn diese Kinder ein anderes Opfer piesackten, hatte sie ihre Ruhe.

Wirklicher Frieden herrschte nur bei den Mahlzeiten, zu denen sich Familienmitglieder und Angestellte in jenem Raum neben der Küche versammelten, in dem Trudele an ihrem ersten Abend gesessen hatte. Alle erschienen pünktlich mit dem Gong, und Hermann sprach das Tischgebet. Bei Keplers wurde schnell, hastig und viel gegessen. Auch Trudele griff immer mutiger zu.

Während sie aßen, kamen alle zur Ruhe. Vielleicht wurden deshalb stets ungeheure Mengen aufgetischt. Trudele wünschte, sie könnte von all dem, was da übrig blieb, etwas nach Hause schicken. Weil sie nichts liegen lassen wollte, aß sie oft weiter, bis ihr übel wurde.

Beim Lunch wie beim Dinner wurden die unterschiedlichsten Speisen angeboten. Täglich gab es Fleisch, dazu heißes Gebäck, Cornbread oder Bisquits, mit reichlich Butter, süß und salzig gefüllte Pies und gezuckertes Obst. Die Zwillinge griffen zu, als stünde der Jüngste Tag bevor, blieben aber friedlich, solange sie sich vollstopften. Sie baten sogar höflich um Schüsseln und Platten. Für ihre Völlerei wurden sie ebenso wenig ermahnt wie für ihre Frechheiten. Jeder löffelte schweigend und spülte alles mit iced tea herunter. Trudele verzehrte schließlich größere Portionen als die Zwillinge, ohne dass es jemand beachtete.

Der Linsenmaier beobachtete den Appetit seiner Besitzerin mit Erleichterung. Trotzdem fand er, dass sie ihn zu oft zum Trocknen ihrer Tränen benutzte. Lieber sah er sie mit den Backen voller Chewing Gum. Er verachtete diese amerikanische Unsitte, fand aber die Kauerei allemal besser als ihren Unfug mit den Kirschkernen.

Auf dem Überseedampfer hatte es nachmittags häufig englischen Kuchen mit kandierten Früchten gegeben. Nach einer

Teestunde kam Trudele in den Besitz von sieben Kirschkernen, die Alfred auf dem Rand seiner Untertasse gelegt hatte. Das Mädchen verwahrte sie in einer leeren Streichholzschachtel wie Reliquien – einzig und allein, weil sie sich zwischen den Lippen des Geliebten befunden hatten. Sehnsuchtsvoll lutschte sie auf diesen Kernen herum. Ihren Gesichtsausdruck dabei konnte der Linsenmaier nicht ausstehen.

Alfred wusste Bescheid über die Kerne. Auch wenn er Trudele tadelte, sie mache mit solchen Albernheiten einen Götzen aus ihm, kam dem Linsenmaier das Gemecker des jungen Mannes nicht ganz echt vor. An den Rand seines Briefes zeichnete er Herzen, Kirschzweige und Vögel.

Trost ging von allem aus, was Alfred schrieb. Trudeles Gesicht färbte sich rosig vor Freude. Ähnlich errötete sie nur, wenn sie samstags ihren Stapel Dollarnoten hingezählt bekam. Gracy hatte ihr erklärt, was sie anstellen musste, damit ihre Leute daheim so schnell wie möglich in den Genuss der Devisen kamen. Sie begleitete das Trudele sogar zum Postamt in der Chestnut Street und half ihr bei allen Formalitäten. Dass der Druck, eine Familie zu erhalten, genauso auf ihrem Gast lastete wie auf ihr, das verstand diese energische Person sofort. Aus den Briefen von daheim las Trudele manchmal laut vor. Dem Linsenmaier schien es, als ob sie dabei zuweilen grimmig klang. »Weißt du, Linsenmaier, sie hätten mir sagen können, was mich hier erwartet. Ich wäre trotzdem gefahren, vielleicht sogar lieber. Ich hätte mich vorbereiten können. Aber dass sie mich für so schwach halten, das tut mir weh.«

Kaum ein Tag verging ohne eine Nachricht von Alfred. Dem Linsenmaier kamen Schrift und Inhalt dieser Epistel ziemlich oberlehrerhaft vor. Doch er gab zu, dass der junge Kavalier sich wirklich um Trudele bemühte. Er schrieb dem

Mädchen, es solle auf den Heiland Jesus Christus vertrauen, der alles zum Guten wende. Er erwähnte Hiob, der schließlich annahm, was der Herr über ihn verhängte, um am Ende doppelt und dreifach belohnt zu werden. Der Linsenmaier stand dem Herrn von Grund auf skeptisch gegenüber. Das lag, so dachte er, vielleicht daran, dass er bloß Linsen enthielt, aber keine unsterbliche Seele. Natürlich kannte er den Glockenklang der Matthäuskirche, deren vertrautes Dröhnen ihm den Tag eingeteilt hatte. Er kannte sogar den Pastor der Gemeinde, weil dieser die Liebste und ihre Geschwister zur Konfirmation, die Eltern zum Kirchgang eingeladen hatte und dabei nicht lockerließ. Aber der Linsenmaier stammte nun mal aus einer Familie von Zweiflern. Der Vater seiner Liebsten höhnte dem Pastor auf der Treppe noch Kommunistensprüche hinterher, so dass der arme Herr zum Gespött des ganzen Mietshauses wurde. Aber der Liebsten und ihrer Familie schien nichts zu fehlen, außer Geld.

Trudele hingegen war ein anderes Gewächs. Schon während der Überfahrt hatte sie täglich gebetet. Hier las sie in ihrem Gesangbuch und schlug brav in der Bibel nach, was Alfred ihr brieflich empfahl. Doch gegen ihr Heimweh war kein Kraut gewachsen.

»Oh, Linsenmaier, ich wollte, ich könnte über den Ozean fliegen und genau auf der Alexanderstraße landen! Wenn doch meine Schäfle mir wieder zulächeln würden!« Das Gejammer nach Schafen verdross den Linsenmaier. Schmutzige Wiederkäuer passten so gar nicht in sein Bild von einer großbürgerlichen Haushaltung. Außerdem war er eifersüchtig wie ein Gockel. Er begriff erst, als sie ihm ihr Elternhaus beschrieb: Über der Haustür reichten ein Mann und ein Weib aus Stein einander die Hände, darunter stand in vergoldeten Lettern

›Grüß Gott‹. Von den Ecken der Balkone in der Beletage lächelten vier steinerne Schafsköpfe mit mildem, amüsiertem Blick den Passanten entgegen. Als Trudele Alfred auseinandersetzte, sie müsse dieses Haus durch ihre Arbeit in Meadville retten, denn alles Vermögen der Familie sei im unglücklichen Jahr 1923 zerronnen, antwortete der nur mit der Geschichte vom Kamel und dem Nadelöhr. Seitdem breitete sie solche Erinnerungen nur noch vor dem Linsenmaier aus.

Alfred, der in Philadelphia seine Ingenieurskunst vervollkommnete, sorgte für ein anderes Bild, das seiner Freundin vor Augen stehen sollte. Eines Tages kam ein großes Plakat nach Meadville, gedruckt in grellen Farben. »Meine liebste Trude, hänge meine Gabe gut sichtbar auf und bedenke, wie wunderbar es sich auf dem schmalen Wege geht. Die Gründerin des Diakonissenhauses in Deiner Vaterstadt, die vortreffliche Charlotte Reihlen, hat es zur Andacht und täglichen Übung entworfen. So oft Du es anschaust, wirst Du Deinen Alfred treffen, der sich bemüht, ebenfalls auf diesem Pfad zu wandern.«

Doch Trudeles ganze Aufmerksamkeit galt einer Schwarzweißfotografie Alfreds, die dem Brief beilag. Der Kerl war ganz ansehnlich. Trotzdem hatte er etwas Strenges. Seine braunen Augen konnten mild blicken, aber wenn er gegen die Gottlosigkeit der Welt wetterte, sprühten sie Funken. Trudele stellte das Foto auf ihr Nachtkästchen, neben die Kirschkerne, damit sie es »morgens als Erstes und abends als Letztes« anschauen konnte. Über dem Bett hing das andere Bild, das vom breiten und vom schmalen Weg. Auf der bequemen Straße flanierten die Sünder genau in die flammende Hölle, vorbei an Wirtshaus, Lottobude, Theater und Schlachtfeld. Eine Eisenbahn fuhr, die Frauen trugen schöne Kleider, man trank Wein und prügelte sich. Passende Bibelstellen standen säuberlich daneben. Der schmale Pfad führte bergauf, mühselig und eng, über Sonntagsschule, Waisenhaus und Kirche zur Diakonissenanstalt bis ins himmlische Paradies. Brunnen sprudelten, Engel sangen, und alle hatten frohe Gesichter, denn es ging in die richtige Richtung, wie der Wegweiser versprach.

Dem Linsenmaier gefiel dieses Kunstwerk nicht. Wenn er tagsüber in den Sessel gesetzt wurde, blieb ihm nichts anderes übrig, als es zu betrachten. Manche Dinge verlieren an Kraft und Einfluss, je häufiger man sie anschaut. Sie werden eins mit dem alltäglichen Durcheinander.

Doch mit diesem Bild ging es anders. Seine Einzelheiten wurden mit der Zeit immer deutlicher. Es kam dem Linsenmaier so vor, als höre er die gemalten Leute reden, die Zecher grölen, den gequälten Hund winseln. Aus dem Theater donnerte Applaus. Dazwischen klangen Kirchenglocken, in der Sonntagsschule murmelten die Kinder und von fern grollte das Jüngste Gericht, sogar Teufel kreischten. An besonders öden Tagen, wenn die Zimmertür hinter Trudele ins Schloss gefallen war, meinte er, Weindunst aus der Wirtschaft und höllischen Schwefel zu schnuppern. Das waren keine guten Stunden, denn er fühlte sich nicht gestärkt wie Trudele nach ihrem Gebet, sondern gefangen in einer Mischung aus Ärger, Wurstigkeit und Trauer.

So lebten sie beide in der geschäftigen Stadt Meadville, und während um sie herum Automobile fuhren, Versicherungen abgeschlossen, Bäume gefällt, Straßen gebaut wurden, Schiffe den Cussewago hinunterdampften, Zeitungen gedruckt, Wild geschossen, Schwarzbrennereien betrieben, Hotelgäste bewirtet, Glocken geläutet, Predigten gehalten, Werkzeuge, Fischbeinkorsetts und Reißverschlüsse hergestellt, Züge beladen und Kinder gezeugt wurden, saß der Linsenmaier in Trudeles

Zimmer und versuchte, durch das Bild in den Raum nebenan zu starren, wo Trudele bei Wilhelmina saß, Morphintropfen in einen Löffel zählte, Narben einsalbte oder die schwachen Schläge der Kranken ertrug, die zu ihren Kindern hinauswollte.

Im Wartebereich sitzen schon Leute, die meisten schlafen, abgeschirmt durch ihre Kopfhörer – kabellose, die wie kurze weiße Pfeifen in den Ohren stecken, oder napfartige Ungetüme, die die halbe Kopfseite bedecken. Eine Frau im Hosenanzug hackt mit beiden Daumen auf ihr iPhone ein und hat die Fußspitze aus dem Gefängnis eines jadegrünen Pumps befreit. Ihr Hallux valgus steht unter dem großen Zeh hervor wie ein zusätzliches Glied und muss brutal wehtun. Neben ihr nippt eine Greisin mit haariger Oberlippe Kaffee aus einem Styroporbecher. Links von mir hat ein junger Mann die Füße auf sein Handgepäck gebettet. Im kanariengelben Nylon der Sporttasche versinken die Hacken der unförmigen Nikes, sein dunkles Gesicht schmiegt sich in den weichen Halbkreis des Schlafhörnchens um seinen Hals. Er schnarcht und umklammert sein Handy, das Strom aus dem Ladeterminal neben seinem Sitz zieht. Die leeren Steckdosen starren mich an. Diese verkabelte Bequemlichkeit erinnert mich an Stella. Eigentlich bin ich zu müde, um Zeitung zu lesen, überfliege dennoch die Überschriften der ›New York Times‹: »Otto Warmbier, 22, dies after spending 17 months in North Korean captivity and more than a year in a coma«. Dann geht es wieder um den neuesten Präsidenten-Tweet. Low I. Q. Crazy Mika und Psycho Joe, so nennt er zwei unliebsame Fernsehjournalisten.

Zwischendurch schmiere ich Cold Cream auf die wunden Stellen an Hals und Kinn, wo Tonys Bartstoppeln mich aufgescheuert haben, und spüre dem leichten Brennen nach. »Let's keep in touch.« Mal sehen, ob er das tatsächlich macht. Um die letzten Dollar aufzubrauchen, habe ich mich eine Weile auf dem Food Court herumgedrückt. Beim ›Marathon Greek Diner‹ gab es neben Gyros-Burgern und einem ›Big Fat Greek Omelet‹ auch Avgolemono, diese Reissuppe mit Ei und Zitrone, laut meiner Ex-Schwiegermutter das reinste Wundermittel. Ich weiß noch, wie Dimi mir diese Mischung mit einem Babylöffel eingeflößt hat, weil mir in den ersten Monaten mit Bruno ständig schlecht wurde. In Pittsburgh bekomme ich die Suppe mit winzigen Hackbällchen, Giouvarlakia, in einem großen Pappbecher. Es macht Spaß, nach all der Zeit wieder ein paar Sätze Griechisch zu sprechen.

Mit geschlossenen Augen schlürfe ich die lauwarmen Reste der Brühe, stelle mir Dimi in unserer Wohnung in der Altenbergstraße vor, wie er die Kerne aus einer Zitronenhälfte pult, diese über einer Tasse mit rohem Ei ausquetscht, das Ganze verquirlt und vorsichtig in die Suppe rinnen lässt. Mit dem Geschmack kommen vertraute Bilder – Dimis kräftige Finger, zwischen denen der rosa Plastiklöffel noch kleiner aussieht, die Reiskörner auf dem Grund des Tellers, der herbe Zitronengeruch, seine Stimme, die mir beruhigende Worte zuflüsterte.

Mit der Zungenspitze taste ich über den pelzigen Belag auf meinen Zähnen. Auf der Damentoilette habe ich einen Automaten für Einmalzahnbürsten gesehen. Ich kann mich aber nicht aufraffen, bleibe sitzen, verfolge die Nachrichten auf dem Bildschirm über den Stuhlreihen. Es läuft Basketball, zwischendurch flackern die Waldbrände in Portugal. Mehr schwappt nicht aus Europa herüber.

Es nützt alles nichts. Der Anruf muss vor dem Boarding erledigt werden. Ich entferne mich so weit von meinem Platz, dass ich die Schlafenden nicht störe.

Wecken werde ich meinen Vater nicht, zu Hause ist früher Nachmittag. Ob er noch Mittagsschlaf hält? In den ersten Wochen nach dem Schlag hat er ständig geschlafen. Sein Hirn ausgeruht, damit es schließlich diese Schnapsidee ausbrüten konnte. Annemarie, was für ein Wahnsinn. Ein Profilbild hat mein Vater nicht, der Kreis vor seinem Namen ist grau. Trotz meiner laschen Reaktionen hat er mir eifrig weitere Bilder geschickt, meistens Selbstporträts. Er sieht wirklich gut aus. Das Hängelid und der schlaffe Mundwinkel scheinen sich aufzulösen, als komme seine ursprüngliche Miene unter einer grotesken Maske wieder zum Vorschein. Er wirkt unbeschwert, fast spitzbübisch, trägt einen etwas zu langen Dreitagebart, der ihm überraschend gut steht. Ähnlich wie er strahlen auch seine weiteren Aufnahmen: mal eine Schale Erdbeeren, auf denen ein Admiral mit ausgebreiteten Flügeln sitzt, mal ein dottergelber Hornklee, der unverdrossen aus einer Mauerritze wächst. Als Antwort auf seinen letzten Bildergruß hat er von mir eine Reihe abwärts gerichteter Daumen kassiert. Zu sehen gab es ein Paar karierte Damenschuhe mit mäßig hohen Keilabsätzen und schwarzen Lederkappen. Einer lag umgekippt auf sonnenbeschienenen Dielen. Größe 38. Ich ärgere mich immer noch, wenn ich daran denke. Diese Frau gibt es wirklich. Sie ist wohl eher klein, kleidet sich ganz anders als meine Mutter, die fast nur Ballerinas und Schnürer trägt.

Er hätte es nie gewagt, meine Schwester mit einem solchen Foto zu konfrontieren.

Noch immer bringe ich es nicht über mich, seine Nummer zu drücken, scrolle stattdessen in meinen Kontakten herum. Sabina füllt unsere Fotogalerien mit unerschütterlicher Regelmäßigkeit. Was in ihrem Garten reift, welche Schulwettbewerbe meine Neffen gewinnen, was sie kocht und backt, ihre Urlaube. Aus der heimatlichen Zeitzone hat sie die vier Evangelisten in blau-weiß gestreiften Schlafanzügen geschickt, auch mein Schwager und sie selbst tragen dieses Sträflingsoutfit. Die ganze Familie ist in ein Monopoly-Spiel verwickelt. Noch immer habe ich Sabina nicht gesagt, dass unser Vater ausgebüxt ist. Nur fleißig ein Urlaubsbild nach dem anderen abgefeuert. Insgeheim fühle ich mich meiner Schwester überlegen, weil ich allein dieses Elterngeheimnis kenne. Ich bin ihr voraus, auf eine alberne, zermürbende Weise. Zu mir sind sie gekommen, als der Kittel brannte, nicht zu ihr. Wenn sie schon alles andere hat, gehören mir wenigstens die Scherben und die Tränen. Die nur aus Schuhen bestehende Annemarie und der glücklich grinsende Hinz. Die verzweifelte Elisabeth. Wie lange wusste Mami es schon? Kurz entschlossen richte ich die Handykamera auf mich selbst. Ein müdes Gesicht, umgeben von zipfeligen Haarsträhnen. Wangen und Kinn sind leicht aufgepolstert, Kletschbacken würde Papa sagen, die kommen von den Bagels und Zimtschnecken. »Du rufst ihn jetzt sofort an, Feigling«, sage ich leise. Das Bild bewegt die Lippen. Ich halte die Kamera so, dass sie ein Pittsburgh-International-Airport-Schild mit aufnehmen kann, ziehe eine Cheese-Grimasse und drücke ab. Das Bild versehe ich mit der Unterschrift ›Es geht wieder nach Hause‹ und schicke es an Stella, meine Mutter und – nach kurzem Zögern – auch an Dimi.

»Cornelia, mei Schnuppes! Endlich!« Mein Vater babbelt Mainzerisch, so wie immer, wenn er gerührt oder erregt ist. Ich spüre diese Enge in der Kehle, vermisse ihn und möchte den Kopf an seine Schulter lehnen. Seine weichen, fast singenden Sätze umflattern mich, ich schließe die Augen, weil ich mich anstrengen muss, ihre Bedeutung zu erfassen. Plötzlich denke ich an den Taubenschlag im Alosenweg, die zutraulich umhertippelnden Tiere, die immer näher rückten, während Sabina und ich Mais verstreuten, und dazwischen Papa, der die schönsten Vögel aus dem Schwarm herauspflückte, uns die Federleiber in die Hände gab, behutsamer, als man es seinen riesigen Pranken zugetraut hätte.

»Papa, du darfst Mami nicht einfach blockieren. Das geht doch so nicht. Schlimmer als bei Teenagern.« Besser auf jede Diplomatie verzichten, ich habe ohnehin nicht mehr viel Zeit. Hinter dem Tisch am Ende des Gates hat eine Dame in der Uniform der Airline Platz genommen. Mein Vater klingt genervt, nicht ärgerlich, eher wie einer, der sich nach Ruhe sehnt. »Aber ich kann ihr nichts erklären. Ich weiß doch selber nicht, wie … wie … wie …« Er sucht weiter im Trümmerhaufen seines Wortschatzes, ich unterbreche mitleidslos. »Was weißt du nicht?« – »Na, wie mein Leben weitergehen soll.« Er holt Luft, erleichtert, das Gestotter beenden zu dürfen. »Ich lebe ja noch, das ist mir geschenkt worden.« Mir entschlüpft ein verächtliches »Pfff«, wie ich es von Bruno und Stella kenne, wenn sie meine Predigten besonders dämlich finden. »Sie macht mich schalou, du weißt doch, wie sie ist. Keine Freude. Menschen ändern sich. Ich will ihr nichts Böses.« Noch während ich antworte, erkenne ich meinen Satz als einen von denen, die ich verwende, um meine Kinder zu maßregeln: »Das hättest du dir vorher überlegen sollen. Es muss dir doch klar sein, dass deine Handlungen Konsequenzen haben. Sie hat mir nicht gesagt, was bei euch los ist. Hat mich schließlich heulend angerufen. Findest du das richtig?« Jetzt verstummt er, räuspert sich. »Es stinkt mir unglaublich, dass ihr mich überhaupt da hineingezogen habt. Ich hab doch selber genug an der Hacke.« Er seufzt. Mein Flug is now ready for boarding. Premium passengers, Leute mit Gehhilfe und Eltern mit Kleinkindern setzen sich in Bewegung. »Meedsche, du bist ja am Flughafen«, sagt er und klingt wieder verwirrt. »Ja, es geht gleich los, ich komme wieder heim.« Der Typ mit der gelben Tasche steht auf, die Businessfrau hat ihre Füße wieder in die Mörderpumps gezwängt und stöckelt ihm voraus. »Papa, du musst mit ihr reden.« Er hustet kurz, das kommt mir gespielt vor, aber dann klingt seine Stimme klarer und entschiedener als zuvor. »Wenn man nicht mehr viel Zeit hat, muss man sich gut überlegen, mit wem man sie verbringt.« Der verdrehte Gurt meiner Umhängetasche schneidet in die Schulter, beim Gehen schlägt sie mir gegen die Hüfte, erheblich schwerer als beim Hinflug. »Versprichst du mir, dich bei Mami zu melden?« Seine Antwort geht im Aufruf für die boarding groups unter. Laut wiederholt er: »Wann kommst du an?« Leise murmelt er die Uhrzeit vor sich hin, denkt wohl, ich hätte schon aufgelegt, dann bricht die Verbindung ab.

Im Flugzeug ist es kalt. Ich sitze in der Mitte der Maschine, pule die Kopfhörer aus einem Seitenfach meiner Tasche, schäle die dünne rote Fleecedecke aus ihrer Plastikhülle, lege sie mir wie einen Schal um den Hals und überlege, welche Filme ich anschauen soll. Hinz und Elisabeth. Das Ende einer Liebe. Elisabeth und Hinz. Die alten Tauben sind müde. Vielleicht kommt Papa zum Flughafen. Soll ich ihn dann mit in die Ostendstraße nehmen? Über den ausgedörrten Grasstreifen neben dem Rollfeld hüpfen im Zickzack ein paar schwarze Vögel, common grackles, das erkenne ich an den starken Schnäbeln, den keilförmigen Schwänzen und an ihrem Wagemut. Kein Ort in diesem Staat, an dem ihr Pfeifen nicht zu hören wäre, kein Autodach, auf dem sie nicht umherhüpfen. Zu schlau für die Flughafensicherheit. Ich presse das Gesicht ans Fenster, hole das Handy raus und versuche, die Tiere heranzuzoomen, aber sie bewegen sich zu hektisch, und ich stecke das Telefon wieder ein. Als ich erneut hinsehe, sitzt eine ganze Schar auf der Betonkante, die Rasen und Asphalt trennt. Eigentlich sind diese Vögel nicht schwarz, ihre Köpfe leuchten kobaltblau, die Schwingen bräunlich wie Ruß, manchmal tiefviolett. Sie haben durchdringende hellgelbe Augen, aber das kann ich von hier oben nicht erkennen.

Da ploppt eine Nachricht herein. Wahrscheinlich mein Vater, der Verrückte. Aber sie ist von Dimi. Zum letzten Mal haben wir vor meiner Abreise miteinander gesprochen. »Du siehst gut aus, moraki mou. Das war aber eine kurze Reise. Hast du dich trotzdem erholt? Mir geht es grade prima. Guten Flug!« Zeig mir mal einer ein geschiedenes Paar, das sich gegenseitig mit seinen alten Kosenamen anspricht. Ich bin noch immer sein »moraki«, sein Babylein. Und er mein Dicker, »xondro mou«. Es ploppt erneut, ein Foto folgt. Das Erste, was man von Aliki sieht, sind ihre langen, dunkelbraunen Locken. Hinter der Haarkaskade taucht Dimis lächelndes Gesicht auf. Er hat einen Arm um Aliki gelegt, eine ihrer Strähnen kringelt sich auf seiner Hand wie ein dünner, glänzender Wurm. Aliki arbeitet bei einer Bank in Parga. Ihre Mutter und meine Ex-Schwiegermutter stammen aus demselben Dorf in den Bergen. Dimi und sie kennen sich seit Teenagertagen, trafen sich immer in den Ferien am Strand. Ich kenne ihn noch länger.

Nach einer Weile mache ich das Handy aus und schaue wieder aus dem Fenster. Die grackles bilden noch immer eine Reihe, ihre Schnäbel zeigen genau in meine Richtung. Die Sonne trifft ihre Köpfe und lässt sie metallisch strahlen. Absalom, der Pfau auf der Bilger-Farm, fällt mir ein, die Augen des Riesen auf seinem Rad. Unter dem Sitz taste ich nach der Tasche, fühle den Audubon, nicht den modernen Vogelführer mit Fotos und Karten, den ich in Stuttgart gekauft habe, sondern meine Neuerwerbung: eine kleine Taschenbuchausgabe, so dick wie ein Big Mac, das Reprint der Originalzeichnungen von 1838. Hier sieht das Grackle-Pärchen mehr grün als schwarz aus, nur eine Nuance dunkler als die Blätter der Maisstaude, die sie gemeinsam plündern. Die feinen Härchen um die reifen Kolben glühen orange. Der Vogelmaler und Naturforscher Audubon hat seine Modelle liebend gern gejagt und fast immer ihre drapierten Leichen gezeichnet. Seine Bilder sind zum Sterben schön.

Ein leichtes Presslufthammerrütteln läuft durch den Leib des Flugzeugs. Ich spüre meine Zahnfüllungen. Vielleicht hat sich die Erschütterung vom Fahrgestell über den Asphalt hinweg bis zur Rasenkante fortgesetzt, denn die Vögel schütteln sich, ordnen das Gefieder mit den Schnäbeln und erheben sich dann plötzlich unter kräftigen Flügelschlägen. Sie drehen ab und kehren dem Flughafen den Rücken. Ich schließe die Augen und versuche, mir Bruno und Stella vorzustellen, wenn sie ihre Geschenke auspacken. Mit einem Ruck hebt die Maschine vom Boden ab, die Räder werden eingezogen, es geht los.

21 Wie der Linsenmaier geschlachtet und gekocht wurde und wie er wieder auferstand

Dieser Februartag strahlte. Die Bäume standen verschneit am Wegesrand, aus den Nachbarkaminen stiegen Rauchsäulen in den blassblauen Himmel. Auf der Straße lagen gefrorene Pferdeäpfel, ein paar Kinder schlitterten über den schwarzen Spiegel einer großen Pfütze. Zum Linsenmaier zogen seit den frühen Morgenstunden süße Backdüfte hinauf. Sein Trudele war schwerfällig in die Küche gekeucht, um Sadie bei der Zubereitung des Proviants zu helfen. »Hermann und die Kinder müssen mal raus aus dem Trott«, lautete Gracys Entschluss. Einen Tag lang könnten sie schließen. Sie wollten zum Lake Conneaut fahren, Schlittschuh laufen, hinter den Panoramafenstern des neuen Hotels Kaffee trinken und alles vergessen. Trudele wurde nach Kräften herumgescheucht. Sogar beim Anschirren des Einspänners musste sie helfen, denn das Auto konnte man bei dieser Witterung nicht aus der Garage holen. Immer mehr glich das Pferdefuhrwerk einem fahrenden Picknickkorb, so viel Essen wurde herbeigeschleppt. Dabei dauerte es höchstens eine Stunde bis zu dem kleinen See an der Strecke nach Erie, den selbst der Linsenmaier kannte, auch wenn er schauderte, als ihm einfiel, wie die Zwillinge ihn beim letzten Ausflug, als das Wasser noch warm gewesen war, bis zu den Ohren im nassen Ufersand vergraben hatten.

Die Keplers waren so hastig aufgebrochen, als flöhen sie vor einer Gefahr. Gracy befahl kurz: »Keine Gäste heute. Der Doktor schaut übermorgen bei Wilhelmina vorbei. Einfach die Vordertür abschließen.« Sie war beschäftigt, Klara Mütze und Muff hinterherzutragen, Karl den Schal zu knoten und sich besorgt nach Hermann umzusehen. Trudele kassierte zum Abschied die herausgestreckten Zungen der Geschwister. Sie riefen: »Gert, you're the fattest person in town!« Gracy hörte wieder einmal nichts. Sie hielt schon die Zügel und drehte sich nach hinten. Wie ein riesiger schwarzer Sack hing Hermann auf der Rückbank zwischen seinen Kindern. Die stopften Waffelherzen in die fettglänzenden Münder und bestäubten dabei Mantel und Hosen ihres Vaters mit Puderzucker. Dieser starrte regungslos vor sich hin. Gracy schnalzte, und der Gaul setzte sich in Bewegung. Auch Sadie verabschiedete sich, um ihre Familie in Titusville zu besuchen.

»Ach, bin ich froh, ihre gemeinen Gesichter einmal nicht sehen zu müssen«, seufzte Trudele. Sorgsam verschloss sie die Hintertür, dann schleppte sie sich die Treppe hoch. Sie nahm sich vor, in ihrem Zimmer zu bleiben, Briefe zu schreiben und ein bisschen zu lesen, um keinen Laut von Mina zu überhören. Von draußen drang das Rumpeln der Fuhrwerke und Automobile herein, Rufe von Fußgängern, das übliche Treiben eines geschäftigen amerikanischen Vormittags. Alles klang besser als das Trampeln der Zwillinge oder ihr »Fat, fat Gert! Rolypoly!«.

Trudele sah auf die Uhr. Sie schrieb Alfred von ihrer Sehnsucht, scheute sich auch nicht, die Küsse vom Schiff zu erwähnen. Darin war sie freier als er, der nur davon faselte, ihre reine Stirn mit den Lippen zu berühren und in ihre klaren Mädchenaugen zu sehen. Ihre Berichte über die Krankenpflege lösten bei Alfred großes Lob aus. Er pries diese wahre Nachfolge Christi.

Ohne dass Gracy oder Hermann es merkten, ließ Trudele Minas Tür seit einiger Zeit immer einen Spalt weit offen, wenn Karl und Klara oben im Flur spielten. So konnte ihre Mutter die beiden wenigstens hören, manchmal sogar vom Bett aus einen Blick auf sie erhaschen. Für die Kranke hatte sie aus der roten Seide eines alten Abendkleids eine Maske genäht, die tagsüber ihr Gesicht verbarg. Sie wurde von zwei Bändeln am Hinterkopf zusammengehalten und lag so zart auf der vernarbten Haut, dass sie Mina nicht schmerzte. Wäre ihr blonder Haarschopf noch dagewesen, hätte man glauben können, die Frau trüge diese mohnblütenrote Larve als modische Zier. Gegen die Kälte bedeckte sie ihren Kopf mit einer weichen Kappe, die ihren kahlgebrannten Schädel versteckte. Aber wenn die Kinder jetzt das Gesicht ihrer Mutter erblickten, sahen sie kein zerstörtes Antlitz mehr, sondern eine flatternde, leuchtende Fläche, aus der die immer noch schönen blauen Augen hervorstrahlten.

Trudele nahm den Linsenmaier mit ins Krankenzimmer. Sie gab Mina mehr Tropfen, als der Arzt verordnet hatte. Die Kranke schlief länger als sonst, war insgesamt ruhiger. Mit Schreiben verging der Vormittag. Trudele las Alfreds letzten Brief laut vor und sagte zu Mina: »Das klingt, als ob er es ehrlich meint, findest du nicht auch?« Die trug heute keine Maske. Ihr Lächeln sah zum Fürchten aus, denn die Oberlippe war im Feuer verschmort. Aber ihre Pflegerin nahm das schon gar nicht mehr wahr. An ihrem Federhalter kauend, murmelte sie: »Bald ist er fertig mit seiner Arbeit in Philadelphia. Dann fährt er zurück nach Deutschland. Was wird aus mir?« Trudeles Welt war seit ihrer Ankunft in Meadville zusammengeschrumpft auf das Krankenzimmer und ihre eigene Stube, ein paar Hotelgänge und -treppen. Dazu kamen die wenigen Straßen, durch die sie mit Sadie und den Keplers am Sonntagmorgen ging, wenn sie den Gottesdienst in der First Lutheran Church besuchten. Anschließend spazierten sie im Diamond Park, umrundeten den Springbrunnen und betrachteten die Statue des Stadtgründers David Mead, der ernst unter seiner Fellmütze hervorblickte. Von den Hotelgästen und ihrem Trubel bekam Trudele nicht viel mit, ebenso wenig von der prosperierenden Stadt. Niemand zeigte ihr die riesigen Wälder ringsum oder den Eriesee, und sie fragte auch nie danach, wusste nicht einmal, dass eine Viertelstunde Fußweg vom Hotel entfernt auf einem Hügel ein ehrwürdiges College lag.

All ihre Sehnsucht war auf Stuttgart gerichtet, auf das sandsteinerne Haus mit den lächelnden Schafen und ihren Lieben, die versuchten, ihr nur Gutes zu schreiben, und doch nicht anders konnten als zu klagen, wie schlecht und immer schlechter die Lage in Deutschland wurde. Wenn sie auf die Kuverts an Alfred den Namen der Stadt Philadelphia schrieb, fühlte sie sich getröstet, nicht nur, weil sie den jungen Mann wirklich gernhatte. Wenn er nur wollte, könnte er nach einer kurzen Eisenbahnfahrt vor ihr stehen.

Für den Lunch hatte Sadie einen Teller mit Sandwiches und Waffeln bereitgestellt, dazu eine Kanne Tee. Trudele aß achtlos und schnell, Mina nahm fast nichts. Draußen trübte es sich allmählich ein, die Sonne verschwand hinter einem dunklen Gewühl am Himmel, und als sie nach dem Essen das Geschirr zusammenräumte, musste sie schon das elektrische Licht einschalten. Mina wollte schlafen und drehte sich unwillig weg. Sie bekam ihre Medizin und schlummerte schnell ein. Auch Trudele, die sich mit dem Linsenmaier auf dem Schoß im Ohrensessel am Fenster niederließ, fühlte sich mit einem Mal unsagbar müde. Bald schliefen beide Frauen, während sich draußen schwere Wolken zusammenballten und lautlos öffneten. Nichts verschluckt Lärm so zuverlässig wie frisch gefallener Schnee. Was für ein Schnee fiel in Crawford County! Die Flocken tanzten nicht, dafür wäre in der Luft gar kein Platz gewesen. Sie kamen so dicht und mächtig herunter, dass Trudele nur eine helle Wand gesehen hätte, die leise vor ihrem Fenster umherschwankte. Doch sie sah nichts. Sie schlief.

Als sie wieder aufwachte, herrschte Dämmerlicht im Zimmer. Sie hörte Minas pfeifende Atemzüge. Ihre Finger tasteten erst nach dem Linsenmaier, dann nach dem Lampenschalter. Doch so viel sie auch daran drehte – es blieb dunkel. Leise erhob sich das Mädchen. Zur Sicherheit steckte sie den Linsenmaier in die Schürzentasche. Inzwischen hatten sich die Wolken verzogen, der Mond war aufgegangen, sein kaltes Licht, verstärkt durch das Weiß des Neuschnees, machte es einfach, sich zurechtzufinden. Auf der Kommode stand ein Porzellanleuchter aus der alten Heimat: das Stuttgarter Hutzelmännle. Zusammen mit dem verzauberten Brotlaib und den Stiefeln schleppte der Kobold noch eine Kerze auf dem Buckel und lachte dabei über das ganze Gesicht. Mina liebte seine Geschichte. Als Trudele die Tür öffnete und in die eisige Stille auf dem Gang hinauslauschte, fiel ihr auf, dass außer dem Knacken und Knistern des Hauses kein Laut zu vernehmen war. Langsam stieg das Mädchen die Treppen hinunter. Küche, Familienzimmer und Speisesaal, Foyer, Raucherzimmer, Salon – alles lag in Dunkelheit und Schweigen. Warum war die Familie noch nicht zurück? Dass der Strom ausfiel, kannte das Trudele aus Deutschland. Da half nur Warten. Endlich trat sie ans Küchenfenster und begriff nicht. Statt des Back Yard mit seinen Arbeitsschuppen sah sie eine weiße Fläche, die sich gegen das Glas presste und im Kerzenlicht hell glitzerte. »Schnee«, dachte Trudele. Als sie merkte, dass dieser Schnee bis zum oberen Fensterrahmen hinaufreichte, gaben ihre Knie nach. Allein mit Mina, ohne Strom und ohne eine Menschenseele. Von draußen kam kein Laut. Schlief denn die ganze Stadt? Oder lagen alle begraben unter diesen kalten Massen, nur sie allein noch übrig?

Sie versuchte, die Hintertür zu öffnen, aber eine Wand aus Schnee versperrte den Durchgang. Gleichzeitig rief Wilhelmina klagend von oben. Fest umfasste Trudele ihr leuchtendes Hutzelmännle und ging in seinem Schein zurück in die Krankenstube. Sobald Mina die Flamme erblickte, verkroch sie sich unter ihrer Decke. »Aber Mina, das bin doch nur ich, mit dem Hutzelmännle, das kennst du doch! Der Strom ist weg, draußen hat es geschneit.«

Obwohl Trudele versuchte, munter zu klingen, merkte der Linsenmaier, dass sie sich fürchtete. »Das ist kein Feuer, nur eine Kerze! Die haben wir doch neulich abends angezündet, weißt du nicht mehr?« Aber Mina ließ sich nicht beruhigen. Jetzt hängte sie das übriggebliebene Bein neben den Oberschenkelstumpf über die Bettkante und stellte sich auf, stützte sich mit der einen Hand an der Matratze ab und schlug mit der anderen schreiend nach der Flamme. Trudele ließ den Leuchter fallen, der auf dem Holzboden zerschellte, während die brennende Kerze auf Wilhelmina zurollte. Die trat nach der orangefarbenen Feuerzunge, erwischte sie, rötlich verglomm der Docht, während Mina aus dem Gleichgewicht geriet und zurück ins Bett kippte. Mit beiden Armen umfing

Trudele die Tobende, die erst verstummte, nachdem das Mädchen mehr Morphintropfen als je zuvor in ihr Wasserglas gegeben hatte.

Ohne das Mondlicht hätten der Linsenmaier und Trudele die ganze Nacht über in Finsternis gesessen. Wo blieben die Keplers? Und Mina, die kaum hörbar atmete, den Kopf zur Seite geneigt, die Augen geschlossen? War es diesmal zu viel gewesen?

Der Strom kam nicht wieder. Eine Hand um den Linsenmaier gekrampft, tastete sich Trudele erneut nach unten und begann, die Küche nach etwas Essbarem zu durchsuchen. Denn mit Schrecken war ihr eingefallen, dass Sadie, die Ordentliche, täglich den Kühlschrank mit einem Vorhängeschloss sicherte, weil darin neben verderblichen Dingen auch ein paar Flaschen Moonshine verwahrt wurden, gesetzeswidrig gebrannt. Offiziell sprach sie von Schutz gegen Einbrecher, aber es war selbst Trudele klar, dass auf diese Weise Hermann am Trinken gehindert werden sollte. Aus Angst vor Schädlingen schloss Sadie jede Brotscheibe weg. Auch der Vorratsschrank mit Mehl, Reis, Erbsen, Zwieback und Zucker war verrammelt, und der Schlüsselbund befand sich mit Sadie in Titusville. »Linsenmaier, jetzt bleibt nur noch die Speisekammer«, flüsterte Trudele. Das war keine Kammer, sondern ein mittelgroßer Raum mit deckenhohen Regalen an allen Wänden, besser gefüllt als jeder Kaufladen daheim: sämtliche Arten von Früchten und Gemüse, Fleisch, Suppen und Soßen, gezuckerte Kondensmilch, Fische, Krabben und Muscheln, sauber eingeschlossen in blanken Blechbüchsen. Trudele griff erleichtert nach einer Hühnersuppe mit Nudeln, die Mina ohne Widerwillen aß. Doch der Linsenmaier merkte, wie neue Furcht seine Begleiterin überfiel. Ihre Lippen pressten sich aufeinander, während sie eine Schublade nach der anderen aufriss. »Der Büchsenöffner!«, jammerte sie, kippte Messer, Löffel und Kellen auf den Fußboden, wühlte in dem klirrenden Haufen, fand aber nicht, was sie suchte, sondern stach sich nur den Daumen blutig und saß schließlich weinend neben dem Besteck auf der Erde. »Linsenmaier, Sadie hat den Büchsenöffner dem Hermann gegeben, weil er den gesprungenen Griff austauschen sollte. Und der hat ihn in seine Werkstatt geschleppt. Da liegt er jetzt. Draußen!« Mit ihrem dicken Finger wies sie in Richtung Back Yard. Natürlich versuchte sie, die Dose aufzumachen, ein Messer durch den Deckel zu treiben, mit dem Fleischklopfer darauf zu schlagen, aber nichts half. Ungeschickt, kraftlos und bereits ohne Hoffnung gelangen Trudele nur ein paar Kerben im Deckel. Oben schlief Mina friedlich im Mondlicht. Auf dem Nachtkasten lagen die Scherben des Hutzelmännle, dessen freundliches Lachen zerborsten war und das jetzt vergrätzt dreinschaute. Trudele schauderte. In ihrem Kopf gab es nur noch die Angst zu verhungern. Seit den Sandwiches hatte sie nichts mehr gegessen, ihr Magen knurrte. Je weiter zu Hause die Inflation fortgeschritten war, desto mehr hohläugige Kinder und dürre Arbeitslose schlichen durch Stuttgarts Straßen. Obwohl Papa die Zeitungsberichte über Selbstmorde und Hungertote im Büro vor »seinen Frauen« versteckte, wusste sie Bescheid. Es genügte schon ein Blick in die eigene Küche, in der zwar noch die Maja herumwirtschaftete, aber die war froh, wenn sie Kohlrüben und Brennnesseln für eine Suppe zusammenbrachte. Mina brauchte nur ein paar Löffel, aber sie selbst? Inzwischen war sie die reichlichen Mahlzeiten gewohnt. Trudele rang die Hände. Da rutschte der Linsenmaier von ihrem Schoß und fiel zu Boden. In seinem Inneren rasselte es. Der arme Kerl verstand nicht, weshalb das Mädchen ihn so plötzlich unter den Arm klemmte und das Zimmer verließ. Schneller, als er denken konnte, legte sie ihn auf den Schreibtisch und zog ihn aus. In ihrem Gesicht stand ein merkwürdiger Ausdruck. Wie sie auf sein Bäuchlein starrte! Als er nur noch im Hemd vor ihr lag, blickte sie ihm fest in die Augen und sagte: »Verzeih mir, Linsenmaier, aber es muss sein.« Schneidende Kälte und ein Grausen, nicht von dieser Welt, durchfuhren ihn, als die Nähschere auf einmal seinen Leib in der Mitte öffnete, vertraute Finger die Lappen der Bauchdecke aufklappten wie Flügeltüren und seine Eingeweide nach allen Seiten herausrieselten. Das war doch sein Trudele, das ihn eben noch geherzt und gedrückt hatte! Jetzt ließ sie ihn kopfüber hängen wie eine frisch gemetzelte Sau, bis sein ganzes Leben aus ihm herausgeronnen war! Jede einzelne Linse schüttelte sie aus seinem Körper, drückte ihm Arme, Beine und den Kopf zuschanden, damit nichts verlorenging, schleuderte ihren schlaff gewordenen Freund und Bettgenossen mit Schwung aus wie ein Federbett und jubelte über das Klackern eines verborgenen Linsenstroms, der durch diesen Gewaltakt hervorgeschossen kam. Immerhin streichelte sie seine traurigen Überreste, als sie ihn auf ihr Kopfkissen bettete und murmelte: »Danke, du guter Linsenmaier.« Mit verzerrtem Hungergesicht wischte sie die Linsen von der Tischplatte in eine Schale und kehrte erst viel später zurück, ein Töpflein in der Hand, aus dem es vertraut duftete: ein wenig säuerlich, kräftig, wie eine Nasevoll aus der Küche in der Karlsvorstadt, wo die Mutter seiner früheren Liebsten morgens vor der Fabrik am Herd gestanden und für ihre Blagen gekocht hatte. »Wie gut, dass mir dieser Einfall gekommen ist! Mina hat ein paar Löffel gegessen, gelächelt und ist wieder eingeschlafen. Sadie hat ja noch einen Holzherd da unten. Ich hab es geschafft,

Feuer zu machen! Da staunst du, was? Für eine Linsensuppe hat der Scheit darin gerade noch gereicht. Schön sämig ist sie geworden. Ach, Linsenmaier, dank dir müssen wir nicht Hungers sterben. Es ist sogar noch ein Rest übrig, für morgen.« Sprach's und stellte den Topf auf die Fensterbank, damit er kühl blieb, nahm die leere Haut des Linsenmaier und ging wieder zurück ins Krankenzimmer, wo sie sich zu Mina aufs Bett setzte und sofort einschlief. Der Linsenmaier fühlte sich matt, aber in den Händen seines Trudele immerhin geborgen. Er hörte einen heftigen Wind um das Haus streichen und das Geräusch von tropfendem Wasser, aber weil er so erschöpft war, achtete er nicht weiter darauf.

Am nächsten Morgen weckte sie nicht nur heller Sonnenschein, sondern auch lautes Gepolter und Geschrei. Im Hinterhof wieherte der Gaul. Gracy und Hermann entstiegen dem Einspänner, danach stürmten die Zwillinge heraus. Sadies ärgerliche Stimme schallte durchs Treppenhaus, rief etwas von »awful mess in the kitchen«. Gracy gesellte sich dazu, ein Schimpfduett begann, das Trudele normalerweise geängstigt hätte. Sofort wäre sie treppab gerannt, aber heute?

Heute stand sie einfach am Fenster, sah hinaus und schob es mit einem heftigen Ruck nach oben, dass es knallte wie ein Pistolenschuss. Gleichzeitig fiel der Topf klirrend zu Boden, ein Rest braungrauer Suppe ergoss sich über Kleid, Schürze und Schuhe des Mädchens. Sie merkte nichts davon, blickte hinaus ins strahlende, sonnige Blau des Vormittags, auf die Ströme von Schmelzwasser, die von den Dächern auf die Straßen hinabbrannten, auf die zu schmutzigen Inseln zusammengesunkenen Schneeberge, auf die Keplers unten im Hof, die geschäftigen Menschen überall und stieß einen Schrei aus. Dabei schwenkte sie den Linsenmaier wie eine Siegesfahne in der kalten Luft umher. Ein Tauwind, der von den großen Seen hergekommen war, fuhr ihm in den geöffneten Leib und blähte ihn mächtig auf, so dass er für einen Augenblick wieder stolz und rund aussah.

Natürlich wurde Trudele tüchtig in die Mangel genommen, wegen des mit Ruß und Suppe verdreckten Herds, der durcheinandergeworfenen Konserven und des Affentheaters. Mit ruhiger Miene hörte sich das Mädchen die Vorwürfe an, nickte und sagte: »I'm sorry.«

22 Wie Trudele und der Linsenmaier heimkehrten und was danach aus ihnen wurde

Von dem Tag an, als Trudele den Linsenmaier leergefressen hatte, war sie eine andere geworden. Sie kannte das Märchen von den Besenbindersöhnen, die das Herz eines goldenen Vogels aßen und danach täglich einen Dukaten unter ihren Kopfkissen fanden. In jenen dunklen Stunden hatte sie sich zusammen mit den Eingeweiden des Linsenmaier auch eine betäubende Gleichgültigkeit einverleibt. Sie fühlte zwar keine Angst mehr, aber auch keine richtige Freude. Oft verschlief sie am Morgen, und es war ihr gleich, ob Gracy schalt, ob die Zwillinge ihr Kaulquappen und später im Jahr Frösche ins Bett legten oder ihr »fatty fat Gert« hinterherriefen. Stets war sie träge und so müde, als hätte sie statt Blut eine dicke Suppe in den Adern. Sie war sogar zu erschöpft, um den Linsenmaier neu zu füllen. Trotzdem trug sie die leere Hülle in der Schürzentasche und schob ihre Hand häufig hinein wie in einen Fäustling. Dann kam sich der arme Linsenmaier nicht mehr so putzlumpenartig vor, wie er aussah. Wilhelmina schien ebenfalls von der Schlafsucht befallen. Sie verlangte nicht mehr ständig nach ihren Kindern und verpasste unter den Tropfen oft den ganzen Tag, so dass sie beide, Kranke und Pflegerin, im gleichen Raum lagen, tief und regelmäßig atmend die eine, leise und flach die andere.

Auch Briefe schreiben mochte Trudele nun nicht mehr, weder an die Eltern noch an Alfred. Es schien ihr, als hätte jene Schneenacht all ihre Kräfte aufgezehrt. Das ging so weit, dass selbst Hermann das Mädchen ermahnte, den Eltern Nachricht zukommen zu lassen. Aber sie zog nur die Augenbrauen hoch und sagte, er solle sich um sein eigenes Business kümmern. Nur zu Mina blieb sie geduldig und freundlich. Auch ihre Postanweisungen mit den Dollars schickte sie pünktlich nach Hause, und wenn sie Betten beziehen oder Kartoffeln schälen sollte, tat sie das wie im Traum. Auf diese Art kam Ostern, dann Pfingsten. Trudele verkroch sich im Krankenzimmer. Ihr eigenes mied sie, vielleicht, weil sie das Bild vom breiten und vom schmalen Weg und ihren Schreibtisch voller unbeantworteter Briefe nicht mehr sehen mochte. Sie schrak auf, als es an der Tür klopfte, und griff nach Stopfei und Strumpf in ihrem Schoß, die dort lagen, um eine Tätigkeit vorzugaukeln. Gracy trat ein: »Gertrud, come down please, there's a young gentleman waiting for you.«

Im Hotelrestaurant saß ein junger Mann. Er unterschied sich von den anderen Gästen durch seinen Anzug, der in Material und Schnitt zwar nicht billig, aber von größter Schlichtheit war. Außerdem stand nichts vor ihm auf dem Tisch außer einem Glas Wasser und einem rotbackigen Apfel. Trudele trat ein, und ein paar Leute steckten die Köpfe zusammen. Sie ging am Rand des Speisesaals entlang, weil sie sich nicht an den anderen Tischen vorbeidrücken wollte, steuerte in ihrem schwarzen Wollkleid mit der weißen Arbeitsschürze auf Alfred zu und blieb vor seinem Platz stehen. Er erkannte sie erst nicht, sprang dann aber auf, ergriff ihre Hände und sagte mehrfach ihren Namen. Stumm ließ sie sich eine Haarlocke aus der Stirn streichen und die Fingerspitzen küssen. Sie erlaubte ihm, dass er ihr einen Stuhl heranrückte, und nickte sogar, als er fragte, ob sie sich denn nicht über seinen Besuch freue. Er sprach laut, weil er gegen das Gemurmel im Lokal anreden musste, aber auch gegen die Starre, die er in dem lang erträumten und jetzt so veränderten Gesicht vorfand. Auf dem Schiff hatten die graugrünen Augen lebhaft geblickt. Besonders liebevoll war ihr Ausdruck gewesen, wenn sie auf ihm ruhten. Das alles war nun überdeckt von einer dumpfen Ruhe und vom Fett, das ihr Antlitz überall auspolsterte. Selbst die Lider sahen geschwollen aus, die Nasenflügel, der Hals und die Wangen, das mehrfache Kinn. Doch Alfred beachtete dies nach der ersten Überraschung nicht weiter.

Über den Tisch hinweg nahm er ihre Hand. Daraufhin holte er einen Umschlag aus seiner Jacke und entnahm ihm einen Streifen Papier, bei dessen Anblick Trudeles Herz aussetzte. Das spürte der Linsenmaier bis in die Schürzentasche. Es war die Karte für eine Schiffspassage New York–Bremerhaven. Dahinter klemmten Bahnkarten der American Railroad. »Trude, wir fahren nach Hause.« Zum ersten Mal regte sich etwas in dem gedunsenen Gesicht. Alfred glaubte sogar, die Spur eines Leuchtens in ihren Augen zu erkennen, aber das konnte auch die Spiegelung der Glaslüster an der Decke sein. »Ich habe nach Stuttgart geschrieben, an deine Eltern. Alle dort sind in Sorge um dich. Als deine Briefe ausblieben, habe ich mit deinem Onkel Hermann korrespondiert. Wir fahren zusammen zurück, Trude, heim nach Stuttgart!« Sie führte keinen Freudentanz auf, lächelte nicht einmal. Aber sie nickte mehrmals, wobei Kinn und Backen wabbelten, und sagte: »O ja, das wäre schön.« Alfred sah das Mädchen lange an und sprach: »Wer überwindet, dem will ich zu essen geben von dem Baum des Lebens.« Danach fing er schrecklich an zu drucksen, er wolle die liebste Trude noch etwas Wichtiges fragen. Dem linsenlosen Maier in der Schürzentasche tat dieses Gestotter weh. Doch Alfred blieb tapfer, das musste er ihm zugutehalten. Er bat seine liebste Trude, doch ein Stück Apfel zu probieren, sie sähe so blass aus. Diese erwiderte, sie könne keinen Bissen mehr essen, zum Frühstück gäbe es hier doch immer Oatmeal mit Brown Sugar. »Aber, schneid mir den Apfel zurecht, ich bitte dich«, verlangte Alfred und reichte ihr den Teller.

Der Apfel fiel auseinander, als Gertrud mit ihrer von Fettgrübchen eingedellten Hand nach ihm griff. Statt eines Kerngehäuses lag ein einfacher Silberring darin. Jetzt entschlüpfte ihr doch ein Ausruf. Trudele leistete keinen Widerstand, als der maßlos erleichterte Alfred ihr den Ring erst zeigte – an seinem inneren Rand waren seine und ihre Initialen eingraviert, dazu der Satz »I love you« – und ihn ihr danach anstecken wollte. Der Versuch scheiterte am Umfang des Fingers. Er musste lange probieren, bis er ihn schließlich über den kleinsten brachte. Trotzdem schien er zutiefst überzeugt von dem, was er tat. Sie ließ es ruhig geschehen. Zum Kuss musste er sie nicht überreden. Seit seiner Ankunft fühlte Alfred sich zum ersten Mal wieder sicher bei dem Mädchen, in das er sich so maßlos verliebt hatte, dass er ihr sogar einen Ring gekauft hatte, obwohl die Frommen, zu denen er gehörte, solche Zeichen irdischer Eitelkeit ablehnten.

Was danach geschah, konnte der Linsenmaier nicht mehr genau erzählen, weil von da an sein Koffer- und Kistenleben begann. Seine Augenzeugenschaft endete am Abend jenes Tages, an dem Alfred Ebinger in Keplers Hotel vor seinem Apfel saß. Der Linsenmaier sah noch, wie Trudele, in ungewohnter Geschwindigkeit, ihre Sachen packte und dabei feststellte, dass kein neues Stück dazugekommen war außer einem gegen den pennsylvanischen Winter gestrickten Wollschal, mehreren dicken Briefbündeln, ein paar Büchern und dem Bild vom breiten und vom schmalen Weg. Er selbst wurde verpackt und sah das Zimmer in Keplers Hotel, Crawford County, den Staat Pennsylvania und die Vereinigten Staaten von Amerika nie wieder. Das Letzte, was er hörte, war Trudele, die leise vor sich hin summte. Im Koffer litt der Linsenmaier nicht nur unter Platzangst, sondern auch an Bauchgrimmen und Langeweile. Das Bauchgrimmen kam von der Eifersucht. Er verpasste die gesamte Reise, auch den Abschied von den Keplers, der mit ungewohnter Herzlichkeit vor sich ging. Gracy, Sadie und selbst die Zwillinge weinten, Trudele ebenfalls. Mina hatte man nichts gesagt, weil sie seit Tagen so tief schlief, dass es kaum möglich war, sie zu wecken. Hermann nahm seine Verwandte bei den Schultern und sagte: »Wir haben es dir nicht leicht gemacht, unsere Last ist zu schwer. Aber wenigstens haben wir dich gut gefüttert, das können sie zu Hause sehen.«

Der Linsenmaier erwachte wieder, als eine Stimme in bestem Stuttgarter Schwäbisch fragte, ob die Herrschaften nicht einen Träger brauchen täten. Wie wohl taten ihm die vertrauten Laute! Fast glaubte er, den Duft der blühenden Kastanienbäume auf dem Schlossplatz zu riechen. Sofort begann er, sich Gedanken über sein neues Zuhause zu machen. Ob Trudele ihn überhaupt noch haben wollte?

Doch es sollte anders kommen. Der Koffer wurde nicht von Trudele, sondern von der Maja ausgepackt. Zwar fasste der Linsenmaier sofort Vertrauen zu dem alten Dienstmädchen, das ihn als »einen arg lieben Kerle« bezeichnete, doch er bekam keine neue Füllung und sah nichts vom Trudele. Eine elend lange Zeit verbrachte er auf einem Stapel Handtücher in einem nach Kampfer riechenden Wäscheschrank. Schließlich war es wieder Maja, die ihn in einer großen Holzkiste verstaute und sagte, er solle sich freuen, sicher würden bald »die Kinderle vom Fräulein Gertrud« mit ihm spielen. Doch er zog bloß in einen anderen Schrank. Dort roch es zwar besser, aber sonst änderte sich nichts. Kein Trudele zeigte sich, Kinder schon gar nicht. Stattdessen tat es häufig fürchterliche Schläge, dass die Wände wackelten und man glauben konnte, das Jüngste Gericht stünde bevor. Mehr bekam der Linsenmaier nicht mit von der Hölle, die Deutschland großen Teilen der Welt und auch sich selbst bereitete.

Eines Tages öffnete sich die Schranktür und ein schmales Frauengesicht mit graugrünen Augen sah hinein. Stapel für Stapel nahm sie die Wäsche heraus und sagte: »Ich weiß doch genau, dass die Maja den Linsenmaier damals ausgepackt hat, als ich von Meadville zurückgekommen bin. Umgezogen ist er auch mit uns. Er muss hier sein.« Dann hatte sie ihn am Wickel. Es war Trudele, zwar mit Falten in den Augenwinkeln und ein paar grauen Haaren im Scheitel, aber sie war es. Der Linsenmaier erwachte wie Dornröschen unter ihrem Kuss. »Linsenmaier, du treuer Gesell!« Er konnte sein Glück kaum fassen, aber da sprach sie bereits mit jemand anderem: »Schau mal, Lisi, das ist mein alter Linsenmaier. Der wird ein guter Freund für dich. Er passt nachts auf dich auf, und tagsüber kannst du mit ihm spielen, besonders, wenn ich mal keine Zeit für dich habe.« Dem Linsenmaier wurde schwindelig, so viele Dinge musste er auf einmal begreifen: Trudele war kein junges Mädchen mehr, sie war auch nicht mehr dick. Wie eine gesetzte Frau sah sie aus. Das lag an dem schlichten grauen Kleid und der dunklen Schürze, an dem festen Dutt, in dem sie ihr Haar trug. Hinter ihrem Rock trat jetzt ein kleines Kind hervor und streckte seine Arme dem Linsenmaier entgegen. Ein Mädchen, vielleicht fünf Jahre alt, mit Alfreds hellbraunen Augen. Es drückte den Linsenmaier mit Begeisterung an sich und berührte mit dem Finger sein Gesicht, obwohl er immer noch schlaff und unansehnlich war. Während Gertrud graugrüne Linsen in seinen Körper fließen ließ und er sich endlich wieder wie ein richtiger Kerl zu fühlen begann, betrachtete er seine Umgebung. Am Fenster stand ein langer Arbeitstisch. Auf dem Holzhocker davor saß Gertrud und hielt den Linsenmaier fest, während das Kind mit einem Löffel vorsichtig die letzten Körnchen in ihn hineindrückte. In seinem Kopf rasselte es, aber daran war nicht die frische Füllung schuld. Er hatte das Datum auf dem Wandkalender entdeckt: 18. Mai 1949! Während er ausrechnete, wie viele Jahre er nicht von dieser Welt gewesen war, zupfte ihm Trudele mit vertrauten Griffen Haar und Schlips zurecht. »So, Lisi, jetzt gehört er dir. Sei gut zu ihm, er hat mir viel geholfen. Zusammen sind wir ...« Ein schwacher, klagender Ruf unterbrach sie. Trudele sprang sofort auf und das Kind, Lisi, zog die zarten Brauen zusammen, so dass es gleichzeitig störrisch und traurig aussah. Trudele eilte aus der Küche, aber Lisi flüsterte ihrem neuen Freund ins Ohr: »Jetzt geht die Mama wieder zur Oma Hiller und hat keine Zeit mehr für uns.«

Lisi führte den Linsenmaier durch das ganze Haus – Alfred hatte seiner Frau tatsächlich ein Haus gebaut, in Fellbach, an der Hinteren Straße, denn in Gottsfelde, das seine Vorfahren mitgegründet hatten, wollte sie nicht leben. Fellbach schien Alfred eine passende Alternative. Hinter dem Haus lag ein

Obstgarten, aber es gab auch Beete voller Blumen. Lisi zeigte ihm ihr eigenes Stückchen, auf dem Maiglöckchen, Veilchen und Walderdbeeren blühten. Draußen kam eine schwarze Katze vorbei, Mohrle genannt, die zwar auf drei Beinen lief, dies aber so flink, dass ihr Gebrechen nicht auffiel. »Mohrle ist mein Freund, aber er ist immer in den Feldern unterwegs, der hat fast so wenig Zeit wie Mama. Und Papa arbeitet in seinem Büro in der Stadt oder im Arbeitszimmer. Wenn er daheim ist, hängt er eine Feder an die Tür, dann müssen wir alle still sein, weil er arbeitet.« Lisi schaute feierlich drein, aber er bemerkte erneut den widerborstigen Ausdruck in ihrem Gesicht, als sie nachsetzte: »Nur die Omas, die dürfen schreien und heulen, so laut sie wollen.«

In Lisis Armen erfuhr der Linsenmaier alles über Trudele. Er bekam ein Hochzeitsbild gezeigt, das ihm allerdings wenig romantisch vorkam. Das Brautpaar war dunkel gekleidet, kein Schleier, keine Blumen, nur die beiden, Gertrud und Alfred, eingehakt vor der Kirche. Der Linsenmaier sah seine neue Heimat mit Lisis Augen, die eigentlich auf den Namen Elisabeth getauft war. Er sah ein gutes Haus, neu und hell, erfuhr, dass der Papa Ingenieur war und in Stuttgart arbeitete und in der ›Stund‹ als einer der Ältesten oft das Wort auslegte. Lisi zeigte ihm die schlicht eingerichteten Räume, in denen kaum Schnickschnack zu finden war. Nur das Bild vom breiten und vom schmalen Weg hing gerahmt über dem Sofa und grüßte den Linsenmaier als alten Bekannten. Lisi nahm ihn mit in ihr Zimmer und bereitete ihm ein Lager in ihrem eigenen Bett. Sie zeigte ihm ihre Spielsachen, Bilderbücher und alle Kleider und Schuhe, die aus dunklen Stoffen und äußerst einfach waren. »Alles, was ich jetzt nicht habe, alle Schleifen und Bänder und Blumen, die bekomm ich im Himmel vom

Herrn Jesus wieder, wenn er mir ein himmlisches Hochzeits-
kleid schenkt«, sagte Lisi.

Als Alfred nach Hause kam, begrüßte er den Linsenmaier
mit: »Ja, alter Knabe, gibt's dich auch noch?« Doch nach dem
Abendbrot nahm er seine Tochter beiseite und sagte: »Nicht
zu oft mit dem Linsenkerl spielen, gell? Jedes Mal, wenn du
auf etwas verzichtest, das dir gefällt, machst du dem Heiland
eine Freude.«

Außerdem erzählte er Lisi von Kindern in Amerika, den
Amischen, die mit Puppen ganz ohne Gesichter spielen, weil
man sich kein Bildnis machen sollte. Trudele sah ihren Mann
von der Seite an und schüttelte lächelnd den Kopf.

»Linsenmaier«, flüsterte Lisi, als sie später zum Schlafen
gingen, »das ist die Krankenstube.« Das Kind zeigte auf eine
verschlossene Tür neben dem Wohnzimmer. »Da mag ich aber
jetzt nicht reingehen, sonst muss ich bleiben und mit der Oma
Hiller reden. Mir graust es so vor der. Sie hat nur noch drei
Zähne. Mama sagt, nachdem sie Papa geheiratet hat, musste
sie so lang auf mich warten. Da hat sie sich Gesellschaft geholt. Kranke Leute, damit sie etwas tun kann, was den Herrn
Jesus freut. Und die könnte sie doch jetzt meinetwegen nicht
rauswerfen, die alten, kranken Leute.«

Angefangen hatte es mit Alfreds Tante, danach war seine
eigene Mutter gekommen, dann ihr Vater, der Architekt Seitz.
Darauf folgte die Nachbarin, die Oma Kräutle mit den offenen Beinen. Eigentlich war immer ein Kranker im Haus.

Die Stube bekam der Linsenmaier bald zu sehen, denn
ihr Vater ließ Lisi regelmäßig mit einem Auftrag hineingehen:
ein Glas Tee, geschnittenes Obst oder die Zeitung musste sie
bringen und kurz niedersitzen. Das Zimmer lag nach Süden
hin und war eines der schönsten im Haus. Hier gab es Blumen

und ein buntes Bild von einem Apfelbaum, unter dem eine Menge Leute saßen und ihre Vesper verzehrten. Blühende Kakteen standen auf dem Fensterbrett, und alles Eklige und Traurige, der Stuhl mit der Kloschüssel, die Waschlappen und Medizinflaschen, standen hinter einem Wandschirm aus Papier, der von Bildern wimmelte. Er verlockte regelrecht dazu, mit Augen und Gedanken darin spazieren zu gehen, und stammte aus China. Wegen dieser Bilder zog es Lisi manchmal hinein. Natürlich auch, weil der Papa das wollte. Die Mama zwang Lisi nie, und einmal sagte sie zu ihr: »Du musst nicht den Bettflaschenknecht machen, wenn du nicht magst. Schlupf raus, aber leise.« Papas Lob zählte mehr und erst recht sein Tadel. Er schlug nie zu, aber wenn er strafte, glich es einem Verweis von Gott selbst.

Oft roch es schlecht aus diesem Zimmer, aber nie lange. Trudele hielt die Kranken so sauber wie alles in ihrer Umgebung. Sie machte sie schön, rieb ihnen die Hände mit duftender Creme ein, frisierte das spärliche Haar mit einer weichen Bürste, feilte Nägel und wechselte ständig die Wäsche.

Bettpfannen waren schrecklich, aber noch schlimmer dieser Stuhl mit der Schüssel untendrin. Sie hatte einen rotbraunen Emaildeckel, und Trudele leerte sie täglich mehrmals aus. Lisi versteckte sich manchmal mit dem Linsenmaier am oberen Treppenabsatz, um das fürchterliche Geschehen zu belauern. Trudele trug die Schüssel durch den Flur und drückte mit ihrem Ellbogen die Tür zum Wasserklosett herunter. Kurz darauf hörte man platschende Geräusche und die Spülung. Lisi ging nie gerne auf diese Toilette und hielt oft an, bis sie Bauchweh bekam. Doch die Frau mit der Schüssel merkte nichts von dem Gestank und auch nichts von ihrer Tochter auf der Treppe.

In der Küche erfüllte die Mutter jeden Wunsch ihrer Patienten. Immer stand auf der hinteren Platte ein hellblaues Töpfchen, in dem etwas schmurgelte. Nicht, dass es sich dabei um etwas gehandelt hätte, auf das man neidisch werden konnte – diese Breie und dünnen Suppen und stundenlang gekochten Fleischwürfel. Aber es nahm wieder Mama-Zeit weg. Wenn der Linsenmaier und Lisi morgens aufstanden, war Alfred schon wach und angekleidet. »Ein reines Hemd und reines Herz«, sagte er. Ein feines Lächeln zog den Mund breit auseinander und ließ seine braunen Augen leuchten. »Mein Papa sieht aus wie aus dem Schächtele«, meinte Lisi und machte dem Linsenmaier weis, dass ihr Papa nicht in einem Bett schlief, sondern in einer Schachtel, ausgeschlagen mit Seidenpapier, damit Hemd, Anzug, Krawatte und die polierten Lederschuhe so makellos blieben.

Später entdeckte der Linsenmaier einiges wieder, wovon Trudele in ihrer Heimwehzeit in Meadville gesprochen hatte: ein Bänkchen mit geschnitzten Löwenfüßen, dessen Sitzfläche sich aufklappen ließ, den Kristallbecher von Trudeles Vater, in den seine Initialen geschnitten waren, und einige Bilder, die der Architekt selbst gemalt hatte.

Außerdem stammte der Bücherschrank aus der Alexanderstraße. Er stand als Fremder im Wohnzimmer und prunkte mit poliertem Holz und geschnitzten Fruchtgirlanden. Hinter den rautenförmigen Scheiben standen unzählige Bücher, die Lisi alle lesen wollte. Sie zeigte dem Linsenmaier ihre roten, hellgrünen, sanftblauen, dunkelbraunen Lederrücken, die mit goldenen Streifen oder silbernen Sternen hintendrauf, die dicken und die dünnen, die winzigen, kleiner als ein halbes Gebetbuch, und die riesigen Kunstbände, schwer wie ein Sack Kartoffeln.

Alfred Ebinger ging dem Linsenmaier auf die Nerven, genau wie damals auf dem Schiff. Aber Gertrud liebte ihren Mann. In der Fremde war er ihre Zuflucht gewesen. In seiner Familie und seiner Gemeinschaft war er durch die Heirat mit ihr bis an die Grenze des Möglichen gegangen. Sie konnte noch so demütig sein, noch so einfach gekleidet – sie war keine von denen und würde nie eine werden. Also pflegte sie ihre Kranken, kümmerte sich um Lisi und Alfred, das Haus und den Garten. Aber wenn sie einmal freihatte, las sie die Begleiter ihrer unterbrochenen Mädchenzeit: das alte Balladenbuch, die ›Höhlenkinder‹, ›Rulaman‹, ›Heimatlos‹, die Hauff'schen und die Grimm'schen Märchen. Dann schlich Lisi zu ihr, und die beiden saßen zusammen im grünen Sessel am Fenster. Das Kind drückte sich dicht an die Mutter und bat um eine Geschichte. Es blieb jedes Mal eine Überraschung, was die Mutter tun würde. Mal ging sie an den Bücherschrank. Wenn sie sitzen blieb, sagte sie vielleicht ›Die Füße im Feuer‹ auf oder sang ›Geh aus mein Herz‹. Doch meistens erzählte sie im Sessel von früher, als sie noch ein Kind war und in der Alexanderstraße wohnte. Am liebsten mochte Lisi von Amerika hören, weil in diesen Geschichten außer Mama auch der Linsenmaier und Papa vorkamen. Danach wollte Lisi die sieben Kirschkerne sehen, die ihre Mama noch immer in der Streichholzschachtel aufbewahrte.

Die Bibel lag auf dem Sofatisch. Abends las der Vater einen Abschnitt daraus vor. Auch die Mutter griff häufig danach. Natürlich studierte sie die Heilige Schrift, aber am meisten liebte sie das Däumeln. Dem Linsenmaier und Lisi schien es, als könnte sie keinen Schritt tun, ohne »den Herrgott zu befragen«. Dazu ließ sie den abgeschabten braunen Buchblock an ihrem Daumen vorbeiflattern, hielt inne, legte die Bibel sorgfältig, aber immer eine Spur zu hastig auf den Tisch, klappte sie auf, schloss die Augen und stieß den ausgestreckten Zeigefinger blind mitten ins Gestrüpp der Kapitel und Verse hinein. Das Zitat, das sie auf diese Weise erhielt, bildete zusammen mit der Tageslosung vom »Neukirchener Kalender« ihren Leitfaden und war ein Mittel gegen jede Widrigkeit. Lisi mochte an der Bibel die Karten im hinteren Teil, auf denen das Heilige Land zu sehen war. Ihr Lieblingsbuch trug eine mächtige Dattelpalme auf dem Einband, dahinter wuchs die Grabeskirche wie eine heilige Burg aus dem Felsgestein. ›Kennst du das Land?‹, fragte der Titel, und Lisi nickte jedes Mal, denn auf den Wanderpfaden des Propheten Elia war sie ebenso daheim wie am Kappelberg oder auf der Pfeiferhalde.

Auf dem Papier unternahm sie ihre ersten Reisen: Mit dem Finger fuhr sie die Mittelmeerküste entlang von Gaza nach Askalon, von Asdod nach Joppe. Sie reiste durch die Landschaften Judäa, Samaria, Galiläa, folgte dem Strom des Jordan und kam bis in den Libanon. Sie sah sich Fotos des alten Jerusalem an und suchte lange nach Jericho, von wo die wunderbare Rose stammte, die der Vater in der Adventszeit auspackte. Sein Großvater hatte sie mitgebracht. Ihr Wunder konnte man am Weihnachtsmorgen sehen. Wenn man sie mit warmem Wasser begoss, erstand dieses dürre braune Nest zu einer grünen Pflanze, die das ganze Zimmer mit ihrem Duft erfüllte.

Während Lisi die biblischen Namen vor sich hin murmelte, träumte sie davon, einmal selbst dort hinzufahren. Der Vater erzählte gerne von Verwandten und Brüdern aus der Gemeinde, die als Missionare in fremden Ländern gelebt hatten. Einige waren heimgekehrt und lagen im Totengarten von Gottsfelde begraben.

Der Linsenmaier begleitete Lisi weiter. Als sie in die Schule kam, blieb er manchmal auf dem Bett liegen, weil sie draußen mit ihren Freundinnen spielte. Davon gab es anfangs nicht viele, aber es wurden mit der Zeit mehr. In der Sexta brachte sie ein Mädchen heim, das ihr Haar ebenfalls im Dutt trug wie die Mutter, während Lisi ihres abgeschnitten hatte bis zum Kinn, obwohl der Vater das nicht mochte. Erdmute hieß die neue Freundin, doch sie wollte nur Erdnuss genannt werden. Mit ihr begannen Linsenmaiers einsame Tage, auch wenn er noch immer auf Lisis Kopfkissen sitzen durfte. Sie mochte Sport und Englisch, war in Erdkunde stets die Beste und wollte weg, in die weite Welt. Oft tat sie Dinge, die ihre Eltern missbilligten. Besonders mit dem Vater war es schwer. Ohne die Fürsprache der Mama wäre sie nie als Lehrling in das große Reisebüro am Schlossplatz gekommen. Aber da war sie schon nicht mehr Lisi, sondern Betty, und der Linsenmaier wanderte wieder einmal in den Schrank.

Elisabeth kratzt Käsereste und Krümel zusammen. Wie aus weiter Ferne dringt das Scharren des Holzlöffels zu ihr, mit dem sie Cornelias verkrustetes Backblech bearbeitet. Geistesabwesend schiebt sie sich ein fettiges Häufchen in den Mund. »Omi, kann ich noch einen?«, fragt Bruno, der am Tisch sitzt und sich die Finger ableckt. Unter seinem Stuhl drückt sich die Katze herum und stößt kurze helle Schreie aus. Ihre Geräusche haben Elisabeth die halbe Nacht wachgehalten. Selbst nachdem sie den Fressnapf noch einmal gefüllt hat, damit endlich Ruhe war, hörte das Gemaunze nicht auf.

Ständig streicht das Tier um sie herum. Mit seiner Anhänglichkeit hat es sie schon mehrfach zum Stolpern gebracht. Bruno versucht, seinen Findling hinter den Ohren zu kraulen, aber die Katze schmiegt nur kurz den struppigen Kopf in seine Handfläche, dann huscht sie zur Spüle und reibt sich unter klagenden Rufen an Elisabeths Beinen. Gestern noch beängstigend gefräßig, hat sie ihr Futter jetzt nicht angerührt. Brunos Stimme wird lauter. »Du, Omi, ich hab Angst, dass die Katze krank ist. Sie rennt dauernd zum Klo. Aber es kommt nix, bloß Pipi.« Elisabeth dreht sich zu ihrem Enkel um, der besorgt die Stirn runzelt. Es war klar, dass ein Haustier Probleme macht. Das Vieh ist krankhaft fett, aber das will sie vor Bruno nicht aussprechen. Cornelia wird ihr den Kopf abreißen. Zur Not nimmt sie die Katze eben mit in den Alosenweg. Aber sie glaubt nicht, dass ihre Tochter ein solches Urteil fällen wird, wenn sie das Kind zusammen mit seinem Schützling erlebt. Elisabeth hat nur selten das Bedürfnis, Ereignisse aus ihrem Alltag mit dem Smartphone zu knipsen, aber wie diese Katze Bruno gestern aus dem Hof hinter dem ›Balkan Grill‹ bis nach Hause gefolgt ist! Die grünen Augen fixierten die Lyonerscheibe in seiner Hand, die Spitze des hoch aufgerichteten Schwanzes bewegte sich wie eine Wetterfahne. Bis vor die Haustür blieb sie dicht hinter dem Jungen. Dieses Bild hätte sie gerne mit ihrer Tochter geteilt. Bruno würde sich bald verplappern. Elisabeth hat ihm bisher nur eingeschärft, die neue Mitbewohnerin nicht mit Röschen und Beinchen allein zu lassen.

Wenigstens ist sie stubenrein. Schon gestern hat sie brav ihren Buckel in der abgeschabten rosa Plastikwanne gemacht, die Elisabeth im Garten gefunden und mit Sand gefüllt hat. Bruno klopft mit der Gabel auf den Tisch. »Omi, kann ich bitte noch einen?« – »Du hast doch schon zwei Toasts gehabt. Die anderen sind für Stella.« Sie zeigt auf die Obstschale. »Da ist dein Nachtisch. Und deine Katze wird sich schon eingewöhnen. Wahrscheinlich vermisst sie ihre alte Umgebung.« Bruno zuckt mit den Schultern, greift nach einem Apfel, mustert ihn enttäuscht, bevor er hineinbeißt, während Elisabeth heißes Wasser über das Blech laufen lässt. Die Katze miaut und verschwindet aus der Küche, Bruno folgt ihr.

Durch das offene Küchenfenster dringen Sonne und die Glockenklänge der Lukaskirche herein. Stella hat bald Schulschluss. Sie will anschließend mit Hamid nach Hedelfingen fahren. Elisabeth hat ihr Geld für Pizza mitgegeben. Vielleicht ist es wirklich eine gute Idee, wenn der Junge sich um die Tauben kümmert. Schnell spannt sie Frischhaltefolie über den Teller mit den übrigen Hawaii-Toasts. Die rundgestanzten Ananasringe glotzen unter dem zerlaufenen Käse zu ihr hoch. Sie hätte nie gedacht, dass dieses Gericht so gut ankommt. Etwas anderes ist ihr nach dem Affenzirkus in der Nacht nicht eingefallen. Stöhnend setzt sie sich auf den Küchenstuhl, breitet die ›Stuttgarter Zeitung‹ vor sich aus, ohne auch nur die Überschriften wahrzunehmen. Die Dose mit löslichem Kaffee steht neben dem Herd. Sie möchte aufstehen und sich eine Tasse machen, aber es ist ihr jetzt einfach zu weit.

In der Nacht hat sie kein Auge zugetan, nicht nur wegen der Katze. Gegen Mitternacht trat das Tier eine Zeitlang am Fußende ihres Schlafsofas auf der Stelle herum, zog ein Kissen in die entstandene Kuhle, drückte auch dieses platt, verschwand danach aber aus dem Zimmer, ohne sich in das Nest zu legen. Später entdeckte Elisabeth, dass es sich im Flur einen Korb voll sauberer Wäsche ausgesucht hatte. Katzenhaare übersäten Stellas schwarze Shirts und standen als helle Sprenkel zwischen den chinesischen Schriftzeichen.

Abgesehen von dieser Unterbrechung war sie ihren Gedanken im Halbdunkel von Cornelias Zimmer schutzlos ausgeliefert. Hinz muss gestern am Ostendplatz gewesen sein, sie hat ihn erkannt. Dieses Hemd, blau mit violetten Längsstreifen. Die Krücke. Vermutlich ist er mit dem Taxi oder der U-Bahn hergekommen. Ohne das Weib, seine Chauffeuse. Jedenfalls konnte Elisabeth sie nicht entdecken. Sie glaubt, dass er nach Ost gefahren ist, um seine Enkel zu besuchen. Eine unverfängliche Stippvisite, sicher von echter Sehnsucht nach Stella und

Bruno getrieben. Als er noch gesund war, konnte er nicht oft genug bei Cornelia reinschauen. Elisabeth hat ihn sogar manchmal gebremst, um ihre Tochter nicht zu belasten. Natürlich auch, damit Sabina und die vier Evangelisten nicht zu kurz kamen. In den durchgetakteten Haushalt ihrer Ältesten konnte man nicht so einfach hereinplatzen. Spontanität wurde dort entweder mit verschlossenen Türen belohnt, weil alles ausgeflogen war – Tennisturnier, Gottesdienst, Gemeinderat –, oder mit Gesichtern, die es fertigbrachten, höflich und abweisend zugleich zu wirken.

In den lockeren Abläufen von Cornelias amputierter Familie fiel Hinz-Opi nicht weiter auf. Er konnte jederzeit hereinschneien und behaupten, er sei auf dem Rückweg aus der Reha. Rehahaha. Ein dämlicher Kalauer für eine dämliche Ausrede. Aber weshalb ist Hinz wieder verschwunden? Elisabeth ließ nur eine Erklärung gelten: Ihren Mann hat der Mut verlassen. Ein Feigling ist er, ein Leisetreter, einer, der sich einfach davonmacht, weil er sich fürchtet. Vor seinem lahmen Bein, den Lücken im Hirn, vor ihr. Vor ihrer Wut, ihren Vorwürfen. Sie kann sich alles vorstellen: sein Zögern, seinen Gesichtsausdruck, die Handbewegung, mit der er sich die Nase reibt, wie er die Augen zusammenkneift und sich langsam umdreht, um davonzuhinken. Wie er das von Altersfett aufgeweichte Kinn energisch vorstreckt, um seine Entschlossenheit zu unterstreichen. Wie er die Krücke in den Boden bohrt und sich vorwärtskämpft. Natürlich hat sie ihn gesehen. Sie könnte schwören, auch wenn allein das Wort ›schwören‹ die Fellbacherinnen mit mahnend erhobenem Zeigefinger auf den Plan ruft. Selbst das Weib kann sie sich vorstellen, auch wenn ihr das nicht mehr so wichtig erscheint wie am Anfang.

Die meisten ihrer Nachtgedanken hat Elisabeth darauf

verwendet, sich ihr eigenes Verhalten beim Wiedersehen mit Hinz auszumalen. Über kurz oder lang treffen sie zusammen, dessen ist sie sich sicher. Eine vorwurfsvolle, gar heulende Elisabeth will sie auf keinen Fall sein. Auch keine, die so tut, als sei nichts geschehen. In ihrem Kopf kommt kein Bild zustande, das Hinz und sie zusammen zeigt. Alles, was ihr einfällt, ist ein Gedicht, das Sabina in der Grundschule auswendig lernen musste: »Manchmal denke ich mir irgendwas. Und zum Spaß denke ich mir jetzt, ich bin aus Glas.«

Wäre sie ganz aus Glas, wüsste Hinz mit einem Blick alles von ihr. Sie müssten keine Silbe miteinander reden. Elisabeth stellte sich in dieser Nacht ihr Innerstes wie ein verwüstetes Bücherregal vor, voller Lücken, mit umgekippten oder verkehrt herum eingestellten Bänden. Die braunen, grauweißen oder goldenen Flächen der Buchschnitte verrieten nichts über den Inhalt. In den leeren Fächern lagen ausgerissene Seiten, manche sogar zu Kugeln geknüllt. Lesebändchen baumelten sinnlos über die Regalbretter. Die Laterne draußen auf der Ostendstraße mit ihrem weißblauen Licht ließ sich nicht aussperren, Cornelias Vorhänge waren dünn und erlaubten einem schmalen Strahl, sich genau über ihr Kopfkissen zu legen. Als die Mädchen kleiner waren, hat Hinz ihnen am Abend vorgesungen. »Der Mond ist aufgegangen«, alle sieben Strophen. Elisabeth mag das Lied nicht, es ist darin für ihren Geschmack zu viel von Tod und Eitelkeit die Rede, aber seine eindringliche Melodie und die geheimnisvollen Worte übten ihren Zauber jedes Mal von Neuem aus. Sie sandten Sabina und Cornelia spätestens bei »als eine stille Kammer, so traulich und so hold« in den Schlaf, bevor sie fragen konnten, was denn »des Tages Jammer« bedeutet, während ihr Vater mit heller Begeisterung in der Stimme auf dem Bettrand saß und sich durchsang bis zum Schluss. Elisabeth hatte während ihrer unfreiwilligen Nachtwache Zuflucht zu den vertrauten Versen genommen. Die Decke um die Schultern gewickelt, summte sie leise vor sich hin, mit Hinz' vollem Bariton im Ohr: »Wir stolzen Menschenkinder sind eitel arme Sünder und wissen gar nicht viel. Wir spinnen Luftgespinste und suchen viele Künste und kommen weiter von dem Ziel.« Als sie merkte, dass auch dieser Selbstberuhigungsversuch sinnlos war, stand sie auf und schrieb am Küchentisch den Rest der Linsenmaier-Geschichte für Bruno auf. Zwei Schulhefte voll sind es geworden. Wie sie ins Bett zurückgefunden hat, wusste sie heute Morgen nicht mehr.

»Alter, hast du das alles geschrieben? Mit Bleistift?« Beim Frühstück wog Stella die beiden Hefte fassungslos in der Hand, eine Reaktion, die Elisabeth bei ihrer Enkelin lange nicht mehr gesehen hat. Die spitzen fuchsienrosa lackierten Nägel des Mädchens, bei denen sie sich nicht zu fragen traut, ob sie künstlich sind, tippten auf die eng bekritzelten Seiten. Kauend überflog sie das erste Kapitel. Ungeschminkt und mit Kakaobart sah Stella fast aus wie das Kind, das noch vor einiger Zeit von Übernachtungen im Alosenweg nicht genug bekommen konnte. »Voll krass. Bruno darf einfach schwänzen, und dann kriegt er das alles vorgelesen, das ist doch gemein!« Stellas gutmütiges Grinsen, ihre aufwändige Flechtfrisur, bei der sich Zöpfe unterschiedlicher Stärke am Hinterkopf zu einem Knoten vereinen, die silbernen Blüten in ihren Ohrläppchen und die heftige Umarmung, mit der sie erst Bruno, dann ihre Großmutter überrascht hat, zeigen Elisabeth, dass sie glücklich ist. Verknallt. Hals über Kopf. Noch vor dem Duschen bettelte sie ihr den Schlüssel für den Alosenweg ab. »Hamid fand eure Tauben so toll. Er hat echt Ahnung, das hast du doch gestern selber gesagt. Wir fahren mit der U-Bahn hin. Dann lassen wir sie fliegen, wir füttern sie, wir machen richtig sauber. Versprochen!« Als sie durch die Diele hüpfte, fiel Elisabeth wieder auf wie wenig Haut ihre Enkelin in den letzten Tagen sehen ließ. Obwohl es draußen schon zu dieser frühen Stunde sommerlich lau war, trug Stella eine weiße, breitgeschnittene Hose, die Elisabeth zuerst wie ein Rock vorkam, dazu ein langärmeliges Shirt. Das Mädchen fing ihren Blick auf und erklärte sofort, bei Hitze sei es viel gesünder, sich zu bedecken, weniger Hautkrebs und überhaupt.

Den Vormittag ohne Schule zu vertrödeln, fiel den Zurückbleibenden nicht schwer. Tauben und Katze mussten versorgt, Wäsche gewaschen und aufgehängt werden. Die Lehrerin meldete sich nicht, und Elisabeth war zu erschöpft, um nachzuhaken. Bruno fragte auch nicht nach weiteren Vorlesungen, obwohl die beiden Hefte gut sichtbar auf dem Küchentisch lagen. Trotz aller Müdigkeit fühlte Elisabeth eine gewisse Enttäuschung darüber, auch wenn sie sich damit tröstete, dass der Junge den Linsenmaier und seine Abenteuer tagsüber noch nie erwähnt hatte – als gehörte dieser zu einem geheimnisvollen Personenkreis, dessen Namen man erst aussprechen darf, wenn die Sonne untergegangen ist.

Als Bruno die wohlig ausgestreckte Katze draußen im Garten mit der Haarbürste seiner Schwester striegelte und dabei graue Pelzbällchen aus den Kunststoffborsten zupfte, war sie zur Küchenschublade gegangen, in die sie ihr Handy schließlich gelegt hatte, um es nicht alle paar Minuten zu kontrollieren. Cornelia bewahrt hier alles Mögliche auf. Ostereierfarben liegen zwischen Ausstechformen, Teelichten und eingetrockneten Klebstofftuben.

Vom gestrigen Nachmittag an hat Elisabeth Hinz immer

wieder WhatsApp-Nachrichten geschrieben. Einzelne Sätze zuerst: »Hab dich gesehen.« – »Warum bist du weggelaufen?« – »Wo bist du jetzt?« – »Melde dich!« – »Melde dich schnell!« – »Melde dich bitte sofort bei mir!« Als keine Antwort eintraf, ist sie ausführlicher geworden und vermutlich nicht höflicher. »Deine blöden Vögel soll ich versorgen, aber du sprichst nicht mehr mit mir!« Keine ihrer Nachrichten löste eine Reaktion aus. Natürlich verstieß Elisabeth gegen die Abmachung, erst einmal eine Weile nichts voneinander zu hören. Aber was hieß das schon? Er hat diese Sendepause festgelegt. Das waren seine Worte gewesen, als er davonhinkte. Sie hat nichts dazu gesagt. Bis zum Schluss blieb alles seine Baustelle, sein Spiel. Sie wollte sich nicht weiter an diese Vorgabe halten. Seit dem Besuch im Alosenweg fühlte sie sich noch schlechter, eine geknackte Nuss, die Schale zertrümmert, der Kern herausgefressen. Hinz hat sie plattgemacht. Und jetzt drückte er sich auch noch in diesem Stadtteil herum. Er wusste doch, dass sie hier am Ostendplatz war. Hastig entsperrte sie das Telefon mit Hinz' Geburtsdatum.

Eine Nachricht von Cornelia, Fotos. Elisabeth schaute sie pflichtbewusst an: eine Landstraße, am Rand irgendwelche Vögel, sie nahm sich nicht die Zeit, die Zeile darunter zu lesen, wischte das Bild ungeduldig weg. Hinz ist kein großer WhatsApper. Seit der Krankheit waren sie ohnehin Tag und Nacht zusammen, was gab es da zu schreiben? Aber nun hängt vor seinem Namen ein dicker grüner Punkt. Mit feuchtem Finger tippte sie die Nachricht an. »Lisi, was soll ich denn dazu sagen? Im Augenblick kann ich nicht mit dir reden. Ich habe dich jetzt erst mal blockiert. Möchte in Ruhe nachdenken. Alles Liebe.« Elisabeth musste sich am Rand der Schublade festhalten, bis der Schwindel nachließ. Dann schrieb sie zurück, so schnell sie konnte, aber alles, was sie abfeuerte, blieb unbeantwortet und nur ein lausiges Häkchen stand grau und schwächlich neben jedem dieser vergeblichen Versuche. Er konnte doch nicht einfach die letzte Gesprächsmöglichkeit beenden! Bisher hat sie ihn ja auch in Frieden gelassen, kein einziges Mal angerufen oder geschrieben. Bevor ihr richtig bewusst wurde, was sie tat, drückte sie schon seinen Namen bei den Kontakten, aber die Mailbox sprang sofort an, auch nach dem vierten oder fünften Versuch. Elisabeth schämte sich im Nachhinein dafür, dass sie anschließend keine bessere Idee gehabt hatte, als Cornelia anzurufen. Erst als sie die verschlafene Stimme ihrer Tochter wahrnahm, so nah, als stünde sie neben ihr, war ihr eingefallen, dass in den USA noch Nacht war. »Mami? Was ist los? Ist was mit den Kindern?« In diesen Minuten war alles aus ihr herausgeflossen. Cornelia hörte schweigend zu, und Elisabeth staunte, wie deutlich sie jeden ihrer tiefen Atemzüge hören konnte, Tausende von Kilometern entfernt, mit einem Ozean zwischen ihnen.

Elisabeth zuckt zusammen, fährt hoch. Vor ihr steht Bruno, seine Hand liegt warm und schwer auf ihrer Schulter, rüttelt sie durch. »Eli-Omi, komm schnell, die Katze sieht ganz komisch aus!« In seinem runden Gesicht mischen sich Besorgnis und Aufregung. Sie reibt sich die Augen. Mitten am Tag greisenhaft wegzunicken! Ein plötzliches Frösteln überläuft sie, sie schaut sich nach der Strickjacke um, die neben ihr auf dem Boden liegt. Bruno hebt sie auf, wippt auf seinen nackten Füßen. »Da stimmt was nicht, nachher stirbt sie!« Elisabeth will erwidern, dass es sich so schnell nicht stirbt, bekommt aber nur ein Krächzen heraus. Sie räuspert sich kräftig und bemerkt den erschrockenen Blick ihres Enkels.

Bruno hat angefangen, sie vom Stuhl zu ziehen. »Omi,

echt jetzt! Du musst kommen!« Elisabeth folgt ihrem Enkel widerwillig. Die ersten Schritte fühlen sich unsicher an. Sie ärgert sich über sich selbst. Tagsüber einzuschlafen war zu Hause nur Kranken und sehr alten Leuten gestattet, das Mittagsschläfle fiel unter die verbotenen Zerstreuungen.

Im Wohnzimmer, im Winkel zwischen Cornelias Couch und einem abgeschabten Cordsessel liegt die Katze. Sie sitzt da und leckt eifrig ihre hinteren Öffnungen, während ein Hinterbein abgewinkelt ist und sich steil emporreckt. Elisabeth bemerkt erst jetzt, wie prall ihre Zitzen sind. Rosa und kreisförmig heben sie sich von dem hell behaarten Hängebauch ab. Das Tier hat sich ein weiteres Lager gebaut, sie erkennt ein Unterhemd von Stella und das gestickte griechische Kissen aus dem Korbstuhl im Flur. Als die Katze Bruno und Elisabeth bemerkt, stößt sie ein kurzes Miauen aus und widmet sich dann wieder ihrer Körperpflege. Elisabeth setzt sich auf die Couch, die ihr viel zu tief ist, und schaut zu Bruno auf. »Ach, Bruno, wir sind so dumm!« Der Junge sieht sie verständnislos an. »Deine Katze bekommt Junge! Ihr Bauch ist so dick, weil sie schwanger ist! Meine Güte, dass ich daran nicht gleich gedacht habe!«

Bruno strahlt. Eifrig folgt er den Anweisungen seiner Großmutter, stellt eine Schale lauwarmes Wasser in die Ecke, aus der das Tier sofort zu schlabbern anfängt, und spricht beruhigend auf es ein. Elisabeth sieht, dass er außerdem den Linsenmaier in die provisorische Höhle gelegt hat. Die Puppe sitzt ordentlich gegen die Wand gelehnt, den verschiedenfarbigen Knopfaugen im stoischen Stoffgesicht scheint nichts zu entgehen. Die Katze hat sich inzwischen auf die Seite gelegt. Ihre Augen bestehen fast gänzlich aus dem Schwarz der Pupillen, sie atmet hechelnd, die Zunge kommt zwischen den Fangzähnen hervor. Elisabeth holt ein paar Bettbezüge aus dem Schmutzwäschekorb und breitet sie um die Liegende aus. Dann kauert sie sich neben dem gebannt starrenden Bruno in die Sofaecke und wartet, während sich die Wehen in immer kürzeren Abständen durch den weißfelligen Bauch pflügen. Die Katze kümmert sich kaum noch um die Menschen, deren Gesichter über ihr hängen. Sie betrachtet ihren aufrührerischen Leib, als könnte sie nicht glauben, was darin vor sich geht.

»Fühlt sie sich sehr schlecht?«, fragt Bruno leise. Elisabeth flüstert zurück: »Es tut ziemlich weh. Aber dafür wird es schnell gehen, das sind bestimmt nicht ihre ersten Jungen.« Tatsächlich steht die Katze plötzlich auf, krümmt sich und presst nach mehreren Schreien das erste neue Geschöpf hervor, einen kinderfaustgroßen Klumpen, umschlossen von einer festen Fruchthülle, die Nabelschnur hängt noch daran. Hellrotes Blut und Fruchtwasser sickern in das Laken, es riecht aufdringlich, heiß und metallisch. Bruno zwinkert kaum noch, so konzentriert schaut er dabei zu, wie die Katze das dunkle Päckchen mit ihrer rauen Zunge ableckt, bis die Hülle reißt. Dünnes Piepsen ertönt, blinde, fest geschlossene Augen, eine spitze rosafarbene Nase kommen zum Vorschein. Erst nach ausgiebigem Lecken sieht der kleine Körper nicht mehr aus wie der einer ertrunkenen Ratte. Der Pelz des Erstgeborenen ist vollkommen schwarz. Es findet eine Zitze und beginnt sofort zu saugen, während seine Mutter die braunrote, leberartige Nachgeburt frisst. Bruno hält Elisabeths Hand. Die beiden nächsten Jungen sind grau gestreift wie ihre Mutter. Auch sie trinken gut. Die Katze liegt mit geschlossenen Augen da und atmet ruhig. »Schläft sie jetzt?« Bruno betrachtet das Tier sorgenvoll. Elisabeth nickt. »Ich denke, mehr werden nicht kommen.« – »Sie hat ja noch gar keinen Namen. Und die Kätzchen auch nicht!«

Er springt auf und fängt an, im Zimmer herumzulaufen. »Am Anfang hab ich Fetti zu ihr gesagt, aber das ist doof. Außerdem stimmt es nicht mehr. Und jetzt hab ich keine Idee. Mir fällt nur ›Coop gegen Cat‹ ein.« Elisabeth fühlt sich überfordert. Die Kätzchen in ihrer Winzigkeit, blind und taub, hängen am Gesäuge der Mutter, allesamt namenlos. Sie sind jetzt Hausgenossen, das ist kein Zustand. Plötzlich muss sie daran denken, wie verletzt ihre eigenen Eltern auf den Namen der einzigen Enkelin reagiert haben, deren erste Jahre sie noch erlebten. Sabina, nach einer Heidin, einer Römerin! Damit sagte sich Elisabeth von allem los, was ihnen heilig war. Sie holten die Familienbibel hervor, der Vater wies auf die mit bräunlicher Tinte eingetragenen Namen seiner Gottsfelder Vorfahrinnen, die Mutter, sonst stets ihre Fürsprecherin, verlegte sich aufs Däumeln, sobald ihr Mann seine Predigt beendet hatte. Mit geschlossenen Augen klappte sie die Heilige Schrift auf, fuhr mit dem Finger über die Seite und erwischte die Stammmutter Sara sowie Lydia aus der Apostelgeschichte. Elisabeth beendete den Streit damit, dass sie einfach das Haus verließ.

Bruno hat inzwischen den Linsenmaier aus der Ecke geangelt, auf den Schoß genommen und es sich in der Sofaecke gemütlich gemacht. »Ich glaube, das Erste können wir Mavros nennen, das heißt schwarz auf Griechisch. Aber die anderen können doch nicht beide Rige heißen!« – »Bedeutet das ›gestreift‹?« Ihr Enkel nickt und macht einen so ratlosen Eindruck, dass Elisabeth nicht anders kann, als auf das Regal gegenüber der Couch zu zeigen. »Bring mir mal ein Buch, mein Schatzele. Irgendeines.« Bruno gehorcht. Er braucht eine Weile für seine Entscheidung. Cornelias medizinische Fachliteratur spart er aus, auch ihre beachtliche Krimisammlung. Stattdessen bleibt er vor den griechischen Büchern stehen, die hier einstauben, obwohl Dimi immer behauptet, er wolle sie unbedingt nach Parga holen. Schließlich zieht er einen abgegriffenen Band heraus und legt ihn ihr auf die Knie. »Daraus hat Papa mir manchmal vorgesungen.« Elisabeth hat keine Ahnung, sie kann Griechisch weder lesen noch verstehen, wenn man von ein paar Alltagsfreundlichkeiten und dem Inhalt der Speisekarte absieht. Aber sie weiß, dass Dimi und die anderen Großeltern kein Wort Deutsch mit Bruno und Stella sprechen. Neugierig blättert sie darin. Ein Liederbuch ist das nicht, es sieht nach Gedichten aus. »Gut. Wir befragen jetzt das Orakel. Meine Mutter hat dazu Däumeln gesagt. Eigentlich nimmt man die Bibel dazu. Pass auf, was ich mache.« Entschlossen schlägt sie den Deckel auf, lässt ihren gekrümmten Daumen am Buchblock entlanglaufen, hält inne, öffnet den Band und legt ihren Zeigefinger mitten auf die Seite. Während der gesamten Prozedur hat sie die Augen geschlossen. »So, dann lies mir vor, was ich erwischt habe.« Sie kann nicht anders, als voller Stolz zu lächeln, während Bruno die edel geformten Zeichen in Laute umwandelt. »To mayissa Kirke«, entziffert er schnell. Dann hopst er vor Elisabeth herum. »Wir nennen sie Kirke, die Mutter. Erst war sie dick, jetzt ist sie dünn, und sie hat die Kätzchen aus sich rausgezaubert.« Elisabeth erinnert sich auf einmal an einen Juliabend in einem völlig überfüllten Stuttgarter Konzertsaal, vielleicht dem alten Theaterhaus in Wangen. Die Gegenschwieger hatten eingeladen: »Das müsst ihr hören, unser Nobelpreisträger, mit Musik von Mikis.« Cornelia hing in Dimis Arm, singend wie er, während die Stimmen des fast ausschließlich griechischen Publikums sich mit denen von der Bühne, den Instrumenten, dem Chor vereinigten. Hinz beobachtete hingerissen seine Tochter. Sie sah zu Dimi hoch wie eine Sterbliche zu Apollon, und Elisabeth weiß genau, wie wehmütig sie sich damals gefühlt hat. Sie können diese Gedichte alle auswendig. Und was konnte sie? »Jesu, geh voran auf der Lebensbahn! Und wir wollen nicht verweilen, dir getreulich nachzueilen; führ uns an der Hand bis ins Vaterland.«

»Was für ein Unsinn«, murmelt sie und fährt mit dem Finger die Buchstaben auf dem Deckel nach: »Odysseas Elytis.« Mit Mühe kann sie es entziffern. Bruno nickt zustimmend.

Auch Mavros' Geschwister werden auf diese Weise mit schönen Namen versehen: Tzitziki und Anemos, Zikade und Wind. Zum ersten Mal heute fühlt sich Elisabeth etwas ruhiger. Sie will gerade in die Küche gehen, um Kaffee für sich und ein Eis am Stiel für Bruno zu holen, als es durchdringend und ohne Unterbrechung an der Tür klingelt. Bruno zuckt zusammen. »Vielleicht ist das die Schule?« – »Quatsch!«, sagt Elisabeth, überzeugter, als ihr zumute ist.

Der Sturmklingler stellte sich als Frau heraus. Eine kleine Blondine in einem Trägerkleid, das mit kopfstehenden Flamingos bedruckt ist. Ihre Nase ist knallrot, sie schnappt nach Luft. Als sie Elisabeth im Türrahmen sieht, stellt sie sich auf die Zehenspitzen, schaut ihr über die Schulter und ruft in den Flur hinein: »Stella! Stella! Bist du da? Ich muss Stella sprechen!« Elisabeth bemerkt jetzt erst, dass sie weint. Tränen laufen aus den hellblauen Augen, nehmen die letzten Reste Wimperntusche mit und hinterlassen schmuddelige Flecken auf dem pinkfarbenen Saum des Ausschnitts. Elisabeth weicht unwillkürlich zurück. Nur für einen Augenblick hat sie gedacht, es könnte das Weib sein, die Frau aus dem Auto. Sie glaubt, es mit einer Verrückten zu tun zu haben, und hat schon die Klinke in der Hand, um sie auszusperren. Erst als Bruno um die Ecke kommt und »Was will denn Antons Mama?« fragt, geht ihr ein Licht auf. Pi Stotz, Cornelias ehemalige Nachbarin aus der Altenbergstraße, die mit dem beschleunerten Vornamen. »Bruno, wo ist Stella?«, schreit Pi, als sie den Jungen entdeckt, und drängt sich an Elisabeth vorbei in die Wohnung. »Keine Ahnung. Wahrscheinlich in der Schule.« Jetzt hat sich Elisabeth so weit gefangen, dass sie die Frau, die schon vorwärts in Richtung Wohnzimmer strebt, am Arm fasst. Es fällt ihr überraschend leicht, sie aufzuhalten. Die andere schwankt, dann hängt sie an Elisabeths Hals und heult. Ihr schmaler Körper strahlt Hitze ab. Sie gibt jetzt nur noch Geschniefe von sich. Elisabeth überlegt, ihr eine runterzuhauen, doch als habe Pi Stotz dieses Vorhaben gespürt, beruhigt sie sich auf einmal und lässt sich zum Sofa führen. Bruno wird in die Küche geschickt, um das obligatorische Glas Wasser zu holen, während Elisabeth Papiertaschentücher anbietet. Danach kramt sie in Cornelias Vertiko und fördert eine Flasche Tsipouro sowie ein Schnapsglas zutage. Ein fruchtiger Geruch breitet sich im Zimmer aus, als sie den Korken zieht. Bruno beugt sich vor und schnüffelt interessiert am Flaschenhals. Elisabeth wirft ihm einen strengen Blick zu, dann schenkt sie Pi ein. Sofort verzieht er sich in die Sofaecke und betrachtet die Katzenfamilie. Elisabeth staunt, dass er der ehemaligen Nachbarin nicht sofort von den Jungtieren erzählt. Wahrscheinlich will er das Wunder noch eine Weile in Ruhe genießen. Spätestens, wenn Stella zurückkommt, wird er es nicht mehr für sich allein haben.

Gestern Abend hat Stella Kirke zwar gestreichelt und sich Brunos Erzählungen angehört, ist dann aber schnell in ihrem Zimmer verschwunden, wo Elisabeth sie später auf dem Bett fand, auf das grüne, von Emojis durchsetzte Display starrend, während die Daumen im Sekundentakt auf der Tastatur herumtanzten. »Heute kein Chinesenfilm?«, fragte Elisabeth. »Ich hab keine Lust. Weißt du, was Hamid gesagt hat? Dass er schon viel zu viel Zeit damit verbracht hat, über die Probleme von ausgedachten Leuten nachzudenken.«

Frau Stotz leert das Wasserglas, dann greift sie nach dem Tsipouro und kippt den Schnaps in einem Zug runter. Ihre Augen beginnen zu tränen, als wollte sie die eben getrunkene Flüssigkeit auf diese Art wieder loswerden. »Ich muss Stella fragen, ob sie was von Hamid wusste. Von seinen Plänen.« Sie öffnet ihre Tasche, holt ein iPhone heraus, fummelt eine halbe Ewigkeit damit herum, liest schließlich mit monotoner Stimme vor: »Danke für alles. Bin eben in Berlin angekommen, Onkel hat mich abgeholt. Grüß die Kinder von mir. Allah yamik!«

Sie legt das Handy mit einem Knall auf den Couchtisch. Elisabeth weiß nicht, was sie sagen soll, sie versteht nichts. Bruno schaut kurz hoch, widmet sich aber sofort wieder den Katzen. Pi Stotz schlägt die Beine übereinander, sie hält ihre Tasche auf dem Schoß umklammert und spricht plötzlich sehr schnell: »Er ist heute früh zur Schule, wie immer. Ich war gerade los zum Joggen. Bobby hat gebellt, rannte voraus, da kam er von der Bushaltestelle, Rucksack über der Schulter, Hausschlüssel in der Hand, ganz abgehetzt. Hat Bobby gestreichelt, mir gewinkt. Ich bin total erschrocken, weil er doch im Unterricht sein sollte. Dachte, es sei was passiert, ein Unfall oder so.« Pi wischt sich die Hände an ihrem Kleid ab. »Ich frag ihn, Hamid, bist du krank, was ist los? Und er hält mir sein Handy unter die Nase, ich seh bloß DB, Deutsche Bahn, Barcode und alles, dann sagt er: Pi, Onkel hat eben Ticket geschickt, nach Berlin-Hauptbahnhof, der Zug geht in zwei Stunden, ich muss packen, er holt mich ab.« Während des letzten Satzes kippt ihre Stimme, die schmale Nase zuckt, als sie kräftig hochzieht. »Ich sag, Hamid, das meinst du jetzt nicht ernst. Er schließt die Tür auf, tritt sich die Füße ab, keines von meinen Kindern macht das, stellt sich vor mich hin und sagt: Was »al um« sagt, ist das Beste, ich muss es tun, Familie ist das Wichtigste, sie will, dass ich bei Onkel lebe. Wo ist der Koffer?« Pi atmet einmal tief durch. »Er hat auch ein bisschen geweint. Mir gedankt. Aber es war ganz klar, dass er ihr gehorcht. »Al um« war immer mit dabei. Egal, was wir gemacht und geplant haben. »Al um« hat die Fäden gezogen, und Hamid ist gelaufen, wohin sie wollte.« Elisabeth muss nicht nachfragen, ob »al um« Hamids Mutter ist, die Zahnärztin aus Aleppo. Außerdem stimmt sie mit dieser fremden Frau darin überein, dass Familie das Wichtigste ist. Stattdessen legt sie ihre Hand auf Pis sehnigen Arm, dessen Haut sich trocken und fiebrig anfühlt.

»Echt jetzt? Hamid ist weg?« Bruno steht vor dem Sofa, die Arme in die Hüften gestemmt. Sein schwarzer Schopf ist verschwitzt und stachelig, seine Augen geweitet wie vorhin, als er Kirke bei ihren Geburtsmühen beobachtet hat. Pi schaut ihm nicht ins Gesicht, sondern auf seinen Bauch, der Elisabeth unter dem straffen T-Shirt plötzlich wieder richtig fett vorkommt. Dann schenkt sie ihm ein angestrengtes Lächeln. »Ja, Bruno, so kann man das sagen. Er ist zu seinem Onkel nach Berlin gegangen und wohnt jetzt dort. Seine Mutter hat das so beschlossen.« Bruno nagt an der Oberlippe. Er bohrt seine pummligen braunen Zehen in Cornelias Hirtenteppich, den Elisabeth immer noch nicht abgesaugt hat. »Kommt er nicht mehr wieder?« Pi antwortet nicht, Elisabeth schüttelt leicht den Kopf. Die andere Frau zupft an ihren Fingern herum, die Nagelbetten rund um die Daumen sind blutig eingerissen. »Diese UMAs haben doch alle ein Smartphone. Damit halten sie Kontakt mit ihren Familien in Syrien. Hamid wohnt seit fast einem Jahr bei uns! Anton ist wie ein Bruder für ihn, Rosa und Linea laufen ihm hinterher wie die Hündchen. Er hat sein eigenes Zimmer, geht zum Fußball, zum Schwimmen, war mit uns in den Sommerferien in Lugano, hat Supernoten. Bald hätte er aufs Gymnasium wechseln können. Aber seine Mutter saß immer mit bei uns am Tisch. Sie hat diesen Onkel schon ins Spiel gebracht, kaum dass wir die Pflegestelle für den Jungen beantragt hatten. Aber dieser Mann wohnte in einem Heim, deshalb hat das Jugendamt es erst einmal nicht gestattet. Dann bekam er eine Wohnung, in Wedding, das muss man sich mal vorstellen. Von einer Familie mit Haus und Garten in Stuttgart nach Wedding zu einem arbeitslosen Junggesellen!« Elisabeth kreuzt die Arme über der Brust. »Ich verstehe immer noch nicht, was das mit meiner Enkelin zu tun hat. Es tut mir leid, dass der Junge sich …« Pi wirft das dünne blonde Haar zurück und presst die Lippen aufeinander. »Ich glaube, Stella war eingeweiht. Die beiden hingen doch ständig zusammen. Diese Kinder hier sind ja oft allein.« Sie schaut Elisabeth voll ins Gesicht. Diese schnappt nach Luft. »Hamid hat gestern sein Schwimmtraining geschwänzt, um sich mit Stella herumzutreiben.« Mit einem Ruck dreht sie sich zu Bruno: »Weißt du, wo sie gewesen sind?«

Ohne auf ihren Ischias zu achten, erhebt sich Elisabeth und tritt neben Bruno. »Meine Enkel treiben sich nicht herum, sie …«

Ein Schlüssel klappert plötzlich, in der Diele hört man Stimmen, Schritte, dann ein Wimmern, heftiges Würgen, dazu ein Geräusch, als kippe jemand schwungvoll eine Flüssigkeit aus. »Scheiße, Alter, das ist jetzt voll danebengegangen!«

Pi springt vom Sofa hoch. »Anton! Bist du das, Anton?« Bruno drängelt sich an ihr vorbei durch die Tür zur Diele, bremst so abrupt, dass Pi und Elisabeth mit ihm zusammenstoßen. »Stella, was machst du!«, ruft er und nähert sich auf Zehenspitzen seiner Schwester, die mitten im Flur kniet. Sie stützt die Handflächen auf den Fußboden und lässt den Kopf über einer Pfütze Erbrochenem hängen. Ihre weiße Hose und das Shirt sind fleckig. Anton Stotz hockt neben ihr, er legt einen Arm um sie und streicht ihr mit einer behutsamen Handbewegung ein Zöpfchen, das sich aus der Steckfrisur gelöst hat, hinter das Ohr. Elisabeth unterdrückt ein Würgen, als der saure Gallegeruch ihr in die Nase steigt. Sie hat das Gefühl, auf einer Theaterbühne zu stehen, am Ende einer Boulevardkomödie, wenn ein Darsteller nach dem anderen hereinstürzt und den nächsten Slapstick veranstaltet. Stellas Gesicht ist blutleer, sie schaut niemanden an. Bruno tritt neben sie, ohne sich um den Gestank zu kümmern. Seine linke Ferse steht mitten in der Pfütze. »Magst du vielleicht ein Wasser?«, erkundigt er sich mit der Zuvorkommenheit eines Oberkellners, bekommt aber nur ein Stöhnen zur Antwort. Anton zieht Stella hoch, während Elisabeth sie unter den Armen packt. Gemeinsam schleppen sie das Mädchen in ihr Zimmer und legen sie aufs Bett. Der Junge zieht ihr die Sneakers aus.

»Danke, Anton.« Elisabeth deckt ihre Enkelin zu und lässt den Rollladen herunter. Bruno kommt mit einer Flasche Sprudel zurück. »Kirke hat Babys bekommen, drei Stück«, verkündet er. »Sie waren in so Luftballons drin, die hat sie einfach aufgebissen. Eines ist schwarz, die anderen beiden sehen aus wie Kirke. Aber nur so groß.« Er zeigt mit den Händen die Kätzchengröße. Stella schenkt ihm ein schwaches Lächeln. »Ich hol 'nen Eimer«, sagt er und verschwindet. Elisabeth tritt

Anton in den Weg, der sich ebenfalls verdrücken will. »Anton, was ist hier eigentlich los?« Der Junge sieht bleich aus, sein Atem riecht durchdringend nach Bier. Er scheint das zu wissen, denn er dreht seinen Kopf zur Seite, als er Elisabeth antwortet. »Sie ist völlig durch, weil Hamid abgehauen ist.« Von seiner Aufgeblasenheit neulich abends ist nichts geblieben, er wirkt nur unglücklich und hat einen ähnlichen Gesichtsausdruck wie Bruno. »Er wäre safe bei uns geblieben, aber seine Familie will, dass er nach Berlin geht. Er hat uns geschrieben, zum Abschied, da war grad große Pause. Stella ist total ausgetickt. Sie ist ihm hinterher, aus der Schule raus, hat noch auf dem Bahnhof gewartet, bis er mit seinem Koffer kam. Ich konnte sie ja nicht allein lassen.« Er kratzt sich den blonden Schopf. »Sie ist halt stur. Wenn die was will, macht sie das eben.« Er grinst verlegen. »Ich hab sie festhalten müssen, als der Zug losfuhr, sie wollte mit nach Berlin. Ohne Fahrkarte, ohne alles. Da hat sie mir 'ne Schelle gegeben, dass ich Nasenbluten gekriegt hab, aber ich hab nicht losgelassen.« Jetzt lacht er. Elisabeth bemerkt seine dunkelbraun verkrusteten Nasenlöcher. »Wir sind dann zum REWE hinterm Hauptbahnhof. Da hat sie einen Penner gefragt, ob er uns was mitbringt. Paar Bier, Wodka und Sprite, für Mische. Wir waren im Park, beim Eckensee. Haben den Enten zugeschaut. Dann wurde es zu heiß, sie wollte heim, hat draußen schon alles vollgekotzt, bei der U-Bahn.« Er zuckt mit den Schultern. »Sie ist eben traurig.«

Jetzt strafft er sich und gewinnt etwas von seiner hochmütigen Contenance zurück. »Ich hab ihr 'ne Flasche Wasser eingeflößt, das entgiftet.« Elisabeth kann nur nicken. Sie schafft es nicht, ihn zu loben, obwohl er das anscheinend erwartet. Neben Bruno, der sich mit einem halbvollen Wassereimer ab-

schleppt, in dem ein Geschirrtuch schwimmt, taucht Pi auf.
»Anton, ich habe alles gehört. Du kommst jetzt sofort mit
mir. Erst mal gibt es ein Kontaktverbot …« – »Ach, halt's Maul,
Mama!« Anton tritt neben Stellas Bett, beugt sich über sie,
küsst sie auf die Wange. »Stella, warum bist du nur so? Warum
immer diese Sachen, aber nichts mit Niveau?« Das muss aus
irgendeinem Lied sein, denn er spricht plötzlich in diesem lei-
ernden Sprechgesang, tanzt sogar einige Schritte vor dem Bett.
Stella hebt zwei Finger zum Abschied. Frau Stotz ist rosa angelaufen. »Ciao, Digga«, ruft Anton über die Schulter, seine
Mutter hat die Wohnung bereits grußlos verlassen. »Tschüss,
Toni!«, ruft Bruno zurück. Elisabeth hört, dass er den Mund
voll hat. »Omi, ich hab so schlimmes Kopfweh«, flüstert Stella.
Elisabeth zieht das Mädchen bis auf die Unterwäsche aus,
Tanga und BH leuchten heute in Mintgrün, bringt eine Aspi-
rin und legt ihr einen nassen Waschlappen auf die Stirn. Nachdem sie Kamillentee gekocht hat, wischt sie den Fußboden im
Flur und wirft Stellas Kleider in die Waschmaschine. Bruno
tanzt die ganze Zeit um sie herum. »Ich hab Stellas Toasts gegessen, sie kotzt die bloß wieder aus.« Als er von Elisabeth erfahren hat, dass Berlin nicht so weit weg ist wie Griechenland
oder Amerika und man mit dem Zug hinfahren kann, führt er
ihre Aufträge ohne Zögern aus, erneuert den Sand im Katzen-
klo, macht Futter für Kirke zurecht, die zwar viel schläft, aber
ihre Kinder immer wieder sorgfältig ableckt und genügend
Milch für den gesamten Nachwuchs zu haben scheint. »Echt
schade, dass man die Kätzchen nicht anfassen darf. Sonst könnte ich sie Stella bringen.«

Elisabeth schleicht ständig ins Zimmer ihrer Enkelin, um
zu sehen, ob das Mädchen regelmäßig atmet. Als sie wieder
hereinkommt, findet sie Stella weinend, das Smartphone am

Ohr. »Mama, kommst du?«, schluchzt sie und wickelt sich einen der dünnen Zöpfe um den Finger. »Stella, was fällt dir ein!« Sie streckt die Hand nach dem Telefon aus. »Gib mir deine Mutter! Sofort!« Stella hat anscheinend keine Kraft zum Widerspruch, sie gehorcht augenblicklich. Elisabeth presst das Handy ans Ohr und geht ins Wohnzimmer. »Cornelia? Cornelia, hör mir zu, es geht ihr gut, sie ist in Ordnung, hat nur ein bisschen gebrochen. Cornelia?«

Zuerst brodeln nur Hintergrundgeräusche aus Stellas rosagolden glänzendem Handy, Stimmengewirr, eine Lautsprecherdurchsage, Cornelia sagt in gelassenem, freundlichem Ton: »Sorry, that was my fault«, es knistert, dann hört Elisabeth ihre Tochter so klar wie heute Vormittag, als sie sie aus dem Schlaf gerissen hat: »Mami, kannst du bitte aufhören, meinen Namen zu sagen? Ich verstehe dich sehr gut.« Elisabeth verstummt. Cornelia spricht weiter. »Danke. Mami, hör zu. Ich bin jetzt in Pittsburgh auf dem Flughafen. Ich konnte umbuchen. Es dauert jetzt noch ein bisschen, dann checke ich ein. Seid ihr alle okay? Stella hat mich eben angerufen, wegen Liebeskummer. Sie hat wohl ein paar Stunden Unterricht geschwänzt und sich übergeben, ist aber sonst OK, das hab ich doch richtig mitbekommen, oder? Und Bruno und du, euch geht es einigermaßen?« Elisabeth kann nur mit »Ja, genau« antworten. Cornelia spricht weiter: »Mami, ich glaube, mir reicht es jetzt hier. Ich hab den Eindruck, zu Hause ist es gerade wesentlich spannender.« Sie lacht etwas zu laut über ihren Witz, den Elisabeth kein bisschen lustig findet. Aber Cornelia erzählt weiter, sie plaudert richtig, als säßen sie zusammen beim Kaffee: dass sie ihren Mietwagen in Meadville abgeben konnte und ein Bekannter sie bis Pittsburgh mitgenommen habe, dass sie heute in aller Frühe einen wahnsinnig günstigen Koffer bei Target gekauft habe, da passten all ihre Mitbringsel und Klamotten rein, der sei schon aufgegeben und sie würde sich jetzt einen letzten iced tea gönnen. »Mach dir nicht zu viele Gedanken, das ist nicht Stellas erster Kater. Tschüss, Mami, ich hab dich lieb, küss das arme Mädchen und meinen Bruno von mir. Bis morgen!« Bruno kommt herein, er hat inzwischen gemerkt, mit wem Elisabeth telefoniert, und reckt sich vor ihr hoch, hopst dabei herum, um das Handy zu erreichen, so dass Elisabeth Angst um ihre Füße hat. Sie staunt, wie weit seine Rücksicht gegenüber der Katze reicht, denn er gibt dabei keinen Ton von sich. Mit einer Grimasse drückt sie ihm das Telefon in die Hand und setzt sich auf die Couch. Im Polster, das dem Katzennest am nächsten ist, hat sich eine tiefe Kuhle gebildet. Cornelia hat bereits aufgelegt, aber Bruno weiß besser als sie, wie das mit der Rückruftaste funktioniert. Dennoch zieht er einen Flunsch. »Jetzt hat sie die Mailbox an. Ich wollte ihr doch von Kirkes Babys erzählen.« Elisabeth zupft ihm geistesabwesend ein paar Katzenhaare vom Shirt. »Wahrscheinlich steigt sie gleich ins Flugzeug.« Bruno nickt und Elisabeth findet, dass er gar nicht so erleichtert aussieht wie erwartet. »Bleibst du trotzdem noch ein bisschen bei uns?«, fragt er. Sie nimmt seine Hand und drückt sie, atmet behutsam, als er den Kopf gegen ihre Schulter presst. Wie ein Schaf, das sich am Zaun schubbert, denkt Elisabeth. »Eli-Omi, kannst du mir weiter vorlesen?«, kommt es dumpf vom Ärmel ihrer Bluse.

Da entdeckt sie, über Brunos runde Schulter hinweg, die beiden bewegungslosen, dunklen Umrisse neben der Couch. Winzig und starr liegen sie zwischen den Beinen von Cornelias Lieblingssessel. Das stetige Fiepen der Jungen, gemischt mit dem Schnurren der Mutterkatze, ist zum Hintergrundgeräusch des Wohnzimmers geworden. Von hier aus kann sie das Nest nicht sehen. Seit Pis Überfall und Stellas Heimkehr hat sie keinen Blick mehr darauf geworfen. Behutsam nimmt sie das weiche Gesicht ihres Enkels in die Hände, schaut ihm in die Augen. »Mein Schatzele, meinst du, du könntest mal nach deiner Schwester sehen? Fragen, ob sie noch etwas trinken will? Und dann die Linsenmaier-Hefte vom Küchentisch holen?« Kaum hat Bruno das Zimmer verlassen, hängt sie über der Sofalehne. Kirke hat sich eingerollt und schläft, ihr Leib umrahmt drei Fellkugeln, zwei gestreifte und eine schwarze, der Schwanz bildet hinter ihnen einen Halbkreis. Auch die Jungen schlafen, rundum eingeschlossen in Wärme, ganz im Gegensatz zu den beiden nassen Klumpen auf dem Laminat, zu denen Elisabeth jetzt hinkriecht. Sie kann sich nicht überwinden, sie anzurühren. Unter der abseits stehenden Katzentoilette zieht sie etwas Zeitungspapier hervor. Elisabeth hat großes Verlangen, die Leichen damit zu bedecken und sie einfach in die Toilette zu werfen oder in den Mülleimer. Aber das Tappen nackter Füße in ihrem Rücken macht ihr klar, dass sie die Gelegenheit, den Tod zu verbergen, bereits verpasst hat. Sie fummelt mit den knisternden Lagen herum, faltet sie einmal, aber nur, um Zeit zu schinden, bevor sie die schleimigen, wie hervorgewürgtes Gewölle aussehenden Klumpen mit spitzen Fingern packt und auf das Papier legt. Ihr schwarzer Pelz hat keine Gelegenheit gehabt, plustrig und weich zu werden, sondern klebt an den eingekrümmten Gliedern. Die kleinen Schnauzen der lebenden Geschwister leuchten in fast künstlichem Rosa, ihre haben sich violett verfärbt. Graublau baumeln Nabelschnurreste an ihnen herab wie leere Wursthäute. Elisabeth dreht den Kopf zur Seite, nimmt einen Atemzug, um sich gegen den Sterbegeruch der winzigen Körper zu wappnen. Mit zwei schnellen Bewegungen, hundertfach geschult im Einwickeln von Schulbroten und Weihnachtsgeschenken, hüllt sie die toten Tiere in die Nachrichten der letzten Tage. Bruno fischt mit der Zungenspitze eine Träne von der Oberlippe. »Warum sind sie gestorben?« Die alten Sprüche von daheim sind schneller als Elisabeths mühevolle Suchereien nach einer Erklärung, und diesmal überlässt sie sich ihnen einfach: »Kein Tierlein ist auf Erden dir, lieber Gott, zu klein. Du ließest alle werden und alle sind sie dein. Zu dir, zu dir ruft Mensch und Tier. Der Vogel dir singt. Das Fischlein dir springt, die Biene dir summt, der Käfer dir brummt. Auch pfeifet dir das Mäuselein: Herr Gott, du sollst gelobet sein.« Mit dem Katzenpaket in der einen und dem stummen Bruno an der anderen Hand macht sie sich auf den Weg in die Küche. Sie steckt die Toten in eine Plastiktüte und hängt diese an den äußeren Griff der Glastür. Ein weiteres Begräbnis kann sie heute weder sich noch Bruno zumuten. »Meinst du, Kirke hat sie totgemacht?«, fragt er. Elisabeth schüttelt den Kopf. »Sie hat so lange auf der Straße gelebt, oft gehungert, das war eine harte Zeit, da kann es schon vorkommen, dass der Körper nicht genug Kraft und Nährstoffe für alle Kinder hatte. Sie waren zu schwach und haben es einfach nicht geschafft.«

Bruno zieht sie nochmals zurück ins Wohnzimmer. Durch die Scheiben fällt das Licht des heute gewesenen Tages, sie kann die Fingertapser auf dem Glas sehen und davor das Abendgewimmel der Ostendstraße, Büroheimkehrer mit aufgekrempelten Hemdsärmeln, Jugendliche mit Sonnenbrand und Softeiswaffel, sie hört das Quietschen der anfahrenden U4 und einen Fetzen Musik aus einem Smartphone. Es riecht nach Grillkohle und Benzin. Sommer schwappt vom Gehweg herein durch den Fensterspalt. Elisabeth ertappt sich dabei, wie sie nach einem großen, hinkenden Mann mit Krücke Ausschau hält. »Sie leckt ihnen den Po ab, während sie trinken«, berichtet Bruno und steht vom Sofa auf. »Geh schon mal zu Stella, wir setzen uns bei ihr hin, damit sie nicht allein ist, wenn sie aufwacht. Ich muss noch kurz in die Küche.« Sie läuft dem schnarrenden Geräusch nach, dabei klopft ihr Herz auf einmal wieder so stark, dass sie es im Hals spürt. In der Schublade herrscht Aufruhr. Elisabeth hat richtig gehört. Zwischen Wäscheklammern und Schnurresten brummt ihr Handy, mit leuchtendem Display dreht sich das Gerät um die eigene Achse. Elisabeth greift danach und merkt nicht einmal, dass sie sich die Hand an der Holzkante der Küchenzeile stößt. ›Unbekannte Nummer. Vor 2 Minuten.‹ Elisabeth wägt das warm gewordene Telefon eine Weile in der Hand. Auf der Mailbox wurde keine Nachricht hinterlassen, nur ein paar schnaufende Atemzüge. Sie überlegt kurz, dann legt sie es zurück in die Schublade und schließt sie sanft. Beim Verlassen der Küche nimmt sie die beiden Hefte mit.

Bei der Erzählung rund um das tragische Ende des Ausflugs-dampfers ›General Slocum‹ habe ich die Ereignisse zeitlich verschoben, um sie mit der Geschichte meiner Figuren in Einklang zu bringen. Die ›General Slocum‹ verbrannte und sank am 15. Juni 1904 auf dem Weg nach Long Island. Fahrlässigkeit kostete über 1000 Menschen das Leben, meist Frauen und Kinder aus jenem Teil der Lower East Side von Manhattan, der damals ›Kleindeutschland‹ genannt wurde. Alle Informationen über diese Katastrophe verdanke ich Edward T. O'Donnell: Ship Ablaze. The Tragedy of the Steamboat General Slocum (New York 2003).

Die Welt der Amish erklärte mir Ira Wagler: Growing Up Amish: A Memoir (Illinois 2011).

Für ihre Unterstützung meiner Arbeit an diesem Roman danke ich der Stadt Mainz und dem ZDF für ein Jahr als Stadtschreiberin, der Konrad-Adenauer-Stiftung für ein Jahr der Förderung und dem Allegheny College in Meadville, PA, besonders aber Peter Ensberg, der mich dorthin eingeladen hat.

Dem Andenken an meine Großmütter Gertrud Seitz und Elisabeth Runge.

Inhalt